Die Zusammenarbeit der beiden großen Autoren (Bioy + Borges = Biorges) erzeugte einen von beiden unabhängigen Schriftsteller namens H. Bustos Domecq oder B. Suárez Lynch. ›Sechs Aufgaben für Don Isidro Parodi‹, sein erstes Werk, ist zugleich Parodie und literarische Überhöhung der Kriminalgeschichte – der Detektiv, der Recht und Ordnung herstellen sollte, sitzt unschuldig im Gefängnis, kann die Zelle nicht verlassen und hat Fälle zu lösen, indem er aus dem exaltierten Geschwätz seiner skurrilen Besucher die Fakten herausfiltert. In ›Zwei denkwürdige Phantasien‹ macht der fiktive Autor furchtbare Gottesvisionen zu banalen Bestandteilen des täglichen Lebens von Buenos Aires, indem er sie mit einem Wust von Nebensächlichkeiten verquickt. In ›Ein Modell für den Tod‹, einer bissigen antiperonistischen Kriminalsatire, geht es um die argentinische Gesellschaft und nur scheinbar um einen Mordfall, bei dem Chestertons Father Brown Pate gestanden hat.

Jorge Luis Borges (* 1899 Buenos Aires, † 1986 Genf) ist einer der wichtigsten Autoren des 20. Jahrhunderts; ohne sein wegweisendes und bahnbrechendes Werk wäre die moderne hispanische Literatur undenkbar. Die Vielfalt seiner Themen und die Perfektion seiner Formen in Erzählung, Essay und Lyrik machten ihn schon zu Lebzeiten zum Klassiker der Weltliteratur auch außerhalb der spanischsprachigen Welt. Mit Joyce und Proust teilt er die Auszeichnung, den Nobelpreis nicht bekommen zu haben.

Adolfo Bioy Casares (* 1914 Buenos Aires) publizierte 1929 mit 15 Jahren sein erstes Buch, *Prólogo.* Seit ca. 1930 mit Borges befreundet; er gilt als einer der größten Autoren der phantastischen Literatur. Er gab mit Borges etliche Anthologien heraus; zusammen verfaßten beide unter gemeinsamem Pseudonym Satiren, Kriminalstories, Drehbücher. Für seine Werke (*Morels Erfindung, Fluchtplan, Der Traum der Helden* u.a.) erhielt er neben anderen Auszeichnungen 1990 den Cervantes-Preis.

Die Herausgeber:

Gisbert Haefs (* 1950) studierte Hispanistik und Anglistik, verfaßte u.a. *Hannibal* (Roman, 1989), *Freudige Ereignisse* (Geschichten, 1990), Krimis und Hörspiele. Als Übersetzer und Herausgeber betreut er u.a. die deutschen Werkausgaben von Rudyard Kipling, Ambrose Bierce und Jorge Luis Borges.

Fritz Arnold (1916–1999) studierte Kunst- und Literaturwissenschaft und veröffentlichte den Essayband *Welt im Wort* (1987). Er war freier Journalist und Redakteur (›Neue Zeitung‹, ›Prisma‹, ›Thema‹, ›Perspektiven‹) sowie Lektor der Fischer Bücherei und bei den Verlagen Insel und Carl Hanser. Mitglied des PEN-Clubs und Mitbegründer der Münchner Autorenbuchhandlung.

Unsere Adresse im Internet: www.fischerverlage.de

Jorge Luis Borges
Werke in 20 Bänden
Herausgegeben von
Gisbert Haefs und Fritz Arnold

Band 19

Jorge Luis Borges
Adolfo Bioy Casares
Mord nach Modell

Seis problemas para don Isidro Parodi
Sechs Aufgaben für Don Isidro Parodi
Dos fantasías memorables
Zwei denkwürdige Phantasien
Un modelo para la muerte
Ein Modell für den Tod

Übersetzt von Liselott Reger
und Gisbert Haefs

Fischer Taschenbuch Verlag

3. Auflage: Januar 2009

Veröffentlicht im Fischer Taschenbuch Verlag,
einem Unternehmen der S. Fischer Verlag GmbH,
Frankfurt am Main, Dezember 1993

SEIS PROBLEMAS PARA DON ISODRO PARODI was originally published by
Editorial Sur, S. A., Buenos Aires, 1942
DOS FANTASIAS MEMORABLES and UN MODELO PARA LA MUERTE
was originally published by Oportet & Haereses,
Buenos Aires / Montevideo, 1946
This edition by arrangement with Adolfo Bioy-Casares.
Quellennachweis auf Seite 267
Umschlaggestaltung: Buchholz / Hinsch / Hensinger
Satz: Reinhard Amann, Aichstetten
Druck und Bindung: CPI – Clausen & Bosse, Leck
Printed in Germany
ISBN 978-3-596-10595-3

Inhalt

H. Bustos Domecq
Sechs Aufgaben
für Don Isidro Parodi
9

H. Bustos Domecq
Zwei denkwürdige Phantasien
165

B. Suárez Lynch
Ein Modell für den Tod
193

Anhang
265

Editorische Notiz
267

Anmerkungen
275

H. Bustos Domecq
Sechs Aufgaben
für Don Isidro Parodi

H. Bustos Domecq

Nachstehend teilen wir die von der Erzieherin, Señorita Adelma Badoglio, verfaßte biographische Skizze mit:

»Doktor Honorio Bustos Domecq wurde in Pujato (Provinz Santa Fe) im Jahre 1893 geboren. Nach bemerkenswerten Grundstudien zog er mit seiner Familie in das argentinische Chicago. 1907 empfingen die Spalten der Zeitungen von Rosario die ersten Erzeugnisse dieses bescheidenen Musenfreundes, vermutlich ohne sein Alter zu kennen. Aus jener Epoche stammen die Schöpfungen: *Vanitas; Die Vorhut des Fortschritts; Das Blauweiße Vaterland; An Sie; Nocturnos.* 1915 las er vor ausgewähltem Publikum, im Centro Balear, seine *Ode auf die ›Elegie auf den Tod seines Vaters‹ von Jorge Manrique*, ein Meisterwerk, dem er eine schrille wiewohl ephemere Bekanntheit verdankte. Im selben Jahr veröffentlichte er *Bürger!*, ein Werk von begrenztem Elan, das unseligerweise durch Gallizismen entstellt ist, die man der Jugend des Autors und der wenig lichtvollen Epoche zuschreiben mag. 1919 schleudert er *Fata Morgana* in die Welt, ein feinsinniges kleines Werk, dessen letzte Cantos bereits den kraftvollen Prosaautor von *Sprechen wir, wie es uns gemäßer ist!* (1932) und *Zwischen Büchern und Papieren* (1934) ankündigen. Während der Intervention von Labruna wurde er zunächst zum Inspektor für das Unterrichtswesen und später zum Anwalt der Armen ernannt. Fern seinem milden Heim gab ihm der herbe Kontakt mit der Realität jene Erfahrung, die vielleicht die erhabenste Lehre seines Werks ist. Von seinen Büchern wollen wir erwähnen: *Der Eucharistische Kongreß: Organ der argentinischen Propaganda; Leben und Sterben von Don Chicho Grande; Ich kann schon lesen!* (von der Schulaufsichtsbehörde der Stadt Rosario genehmigt); *Santa Fes Beitrag zu den Armeen des Unabhängigkeitskrieges; Neue Sterne: Azorín, Gabriel Miró, Bontempelli.* Eine neue Ader dieses fruchtbaren Polygraphen enthüllen seine Kriminalgeschichten: In ihnen will er den kalten Intellektualismus bekämpfen, in dem Sir Conan Doyle, Ottolenghi u.a. dieses Genre ertränkt haben. *Die Erzählungen aus Pujato*, wie der Autor sie liebevoll nennt, sind keineswegs die Filigranarbeit eines in einem Elfenbeinturm eingeschlossenen Byzantiners; sie sind die Stimme eines Zeitgenossen, der dem Herzschlag der Menschen aufmerksam zugewandt ist, und der mit fliegender Feder die Ströme seiner Wahrheit ergießt.«

Vorbemerkung

Good! It shall be! Revealment of myself!
But listen, for we must co-operate;
I don't drink tea: permit me the cigar!
ROBERT BROWNING

Unheilvolle und interessante Idiosynkrasie des *homme de lettres*! Das literarische Buenos Aires wird meinen freimütigen Entschluß, den – natürlich ach so legitimen – Aufforderungen seitens unabweisbarer Freundschaft oder verdienten Ruhms mit keinem weiteren Vorwort mehr nachzukommen, noch nicht vergessen haben (und ich erkühne mich, anzuregen, daß man diesen Entschluß auch hinfort nicht vergesse). Dennoch wollen wir zugeben, daß dieses sokratische »Fiese Vieh«* unwiderstehlich ist. Was für ein Mann! Mit einem entwaffnenden Gelächter bestätigt er die Schlagkraft meiner Argumente; mit einem ansteckenden Gelächter wiederholt er beharrlich und überzeugend, daß sein Buch und unsere alte Kameraderie ein Vorwort von mir erheischen. Jeglicher Protest ist vergebens. *De guerre lasse* füge ich mich also und wende mich meiner zuverlässigen Remington zu, der Komplizin und stummen Vertrauten so vieler Eskapaden ins Blaue …

Die modernen Zwänge des Glücksspiels, der Börse und des *turf* vermochten mich nicht daran zu hindern, dem Schauder und den Blutrünstigkeiten des *roman policier* Tribut zu zollen, wenn ich in den Sesseln des *pullman* oder als skeptischer Kunde in Schlammbädern mehr oder minder thermaler Casinos weilte. Dennoch wage ich zu gestehen, daß ich kein Sklave der Mode bin: Nacht für Nacht verbanne ich aus der Einsamkeit meines Schlafgemachs den einfallsreichen Sherlock Holmes und vertiefe mich in die unvergänglichen Abenteuer des

* Kosename von H. Bustos Domecq im intimen Kreis. (Fußnote von H. B. D.)

schweifenden Odysseus, Sohn des Laertes, aus der Sippe des Zeus ... Ein Verehrer des strengen mediterranen Epos bringt jedoch sein Opfer an jeglichem Orte dar: Ich habe angeregt durch M. Lecoq verstaubte Konvolute durchblättert; ich habe in gewaltigen imaginären Hotels die Ohren gespitzt, um die geheimen Schritte des *gentleman-cambrioleur* wahrzunehmen; im Grauen des Moores von Dartmoor, im britannischen Nebel, hat mich der große phosphoreszierende Hund verschlungen. Es wäre ein Zeichen schlechtesten Geschmacks, dies noch weiter auszuführen. Der Leser kennt meine Referenzen: auch ich weilte in Böotien ...

Bevor ich eine fruchtbare Analyse der großen Leitlinien dieses *recueil* beginne, erbitte ich die Erlaubnis des Lesers, mich zu beglückwünschen, da nun endlich im kunterbunten Musée grevin der Schönen Künste ... der Kriminologie ein argentinischer Held in ausschließlich argentinischer Szenerie auftritt. Welch ungewöhnliches Vergnügen, zwischen zwei Zügen aus einer aromatischen Zigarre und in der Vorfreude auf einen unübertrefflichen Cognac aus der Zeit des Ersten Empire ein kriminalistisches Buch zu goutieren, das nicht die erschreckende Banderole eines angelsächsischen – ausländischen – Marktes trägt, und das den besten Titeln, die der unbestechliche *Crime Club* den Londoner *amateurs* empfiehlt, gleichzustellen ich nicht zögere! Desgleichen will ich meine Befriedigung als Porteño darüber unterstreichen, daß unser Feuilletonist, auch wenn er aus der Provinz stammt, sich doch als unempfänglich für die Verlockungen eines engstirnigen Lokalismus erwies und für seine typischen Aquarelle den angemessenen Rahmen zu wählen verstand: Buenos Aires. Ebensowenig mag ich davon ablassen, dem Mut und dem guten Geschmack zu applaudieren, die unser populäres »Fieses Vieh«* an den Tag legt, wenn es der abgeschmackten und trüben Figur des Bösewichts aus Rosario die kalte Schulter zeigt. Nichtsdestoweniger fehlen dieser metropolitanen Pa-

* Vgl. hierzu die Fußnote der vorstehenden Seite 13. (Fußnote von H. B. D.)

lette zwei Farbtöne, die von künftigen Büchern zu erwarten ich mich erkühne: unsere seidige und weibliche Calle Florida mit ihrem erhabenen Défilée vor den begehrlichen Augen der Schaufenster; und der melancholische Stadtteil von Boca, schlummernd nahe den Docks, wenn das letzte Nachtcafé seine metallenen Lider geschlossen hat und, unverzagt im Schatten, ein Akkordeon die verbleichenden Sternbilder grüßt...

Wenden wir uns nun der auffälligsten und zugleich aufschlußreichsten Eigenart des Autors der *Sechs Aufgaben für Don Isidro Parodi* zu. Ich habe hiermit, und Ihr werdet kaum daran zweifeln können, auf die Kunst *de brûler les étapes* angespielt. H. Bustos Domecq ist zu jeder Zeit ein aufmerksamer Diener seines Publikums. In seinen Erzählungen gibt es weder Lageskizzen, die man doch vergäße, noch Fahrpläne, die man durcheinanderbrächte. Er erspart uns all diese lästigen Stolpersteine. Als neuer Sproß der Tradition des feierlichen Edgar Poe, des fürstlichen M.P. Shiel und der Baronesse Orczy widmet er sich den wichtigsten Aspekten seiner Probleme: der rätselvollen Darlegung und der erhellenden Lösung. Als bloße Spielbälle ihrer eigenen Neugier, sofern nicht unter dem Druck der Polizei, strömen die Persönlichkeiten in pittoresker Fülle in die längst sprichwörtliche Zelle 273. Bei der ersten Konsultation legen sie das Problem dar, das sie bedrückt; bei der zweiten vernehmen sie die Lösung, die Kinder wie Greise verblüfft. Mittels eines ebenso verdichtenden wie artistischen Kunstgriffs vereinfacht der Autor die prismatische Realität und häuft alle Lorbeeren des jeweiligen Falls einzig auf Parodis Stirn. Der wohlberatene Leser lächelt: Er errät die opportune Auslassung der einen oder anderen langwierigen Befragung und das unabsichtliche Weglassen mehr als eines genialen Fingerzeigs eines Caballeros, über dessen besondere Kennzeichen sich hier auszulassen unziemlich wäre...

Laßt uns diesen Band wohlwollend prüfen. Er enthält sechs Erzählungen. Natürlich will ich mein *penchant* für *Das Opfer des Tadeo Limardo* nicht verheimlichen, ein Stück slawischen Zuschnitts, das das Grauen der Handlung mit dem ehrlichen Studium mehr als einer morbiden dostojewskijschen Figur vereint, und zwar ohne die Attraktionen zu verschmähen, die die Enthüllung einer Welt *sui generis* am Rande unseres europäischen Firnis und unseres verfeinerten Egoismus enthält. Weiterhin nenne ich ohne Mißbilligung *Die langwierige Suche des Tai An*, eine Geschichte, die auf ihre Weise das klassische Problem des verborgenen Gegenstandes neu aufgreift. Poe begann dieses Verfahren in *The Purloined Letter*; Lynn Brock versuchte sich an einer pariserischen Variante in *The Two of Diamonds*, einem Werk, dessen treffliche Züge durch einen einbalsamierten Hund entstellt werden; Carter Dickson, minder glücklich, nimmt seine Zuflucht zu einem Heizkörper ... Genau genommen wäre es ungerecht, *Die Vorsorge Sangiácomos* zu übergehen, ein Rätsel, dessen makelfreie Lösung den gewieftesten Leser verwirren wird, *parole de gentilhomme*.

Eine der Aufgaben, die die Hand eines vollblütigen Schriftstellers auf die Probe stellen, ist ohne Zweifel die geschickte und elegante Zeichnung unterschiedlicher Personen. Der urwüchsige neapolitanische Puppenspieler, dessen Vorspiegelungen die Sonntage unserer Kindheit erfüllten, entzog sich diesem Dilemma mit hausbackenen Mitteln: Er gab Pulcinella einen Buckel, Pierrot einen Geckenkragen, Colombina das schelmischste Lächeln der Welt, und Arlecchino ein ... Harlekinskostüm. H. Bustos Domecq verfährt, *mutatis mutandis*, ähnlich. Insgesamt nimmt er seine Zuflucht zu den groben Strichen des Karikaturisten, wiewohl unter solch fröhlichem Gefieder die unvermeidlichen Deformationen, die diesem Genre eigen sind, kaum die Physis der Kunstgeschöpfe betreffen, sondern sich mit grimmer Lust ausschließlich in ihrer jeweiligen Sprechweise manifestieren. Trotz eines gewissen Mißbrauchs von guten *criollo*-Beigaben ist das Panorama, das uns der nicht zu zügelnde Satiriker darbietet, doch eine umfassende Galerie unserer Zeit, in der die katholische *Grande Dame* von machtvoller Empfindsamkeit ebenso wenig fehlt wie der Reporter mit dem spitzen Stift, welcher, minder gedankenvoll denn dreist, die verschiedensten niederen Arbeiten verrichtet; oder der entschieden sympathische Windbeutel aus wohlhabender Familie, ein Bruder Leichtfuß mit Zügen eines Schlafwandlers, unverwechselbar mit seinem brillanten Schniegelkopf und den unvermeidlichen Polohemdchen; der höfliche und gemäß alter literarischer Konvention honigzüngige Chinese, in dem ich weniger einen lebenden Menschen als ein rhetorisches *pasticcio* sehe; der kunstreiche und leidenschaftliche Caballero, den Festlichkeiten des Geistes und des Fleisches ebenso zugetan wie den lehrreichen Folianten der Bibliothek des *Jockey Club* und dem lässigen Wettstreit in eben diesem Etablissement ... Ein Zug, der auf den düstersten aller soziologischen Diagnostiker deutet: In diesem Fresco dessen, was ich ohne Zögern das *zeitgenössische Argentinien* nennen will, fehlt die equestrische Silhouette des Gaucho; an seiner Stelle findet sich der Jude, der Israelit, womit ich das Phänomen in seiner ganzen abstoßenden Grobheit anklage ... Die schneidige Figur unseres Krakeelers aus der Vorstadt bedarf einer ähnlichen *capitis diminutio*: Das kraftvolle Mischblut, das einstmals der Welt die Schlüpfrigkeit seiner Tangoschritte aufzwang, dessen Dolch sich nur angesichts unseres *upper cut* zurückhielt, heißt nunmehr Tulio Savastano und vergeudet seine keineswegs vulgären Begabungen in ödestem Altweibergewäsch ... Von dieser enervierenden Schlaffheit kann uns vielleicht gerade noch der Braune Spucker erlösen, eine kraftvolle Vignette am Rande und ein weiterer Beweis für die stilistischen Qualitäten von H. Bustos.

Man kann jedoch nicht nur Blumen überreichen. Der attische Zensor in mir verurteilt unwiderruflich das ermüdende Übermaß an farbigen, aber episodischen Pinselstrichen: eine bösartige Vegetation, die die strengen Linien des Parthenon überlädt und erstickt ...

Das spitzige Messer, das der Hand unseres Satirikers als Feder dient, verliert rasch alle Schärfe, wenn es am lebenden

Fleisch von Don Isidro Parodi arbeitet. Unauffällig präsentiert uns der Autor den unbezahlbarsten aller alten *criollos*, ein Porträt, das bereits seinen verdienten Platz neben den nicht minder berühmten gefunden hat, die uns »Del Campo«, »Hernández« und andere Hohepriester unserer folkloristischen Gitarre, unter denen der Autor des *Martín Fierro* herausragt, hinterlassen haben.

In der bewegten Chronik der kriminalistischen Ermittlungen kommt Don Isidro die Ehre zu, der erste eingekerkerte Detektiv zu sein. Ein Kritiker mit anerkannt feinem Gespür kann jedoch mehr als eine bemerkenswerte Ähnlichkeit aufzeigen. Ohne sein nächtliches Kabinett im Faubourg Saint-Germain zu verlassen, fängt der Edelmann Auguste Dupin den besorgniserregenden Affen, der die Tragödien in der Rue Morgue verursachte; in der Zurückgezogenheit des entlegenen Palasts, in dem sich Gemme und Musikschatulle, Amphore und Sarkophag, Götzenbild und Flügelstier luxuriös vermengen, löst der Fürst Zaleski die Rätsel Londons; Max Carrados, *not least*, trägt überall das bewegliche Gefängnis seiner Blindheit mit sich herum ... Solche statischen Ermittler, solche merkwürdigen *voyageurs autour de la chambre* prophezeien in gewisser Weise schon unseren Parodi: eine Gestalt, die im Verlauf der kriminalistischen Literatur vielleicht unvermeidlich war, deren Offenbarung, deren *trouvaille* jedoch eine argentinische Großtat ist, ausgeführt, wie wohl deutlich gesagt werden sollte, unter der Präsidentschaft von Doktor Castillo. Parodis Unbeweglichkeit ist ein überzeugendes intellektuelles Symbol und stellt eine deutliche Absage an die eitle und fiebrige nordamerikanische Umtriebigkeit dar, die ein erbarmungsloser, aber treffsicherer Geist vielleicht mit jener des Eichhörnchens der Fabel vergleichen könnte ...

Ich glaube jedoch eine verborgene Ungeduld im Antlitz meines Lesers zu erahnen. Nun soll erst einmal das Blendwerk des Abenteuers den Vorrang vor dem nachdenklichen Gespräch haben. Es schlägt die Stunde des Abschieds. Bis hierhin sind wir Hand in Hand gewandert; nun bist Du allein vor dem Buche.

GERVASIO MONTENEGRO
Mitglied der Argentinischen Akademie der Dichtung

Buenos Aires, 20. November 1942

Die zwölf Tierkreiszeichen

In memoriam José S. Alvarez

I

›Steinbock, Wassermann, Fische, Widder, Stier‹, dachte Aquiles Molinari im Schlaf. Dann kamen ihm einen Augenblick lang Zweifel. Er sah die Waage, den Skorpion. Er begriff, daß er sich geirrt hatte; zitternd erwachte er.

Die Sonne hatte ihm das Gesicht erhitzt. Auf dem Nachttisch zeigte der Wecker Marke Tic Tac, aufgebaut auf dem Bristol-Kalender und einigen Nummern der Turfzeitschrift *La Fija*, zwanzig vor zehn. Molinari erhob sich, wobei er dauernd die Zeichen vor sich hin murmelte. Er sah zum Fenster hinaus. An der Ecke stand der Unbekannte.

Molinari lächelte listig. Er ging nach hinten, kam mit dem Rasierapparat, dem Pinsel, einem Restchen Rasierseife und einer Tasse heißen Wassers zurück. Er machte das Fenster sperrangelweit auf, sah den Unbekannten mit emphatischer Gelassenheit an und rasierte sich ganz langsam, wobei er den Tango *Gezinkte Karten* pfiff.

Zehn Minuten später befand er sich auf der Straße, in dem braunen Anzug, dessen letzte Monatsraten er noch den Großen Englischen Schneiderwerkstätten Rabuffi schuldete. Er ging bis zur Ecke; der Unbekannte interessierte sich plötzlich für einen Aushang der Lotterie. Molinari, der diese monotone Versteckspielerei schon gewöhnt war, lenkte seine Schritte zur Ecke der Straße Humberto I. Der Omnibus kam sofort; Molinari stieg ein. Um seinem Verfolger die Arbeit zu erleichtern, nahm er einen der vorderen Sitze. Nach zwei oder drei Blocks wandte er sich um; der Unbekannte, leicht an der dunklen Brille zu erkennen, las die Zeitung. Ehe sie ins Zentrum kamen, war der Omnibus voll; Molinari hätte aussteigen können, ohne daß der Unbekannte es gemerkt hätte, aber er hatte einen besseren Plan. Er fuhr weiter bis zur Brauerei Palermo. Dort bog er, ohne sich umzusehen, nach Norden ab, ging an der hohen Mauer der Strafvollzugsanstalt entlang, betrat die Gartenanlagen. Er glaubte, mit völliger Ruhe zu handeln, aber bevor er zur Wache kam, warf er eine Zigarette weg, die er gerade erst angezündet hatte. Mit einem Beamten in Hemdsärmeln hatte er einen in keiner Weise denkwürdigen Dialog. Ein Gefängniswärter geleitete ihn zu Zelle 273.

Vor 14 Jahren hatte der Fleischer Augustín R. Bonorino, der am Karnevalszug in Belgrano als italienischer Einwanderer verkleidet teilnahm, mit einer Flasche einen tödlichen Schlag gegen die Schläfe erhalten. Jedermann wußte, daß die Flasche Bilz, die ihn niederstreckte, von einem der Jungen der Bande Heilige Tatze geschwungen worden war. Da man aber die Heilige Tatze für die nächsten Wahlen brauchte, entschied die Polizei, der Schuldige sei Isidro Parodi, von dem einige Leute versicherten, er sei Anarchist, womit sie eigentlich sagen wollten, er sei Spiritist. In Wahrheit war Isidro Parodi keines von beiden: Er war Besitzer eines Barbiergeschäfts im Stadtteil Sur und hatte die Unvorsichtigkeit begangen, ein Zimmer an einen Schreiber des Achten Reviers zu vermieten, der ihm schon ein Jahr die Miete schuldete. Dieses Zusammentreffen widriger Umstände besiegelte Parodis Geschick: Die Aussagen der Zeugen (die der Bande Heilige Tatze angehörten) waren einstimmig; der Richter verurteilte ihn zu 21 Jahren Haft. Die sitzende Lebensweise hatte ihren Einfluß auf den Totschläger von 1919 gehabt: Nun war er ein Mann in den Vierzigern, pedantisch, wohlbeleibt, mit geschorenem Kopf und seltsam weisen Augen. Diese Augen sahen jetzt den jungen Molinari an.

»Was steht zu Diensten, mein Freund?«

Seine Stimme war nicht übermäßig herzlich, aber Molinari wußte, daß Besuche ihm nicht unwillkommen waren. Außerdem war ihm die mögliche Reaktion Parodis weniger wichtig als die Notwendigkeit, einen Vertrauten und Ratgeber zu finden. Langsam und sachgemäß bereitete der alte Parodi Mate in einem himmelblauen Gefäß. Er bot ihn Molinari an. Wie ungeduldig dieser auch war, das Abenteuer zu berichten, das sein Leben unwiderruflich aus der Bahn geworfen hatte, so wußte er doch, daß es zwecklos war, Isidro Parodi zu drängen; mit einer Gelassenheit, die ihn selbst in Erstaunen setzte, begann er ein nichtssagendes Gespräch über die Rennen, die ein einziger Schwindel sind und bei denen keiner weiß, wer gewinnen wird. Don Isidro ging nicht darauf ein; er kam wieder auf seinen Lieblingsärger und legte los gegen die Italiener, die sich überall eingenistet hatten und nicht einmal das Nationalgefängnis respektierten.

»Heutzutage ist es vollgestopft mit Ausländern von höchst zweifelhaftem Vorleben, von denen niemand weiß, woher sie kommen.«

Molinari, der leicht nationalistisch angehaucht war, stimmte in diese Klagen ein und sagte, er habe die Italiener und die Drusen satt, gar nicht zu reden von den englischen Kapitalisten, die das Land mit Eisenbahnen und Kühlschränken überschwemmt hatten. Gestern erst hatte er die Große Pizzeria Los Hinchas betreten, und das erste, was er dort zu sehen bekam, war ein Italiener.

»Ist es ein Italiener oder eine Italienerin, die Ihnen zu schaffen macht?«

»Weder ein Italiener noch eine Italienierin«, sagte Molinari schlicht. »Don Isidro, ich habe einen Menschen umgebracht.«

»Wie man behauptet, habe auch ich einen umgebracht, und trotzdem sehen Sie mich hier. Werden Sie nicht nervös; diese Angelegenheit mit den Drusen ist kompliziert, aber wenn nicht so ein Schreiber vom Revier Nr. 8 Sie auf dem Kieker hat, können Sie vielleicht mit heiler Haut davonkommen.«

Molinari sah ihn verblüfft an. Dann fiel ihm ein, daß sein Name im Zusammenhang mit dem Geheimnis um das Landhaus von Ibn Khaldun von einer skrupellosen Zeitung genannt worden war – die wahrhaftig höchst verschieden war von dem dynamischen Blatt, in dem er die Rubiken Eleganter

Sport und Fußball betreute. Er erinnerte sich daran, daß Parodi seine geistige Regsamkeit bewahrte und, dank seiner Pfiffigkeit und der großzügigen Zerstreutheit des Subkommissars Grondona, sämtliche Abendzeitungen genauester Prüfung unterzog. Tatsächlich war das kürzlich erfolgte Ableben von Ibn Khaldun Don Isidro wohlbekannt; trotzdem bat er Molinari, ihm die Geschehnisse zu berichten, aber nicht so rasch zu sprechen, da er schon etwas schwerhörig sei. Molinari erzählte, fast gelassen, die Geschichte:

»Glauben Sie mir, ich bin ein moderner Junge, ein Mann unserer Zeit; ich habe gelebt, aber ich denke auch gerne nach. Ich habe eingesehen, daß wir über die Etappe des Materialismus schon hinaus sind; die Abendmahlsfeiern und die Massenversammlungen beim Eucharistischen Kongreß haben mir unauslöschlichen Eindruck gemacht. Wie Sie neulich mal so richtig gesagt haben – und glauben Sie mir, der Ausspruch ist nicht zum einen Ohr rein-, zum andern rausgegangen –, man muß der unbekannten Größe ihren Platz zuweisen. Sehen Sie, die Fakire und die Yogis mit ihren Atemübungen und all ihrem Mumpitz, die wissen eine ganze Menge Dinge. Ich bin als guter Katholik aus dem spiritistischen Verein Ehre und Vaterland ausgetreten, aber ich habe gemerkt, daß die Drusen eine durchaus fortschrittliche Gemeinschaft sind und dem Geheimnis viel näher als viele, die jeden Sonntag zur Messe gehen. Zunächst hatte Doktor Ibn Khaldun ein schikkes Landhaus in Villa Mazzini mit einer prima Bibliothek. Ich habe ihn bei Radio Phönix kennengelernt, am Tag des Baumes. Da hat er einen sehr geistvollen Vortrag gehalten, und ihm gefiel ein Artikelchen, das ich darüber schrieb und das ihm jemand zugeschickt hat. Er hat mich mit zu sich mitgenommen, mir ernste Bücher geliehen und mich zu dem Fest eingeladen, das er in seinem Landhaus gab; es fehlt dabei am weiblichen Element, aber das sind dort wahre kulturelle Wettkämpfe, das kann ich Ihnen flüstern. Man sagt, die glauben dort an Götzen; aber in dem Festsaal steht ein Stier aus Metall, der ist mehr wert als eine Eisenbahn. Jeden Freitag versammeln sich um den Stier die Akils, das sind, wie man so sagt, die Eingeweihten. Schon lange wollte Doktor Ibn Khaldun, daß ich eingeweiht werde; ich konnte mich nicht weigern, wollte gern gut mit dem Alten stehen, und der Mensch lebt nicht vom Brot allein. Die Drusen sind sehr verschlossene Leute, und einige von ihnen meinten, ein Abendländer sei nicht würdig, in die Bruderschaft einzutreten. Abul Hassan zum Beispiel, um nur das zu erwähnen, dem alle Fleischtransportwagen gehören, hatte daran erinnert, daß die Zahl der Erwählten feststeht und daß es unstatthaft ist, Proselyten zu machen. Auch der Schatzmeister Isedin war dagegen; aber das ist ein Tropf, der den ganzen Tag nichts tut als schreiben, und Doktor Ibn Khaldun hat sich lustig gemacht über ihn und seine Notizbüchelchen. Trotzdem haben diese Reaktionäre mit ihren veralteten Vorurteilen ihre geheime Wühlarbeit fortgesetzt, und ich scheue mich nicht, zu behaupten, daß sie indirekt an allem schuld sind.

Am 11. August erhielt ich einen Brief von Ibn Khaldun, in dem er mir ankündigte, daß sie mich am 14. einer etwas schwierigen Prüfung unterziehen würden, auf die ich mich vorbereiten müßte.«

»Und wie mußten Sie sich vorbereiten?« fragte Parodi.

»Ja, wie Sie wohl wissen, drei Tage nichts als schwarzen Tee, und die Zeichen des Tierkreises lernen, genau in der Reihenfolge, wie sie im Bristol-Kalender stehen. Ich habe mich krank gemeldet beim Kanalisationsamt, wo ich vormittags arbeite. Anfangs wunderte es mich, daß die Zeremonie an einem Sonntag, nicht an einem Freitag stattfinden sollte; aber der Brief hat mich aufgeklärt, daß für eine so wichtige Prüfung der Tag des Herrn geeignet sei. Ich sollte mich vor Mitternacht in dem Landhaus einfinden. Den Freitag und Samstag habe ich ganz ruhig verbracht, aber am Sonntag bin ich nervös aufgewacht. Schauen Sie, Don Isidro, wenn ich's bedenke, bin ich sicher, daß ich schon ahnte, was passieren würde. Aber ich habe nicht aufgegeben, den ganzen Tag habe ich mich mit dem Buch beschäftigt. Es war lächerlich, alle fünf Minuten habe ich auf die Uhr geschaut, um zu sehen, ob ich wieder ein Glas Tee trinken konnte. Ich weiß nicht, wozu ich hingeschaut habe, ich mußte auf alle Fälle trinken: Die Kehle war mir wie ausgetrocknet und verlangte nach Flüssigkeit. So sehr habe ich auf die Stunde des Examens gewartet, und dann – bin ich doch zu spät zur Station Retiro gekommen und mußte den Vorortzug um 23.18 nehmen, statt den vorherigen.

Obwohl ich wirklich gut vorbereitet war, habe ich im Zug weiter den Kalender studiert. Ein paar Dummköpfe sind mir auf die Nerven gegangen, die den Sieg von Millonarios gegen Chacarita Juniors diskutierten und, glauben Sie mir, keine Sterbensahnung von Fußball hatten. Ich bin in Belgrano R. ausgestiegen. Die Villa liegt dreizehn Blocks vor der Station. Ich dachte, der Spaziergang würde mich erfrischen, aber er machte mich ganz kaputt. Nach Anweisung von Ibn Khaldun habe ich ihn von der Ladenschänke Ecke Rosetti aus angerufen.

Vor der Villa stand eine ganze Reihe von Wagen; im Haus brannten mehr Lichter als bei einer Leichenfeier, und schon von weitem hörte man das Stimmengewirr. Ibn Khaldun hat mich am Tor erwartet. Ich fand ihn gealtert. Ich hatte ihn oft bei Tag gesehen; erst jetzt, bei Nacht, fiel mir auf, daß er ein wenig Repetto ähnelte, aber mit Bart. Ironie des Schicksals, wie man so sagt: In dieser Nacht, wo ich verrückt war vor Aufregung wegen der Prüfung, gehe ich hin und achte auf solchen Unfug. Wir sind den ziegelgepflasterten Weg gegangen, der um das Haus führt, und von der Rückseite her eingetreten. Im Sekretariat befand sich Isedin, auf der Seite des Archivs.

»Ich bin hier seit vierzehn Jahren archiviert«, bemerkte Don Isidro sanft, »aber dieses Archiv kenne ich nicht. Beschreiben Sie mir den Ort ein wenig.«

»Schauen Sie, das ist sehr einfach. Das Sekretariat liegt im oberen Stock; eine Treppe führt direkt in den Festsaal. Dort waren die Drusen versammelt, so um die hundertfünfzig, alle verhüllt und in weißen Tuniken, rings um den metallenen Stier. Das Archiv ist ein kleines Zimmer, direkt neben dem Sekretariat; es ist ein Innenraum. Ich sage immer, ein Raum ohne anständige Fenster ist auf die Dauer ungesund. Sind Sie nicht auch meiner Ansicht?«

»Reden Sie mir nicht davon! Seit ich hier einquartiert bin, habe ich die geschlossenen Räume satt. Beschreiben Sie mir das Sekretariat.«

»Es ist ein großes Zimmer. Drin gibt es einen Eichenschreibtisch, auf dem die Olivetti steht, ein paar sehr bequeme Sessel, in denen man bis zu den Ohren versinkt, eine halbvergammelte türkische Wasserpfeife, die ein Heidengeld wert ist, einen Kristallkronleuchter, einen Perserteppich, futuristisch, eine Napoleonbüste, eine Bibliothek mit seriösen Büchern: die *Weltgeschichte* von César Cantú, *Die Wunder der Welt und des Menschen*, die *Internationale Bibliothek berühmter Werke*, das Jahrbuch der Zeitung ›La Razón‹, *Der illustrierte Gärtner* von Peluffe, der *Jugendhort, La Donna Delinquente* von Lombroso und was noch mehr.

Isedin war nervös. Ich merkte auch gleich, warum: Er war wieder einmal auf seine Werke zu sprechen gekommen. Auf dem Tisch lag ein riesiges Paket mit Büchern. Der Doktor, ganz mit meinem Examen beschäftigt, will Isedin los sein und sagt ihm:

›Seien Sie beruhigt. Heute nacht lese ich Ihre Bücher.‹

Ich weiß nicht, ob der andere ihm geglaubt hat; er legte sich die Tunika an, um in den Festsaal zu gehen. Mich hat er nicht einmal mit einem Blick gestreift.

Sobald wir allein waren, sagte Doktor Ibn Khaldun:

›Hast du auch getreulich gefastet, hast du die zwölf Tierkreiszeichen gelernt?‹

Ich habe ihm versichert, daß ich mich seit Donnerstag zehn Uhr abends (an diesem Abend hatte ich in der Großmarkthalle eine leichte *buseca* und einen *pesceto al horno* gespeist) von schwarzem Tee ernährt hatte.

Dann bat mich Ibn Khaldun, ihm die Namen der zwölf Zeichen aufzusagen. Ich habe sie ihm ohne einen einzigen Fehler hergesagt; er hat mich die Reihe fünf- oder sechsmal wiederholen lassen. Schließlich hat er gesagt:

›Ich sehe, daß du die Vorschriften befolgt hast. Sie würden dir freilich gar nichts nützen, wenn du nicht eifrig und mutig wärest. Es ist mir bekannt, daß du das bist; ich habe beschlossen, denen, die deine Eignung bestreiten, kein Gehör zu schenken: Ich werde dich einer einzigen Prüfung unterziehen, der gefährlichsten und schwierigsten. Vor dreißig Jahren habe ich sie auf den Höhen des Libanon glücklich bestanden; aber vorher hatten mir die Meister andere, leichtere gewährt: Ich entdeckte eine Münze in der Tiefe des Meeres, einen Wald aus Luft, einen Kelch im Mittelpunkt der Erde, einen in die Hölle verdammten Krummsäbel. Du wirst nicht vier magische Gegenstände suchen: Du wirst die vier Meister suchen, die das verschleierte Viereck der Göttlichkeit bilden. Im Augenblick umringen sie, frommen Aufgaben gewidmet, den metallenen Stier; sie beten mit ihren Brüdern, den Akils, die verschleiert sind wie sie: Kein Kennzeichen unterscheidet sie, aber dein Herz wird sie erkennen. Ich werde dir den Auftrag erteilen, Jussuf zu bringen: Du wirst in den Festsaal hinuntersteigen, während du dir in genauer Reihenfolge die Himmelszeichen vorstellst; wenn du beim letzten, den Fischen, angelangt bist, fängst du mit dem ersten, dem Widder, wieder an, und so fort. Du machst drei Runden um die Akils, und deine Schritte werden dich zu Jussuf führen, wenn du die Reihenfolge der Zeichen nicht verändert hast. Du sagst ihm: »Ibn Khaldun ruft dich«, und bringst ihn hierher. Dann werde ich dir auftragen, den zweiten Meister herzubringen, dann den dritten, dann den vierten.‹

Glücklicherweise hatten sich mir vom ewigen Durchlesen des Bristol-Kalenders die zwölf Zeichen eisern eingeprägt; aber es genügt ja, daß jemand einem sagt, man solle sich nicht irren, daß man anfängt zu fürchten, man könnte sich irren. Ich habe den Mut nicht verloren, das versichere ich Ihnen, aber ich hatte so ein Vorgefühl. Ibn Khaldun hat mir die

Hand gedrückt und gesagt, seine Gebete würden mich begleiten, und ich bin die Treppe hinuntergestiegen, die zum Festsaal führt. Ich war ganz beschäftigt mit den Zeichen; außerdem haben mich all die weißen Rücken, die geneigten Köpfe, diese glatten Larven und der heilige Stier beunruhigt, den ich nie von nahem gesehen hatte. Trotzdem habe ich mit Anstand meine drei Runden gemacht und fand mich hinter einem der in Laken Gehüllten, der mir allen andern ganz gleich zu sein schien. Da ich aber damit beschäftigt war, mir die Tierkreiszeichen vorzustellen, hatte ich keine Zeit nachzudenken und habe ihm gesagt: ›Ibn Khaldun ruft Sie.‹ Der Mann ist mir gefolgt; wir sind die Treppe hinaufgegangen, wobei ich mir immer weiter die Zeichen vorgesagt habe, und haben das Sekretariat betreten. Ibn Khaldun war beim Beten; er ließ Jussuf ins Archiv eintreten, kam sofort wieder und sagte zu mir: ›Bring jetzt Ibrahim.‹ Ich bin in den Festsaal zurückgekehrt, habe meine drei Runden gemacht, bin hinter einem anderen in Laken Gehüllten stehengeblieben und habe ihm gesagt: ›Ibn Khaldun ruft Sie.‹ Mit ihm bin ich ins Sekretariat zurückgekehrt.«

»Halten Sie mal die Pferde an, mein Freund«, sagte Parodi. »Sind Sie sicher, daß, während Sie Ihre Runden machten, niemand das Sekretariat verlassen hat?«

»Schauen Sie, ich versichere Ihnen, ausgeschlossen. Ich war sehr mit den Zeichen beschäftigt und alles, was Sie wollen, aber so blöd bin ich nicht. Ich habe diese Tür nicht aus den Augen gelassen. Seien Sie unbesorgt: niemand ist hinein- oder hinausgegangen.

Ibn Khaldun hat Ibrahim beim Arm gefaßt und mit ins Archiv genommen; dann sagte er zu mir: ›Jetzt bring mir Isedin.‹ Sonderbare Geschichte, Don Isidro; die beiden ersten Male hatte ich Vertrauen zu mir selbst gehabt, dieses Mal war ich verzagt. Ich bin hinuntergegangen, dreimal um die Drusen herummarschiert und mit Isedin zurückgekommen. Ich war todmüde; auf der Treppe wurde mir ganz schwarz vor den Augen, das kommt von den Nieren; alles sah mir ganz fremd aus, auch mein Begleiter. Ibn Khaldun selbst, der schon so viel Vertrauen in mich hatte, daß er, anstatt zu beten, angefangen hatte, Patiencen zu legen, hat Isedin ins Archiv geführt und zu mir wie ein Vater gesprochen:

›Diese Prüfung hat dich mitgenommen. Ich werde selbst den vierten Eingeweihten holen, Khalil.‹

Die Ermüdung ist der Feind der Aufmerksamkeit, aber als Ibn Khaldun hinausging, habe ich mich an die Pfosten des Geländers geklammert und hinter ihm hergespäht. Der Mann hat ganz stumpfsinnig seine drei Runden gemacht, Khalil beim Arm gefaßt und ihn nach oben gebracht. Wie ich Ihnen schon sagte, hat das Archiv keine Tür außer der, die ins Sekretariat führt. Durch diese Tür ist Ibn Khaldun mit Khalil eingetreten; gleich darauf kam er mit den vier verschleierten Drusen heraus; er hat über mir ein Kreuzzeichen gemacht, denn es sind sehr fromme Leute; dann sagt er ihnen auf Spanisch, sie sollen die Verhüllung ablegen; Sie werden sagen, es ist ein pures Ammenmärchen, aber da standen sie – Isedin mit seinem Ausländergesicht, und Khalil, der Untergeschäftsführer von La Formal, und Jussuf, der Schwager von dem, der durch die Nase redet, und Ibrahim, bleich wie ein Toter und bärtig, Ibn Khalduns Teilhaber, wie Sie wissen. Hundertfünfzig Drusen, einer wie der andere, und hier waren die vier Meister!

Doktor Ibn Khaldun hat mich beinahe umarmt; aber die anderen Leute, die sich von keinem Augenschein überzeugen lassen, die voller Aberglauben stecken und an Vorzeichen glauben, wollten nicht mit sich handeln lassen und wurden auf Drusisch wütend mit ihm. Der arme Ibn Khaldun wollte sie überzeugen, aber schließlich mußte er nachgeben. Er sagte, er würde mich noch einer Prüfung unterziehen, einer schrecklich schwierigen, aber in dieser Prüfung würde ihrer aller Leben und vielleicht das Schicksal der Welt aufs Spiel gesetzt. Er fuhr fort:

›Wir werden dir mit diesem Schleier die Augen verbinden, dir in die rechte Hand diesen langen Stock geben, und jeder von uns wird sich in einem Winkel des Hauses oder des Gartens verstecken. Du wirst hier warten, bis die Uhr zwölf schlägt; dann wirst du uns, einen nach dem andern, entdekken, geführt von den Tierkreiszeichen. Diese Zeichen regieren die Welt; solange die Prüfung dauert, vertrauen wir dir den Lauf der Zeichen an: Der Kosmos wird in deiner Macht sein. Wenn du die Ordnung des Zodiak nicht verstörst, werden unsere Geschicke und das Geschick der Welt ihren vorbestimmten Lauf nehmen. Wenn deine Vorstellungskraft sich irrt, wenn du nach der Waage den Löwen und nicht den Skorpion denkst, wird der Meister, den du suchst, sterben, und die Erde wird die Heimsuchung von Luft, Feuer und Wasser erfahren.‹

Alle stimmten zu, bis auf Isedin, der schon so viel Salami gefressen hatte, daß er nicht mehr aus den Augen sehen konnte und so zerstreut war, daß er beim Weggehen allen die Hand gab, was er sonst nie tut.

Sie haben mir einen Bambusstock in die Hand gegeben, mir die Binde umgelegt und sind gegangen. Ich blieb allein. Was hatte ich für eine Angst: Mir die Zeichen vorstellen, ohne ihre Reihenfolge zu ändern; auf die Glockenschläge warten, die nie schlagen wollten; die Angst, sie könnten schlagen und ich müßte anfangen, durch dies Haus zu gehen, das mir plötzlich unendlich groß und unbekannt vorkam. Ohne es zu wollen, dachte ich an die Treppen, die Absätze, an die Möbel, die mir im Weg stehen würden, an den Keller, den Hof, die Glasdächer und was weiß ich noch alles. Ich habe angefangen, alles mögliche zu hören: die Zweige der Bäume im Garten, Schritte oben, die Stimmen der Drusen, die das Haus verlassen, das Anspringen des alten Issota von Abd-el-Melek: Sie wissen doch, der in der Lotterie von Raggio-Öl den ersten Preis gewonnen hat. Kurz und gut, sie sind alle gegangen, und ich bin allein in dem Riesenhaus geblieben, mit diesen Drusen, die sich irgendwo verstecken. Und da plötzlich schlägt die Uhr, was mir einen schönen Schrecken einjagt. Ich bin losgegangen mit meinem Bambusstöckchen, ich, ein junger Mann, strotzend von Leben, der herumtappt wie ein Invalide, wie ein Blinder, falls Sie verstehen, was ich meine. Ich habe mich gleich links gehalten, denn der Schwager von dem, der durch die Nase redet, hat viel *savoir faire*, und ich dachte, ich würde ihn unterm Tisch finden. Die ganze Zeit sehe ich deutlich vor mir die Waage, den Skorpion, den Schützen und all diesen Bilderkram; ich habe den ersten Treppenabsatz vergessen und bin irrtümlich weiter hinuntergegangen; dann kam ich in den Wintergarten. Auf einmal hatte ich mich verirrt. Ich fand weder die Tür noch die Wände. Man muß sich ja auch vorstellen: drei Tage bei schwarzem Tee, und dazu der große geistige Verschleiß, den ich mir zumutete. Aber trotz allem bin ich Herr der Situation geblieben und habe mich Richtung Speiseaufzug gewandt; ich dachte, einer könnte in die Kohlenkiste gekrochen sein: aber diese Drusen, so gebildet sie sind, haben doch nicht unsere argentinische Gerissenheit. Ich bin also zurück zum Saal gegangen. Ich stieß gegen ein Tischchen mit drei Beinen, wie es einige Drusen verwenden, die noch an Spiritismus glauben, als ob sie im Mittelalter lebten. Es kam mir vor, als sähen mich die Augen aus all den Ölbildern an – Sie werden vielleicht über mich lachen; meine kleine Schwester sagt immer, ich hätte etwas von einem Irren und einem Dichter. Aber ich bin nicht eingeschlafen, und da habe ich Ibn Khaldun entdeckt; ich habe nur den Arm ausgestreckt, und da hatte ich ihn. Ohne weitere Schwierigkeiten fanden wir die Treppe, die viel näher war, als ich mir eingebildet hatte, und erreichten das Sekretariat. Auf dem Weg haben wir kein einziges Wort gesprochen. Ich war mit den Zeichen beschäftigt. Ich habe ihn verlassen und bin los, um einen weiteren Drusen aufzustöbern. Dabei höre ich etwas wie ein unterdrücktes Lachen. Zum ersten Mal kommt mir ein Zweifel: der Gedanke, daß sie über mich lachen. Gleich darauf höre ich einen Schrei. Ich möchte schwören, daß ich mich mit den Bildern nicht geirrt habe; aber erst die Wut und dann die Überraschung – vielleicht hatte ich doch etwas durcheinandergebracht. Ich werde nie Tatsachen leugnen. Ich habe mich umgedreht, mit dem

Stock tastend, das Sekretariat erreicht. Ich bin über etwas auf dem Boden gestolpert, habe mich gebückt. Mit der Hand berühre ich Haare. Ich berühre eine Nase, Augen. Ohne zu merken, was ich tue, reiße ich mir die Binde herunter.

Ibn Khaldun lag ausgestreckt auf dem Teppich, den Mund voll Schaum und Blut; ich habe ihn angefaßt; er war noch ganz hübsch warm, aber doch schon eine Leiche. Im Zimmer war niemand. Ich bemerkte den Stock, der mir aus der Hand gefallen ist; an seiner Spitze war Blut. Erst da ist mir klargeworden, daß ich ihn getötet hatte. Zweifellos hatte ich mich, als ich das Lachen und den Schrei hörte, einen Augenblick verwirren lassen und die Reihenfolge der Zeichen verändert: Diese Verwechslung hatte ein Menschenleben gekostet. Vielleicht das aller vier Meister ... Ich habe mich über die Brüstung gelehnt und nach ihnen gerufen. Niemand antwortet. Entsetzt fliehe ich durchs Hinterhaus, wobei ich leise vor mich hin wiederhole: der Widder, der Stier, die Zwillinge, damit nicht die Welt untergeht. Im Nu war ich bei der Umfassungsmauer angelangt, und dabei ist der Besitz drei bis vier Blocks groß; der lahme Ferrarotti hat mir ja immer gesagt, daß meine Zukunft beim Mittelstreckenlauf liegt. Aber in dieser Nacht war ich ein Phänomen im Hochsprung. Mit einem Satz bin ich über die Mauer, die fast zwei Meter hat; als ich aus dem Graben krieche und dabei bin, mir eine ganze Menge Flaschensplitter abzusuchen, die sich mir überall eingebohrt hatten, fange ich wegen des Rauchs an zu husten. Von der Villa steigt Qualm auf, schwarz und schwer wie Matratzenwolle. Obwohl ich nicht trainiert hatte, bin ich wie zu meinen besten Zeiten gelaufen. An der Calle Rosetti habe ich mich umgedreht: der Himmel war hell wie beim Feuerwerk am 25. Mai, das Haus stand in Flammen. Da sieht man's, was eine Vertauschung der Zeichen bewirken kann! Beim Gedanken daran wurde mir der Gaumen so trocken wie eine Papageienzunge. An der Ecke sehe ich einen Wachmann und mache kehrt; danach bin ich in öde Gegenden geraten – wirklich eine Schande, daß es so was in unserer Hauptstadt noch gibt; ich kann Ihnen versichern, ich habe mich als Argentinier geschämt – und außerdem haben mich die Hunde verrückt gemacht, es reicht ja, daß einer zu bellen anfängt, damit alle ringsherum mich mit ohrenbetäubendem Gebell überfallen, und in diesen unmöglichen Vierteln da im Westen gibt es keine Sicherheit für den Fußgänger, keine Bewachung irgendwelcher Art. Plötzlich wurde ich ruhig; ich sah nämlich, daß ich in der Calle Charlone war; noch um ein paar Ecken, und ich hatte die hohe Wand des Chacarita-Friedhofs vor mir. Eine Bande von Taugenichtsen, die bei einem Ausschank herumlungerten, fingen an, ›der Widder, der Stier‹ zu sagen und Geräusche von sich zu geben, wie sie sich nicht für den Mund gehören; aber ich habe mich nicht um sie gekümmert und bin eilig vorbeigegangen. Wollen Sie glauben, daß ich erst nach einer Weile merkte, daß ich die Zeichen vor mich hin gesagt hatte, ganz laut? Wieder habe ich mich verirrt. Sie wissen ja, in diesen Vierteln fehlt es an den elementarsten Grundbegriffen des Städtebaus, und die Straßen verlieren sich in einem Labyrinth. Ein Fahrzeug zu nehmen ist mir gar nicht in den Sinn gekommen; ich kam nach Hause, mit völlig zerfetzten Schuhen, als gerade die Müllmänner aufgestanden sind. Ich war an diesem frühen Morgen krank vor Müdigkeit. Ich glaube, ich hatte sogar Fieber. Ich bin ins Bett gefallen, war aber entschlossen, nicht zu schlafen, um mich nicht von den Zeichen ablenken zu lassen.

Um zwölf Uhr mittags habe ich mich bei der Redaktion und beim Kanalisationsamt krank gemeldet. Dabei ist mein Nachbar hereingekommen, der Vertreter für die Brancato-Pomaden, und er hat darauf bestanden, mich mit in sein Zimmer zu nehmen, um mir ein Nudelgericht vorzusetzen. Ich rede ganz offen mit Ihnen: Anfangs fühlte ich mich ein wenig besser. Mein Freund ist ein Mann von Welt und hat einen hiesigen Moscato aufgemacht. Aber ich war gar nicht zu feineren Gesprächen aufgelegt, und mit dem Vorwand, daß die Tomatensauce mir wie Blei im Magen liegt, bin ich wieder auf mein Zimmer gegangen. Den ganzen Tag bin ich da geblieben.

Aber schließlich bin ich kein Einsiedler, und die Ereignisse des Vorabends haben mich beschäftigt, und so habe ich die Wirtin gebeten, mir die *Noticias* zu bringen. Ohne die Sportseite auch nur anzusehen, habe ich mich auf den Polizeibericht gestürzt, und da sah ich das Bild von der Katastrophe: Um 0:23 in der Frühe war ein Großbrand in der in Villa Mazzini gelegenen Besitzung von Doktor Ibn Khaldun ausgebrochen. Trotz lobenswerten Eingreifens der Ortsgruppe der Feuerwehr wurde das Anwesen ein Raub der Flammen, wobei sein Besitzer, ein hervorragendes Mitglied der syro-libanesischen Kolonie, den Tod fand – Doktor Ibn Khaldun, einer der großen Pioniere für den Import von Linoleumersatz. Ich war entsetzt. Baudizzone, der seine Seite nie sorgfältig redigiert, waren mehrere Irrtümer unterlaufen; zum Beispiel hat er mit keinem Wort die religiöse Zeremonie erwähnt und behauptet, man habe sich an diesem Abend nur versammelt, um den Jahresbericht zu hören und neue Vorstände zu wählen. Kurz vor der Katastrophe hatten die Herren Khalil, Jussuf und Ibrahim die Villa verlassen. Sie sagten aus, sie hätten bis 24 Uhr freundschaftlich mit dem Verblichenen geplaudert, der, weit entfernt davon, die Tragödie vorauszuahnen, die seinen Tagen ein Ende setzen und ein altes Wohnhaus am Westrand in Asche legen würde, seinen gewohnten Esprit habe funkeln lassen. Der Ursprung der gewaltigen Feuersbrunst harre noch der Aufklärung.

Ich scheue mich nicht vor Arbeit; aber seit dem Tag bin ich weder zur Zeitung noch ins Amt gegangen. Nach zwei Tagen hat mich ein höchst liebenswürdiger Herr besucht, der mich über meine Rolle beim Ankauf von Besen und Scheuertüchern für die Personalkantine des Holzlagers in der Calle Bucarelli befragte; dann hat er das Thema gewechselt und von den ausländischen Kolonien gesprochen und besonderes Interesse für die syro-libanesische gezeigt. Ohne sich festzulegen, hat er versprochen, den Besuch zu wiederholen. Aber er kam nicht wieder. Statt dessen hat ein Unbekannter an der Ecke Posten bezogen und folgt mir höchst unauffällig überallhin. Ich weiß, Sie sind nicht der Mann, sich von der Polizei oder sonstwem einwickeln zu lassen. Retten Sie mich, Don Isidro – ich bin verzweifelt!«

»Ich bin weder Hexenmeister noch Hungerkünstler, daß ich Rätselaufgaben lösen könnte. Aber ich will dir eine kleine Hilfestellung nicht versagen. Das aber nur unter einer Bedingung. Du versprichst, mir in allem zu folgen.«

»Alles, was Sie wollen, Don Isidro.«

»Sehr gut. Wir fangen gleich an. Sag die Tierkreiszeichen in der Reihenfolge auf, wie sie im Kalender stehen.«

»Der Widder, der Stier, die Zwillinge, der Krebs, der Löwe, die Jungfrau, die Waage, der Skorpion, der Schütze, der Steinbock, der Wassermann, die Fische.«

»Sehr gut. Jetzt sag sie umgekehrt.«

Molinari stotterte, ganz blaß:

»Der Derwid, der Ersti ...«

»Hör auf mit diesen Albernheiten. Ich sage dir, du sollst die Reihenfolge ändern, sollst die Zeichen irgendwie durcheinander aufsagen.«

»Ich soll die Reihenfolge ändern? Sie haben nicht begriffen, Don Isidro, das darf man nicht ...«

»Nein? Sag das erste, dann das letzte und das vorletzte.«

Molinari gehorchte bestürzt. Dann sah er sich um.

»Gut, jetzt, wo du dir die Phantastereien aus dem Kopf geschlagen hast, gehst du in deine Zeitung. Mach dir keine Sorgen.«

Stumm, erlöst, betäubt verließ Molinari das Gefängnis. Draußen stand der andere und wartete auf ihn.

II

Nach einer Woche gestand Molinari sich ein, daß er einen zweiten Besuch in der Strafvollzugsanstalt nicht mehr aufschieben könne. Dabei war es ihm unangenehm, Parodi gegenüberzutreten, der seinen Dünkel und seine erbärmliche Leichtgläubigkeit durchschaut hatte. Er, ein moderner Mensch – und hatte sich von ein paar fanatischen Ausländern hinters Licht führen lassen! Die Besuche des liebenswürdigen Herrn wurden häufiger und unheilverkündender: Jetzt sprach er nicht nur von Syro-Libanesen, sondern von den Drusen des Libanon. Seine Gespräche hatten sich um einige neue Themen bereichert, zum Beispiel: die Abschaffung der Folter im Jahre 1813, die Vorteile eines elektrisch geladenen Stockes, der von der Untersuchungsbehörde gerade erst aus Bremen eingeführt worden war, etc. etc.

An einem regnerischen Morgen nahm Molinari den Bus an der Ecke Humberto I. Als er in Palermo ausstieg, stieg auch der Unbekannte aus, der von der Brille zu einem blonden Bart übergegangen war …

Wie immer empfing Parodi ihn mit einer gewissen Trockenheit; er besaß den Takt, nicht auf das Geheimnis von Villa Mazzini anzuspielen: Er kam, ein beliebtes Thema bei ihm, darauf zu sprechen, was alles ein Mann tun kann, der genaue Kartenkenntnisse besitzt. Er beschwor die Erinnerung an Lince Rivarola, dem jemand einen Stuhl über den Kopf gehauen hatte, genau in dem Augenblick, als er ein zweites Pik-As aus einem Spezialversteck in seinem Ärmel ziehen wollte. Um diese Anekdote zu ergänzen, holte er aus einer Schublade ein schmieriges Spiel Karten, ließ sie von Molinari mischen und forderte ihn auf, sie mit den Bildern nach unten auf dem Tisch auszubreiten.

»Und jetzt, Freundchen, werden Sie, der Sie ein Hexenmeister sind, diesem armen Alten die Herz-vier geben.«

Molinari stotterte:

»Ich habe nie behauptet, daß ich ein Hexenmeister bin, Señor … Sie wissen, daß ich jede Verbindung zu diesen Fanatikern abgebrochen habe.«

»Ja, du hast abgebrochen, abgehoben und gemischt; gib mir sofort die Herz-Vier. Nur keine Angst; es ist die erste Karte, die du aufnimmst.«

Zitternd streckte Molinari die Hand aus, nahm irgendeine Karte und gab sie Parodi. Der sah sie an und sagte:

»Du bist ein Mordskerl! Jetzt gibst du mir den Pik-Buben.«

Molinari zog eine weitere Karte und händigte sie ihm aus.

»Jetzt die Kreuz-Sieben.«

Molinari gab ihm eine Karte.

»Die Anstrengung hat dich ermüdet. Ich werde für dich die letzte Karte ziehen, den Herz-König.«

Er nahm, fast gleichgültig, eine Karte auf und legte sie zu den drei vorigen. Dann sagte er Molinari, er solle sie umdrehen. Es waren der Herz-König, die Kreuz-Sieben, der Pik-Bube und die Herz-Vier.

»Reiß die Augen nicht so auf«, sagte Parodi. »Unter all diesen gleichen Karten ist eine, die gezinkt ist: Die erste, die ich von dir verlangt habe, aber nicht die erste, die du mir gegeben hast. Ich habe die Herz-Vier verlangt, du hast mir den Pik-Buben gegeben, ich habe den Pik-Buben verlangt, du hast mir die Kreuz-Sieben gegeben, ich habe die Kreuz-Sieben verlangt, du hast mir den Herz-König gegeben. Dann habe ich gesagt, du wärst müde, und ich selber würde die vierte Karte, den Herz-König, ziehen. Ich habe die Herz-Vier gezogen, die diese kleinen schwarzen Punkte hat.

Ibn Khaldun hat genau dasselbe gemacht. Er hat dir gesagt, du sollst den Meister Nr. 1 holen, du hast ihm Nr. 2 gebracht; er sagt, du sollst Nr. 2 bringen, du bringst Nr. 3; er sagt, du sollst Nr. 3 bringen, du bringst Nr. 4. Dann sagt er, er wird Nr. 4 bringen und bringt Nr. 1. Nr. 1 war Ibrahim, sein nächster Freund; Ibn Khaldun konnte ihn unter vielen herauskennen … So geht's denen, die sich mit Ausländern einlassen. Du selbst hast mir gesagt, die Drusen seien sehr verschlossene Leute. Das hast du sehr richtig gesagt, und der verschlossenste von allen war Ibn Khaldun, der Älteste der Kolonie. Den anderen war es genug, einen Argentinier abzuweisen; er wollte ihn zum Gespött machen. Er sagt dir, du sollst an einem Sonntag kommen, und du selbst hast mir doch gesagt, der Freitag sei der Tag ihrer Gottesdienste. Damit du nur ja recht nervös bist, setzt er dich drei Tage auf schwarzen Tee und den Bristol-Kalender; noch dazu läßt er dich wer weiß wieviel Häuserblocks weit marschieren. Er schickt dich in ein Spektakel vermummter Drusen hinein und, nicht genug, dich ganz wirr vor Furcht zu machen, erfindet er obendrein die Geschichte mit den Figuren aus dem Kalender. Der Mann war ein Witzbold; noch hatte er die Rechnungsbücher, die Isedin gebracht hatte, nicht überprüft (und würde sie auch nie revidieren). Von diesen Büchern haben sie gesprochen, als du hereinkamst; du hast geglaubt, sie sprechen von Romanen und Gedichten. Wer weiß, was für Machenschaften der Schatzmeister angestellt hatte; Tatsache ist, daß er Ibn Khaldun umgebracht und das Haus angesteckt hat, damit niemand die Bücher liest. Er verabschiedet sich, gibt jedem die Hand – was er sonst nie tat –, damit feststeht, daß er gegangen ist. Er versteckt sich irgendwo in der Nähe, wartet ab, bis die anderen, die schon genug hatten von dem Spaß, fort sind, und während du mit dem Stock und der Binde Ibn Khaldun gesucht hast, ist er ins Sekretariat zurückgekehrt. Als du mit dem Alten zurückgekommen bist, haben die beiden gelacht, weil du wie ein armer Blinder herumgetappt bist. Du bist gegangen, um den zweiten Meister zu holen. Ibn Khaldun ist hinter dir hergegangen, damit du ihn noch einmal findest und viermal um nichts und wieder nichts denselben Weg machst, um immer dieselbe Person aufzubringen. Da hat der Schatzmeister ihm einen Dolchstoß in den Rücken versetzt, du hast seinen Aufschrei gehört. Während du tappend ins Zimmer zurückgekommen bist, ist Isedin geflohen und hat dabei die Bücher in Brand gesteckt. Und dann hat er, um das Verschwinden der Bücher zu begründen, Feuer an das Haus gelegt.«

Pujato, 27. Dezember 1941

Die Nächte Goliadkins

Dem Andenken des Guten Schächers

I

Mit müder Eleganz bestieg Gervasio Montenegro – hochgewachsen, distinguiert, düster, romantischen Profils und hängenden, gefärbten Schnurrbarts – den Gefängniswagen und ließ sich zur Strafvollzuganstalt *voiturieren*. Er befand sich in paradoxer Situation: In allen vierzehn Provinzen entrüsteten sich die zahlreichen Leser der Abendzeitungen darüber, daß ein so bekannter Schauspieler des Raubes und Mordes angeklagt sei; die zahlreichen Leser der Abendzeitungen wußten, daß Gervasio Montenegro ein bekannter Schauspieler war, weil man ihn des Raubes und Mordes anklagte. Diese bewunderungswürdige Konfusion war alleiniges Werk von Aquiles Molinari, dem hurtigen Journalisten, dem die Aufklärung des Geheimnisses um Ibn Khaldun so hohes Ansehen eingebracht hatte. Ebenso war es Molinari zu verdanken, daß die Polizei Gervasio Montenegro diesen regelwidrigen Besuch im Gefängnis bewilligt hatte: In Zelle 273 saß Isidro Parodi gefangen, der seßhafte Detektiv, dem Molinari (mit großzügiger Geste, die niemanden täuschte) all seinen Ruhm zuschrieb. Montenegro, zutiefst skeptisch, hatte seine Zweifel an einem Detektiv, der heute der Sträfling X war und gestern Barbier in der Calle Méjico gewesen war; auch sträubte sich sein Geist, empfindsam wie eine Stradivari, schmerzhaft ob dieses unheilverheißenden Besuchs. Dennoch hatte er sich überreden lassen; er sah ein, daß er sich nicht mit Aquiles Molinari verfeinden durfte, der, nach eigenem kernigen Ausspruch, die vierte Macht repräsentierte.

Parodi empfing den umjubelten Schauspieler, ohne auch nur den Blick zu heben. Er schlürfte langsam und umständlich seinen Mate aus einem himmelblauen Henkeltöpfchen. Montenegro bereitete sich schon darauf vor, einen Mate anzunehmen; Parodi, zweifellos durch Schüchternheit gehemmt, bot ihm keinen an. Um ihm Mut zu machen, klopfte Montenegro ihm auf die Schulter und zündete sich eine Zigarette aus einem Päckchen *Sublimes* an, das auf einem Schemel lag.

»Sie kommen zu früh, Don Montenegro. Ich weiß schon, was Sie herführt. Die Geschichte da mit dem Brillanten.«

»Ich sehe schon, daß diese festen Mauern kein Hindernis für meinen Ruhm sind«, beeilte sich Montenegro zu bemerken.

»Wie sollten sie auch. Nirgends erfährt man alles, was in der Republik vorgeht, so todsicher wie in diesem Gelaß: von den Lumpereien eines Divisionsgenerals bis zu der Kulturarbeit, die der letzte arme Schlucker im Radio leistet.«

»Ich teile Ihre Aversion gegen das Radio. Wie Margarita mir zu sagen pflegte – Margarita Xirgú, wissen Sie –, wir, die Künstler, die wir die Bühnenbretter im Blut haben, wir brauchen die Wärme des Publikums. Das Mikrofon ist kalt, wider die Natur. Vor diesem unerfreulichen Artefakt habe selbst ich gespürt, wie die Kommunion mit meinem Publikum verlorenging.«

»An Ihrer Stelle würde ich mal die Artefakte und Kommunionen beiseite lassen. Ich habe die Artikelchen von Molinari gelesen. Der Bursche ist geschickt mit der Feder, aber soviel Literatur und soviel Bilderkram machen einen schließlich schwindlig. Warum erzählen Sie mir die Geschichte nicht einfach auf Ihre Art, ohne jede Kunst? Ich mag es, wenn man klar mit mir redet.«

»Wir sind ganz einer Meinung. Außerdem bin ich besonders dazu befähigt, Sie zufriedenzustellen. Klarheit ist ein Privileg der Lateiner. Dennoch werden Sie mir erlauben, einen Schleier über ein gewisses Ereignis zu werfen, das eine Dame der besten Gesellschaft von La Quiaca kompromittieren würde – dort, wie Sie wissen, gibt es noch Leute aus guter Familie. *Laissez faire, laissez passer.* Die unabdingbare Notwendigkeit, nicht den Namen dieser Dame zu besudeln, die für die Welt eine Fee des Salons ist – für mich eine Fee und ein Engel –, zwang mich, meine triumphale Gastspielreise durch die indoamerikanischen Republiken zu unterbrechen. Schließlich hatte ich, aus dieser unserer Hauptstadt gebürtig, die Stunde der Rückkehr nicht ohne Sehnsucht herbeigewünscht, und nie hätte ich geglaubt, daß sie durch Umstände, die man wohl als kriminalistisch bezeichnen kann, getrübt werden würde. Tatsache ist, daß ich, als ich am Bahnhof Retiro ankam, alsbald verhaftet wurde, und nun bezichtigt man mich des Raubes und zweier Morde. Um den *accueil* zu krönen, beraubten mich die Polizeischergen eines altererbten Schmuckstückes, das ich wenige Stunden vorher unter sehr malerischen Umständen beim Überqueren des Rio Tercero erworben hatte. *Bref*, ich verabscheue eitle Weitschweifigkeiten und werde die Geschichte *ab initio* erzählen, ohne selbstverständlich die kräftige Ironie zu verbannen, die das moderne Geschehen uns unweigerlich aufzwingt. Auch ein paar Pinselstriche des Landschaftsmalers, ein paar farbige Tupfer werde ich mir erlauben.

Am 7. Januar, um 4.14 in der Frühe, bestieg ich, mit einem bolivianischen Umhang unauffällig maskiert, in Mococo den Panamericano, wobei ich meinen zahlreichen unbeholfenen Verfolgern geschickt auswich – eine Frage des *savoir faire*, teurer Freund. Die freigebige Verteilung einiger handsignierter Fotos vermochte das Mißtrauen des D-Zug-Personals zu mildern, wenn auch nicht völlig zu zerstreuen. Sie wiesen mir ein Schlafabteil an, das mit einem Unbekannten von deutlich jüdischem Aussehen zu teilen ich mich fügen mußte, den mein Eintreffen weckte. Später erfuhr ich, daß dieser Eindringling Goliadkin hieß und in Diamanten reiste. Wer hätte ahnen sollen, daß der schlechtgelaunte Israelit, den mir der eisengebahnte Zufall bescherte, mich in eine unentwirrbare Tragödie verstricken würde!

Am nächsten Tag konnte ich, im Angesicht des gefährlichen *capo lavoro* eines Calchaquí-Cuisiniers, mit Bonhomie die menschliche Fauna examinieren, die das enge Universum bevölkerte, das ein fahrender Zug darstellt. Mein eingehendes Examen begann – *cherchez la femme* – bei einer interessanten Silhouette, die selbst in Buenos Aires auf der Calle Florida, abends um acht, die maskuline Huldigung eines Seitenblicks verdient hätte. In dieser Materie irre ich mich nie; wenig später stellte ich fest, daß es sich um eine exotische, außergewöhnliche Frau handelte: die *baronne* Puffendorf-Duvernois, eine schon reife Frau, ohne die fatale Schalheit der Backfische, dieses seltsamen Spezimens unserer Zeit – mit straffem, vom *lawn-tennis* modelliertem Körper und mit einem Gesicht, das vielleicht *basée* war, aber durch Crèmes und Kosmetika aufs subtilste ausgedeutet –, mit einem Wort: Eine Frau, der die Schlankheit Würde gab und das Schweigen Eleganz. Sie hatte allerdings das bei einer echten Duvernois unverzeihliche *faible*, mit dem Kommunismus zu kokettieren. Am Anfang wußte sie mich zu fesseln, dann aber erkannte ich, daß ihr anziehender Firnis einen banalen Geist verdeckte, und ich bat jenen armen Señor Goliadkin, mich abzulösen. Sie, typisch Frau, tat, als merke sie den Tausch nicht. Ich hörte jedoch zufällig ein Gespräch der *baronne* mit einem anderen Passagier – einem gewissen Oberst Harrap aus Texas –, in dem sie die Bezeichnung ›Idiot‹ brauchte, zweifellos mit Bezug *à ce pauvre monsieur* Goliadkin. Wieder habe ich Goliadkin erwähnt: Es handelt sich da um einen Russen, einen Juden, dessen Negativ auf der fotografischen Platte meines Gedächtnisses entschieden schwach ist. Er war eher blond, stämmig, mit verdutzten Augen; er kannte seine Stellung: Immer beeilte er sich, mir die Türen zu öffnen. Dagegen wäre es unmöglich, wenn auch wünschenswert, den bärtigen und apoplektischen Obersten Harrap zu vergessen, typisches Exemplar der kraftvollen Vulgarität eines Landes, das es zum Gigantismus gebracht hat, dem aber die Schattierungen fehlen, die *nuances*, die dem letzten Lausejungen einer *trattoria* in Neapel nicht unbekannt sind, die Fabrikmarke der lateinischen Rasse.«

»Ich weiß nicht, was Neapel damit zu tun hat, aber wenn Ihnen nicht jemand diese Angelegenheit in Ordnung bringt, wird es für Sie einen Vesuv-Ausbruch geben, von dem ich lieber nicht reden will.«

»Ich beneide Sie um Ihre benediktinische Zurückgezogenheit, Señor Parodi – mein Leben aber ist voller Wechselfälle gewesen. Ich habe das Licht gesucht auf den Balearen, die Farbe in Brindisi, die elegante Sünde in Paris. Auch habe ich, wie Renan, mein Gebet auf der Akropolis gesprochen. An jedem Ort habe ich die saftige Traube des Lebens ausgepreßt ... Ich nehme den Faden meiner Erzählung wieder auf. Während in dem Pullman-Wagen der arme Goliadkin – als Jude freilich vorbestimmt für Heimsuchungen – mit Resignation den unermüdlichen und ermüdenden Wortschwall der Baronin über sich ergehen ließ, erging ich mich wie ein Athener mit Bibiloni, einem jungen Dichter aus Catamarca, in Plaudereien über Poesie und die argentinische Provinz. Ich gestehe heute, daß das dunkle, man möchte sagen, schwärzliche Äußere des jungen, von der Firma ›Gasherde Vulkan‹ preisgekrönten Mannes mich anfangs nicht zu seinen Gunsten beeinflußte. Die Stahlbrille, die genähte Schleife, die hellgelben Handschuhe ließen mich vermuten, ich hätte einen dieser unzähligen Pädagogen vor mir, die Sarmiento uns beschert hat – der geniale Prophet, von dem es absurd wäre zu verlangen, er hätte auch noch die platte Tugend der Voraussicht besitzen sollen. Dessenungeachtet bewies mir das lebhafte Wohlgefallen, mit dem er sich einen Kranz von *triolets* anhörte, die ich im Zugwaggon, welcher das moderne Zuckerbäckergenie von Jarami mit der zyklopischen Statue der Flagge vereint, die Fioravanti ziselierte, mit fliegender Feder aufs Papier geworfen hatte, daß ich es mit einem der gediegenen Werte unserer jungen Literatur zu tun hatte. Er war nicht einer dieser unerträglichen Reimschmiede, die das erste *tête-à-tête* dazu benutzen, uns die Fehlgeburten ihrer Feder zu oktroyieren: Er war ein Lernbegieriger, ein Bescheidener, der die Gelegenheit nicht versäumte, vor einem Meister zu verstummen. Danach erfreute ich ihn mit meiner ersten Ode an José Martí; kurz vor der elften mußte ich ihn dieses Vergnügens berauben: Die Langeweile, die die unermüdliche Baronin dem jungen Goliadkin einflößte, hatte meinen Mann aus Catamarca angesteckt, durch ein interessantes Phänomen von ›psychologischer Sympathie‹, die ich oft auch bei anderen Leidtragenden beobachtet habe. Mit meiner sprichwörtlichen Selbstverständlichkeit, die die *apanage* des Mannes von Welt darstellt, zögerte ich nicht, ein radikales Mittel anzuwenden: Ich schüttelte ihn, bis er die Augen aufschlug. Nach dieser *mésaventure* war das Gespräch abgesunken; um es wieder zu heben, sprach ich von feinen Tabaksorten. Ich hatte es richtig getroffen: Bibiloni war ganz Lebhaftigkeit und Interesse. Nach einigem Suchen in den Innentaschen seines Sportjacketts brachte er eine Havanna aus Hamburg zum Vorschein; er wagte nicht, sie mir anzubieten und sagte, er habe sie erworben, um sie am Abend in seinem Abteil zu rauchen. Ich verstand die unschuldige Ausflucht. Mit einer raschen Bewegung akzeptierte ich die Zigarre und zögerte nicht, sie sogleich anzuzünden. Irgendeine schmerzliche Erinnerung durchzog den Sinn des jungen Mannes; jedenfalls verstand ich es so, sicherer Kenner der Physiognomien, und, bequem in meinen Sessel zurückgelehnt und blaue Rauchwolken vor mich hin blasend, forderte ich ihn auf, mir von seinen Triumphen zu berichten. Das interessante dunkle Gesicht leuchtete auf. Ich bekam die alte Geschichte des Mannes der Feder zu hören, der gegen das Unverständnis des Bürgers kämpft und, sein Traumgebilde auf den Schultern tragend, die Wogen des Lebens durchquert. Der Familie Bibilonis gelang es, nachdem sie sich ein paar Lustren lang der Heilkräuterkunde im amerikanischen Bergland gewidmet hatte, die Grenzen von Catamarca hinter sich zu lassen und bis Bancalari vorzudringen. Dort wurde der Dichter geboren. Seine erste Lehrerin war die Natur: auf der einen Seite die Gemüse des väterlichen Gartens, auf der anderen die angrenzenden Hühnerställe, die der Junge mehr als einmal in mondlosen Nächten besuchte, bewaffnet mit einer Angelrute, um ... Hühner zu fischen. Nach gediegenen Studien im Städtchen Kilometer 24 kehrte der Dichter zur Scholle zurück; er lernte die nutzbringenden männlichen Mühen des Ackerbaus kennen, die mehr wert sind als aller hohle Beifall, bis ihn das Urteilsvermögen der Firma für Gasherde ›Vulkan‹ daraus befreite, indem sie sein Buch *Bilder aus Catamarca (Erinnerungen an eine Provinz)* mit einem Preis auszeichnete. Die Geldsumme, die diese Auszeichnung beinhaltete, erlaubte ihm, die Provinz kennenzulernen, die er so liebevoll besungen hatte. Dann kehrte er, bereichert durch ländliche Romanzen und Volksweisen, in seinen Geburtsort Bancalari zurück.

Wir gingen in den Speisewagen hinüber. Der arme Goliadkin mußte sich neben die *baronne* setzen; an der anderen Seite des Tisches nahmen Pater Brown und ich Platz. Das Äußere dieses Klerikers war keineswegs interessant: Er hatte braunes Haar und ein leeres, rundes Gesicht. Ich jedoch betrachtete ihn mit einem gewissen Neid. Wir, die wir unseligerweise den Glauben des schlichten Mannes und des Kindes verloren haben, finden in der kalten Vernunft nicht den tröstenden Balsam, den die Kirche ihrer Herde bietet. Schließlich und endlich – welchen Beitrag verdankt unser Jahrhundert, dies blasierte, greise Kind, der tiefen Skepsis von Anatole France und Julio Dantas? Uns allen, mein verehrter Parodi, wäre eine Dosis Unschuld und Schlichtheit höchst zuträglich.

Ich erinnere mich nur sehr ungenau an das Gespräch dieses Abends. Die *baronne* erweiterte ständig den Ausschnitt ihres Kleides, unter dem Vorwand, die strenge Hitze der Hundstage nicht zu ertragen, und drängte sich immer dichter an Goliadkin – alles, um mich zu ärgern. An solche Art von Geplänkel wenig gewöhnt, floh der Jude vergeblich den Kontakt und begann, sich seiner kümmerlichen Rolle wohl bewußt, voller Nervosität über alle möglichen Themen zu reden, die keinen Menschen interessieren konnten – wie zum Beispiel den künftigen Rückgang der Preise für Diamanten, die Unmöglichkeit, einen falschen Diamanten durch einen echten zu ersetzen, und derartigen beruflichen Kleinkram. Pater Brown, der augenscheinlich den Unterschied zwischen dem Speisewagen eines Luxus-Expreß und dem Auditorium wehrloser Frommer vergaß, wiederholte was weiß ich für eine paradoxe Behauptung über die Notwendigkeit, seine Seele zu verlieren, um sie zu retten: alberne Byzantinismen von Theologen, die die Klarheit der Evangelien verdunkelt haben.

Noblesse oblige: Den aphrodisischen Angeboten der *baronne* kein Gehör zu schenken hätte mich der Lächerlichkeit preisgegeben; in dieser selben Nacht glitt ich auf Fußspitzen zu ihrem Abteil und, hingekauert und den Kopf träumerisch an die Tür gelehnt, das Auge am Schlüsselloch, begann ich vertraulich *Mon ami Pierrot* zu summen. Aus dieser milden Rast, die dem Streiter inmitten des Lebenskampfes gegönnt war, weckte mich der antiquierte Puritanismus des Obersten Harrap. Tatsächlich packte dieser bärtige Alte, diese Reliquie aus dem piratenhaften Krieg um Kuba, mich bei den Schultern, hob mich ein beträchtliches Stück in die Höhe und setzte mich vor der Tür zur Herrentoilette nieder. Meine unmittelbare Reaktion: Ich begab mich dort hinein und schlug ihm die Tür vor der Nase zu. Da drinnen blieb ich knapp zwei Stunden und stellte mich taub für seine wirren, in schlechtem Spanisch vorgebrachten Drohungen. Als ich meinen Zufluchtsort verließ, war mein Weg frei. Freie Bahn! rief ich mir selber zu und begab mich schnurstracks in mein Abteil. Wahrhaftig, die Göttin des Abenteuers war meine Begleiterin. Im Abteil befand sich die *baronne,* mich erwartend. Sie sprang mir entgegen. Im Hintergrund zog sich Goliadkin seinen Rock an. Mit ihrer raschen weiblichen Intuition begriff die *baronne,* daß die Einmischung Goliadkins die intime Stimmung zerstören mußte, deren verliebte Paare bedürfen. Sie ging, ohne auch nur ein Wort an ihn zu richten. Ich kenne mich und mein Temperament: Träfe ich auf den Oberst, würden wir uns duellieren. In einem Zug ist das unbequem. Außerdem – wenn's auch bitter ist zuzugeben –, die Zeit der Duelle ist vorüber. Ich zog es vor, schlafen zu gehen.

Seltsame Servilität der Juden! Mein Eintreten hatte weiß Gott welche bodenlosen Absichten Goliadkins zunichte gemacht; trotzdem bezeigte er mir von diesem Augenblick an die größte Herzlichkeit, nötigte mich, eine Havanna Avanti anzunehmen, und überschüttete mich mit Aufmerksamkeiten.

Am nächsten Tag waren alle schlechter Laune. Sensibel für das Seelenklima, wie ich bin, suchte ich meine Tischgenossen aufzuheitern, indem ich einige Anekdoten von Roberto Payró und ein scharfes Epigramm von Marcos Sastre zum besten gab. Señora Puffendorf-Duvernois war gereizt; zweifellos war irgendeine Kunde von ihrer *mésaventure* dem Pater Brown zu Ohren gekommen; dieser Priester behandelte sie mit einer Unfreundlichkeit, die mit der Tonsur eines Kirchenmannes nur schlecht zusammenstimmt.

Nach dem Mittagessen erteilte ich dem Obersten Harrap eine Lektion. Um ihm zu beweisen, daß sein *faux pas* in keiner Weise die unveränderliche Herzlichkeit unserer Beziehungen getrübt hatte, bot ich ihm eine von Goliadkins Avantis an und gönnte mir das Vergnügen, sie ihm anzuzünden. Eine Ohrfeige mit weißem Handschuh!

In dieser Nacht, der dritten unserer Reise, enttäuschte mich der junge Bibiloni. Ich hatte beabsichtigt, ihm ein paar galante Abenteuer zu erzählen – von der Sorte, die ich nicht dem Erstbesten anzuvertrauen pflege –, aber er war nicht in seinem Abteil. Mich beunruhigte der Gedanke, daß ein Halbblut aus Catamarca sich in das Abteil der *baronne* Puffendorf eingeschlichen haben könnte. Manchmal bin ich der reinste Sherlock Holmes; ich vermied listig, dem Schaffner zu begegnen, den ich mit einem interessanten Exemplar paraguayischer Numismatik zu bestechen wußte, und suchte, ein ausgekochter Baskerville-Hund, zu hören, mehr noch: auszuspähen, was in diesem Bezirk des Zuges vor sich ging. (Der Oberst hatte sich früh zurückgezogen.) Völliges Schweigen und Dunkelheit waren die Frucht meiner Forschung. Aber die Spannung dauerte nicht lang. Wie groß war doch meine

Überraschung, als ich die *baronne* aus dem Abteil des Pater Brown kommen sah. Einen Augenblick erfüllte mich wilde Empörung, verzeihlich bei einem Mann, in dessen Adern das siedende Blut der Montenegros rollt. Dann begriff ich. Die *baronne* kam von der Beichte. Ihr Haar war aufgelöst, ihre Kleidung von asketischer Sparsamkeit – ein karmesinroter Morgenrock, bestickt mit silbernen Ballerinen und goldenen Pierrots. Sie war ungeschminkt, und als echte Frau floh sie in ihr Abteil, damit ich sie nicht ohne ihren Gesichtsharnisch sähe. Ich entzündete eine der miserablen Zigarren des jungen Bibiloni und trat als Philosoph den Rückzug an.

In meinem Abteil große Überraschung: Trotz der vorgerückten Stunde war Goliadkin noch auf. Ich lächelte; zwei Tage des Eisenbahn-Zusammenlebens hatten genügt, damit der stumpfe Jude das Nachtschwärmerleben der Theater- und Clubleute nachahmte. Natürlich stand ihm seine neue Gewohnheit schlecht an. Er war unkonzentriert, nervös. Ohne auf mein Kopfschütteln, mein Gähnen Rücksicht zu nehmen, drängte er mir alle Einzelheiten seiner unwichtigen und vielleicht apokryphen Lebensgeschichte auf. Er behauptete, erst Stallmeister und später Liebhaber der Fürstin Claudia Feodorowna gewesen zu sein; mit einem Zynismus, der mich an die gewagtesten Seiten des *Gil Blas* denken ließ, erklärte er, daß er, das Vertrauen der Fürstin und ihres Beichtvaters, des Pater Abramowicz, mißbrauchend, ihr einen großen Diamanten, ein antikes Stück, entwendet habe, einen *non-pareil*, der nur wegen eines kleinen Fehlers im Schliff nicht der wertvollste der ganzen Welt war. Zwanzig Jahre lagen zwischen ihm und jener Nacht der Leidenschaft, des Raubes und der Flucht; in der Zwischenzeit hatte die rote Welle das Zarenreich, die hohe, beraubte Dame und den ungetreuen Stallmeister hinweggeschwemmt. Gleich an der Grenze begann die dreifache Odyssee: die der Fürstin auf der Suche nach dem täglichen Brot; die Goliadkins auf der Suche nach der Fürstin, um ihr den Diamanten zurückzuerstatten; die einer internationalen Diebesbande auf der Suche nach dem Diamanten – in unerbittlicher Verfolgung Goliadkins. Dieser hatte in den Minen Südafrikas, in den Laboratorien Brasiliens und in den Basaren Boliviens die Härten des Abenteuers und des Elends kennengelernt; niemals aber hatte er sich entschlossen, den Diamanten zu verkaufen, Gegenstand seiner Reue und seiner Hoffnung. Mit der Zeit wurde die Fürstin Claudia für Goliadkin zum Symbol jenes liebenswerten und prunkreichen Rußland, das von Pferdeknechten und Utopisten unter die Füße getreten worden war. Da er die Fürstin nicht auffand, liebte er sie von Tag zu Tag mehr. Vor kurzem hatte er in Erfahrung gebracht, daß sie sich in Argentinien aufhielt, wo sie, ohne ihrer *morgue* der Aristokratin zu entsagen, ein ertragreiches Etablissement in Avellaneda regierte. Erst im letzten Augenblick holte er den Diamanten aus dem geheimen Winkel, wo er verborgen ruhte; jetzt, da er den Wohnsitz der Fürstin kannte, hätte er den Tod dem Verlust des Diamanten vorgezogen.

Natürlich war diese lange Geschichte aus dem Munde eines Mannes, der seinem eigenen Geständnis nach ein Stallmeister und ein Dieb war, mir einigermaßen peinlich. Mit all der Offenheit, die mich kennzeichnet, erlaubte ich mir, einige elegante Zweifel an der Existenz des Kleinods zu äußern. Mein Degenstich traf ihn aufs tiefste. Einem Handkoffer aus imitiertem Krokodilleder entnahm er zwei gleiche Etuis und öffnete eines der beiden. Kein Zweifel mehr möglich. Dort in seinem Nest aus blauem Samt glänzte ein echter Bruder des Koh-i-noor. Nichts Menschliches ist mir fremd. Mich erbarmte dieser arme Goliadkin, der einstmals das flüchtige Lager einer Feodorowna geteilt hatte und nun in einem ratternden Eisenbahnwagen seine Kümmernisse einem argentinischen Kavalier anvertraute, der ihm seine Hilfe nicht versagen würde, damit er zu seiner Fürstin gelangte. Um ihn zu ermuntern, versicherte ich ihm, daß die Verfolgung durch eine Diebesbande bedeutend weniger schlimm sei als eine Verfolgung durch die Polizei. In großherziger Brüderlichkeit improvisierte ich eine Geschichte, wie eine Polizeirazzia im

Salon Doré es fertiggebracht hatte, meinen Namen – einen der ältesten unserer Republik – in einen ehrenrührigen Polizeibericht einzubeziehen.

Seltsame Psychologie, die mein Freund an den Tag legte! Zwanzig Jahre, ohne das geliebte Antlitz zu sehen, und jetzt, beinahe am Vorabend des Glücks, zweifelte und wand sich seine Seele.

Trotz meines Rufes als Bohemien, der *d'ailleurs* gerechtfertigt ist, bin ich ein Mann geregelter Gewohnheiten; es war spät, und doch konnte ich keinen Schlaf finden. In meinem Geist bewegte ich die Geschichte von dem hier anwesenden Diamanten und von der fernen Fürstin. Goliadkin, zweifellos gerührt durch die noble Offenheit meiner Rede, konnte auch nicht schlafen. Wenigstens warf er sich die ganze Nacht hindurch im oberen Bett hin und her.

Der Morgen hielt zwei Genugtuungen für mich bereit. Erstens eine ferne Vorahnung der Pampa, die zu meinem Herzen, dem Herzen eines Argentiniers und Künstlers, sprach. Ein Sonnenstrahl fiel über die Felder. Unter seinem verschwenderisch-wohltätigen Blick weinten die Pfosten und Drahtzäune und die Disteln Freudentränen. Der Himmel tat sich endlos auf, und das Licht zeichnete sich mächtig über der Weite ab. Die Rinder schienen frische Kleidung angelegt zu haben ... Meine zweite Genugtuung war psychologischer Art. Angesichts der erfreulichen großen Frühstückstassen bewies der Pater Brown uns klar und deutlich, daß Kreuz und Schwert einander nicht feind sind: Mit aller Autorität und Überlegenheit, die die Tonsur verleiht, tadelte er den Obersten Harrap, den er (meiner Meinung nach mit vollem Recht) als Esel und Tölpel bezeichnete. Außerdem sagte er ihm, er tauge ja nur dazu, sich mit Jämmerlingen anzulegen, aber von einem wirklichen Mann wisse er sich fernzuhalten. Harrap erwiderte kein Sterbenswörtchen.

Erst später wurde mir die völlige Bedeutung der Vorwürfe des Geistlichen klar. Ich erfuhr, daß Bibiloni in dieser Nacht verschwunden war; dieser Mann der Feder war der Unglückselige, den der Landser angegriffen hatte.«

»Stellen Sie mir mal die Weiche, Freund Montenegro«, sagte Parodi. »Dieser seltsame Zug, in dem Sie alle da reisen, hält der denn nirgends?«

»Aber wo leben Sie denn, Freund Parodi? Wissen Sie nicht, daß der Panamericano von Bolivien ohne Halt bis Buenos Aires durchfährt? Ich erzähle weiter. An diesem Abend war das Gespräch höchst monoton. Niemand wollte von etwas anderem reden als vom Verschwinden Bibilonis. Tatsächlich bemerkte doch einer der Passagiere, daß die so vielgerühmte Sicherheit, die die angelsächsischen Kapitalisten ihrem Eisenbahnsystem zuschreiben, nach diesem Zwischenfall durchaus in zweifelhaftes Licht gerückt sei. Ohne direkt zu widersprechen, versetzte ich, daß das Verhalten Bibilonis möglicherweise auch das Ergebnis einer dem dichterischen Temperament eigenen Zerstreutheit sein könne und daß ich selbst, von Grillen heimgesucht, zuzeiten völlig abwesend zu sein pflege. Diese Hypothesen, die im farbentrunkenen Tageslicht annehmbar zu sein schienen, verflüchtigten sich mit den letzten abendlichen Kapriolen der Sonne. Bei Ausbruch der Dunkelheit wurde alles eitel Schwermut. Hin und wieder ließ sich der unheilverkündende Klageruf eines finsteren Uhus vernehmen, der die Hustenkaskaden eines Kranken nachzuahmen scheint. Es war der Augenblick, da jeder Reisende in seinem Sinn ferne Erinnerungen bewegte oder das unbestimmte, dunkle Grauen vor der Düsternis des Lebens in sich fühlte. Die Räder des Zuges schienen eintönig immer dieselben Silben zu wiederholen: B-i-b-i-l-o-n-i u-m-g-e-b-r-a-c-h-t, B-i-b-i-l-o-n-i u-m-g-e-b-r-a-c-h-t ...

Nach dem Abendessen beging Goliadkin (zweifellos um die Angststimmung, die sich im Speisewagen breitgemacht hatte, zu mildern) die Unvorsichtigkeit, mich zu einer Partie Poker herauszufordern. So lebhaft war sein Wunsch, sich mit mir zu messen, daß er mit erstaunlicher Hartnäckigkeit das Angebot der Baronin und des Obersten, mit uns eine Viererpartie zu spielen, ausschlug. Selbstverständlich erfuhren die Hoffnungen Goliadkins einen harten Schlag. Der *clubman* vom *Salon Doré* enttäuschte sein Publikum nicht. Zu Beginn waren mir die Karten nicht günstig, dann aber verlor Goliadkin, trotz meiner väterlichen Ermahnungen, sein ganzes Vermögen, dreihundertfünfzehn Pesos und vierzig Centavos, die mir die Schergen widerrechtlich abgenommen haben. Dieses Duell werde ich nicht vergessen: Der Plebejer gegen den Mann von Welt, der Habgierige gegen den Überlegenen, der Jude gegen den Arier. Wertvolles Bild für die Galerie meines Inneren. Auf der Suche nach einer letzten Revanche verläßt Goliadkin plötzlich den Speisewagen. In Kürze kommt er mit der imitierten Krokodiltasche zurück. Er holt eines der Etuis heraus und stellt es auf den Tisch. Er macht mir den Vorschlag, seine verlorenen dreihundert Pesos gegen den Diamanten zu setzen. Ich verweigere ihm nicht diese letzte Chance. Ich gebe; habe einen Poker mit vier Assen in der Hand. Wir legen das Spiel auf den Tisch; der Diamant der Fürstin Feodorowna geht in meinen Besitz über. Der Israelit zieht sich zurück, *navré*. Interessanter Augenblick!

A tout seigneur, tout honneur. Der behandschuhte Applaus der *baronne* Puffendorf, die mit schlecht verhohlenem Interesse den siegreichen Kampf ihres Streiters mitangesehen hatte, krönte die Szene. Wie man mir im *Salon Doré* nachzusagen pflegt, tue ich kein Ding halb. Mein Entschluß war gefaßt; ich rief den Kellner und verlangte *ipso facto* die Weinkarte. Ein rascher Blick ließ mir Champagner *El Gaitero* angemessen erscheinen, halbe Flasche. Ich stieß mit der *baronne* an.

Den *clubman* erkennt man in jeder Situation. Nach einem derartigen Abenteuer hätte ein anderer als ich die ganze Nacht kein Auge zugetan. Ich aber, unempfindlich für den Zauber des *tête-à-tête*, verlangte plötzlich nach der Einsamkeit meines Abteils. Ich gähnte eine Entschuldigung und zog mich zurück. Meine Müdigkeit war erstaunlich. Ich erinnere mich, daß ich halb schlafend durch endlose Gänge des Zuges getaumelt bin; ohne mich einen Pfifferling um die Vorschriften zu kümmern, die die angelsächsischen Eisenbahngesellschaften erfunden haben, um die Freiheit des argentinischen Reisenden zu beschränken, trat ich schließlich in irgendeines der Abteile und schob, als getreuer Wächter meines Kleinods, den Riegel vor die Tür.

Ich bekenne, ohne zu erröten, mein verehrter Parodi, daß ich diese Nacht angezogen geschlafen habe. Ich fiel wie ein Sack ins Bett.

Jede geistige Anstrengung rächt sich. In dieser Nacht suchte ein beängstigender Albtraum mich heim. Das Ritornell dieses Albtraumes war die spöttische Stimme Goliadkins, die immer wiederholte: *Ich werde nicht sagen, wo der Diamant ist.* In jähem Schrecken wachte ich auf. Meine erste Bewegung galt meiner inneren Rocktasche; da war das Etui und darinnen wahrhaftig der echte *non-pareil.*

Erleichtert öffnete ich das Fenster.

Klarheit. Frische. Toller morgendlicher Vogellärm. Der beginnende neblige Morgen eines sommerlichen Januartages. Beginnender verträumter Morgen, noch gehüllt in die Laken weißen Dunstes.

Aus dieser frühmorgendlichen Poesie wurde ich jäh in die Prosa des Lebens gerissen, die an meine Tür klopfte. Ich öffnete. Es war der Subkommissar Grondona. Er fragte mich, was ich in diesem Abteil mache, und forderte mich, ohne meine Antwort abzuwarten, auf, mit in das meine zu kommen. Immer schon habe ich eine taubengleiche Fähigkeit besessen, mich zu orientieren. So unglaublich es klingen mag, mein Abteil lag genau daneben. Ich fand dort alles durcheinandergewühlt. Grondona forderte mich auf, kein Erstaunen zu heucheln. Dann erfuhr ich, was Sie in den Zeitungen gelesen haben dürften: Goliadkin war aus dem Zug geworfen worden. Ein Schaffner hörte einen Schrei und zog die Alarmglocke. In San Martín stieg die Polizei ein. Alle beschuldigten mich, sogar die *baronne*, zweifellos aus Gekränktheit. Kleiner Zug, der für meine Beobachtungsgabe zeugt: Inmitten all der Aufregung fiel mir auf, daß der Oberst seinen Bart abrasiert hatte.«

II

Nach einer Woche stellte Montenegro sich wieder in der Strafvollzugsanstalt ein. In der friedlichen Zurückgezogenheit des Gefängniswagens hatte er nicht weniger als vierzehn Bauerngeschichten und sieben Akrostichen von García Lorca vorbereitet, um seinen neuen Schützling, den *habitué* der Zelle 273, Isidro Parodi, zu erbauen. Aber dieser eigenwillige Barbier zog aus seiner Sträflingskappe ein schmieriges Kartenspiel und schlug ihm vor, besser gesagt: zwang ihn dazu, eine Partie *truco* mit ihm zu spielen.

»Immer zu jeder Schandtat bereit«, erwiderte Montenegro. »Auf der Estancia meiner Vorfahren, auf dem zinnengekrönten Schloß, dessen Türme sich im vorbeiströmenden Paraná verdoppeln, habe ich mich oft zu der stärkenden Gesellschaft und dem ländlichen Zeitvertreib des Gauchos herabgelassen. Freilich war meine Herausforderung der Schrekken der ältesten Spieler im ganzen Delta.«

Sehr bald mußte Montenegro (der in beiden Partien, die sie spielten, aus dem Pech nicht herauskam) bekennen, daß *truco*, gerade wegen seiner Einfachheit, keine Attraktion biete für einen Liebhaber des *chemin de fer* oder Bridge.

Ohne auf ihn einzugehen, sagte Parodi:

»Schauen Sie, um die Lehre im *truco* zu vergelten, die Sie diesem Alten eben gegeben haben, der nicht einmal mehr dazu taugt, mit einem Tropf zu spielen, will ich Ihnen eine Geschichte erzählen. Es ist die Geschichte von einem sehr tapferen, wenn auch sehr unglücklichen Mann, für den ich großen Respekt habe.«

»Ich verstehe Ihre Andeutung, mein lieber Parodi«, sagte Montenegro, indem er sich in aller Natürlichkeit mit einer *Sublime* bediente. »Dieser Respekt ehrt Sie.«

»Nein, ich meine nicht Sie. Ich spreche von einem Verstorbenen, den ich nicht kenne – einem Fremden, einem Russen, der einstmals Kutscher oder Stallmeister einer Dame war, die einen wertvollen Brillanten besaß. Diese Dame ist in ihrer

Heimat eine Fürstin gewesen, aber für die Liebe gibt es kein Gesetz ... Der junge Mann, schwindlig von so viel Glück, hatte eine schwache Stunde – wer hätte sie nicht einmal – und ist mit dem Brillanten abgehauen. Als er zu bereuen begann, war es zu spät. Die maximalistische Revolution hatte sie in die Welt hinausgeschwemmt. Zuerst in einem Ort Südafrikas, dann in Brasilien hat eine Bande von Dieben versucht, ihm den Schmuck abzujagen. Sie haben ihr Ziel nicht erreicht, der Mann hat es geschickt angestellt, ihn sicher zu verstecken: Er wollte ihn nicht für sich – er wollte ihn der Dame zurückgeben. Nach vielen Jahren der Kümmernis hat er erfahren, daß die Dame in Buenos Aires ist; die Reise mit dem Diamanten war gefährlich, aber der Mann hat nicht aufgegeben. Die Diebe sind ihm im Zug gefolgt; einer hatte sich als Geistlicher verkleidet, einer als Offizier, einer als kleiner Provinzler, eine hatte sich das Gesicht tüchtig eingekleckst. Unter den Reisenden war auch ein Landsmann von uns, ein Großsprecher ohne Verstand, ein Schauspieler. Diesem Kerl, der sein Leben unter geschminkten, verkleideten Leuten verbracht hat, ist an den Leuten gar nichts aufgefallen ... Dabei war die Farce so unverkennbar; die Gruppe gar zu gut ausgesucht. Ein Pfarrer, der seinen Namen aus den Nick-Carter-Illustrierten entleiht – ein Mann aus Catamarca, der aus Bancalari stammt – eine Dame, die sich als Baronin ausgibt, weil eine Fürstin in der Sache eine Rolle spielt – ein Alter, der über Nacht den Bart verliert und es fertigbringt, Sie, der Sie einige achtzig Kilo wiegen dürften, ›ein erhebliches Stück‹ in die Höhe zu heben und im Abort einzusperren. Es waren entschlossene Leute; sie hatten vier Nächte, um zu arbeiten. In der ersten sind Sie im Abteil von Goliadkin aufgetaucht und haben ihnen den Kuchen verdorben. In der zweiten sind Sie, ohne es zu wollen, wieder zu seinem Retter geworden: Die Dame hatte sich unter dem Vorwand einer Liebesaffäre bei ihm eingeschlichen – mußte sich aber bei Ihrem Eintritt zurückziehen. In der dritten, während Sie wie Fliegenleim an die Tür der Baronin geklebt hingen, hat der Mann aus Catamarca

Goliadkin überfallen. Aber es ist ihm übel ergangen: Goliadkin hat ihn aus dem Zug geworfen. Deswegen war der Russe nervös und warf sich im Bett hin und her. Er dachte an das, was geschehen war und was noch geschehen würde; vielleicht dachte er an die vierte Nacht, die gefährlichste, die letzte. Er erinnert sich an einen Satz des Priesters über die, die ihre Seele verlieren, um sie zu retten. Da beschließt er, sich umbringen zu lassen und den Brillanten zu verlieren, um ihn zu retten. Sie hatten ihm etwas von einem Polizeibericht erzählt, in dem Sie erwähnt waren: Er erkannte, daß, wenn er umgebracht würde, auf Sie der erste Verdacht fallen würde. In der vierten Nacht hat er zwei Etuis vorgezeigt, damit die Diebe glauben, es gäbe zwei Brillanten, einen echten und einen falschen. Vor aller Augen hat er ihn an einen notorisch schlechten Spieler verloren. Die Diebe haben geglaubt, er wollte sie glauben machen, daß er den echten Schmuck verloren hätte; Ihnen haben sie irgendein Zeug in Ihren Cidre gemischt, um Sie einzuschläfern. Dann sind sie in das Abteil des Russen eingedrungen und haben ihm befohlen, den Schmuck herauszugeben. Im Schlaf haben Sie ihn immer wieder sagen hören, er wüßte nicht, wo er ist; möglicherweise hat er ihnen auch gesagt, Sie hätten ihn, um sie irrezuführen. Der Plan ist dem tapferen Manne aufs beste geglückt: Im Morgengrauen haben die Unmenschen ihn umgebracht, aber der Brillant war in Sicherheit bei Ihnen. Und in der Tat hat die Polizei, sobald man nach Buenos Aires kam, Ihnen den Fehdehandschuh hingeworfen und es übernommen, den Schmuck seiner Besitzerin auszuhändigen.

Vielleicht hat er gedacht, daß das Weiterleben nicht viel Sinn für ihn hätte: Zwanzig grausame Jahre waren über seine Fürstin hingegangen, die heute ein übles Haus in Avellaneda führt. Ich an seiner Stelle wäre auch feige gewesen.«

Montenegro zündete sich eine zweite *Sublime* an.

»Es ist die alte Geschichte«, bemerkte er. »Die kühl-spekulative Intelligenz bestätigt die geniale Intuition des Künstlers. Ich habe immer Zweifel gehabt, an der Person der Frau von

Puffendorf-Duvernois, an Bibiloni, an Pater Brown und ganz besonders an Oberst Harrap. Seien Sie unbesorgt, mein lieber Parodi: ich werde nicht säumen, meine Lösung den Behörden mitzuteilen.«

Quequén, 5. Februar 1942

Der Gott der Stiere

Dem Andenken des Dichters Alexander Pope

I

Mit der männlichen Offenheit, die ihn auszeichnete, zögerte der Dichter José Formento nicht, von den Damen und Herren, die im *Haus der Kunst* (Ecke Florida und Tucumán) zusammenkamen, wiederholt zu versichern: »Es gibt für meinen Geist kein Fest, das den Wortturnieren gleichkäme, die mein Meister Carlos Anglada mit diesem Montenegro, diesem Mann aus dem vorigen Jahrhundert, ausficht. Marinetti gegen Lord Byron, der 40-PS-Wagen gegen den aristokratischen Tilbury, Maschinengewehr gegen Rapier.« Diese Turniere befriedigten auch die beiden Protagonisten, die einander im übrigen außerordentlich schätzten. Vom Diebstahl der Briefe unterrichtet, stellte Montenegro (der sich nach seiner Heirat mit der Fürstin Feodorowna vom Theater zurückgezogen hatte und seine Muße der Abfassung eines weitgespannten historischen Romans und Detektivunternehmungen widmete) Carlos Anglada unverzüglich seinen Scharfblick und sein Prestige zur Verfügung, wies aber gleichzeitig auf die Zweckmäßigkeit eines Besuches in Zelle 273 hin, wo im Augenblick sein Mitarbeiter, Isidro Parodi, eingesperrt sitze.

Parodi, im Gegensatz zu unserem geneigten Leser, kannte Carlos Anglada nicht: hatte nicht seine Sonette *Die greisen Pagoden* (1912) studiert, nicht die pantheistischen Oden *Ich bin die Anderen* (1921), nicht das ausschließlich in großen Buchstaben gedruckte *Wissen und Pissen* (1928), nicht den Blut-und-Boden-Roman *Tagebuch eines Gauchos* (1931), nicht eine einzige der *Hymnen für Millionäre* (fünfhundert numerierte Exemplare und die Volksausgabe der Druckerei ›Forschungsreisende des Don Bosco‹, 1934), nicht das *Chorgesangbuch der*

Brote und der Fische (1935), nicht, so skandalös es erscheinen mag, die gelehrten Anmerkungen des Verlags *Das Reagenzglas* (*Taucherfibel, gedruckt unter besonderer Aufsicht des Minotaurus*, 1939).* Es schmerzt uns zu gestehen, daß Parodi in zwanzig Jahren Strafvollzugsanstalt nicht die Zeit gefunden hatte, *Der Weg Carlos Angladas (Flugbahn eines Lyrikers)* zu studieren. In dieser unentbehrlichen Abhandlung berichtet José Formento, vom Meister selbst beraten, über seine verschiedenen Schaffensetappen: den modernistischen Beginn; das Erfassen (zeitweilig das Paraphrasieren) des Werkes von Joaquín Belda; die pantheistische Inbrunst von 1921, als der Dichter, begierig nach voller Einheit mit der Natur, jede Art von Schuhwerk ablehnte und hinkend und blutend zwischen den Beeten seiner eleganten Villa in Vicente López umherwandelte; die Ablehnung des kalten Intellektualismus; dann jene schon allgemein berühmten Jahre, da Anglada sich nicht scheute, in Begleitung einer Gouvernante und einer chilenischen Ausgabe von D. H. Lawrence, die Teiche im Park von Palermo zu besuchen, angetan mit knabenhaftem Matrosenanzug, versehen mit Bogen und Roller; das nietzschehafte Erwachen, aus dem die *Hymnen für Millionäre* sprossen, ein Werk der Bejahung des Aristokratischen, das auf einem Artikel Azoríns basierte und dessen sich der populäre Katechumene des Eucharistischen Kongresses sehr bald schämen sollte; schließlich der Altruismus und das Untertauchen in der Provinz, wo der Meister das Allerneueste, das Aufkommen stummer Dichter, seinem kritischen Skalpell unterzieht – denen er dann das Sprachrohr des Verlags *Das Reagenzglas* beschert, der schon weniger als hundert Abonnenten hat und einige Druckfahnen vorbereitet.

Carlos Anglada wirkte nicht so beunruhigend wie seine Bibliographie und sein Porträt; Don Isidro, der gerade einen

* Die exemplarische Bibliographie des Carlos Anglada umfaßt außerdem: den schwerverdaulichen naturalistischen Roman *Salonfleisch* (1914), den großmütigen Widerruf *Salongeist* (1914), das längst übertroffene Manifest *Worte an Pegasus* (1917), die Reisenotizen *Am Anfang war der Pullman-Wagen* (1923) und die vier numerierten Nummern der Zeitschrift *Null* (1924-1927).

Mate aus seinem himmelblauen Henkeltöpfchen schlürfte, hob die Augen und sah den Mann vor sich stehen: vollblütig, hochgewachsen, stämmig, vorzeitig kahl, mit zusammengekniffenen und eigensinnigen Augen, einem martialischen, gefärbten Schnurrbart. Er trug, wie José Formento scherzhaft sagte, einen Anzug mit Karos. Ihm folgte ein Herr, der aus der Nähe aussah, als sei er Anglada selbst, von weitem gesehen: Der kahle Schädel, die Augen, der Riesenschnurrbart, die stämmige Gestalt, der Anzug mit Karos – alles wiederholte sich, aber in kleinerem Format. Der kluge Leser wird bereits erraten haben, daß dieser junge Mann José Formento war, Angladas Apostel und Evangelist. Seine Tätigkeit war alles andere als eintönig. Die Unbeständigkeit Angladas, dieses modernen Frégoli des Geistes, hätte weniger unermüdliche und aufopfernde Schüler als den Autor von *Pis-cuna* (1929), *Aufzeichnungen eines Geflügel- und Eieraufkäufers* (1932), *Oden für Geschäftsführer* (1934) und *Sonntag im Himmel* (1936) abschrekken müssen. Wie jedermann weiß, betete Formento den Meister an; dieser vergalt es ihm mit herablassender Herzlichkeit, die zeitweilige freundschaftliche Vorwürfe nicht ausschloß. Formento war nicht nur Schüler, sondern auch Sekretär – die *bonne à tout faire*, die große Schriftsteller zu halten pflegen, um in ein geniales Manuskript richtige Kommata zu setzen und da oder dort einen orthographischen Fehler zu tilgen, der sich eingeschlichen hat.

Anglada ging sofort zum Angriff über:

»Sie werden mich entschuldigen; ich spreche mit der Offenheit eines Motorrades. Ich bin hier auf Anregung von Gervasio Montenegro. Das möchte ich feststellen. Ich glaube nicht und werde nie glauben, daß ein Strafgefangener die geeignete Person ist, kriminalistische Rätsel zu lösen. Die Sache an sich ist nicht kompliziert. Ich lebe, wie allbekannt, in Vicente López. In meinem Arbeitszimmer, in meiner Werkstatt für Metaphern, um es klarer auszudrücken, gibt es einen Safe; dieses Prisma mit Sicherheitsschloß enthält – besser gesagt: enthielt – ein Päckchen Briefe. Es ist kein Geheimnis dabei. Mein Briefpartner, meine Bewunderin ist Mariana Ruiz Villalba de Muñagorri – Moncha für ihre Intimen. Ich spiele mit offenen Karten. Trotz aller verleumderischen Behauptungen hat es keine fleischlichen Beziehungen gegeben. Wir schweben auf einer höheren Ebene – des Gefühls, des Geistes. Freilich, ein Argentinier wird derartige Seelenverwandtschaft nie begreifen. Mariana ist eine schöne Seele, mehr: ein schönes Weibwesen. Dieser Vollblutorganismus besitzt eine Antenne, die jede moderne Schwingung aufnimmt. Mein Erstlingswerk *Die greisen Pagoden* hat sie zum Verfassen von Sonetten angeleitet. Ich habe diese Elfsilbler korrigiert. Das Vorhandensein des einen oder anderen Alexandriners verriet echte Berufung für freie Verse. Tatsächlich aber pflegt sie jetzt den Prosa-Essay. Sie hat bisher geschrieben *Ein Regentag, Mein Hund Bob, Der erste Frühlingstag, Die Schlacht von Chacabuco, Warum gefällt mir Picasso, Warum gefällt mir der Garten*, etc. etc. Einem Taucher gleich steige ich jetzt zur Kriminalgeschichte hinab, ein Gebiet, das Ihnen zugänglicher sein dürfte. Wie jedermann weiß, liebe ich Menschenansammlungen ganz außerordentlich; am 14. August habe ich die Portale meiner Villa einer interessanten Gruppe geöffnet: Mitarbeitern und Abonnenten von *Das Reagenzglas*. Erstere haben die Veröffentlichung ihrer Manuskripte, letztere die Rückzahlung der Beträge verlangt, die ihnen verlorengegangen waren. In solchen Situationen bin ich glücklich wie ein U-Boot im Wasser. Die angeregte Gesellschaft hat sich bis gegen zwei Uhr morgens hingezogen. Vor allem bin ich ein alter Kämpfer: aus Sesseln und Hockern habe ich eine Kasematte improvisiert und es fertiggebracht, einen großen Teil des Geschirrs zu retten. Formento, der mehr von einem Odysseus als einem Diomedes hat, wollte die Streitenden durch ein Holztablett mit verschiedenem Gebäck und Orangeade besänftigen. Armer Formento! Alles, was er erreicht hat, war, daß er den Vorrat an Wurfgeschossen vergrößert hat, die meine Verleumder schleuderten. Als der letzte *pompier* sich schließlich zurückgezogen hatte, hat mir Formento mit einer Hingabe, die ich ihm nicht vergessen werde, einen Eimer Wasser über den Kopf gegossen und so meine Geistesklarheit von 3000 Watt wiederhergestellt. Während meiner Ohnmacht habe ich ein akrobatisches Gedicht konzipiert. Sein Titel *Aufrecht über den Trieben* – der Schlußvers *Ich erschoß den Tod Auge in Auge*. Diese metallene Substanz des Unbewußten zu verlieren wäre unverantwortlich gewesen. Ohne Umstände habe ich meinen Schüler verabschiedet. Dieser hatte in der Redeschlacht seine Geldbörse verloren. Mit aller Offenheit hat er meine Unterstützung erbeten, um nach Hause zu fahren. Der Schlüssel zu meiner unverletzlichen Vetere hat seinen Schlupfwinkel in meiner Hosentasche; ich habe ihn herausgeholt, ihn eingesetzt, ihn betätigt. Ich habe die erbetenen Münzen vorgefunden, nicht jedoch die Briefe von Moncha – Verzeihung, von Mariana Ruiz Villalba de Muñagorri. Der Schlag hat meine Energie nicht gelähmt; immer auf Posten am Kap des logischen Denkens, habe ich das Haus und alle Nebenräumlichkeiten, von der Heizung bis zur Kloake durchsucht. Das Resultat meiner Untersuchung war negativ.«

»Ich kann bestätigen, daß die Briefe sich nicht in der Villa befinden«, sagte die ölige Stimme Formentos. »Am 15. morgens bin ich mit ein paar Daten aus der Illustrierten ›Schwarze Glocke‹, die der Meister für seine Forschungen verlangte, gekommen. Ich habe mich zu einer zweiten Durchsuchung des Hauses erboten. Ich habe nichts gefunden. Das stimmt nicht. Ich habe etwas von der größten Bedeutung für Señor Anglada und für unsere ganze Republik gefunden. Einen Schatz, den die Zerstreutheit des Dichters in den Keller verbannt hatte: vierhundertsiebenundneunzig Exemplare des vergriffenen Werkes *Tagebuch eines Gauchos*.«

»Sie werden den literarischen Eifer meines Schülers entschuldigen«, sagte Carlos Anglada rasch. »Solche gelehrten Funde können kaum von Interesse sein für einen Geist wie den Ihren, der streng im Kriminalistischen befangen ist. Hier die Tatsache: Die Briefe sind verschwunden; in Händen irgendeiner gewissenlosen Person könnten diese Seelenschwingungen einer großen Dame, diese Archive von Hirn- und Herzenssubstanz, zu einem Stein des Anstoßes werden. Es handelt sich um ein Dokument, das den stilistischen Wurf – dem mein Rotstift Schwungkraft verlieh – mit den zarten intimen Werten einer Dame von Welt vereint. *Bref*: ein fetter Bissen für räuberische Verleger, besonders von jenseits der Anden.«

II

Eine Woche später hielt ein großer Cadillac in der Calle Las Heras vor der Nationalen Strafvollzugsanstalt. Der Wagenschlag wurde geöffnet. Ein Kavalier in grauem Sakko, Hose mit Nadelstreifen, hellen Handschuhen und einem Stock mit Hundekopf als Knauf entstieg ihm mit einer Eleganz, die etwas *surannée* wirkte, und ging festen Schrittes durch die Gärten hinein.

Der Subkommissar Grondona empfing ihn unterwürfig. Der Kavalier geruhte, eine Havanna aus Bahia anzunehmen, und ließ sich zur Zelle 273 führen. Als Don Isidro seiner ansichtig wurde, versteckte er ein Päckchen *Sublime* in seiner Sträflingsmütze und sagte sanftmütig:

»Teufel, Fleisch scheint sich in Avellaneda gut zu verkaufen. Bei dem Geschäft ist mancher mager geworden; Sie scheint es zu mästen.«

»*Touché*, mein lieber Parodi, *touché*. Ich gebe mein *embonpoint* zu. Die Fürstin trug mir einen Handkuß an Sie auf«, erwiderte Montenegro zwischen zwei Zügen blauen Rauches, »auch unser gemeinsamer Freund Carlos Anglada – ein sprühender Geist wie nur einer, wiewohl ihm die mediterrane Disziplin abgeht – erinnert sich Ihrer. Unter uns, er erinnert sich Ihrer viel zu sehr. Erst gestern brach er in meine Studierstube ein. Zwei heftig zugeschlagene Türen und ein paar fast asthmatische Atemzüge genügten, um diesem Physiognomiekenner hier im Handumdrehen zu entdecken, daß Carlos Anglada nervös war. Ich begriff augenblicklich: Das Gedränge des Straßenverkehrs ist jeder Gelassenheit des Geistes feindlich. Sie, als der Weisere, haben den besseren Teil erwählt: die Zurückgezogenheit, das methodische Leben, das Fehlen aller Aufregungen. Hier, mitten im Herzen der Stadt, scheint Ihre kleine Oase aus einer anderen Welt zu stammen. Unser Freund ist schwächer: Ein Hirngespinst genügt, ihn in Schrecken zu versetzen. Ehrlich gesagt hätte ich ihn für einen stärkeren Charakter gehalten. Anfangs nahm er den Diebstahl der Briefe mit der stoischen Haltung eines *clubman* auf; gestern mußte ich feststellen, daß diese Fassade nichts als eine Maske war. Der Mann ist verwundet, *blessé*. In meiner Studierstube, einen Maraschino 1934 vor sich, im belebenden Rauch der Havannas, entäußerte der Mann sich jeder Larve. Ich verstehe seine Beunruhigung. Eine Veröffentlichung der Briefe Monchas wäre ein schwerer Schlag für unsere Gesellschaft. Eine Frau *hors concours*, mein lieber Freund: physische Schönheit, Reichtum, alte Familie, Bildung: moderner Geist in einem Murano-Glas. Carlos Anglada versichert jammervoll, daß die Veröffentlichung dieser Briefe seinen Ruin herbeiführen müsse und überdies die durchaus unhygienische *besogne*, den Choleriker Muñagorri in einem Ehrenhandel über den Haufen zu schießen. Trotz alledem, mein verehrter Parodi, bitte ich Sie, kühles Blut zu bewahren. Mein organisatorischer Geist hat das Problem schon richtig angepackt. Den ersten Schritt habe ich bereits getan: Ich habe Carlos Anglada und Fromento eingeladen, ein paar Tage mit mir in *La Moncha* zu verbringen, dem Landgut, wo Muñagorri seine Rinderzucht betreibt. *Noblesse oblige*: Gestehen wir uns immerhin, daß das Werk Muñagorris der ganzen Zone von Pilar den größten Aufschwung gebracht hat. Sie sollten sich entschließen, dies Wunderwerk einmal aus der Nähe zu betrachten. Es ist eine unserer wenigen Estancias, wo sich die Erbmasse nationaler Tradition noch lebendig und tatkräftig erhalten hat. Trotz unvermeidlicher Einmischung des Hausherrn, der ein tyrannischer, aus altem Holz geschnitzter Mann ist, wird kein Wölkchen diese Zusammenkunft von Freunden trüben. Mariana wird zweifellos ganz bezaubernd die *honneurs* machen. Ich versichere Ihnen, daß dieser Ausflug keine Künstlerlaune ist; vielmehr hat mir unser Hausarzt, Dr. Mugica, geraten, energisch etwas für mein *surmenage* zu tun. Trotz des herzlichen Drängens von Mariana wird die Fürstin uns nicht begleiten können. Ihre vielfältigen Obliegenheiten halten sie in Avellaneda zurück. Ich dagegen werde die *villégiature* bis zum Tag des Frühlingsbeginns ausdehnen. Wie Sie bemerken konnten, bin ich vor dem heroischsten Mittel nicht zurückgeschreckt. In Ihren Händen lasse ich die kriminalistische Kleinarbeit, die Wiederbeschaffung der Briefe. Schon morgen um zehn Uhr vormittags wird die heitere Auto-Karawane vom Grabdenkmal Rivadavias aus sich in Bewegung setzen, in Richtung auf *La Moncha* – trunken von unendlichen Horizonten und Freiheit.«

Mit präziser Handbewegung befragte Montenegro seine goldene *Vacheron et Constantin*.

»Zeit ist Gold«, rief er aus. »Ich habe versprochen, den Obersten Harrap und Reverend Brown zu besuchen, ihre *confrères* hier in der Strafanstalt. Vor kurzem habe ich in der Abteilung für Damen, in der Calle San Juan, die *baronne* Puffendorf-Duvernois, *née* Pratolongo, besucht. Ihre Würde hat nicht gelitten, aber ihr abessinischer Tabak ist abscheulich.«

III

Am 5. September gegen Abend betrat ein Besucher mit schwarzer Armbinde und Regenschirm die Zelle 273. Er begann sofort zu sprechen; er sprach mit lebhafter Grabesstimme; aber Don Isidro bemerkte, daß er beunruhigt war.

»Hier stehe ich vor Ihnen, ans Kreuz geschlagen wie die Sonne zur Stunde ihres Untergangs.« José Formento deutete mit vager Gebärde auf das Zellenfensterchen, das sein Licht auf das Waschgestell fallen ließ. »Sie werden mich einen Judas nennen, weil ich mich mit gesellschaftlichen Verpflichtungen abgebe, während der Meister Verfolgungen ausgesetzt ist. Aber mein Beweggrund ist ein ganz anderer. Ich komme, Sie zu ersuchen – ja, Sie dringendst zu bitten, daß Sie all den Einfluß aufbieten, den Sie sich in so vielen Jahren des Zusammenlebens mit den Behörden erworben haben. Ohne Liebe gibt es keine Wohltat. Wie Carlos Anglada in seinem Aufruf an die Landjugend sagte: ›Um den Traktor zu begreifen, muß man den Traktor lieben‹; um Carlos Anglada zu begreifen, muß man Carlos Anglada lieben. Möglicherweise taugen die Bücher des Meisters nicht für die polizeilichen Untersuchungen; ich bringe Ihnen hier ein Exemplar meines Buches *Der Weg Carlos Angladas*. Da entpuppt sich der Mann, der die Kritiker in die Irre führt und für den selbst die Polizei sich interessiert, als ein Mensch der Impulse, ein Kind beinahe.«

Er öffnete den Band auf gut Glück und legte ihn in Parodis Hände. Und wahrhaftig bekam dieser ein Foto Carlos Angladas zu sehen – kahl und energisch, im Matrosenanzug.

»Als Fotograf mögen Sie ein Phänomen sein, das bestreite ich nicht; was ich aber brauche, ist ein Bericht über das, was sich seit dem Abend des 29. zugetragen hat. Ich möchte auch wissen, wie diese Leute sich eigentlich miteinander vertragen haben. Ich habe die Artikelchen von Molinari gelesen; der hat ja durchaus nicht etwa Stroh im Kopf, aber man wird allmählich völlig wirr von all den Fotos. Regen Sie sich nicht auf, junger Mann, und berichten Sie mir schön der Reihe nach.«

»Ich werde Ihnen eine Momentaufnahme der Geschehnisse liefern. Am 24. kamen wir auf der Estancia an. Alles eitel Herzlichkeit und Harmonie. Señora Mariana – Reitanzug von Redfern, kurzer Poncho von Patou, hohe Stiefel von Hermès, Make-up *plein air* von Elizabeth Arden – hat uns mit ihrer gewohnten Schlichtheit empfangen. Das Duo Anglada-Montenegro hat bis weit in die Nacht diskutiert. Anglada erklärte die Scheinwerfer eines Automobils, das den *macadam* verschlingt, für überlegen; Montenegro jedes Sonett des Mantuaners. Schließlich haben beide Streiter ihren kämpferischen Geist in einem Wermut mit Bitter ertränkt. Señor Manuel Muñagorri, durch Montenegros Takt besänftigt, hat unseren Besuch mit Resignation hingenommen. Punkt acht Uhr brachte die Erzieherin – eine blonde, höchst gewöhnliche Person, wie ich Ihnen versichern kann – den Knaben Pampa, einzigen Sprößling eines glücklichen Paares. Auf der obersten Treppenstufe stehend, breitete Señora Mariana die Arme nach dem Kind aus, das, bekleidet mit einem *chiripá*, den *facón* an der Seite, heraufgelaufen kam und sich in die mütterliche Umarmung stürzte. Eine unvergeßliche Szene, die sich wohlgemerkt jeden Abend wiederholt und uns die Fortdauer enger Familienbeziehungen inmitten einer mondänen und bohemehaften Umgebung beweist. Unmittelbar darauf nahm die Erzieherin den Knaben Pampa mit sich fort. Muñagorri hat erklärt, alle Pädagogik basiere auf dem Salomonischen Prinzip: Spare den Stock, und du verdirbst das Kind. Es ist mir bekannt, daß er dieses Prinzip befolgen mußte, um dieses Kind dazu zu zwingen, in Gauchotracht mit *facón* und *chiripá* herumzulaufen.

Am 29. gegen Abend wohnten wir von der Terrasse aus einem feierlichen und großartigen Schauspiel bei, einer Stier-Parade. Der Señora Mariana verdankten wir dieses ländliche Bild. Es war nur ihr Verdienst, daß uns nicht dieser und andere höchst angenehme Eindrücke entgangen sind. Mit männlicher Aufrichtigkeit muß ich bekennen, daß Señor Muñagorri (zweifellos ein höchst verdienter Viehzüchter) ein mürrischer und unaufmerksamer Gastgeber war. Er hat kaum das Wort an uns gerichtet und das Gespräch mit seinen Aufsehern und *peones* vorgezogen; und weit mehr interessierte ihn die bevorstehende große Vieh-Ausstellung in Palermo als das wunderbare Stelldichein der Natur mit Kunst, der Pampa mit Carlos Anglada, das sich stets erneut auf seinem Besitztum ereignete. Während unten die Tiere vorbeizogen, dunkel in der sterbenden Sonne, erwies sich oben, auf der Terrasse, die Gruppe der Menschen als gesprächiger und geschwätziger. Ein Ausruf Montenegros über die Majestät der Stiere genügte, um den Geist Angladas zu wekken. Der Meister hat, sich selbst übertreffend, eine jener fruchtbaren lyrischen Tiraden improvisiert, die gleichermaßen den Historiker wie den Grammatiker, die kühle Vernunft wie das große Herz verblüffen. Er sagte, zu anderen Zeiten seien die Stiere geheiligte Tiere gewesen – noch früher Priester und Könige, noch früher Götter. Er sagte, dieselbe Sonne, die jetzt das Vorüberziehen der Stiere bescheine, habe schon in Kretas Gewölbegängen Menschen vorbeiziehen sehen, die wegen Lästerung des Stieres zum Tode verurteilt waren. Er sprach von Männern, die durch das Eintauchen in warmes Stierblut unsterblich geworden waren. Montenegro wollte ein blutiges Schauspiel heraufbeschwören, dem er in Nîmes beigewohnt hatte – Stiere, deren Hörner durch Kugeln abgestumpft waren, unter der brütenden provenzalischen Sonne; aber Muñagorri, Feind jeder geistigen Expansion, hat behauptet, daß Anglada von Stieren nicht mehr verstehe als ein Krämer. Er thronte in einem riesigen Sessel aus Strohgeflecht und versicherte, was jedem sowieso klar war, daß er unter Stieren aufgewachsen sei und daß sie friedfertige, ja sogar feige Tiere seien, nur recht bockig. Stellen Sie sich vor: Um Anglada zu überzeugen, wollte er ihn hypnotisieren – er hat ihn nicht aus den Augen gelassen. Wir ließen den Meister und Muñagorri in ihrer polemischen Verzükkung zurück; unter Führung unserer unvergleichlichen Gastgeberin, der Señora Mariana, konnten Montenegro und ich alle Einzelheiten des Generators bewundern. Der Gong ertönte, wir haben uns zu Tisch gesetzt und waren schon mit dem Rinderbraten fertig, als die beiden Polemiker erschienen. Es war klar ersichtlich, daß der Meister Sieger geblieben war; Muñagorri saß mit dem finsteren Gesicht des Besiegten da und sprach während des Essens kein Wort.

Am nächsten Tag hat er mich eingeladen, das benachbarte Städtchen Pilar kennenzulernen. Wir beide sind allein in seinem kleinen, leichten Wagen gefahren. Als guter Argentinier habe ich in vollen Zügen unsere Fahrt durch die typische staubige Pampa genossen. Mutter Sonne goß ihre wohltätigen Strahlen verschwenderisch über unsere Häupter aus. Die Dienste unserer staatlichen Post sind bereits bis in diese ungepflasterten Gegenden vorgedrungen. Während Muñagorri in der Kneipe brennbare Flüssigkeiten in sich hineinschüttete, vertraute ich dem Rachen eines Briefkastens einen Sohnesgruß an meinen Verleger an, auf die Rückseite meines Bildes in Gauchotracht geschrieben. Die Rückfahrt war unangenehm. Zu der Rüttelei der *via crucis* gesellten sich jetzt noch die ungeschickten Manöver des Betrunkenen; ritterlicherweise muß ich gestehen, daß der arme Sklave des Alkohols mir Mitleid einflößte, und ich habe ihm das häßliche Schauspiel verziehen, das er mir bot: Er schlug auf das Pferd ein, als wäre es sein Sohn; der Wagen war dauernd in Gefahr umzustürzen, und mehr als einmal habe ich für mein Leben gefürchtet.

Auf der Estancia angekommen, stellten einige Leinsamenkompressen und die Lektüre eines alten Manifests von Marinetti mein Gleichgewicht wieder her.

Jetzt, Don Isidro, kommen wir zum Nachmittag des Verbrechens. Ein unerfreulicher Zwischenfall kündigte es gewissermaßen an: Muñagorri, immer treu dem Salomonischen Prinzip, hat dem Hinterteil des Knaben Pampa eine Tracht Prügel verpaßt, weil dieser, verführt von den trügerischen Lockungen ausländischen Unwesens, sich geweigert hatte, das Dolchmesser und die Reitpeitsche zu tragen. Miss Bilham, die Erzieherin, hat völlig ihre Stellung vergessen und diese höchst unangenehme Episode verlängert, indem sie Muñagorri schärfste Vorwürfe machte. Ich scheue mich nicht zu behaupten, daß die Erzieherin sich zu so unbeherrschter Einmischung hinreißen ließ, weil sie schon eine andere Stellung in Aussicht hatte: Montenegro mit seiner Witterung für schöne Seelen hatte ihr ich weiß nicht welchen Wirkungskreis in Avellaneda angeboten. Alle sind mißgestimmt auseinandergegangen. Die Herrin des Hauses, der Meister und ich schlugen den Weg zum großen australischen Wassertank ein; Montenegro zog sich mit der Erzieherin ins Haus zurück. Muñagorri, völlig besessen von der bevorstehenden Ausstellung, kehrte der Natur den Rücken und begab sich zu einer weiteren Stierparade. Einsamkeit und Arbeit sind die beiden Stützen des wahren Mannes der Feder; ich benutzte eine Wegbiegung, um meine Freunde zu verlassen; ich habe mich in mein Schlafzimmer begeben, einen wahren Zufluchtsort, fensterlos, in den auch nicht der fernste Widerhall der Außenwelt dringt. Ich machte Licht und vertiefte mich in meine volkstümliche Übersetzung von *La soirée avec M. Teste*. Unmöglich zu arbeiten. Im Nebenzimmer unterhielten sich Montenegro und Miss Bilham. Aus Angst, Miss Bilham zu kränken und um nicht zu ersticken, ließ ich die Tür offen. Die andere Tür meines Zimmers geht, wie Sie wissen, auf den dunstgeschwängerten Küchenhof.

Ich hörte einen Schrei; er kam nicht aus dem Zimmer von Miss Bilham; ich glaubte die unvergleichliche Stimme der Señora Mariana zu erkennen. Durch Gänge und über Treppen bin ich auf die Terrasse gelangt.

Dort, gegen die untergehende Sonne sich abzeichnend, mit der Schlichtheit der großen Schauspielerin, die in ihr steckt, stand Señora Mariana und wies auf das entsetzliche Bild, das ich zu meinem Unglück nie werde vergessen können. Unten waren, wie gestern, die Stiere vorbeigezogen; oben hatte, wie gestern, ihr Herr die Parade abgenommen; aber diesmal waren sie für einen einzigen Mann aufmarschiert, und dieser Mann war tot. Durch das Strohgeflecht der Rückenlehne hindurch hatte ihn ein Dolch getroffen.

Von den Armlehnen des großen Sessels gehalten, saß der Leichnam weiter völlig aufrecht. Anglada stellte mit Entsetzen fest, daß der unglaubliche Mörder das Dolchmesser des Knaben Pampa benutzt hatte.«

»Sagen Sie, Don Formento, wie mag der Missetäter sich diese Waffe verschafft haben?«

»Ein Rätsel. Nach der Auseinandersetzung mit dem Vater

hatte der Junge in einem Wutanfall seine Gaucho-Abzeichen hinter die Hortensien geworfen.«

»Das wußte ich schon. Und wie erklären Sie sich, daß die Reitpeitsche im Zimmer von Anglada lag?«

»Sehr einfach – aber die Gründe dürften einem Schnüffler unzugänglich bleiben. Wie das Foto zeigt, das Sie gesehen haben, hat es in dem vielgestaltigen Leben Angladas eine Periode gegeben, die wir die *puérile* nennen wollen. Auch heute noch verspürt der Vorkämpfer für Autorenrechte und für *l'art pour l'art* den unwiderstehlichen Magnetismus, den Spielzeug auf den Erwachsenen ausübt.«

IV

Am 9. September betraten zwei Damen in Trauer die Zelle 273. Die eine war blond, mit üppigen Hüften und vollen Lippen; die andere, bescheidener gekleidet, war klein, schlank, mit dem Busen eines Schulmädchens und dünnen, kurzen Beinen.

Don Isidro wandte sich an die erste:

»Ihrer Reputation nach müssen Sie die Witwe Muñagorri sein.«

»Was für eine *gaffe*!« sagte die andere mit dünnem Stimmchen. »Genau umgekehrt wird ein Schuh daraus. Wie wird sie wohl die Witwe Muñagorri sein – sie kommt ja nur zu meiner Begleitung. Sie ist das *Fräulein*, Miss Bilham. Señora Muñagorri bin ich.«

Parodi bot ihnen zwei Hocker an und setzte sich auf die Pritsche. Ohne Hast fuhr Mariana fort.

»Ganz süß ist dies Zimmerchen – und so ganz anders als der *living* meiner Schwägerin, der einfach schauderhaft ist mit all seinen Paravents. Sie sind dem Kubismus zuvorgekommen, Señor Parodi, obwohl man den ja auch schon nicht mehr trägt. Immerhin, ich, wenn ich Sie wäre, würde dieser Tür da einen Lack-Anstrich geben lassen. Weißgestrichenes Eisen fasziniert mich. Mickey Montenegro – finden Sie ihn nicht auch entzückend genial! – hat uns gesagt, wir sollten Sie ohne Umstände belästigen. Was für ein Glück, daß wir Sie angetroffen haben. Ich wollte Sie sprechen, weil's mir zum Hals heraushängt, diese Geschichte immer wieder erzählen zu müssen: Kommissaren, die einen mit ihren Fragen ganz blöd machen, und meinen Schwägerinnen, die ein Schlafmittel sind.

Ich werde Ihnen den 30. vom Morgen an erzählen. Es waren nur Formento, Montenegro, Anglada, ich und mein Mann da, sonst niemand. Schade, daß die Fürstin nicht kommen konnte; sie hat nämlich einen *charme*, den es seit den Kommunisten nicht mehr gibt. Hören Sie nur, was weibliche und mütterliche Intuition doch für Dinge sind! Als Consuelo mir meinen Pflaumensaft brachte, hatte ich Kopfschmerzen zum Zerspringen. Und die Männer mit ihrem Mangel an Verständnis. Zuerst bin ich in Manuels Schlafzimmer gegangen, aber der wollte überhaupt nichts hören, weil ihn sein eigenes Kopfweh viel mehr interessierte, mit dem es gar nicht so weit her war. Wir Frauen, die wir die Schule der Mutterschaft durchgemacht haben, sind nicht so schlapp. Außerdem hatte er selbst die Schuld, weil er so spät zu Bett gegangen war. Am Abend vorher hatte er bis in die Puppen mit Formento über ein Buch geredet. Was redet er auch über Dinge, von denen er nichts versteht. Ich kam erst am Ende der Diskussion dazu, habe aber sofort kapiert, um was es ging. Pepe – Formento, will ich sagen – ist im Begriff, eine volkstümliche Übersetzung von *La soirée avec M. Teste* drucken zu lassen. Um an die Masse der Leser heranzukommen, was schließlich doch das einzige ist, was zählt, hat er den Titel mit *Die Vesperunterhaltung mit Herrn Schlaukopf* übersetzt. Manuel, der nie hat begreifen wollen, daß es ohne Liebe keine Wohltat gibt, hatte sich alle Mühe gegeben, ihn zu entmutigen. Er sagt ihm, daß Paul Valéry den anderen das Denken empfiehlt, aber selbst nicht denkt – und wo Formento die Übersetzung doch schon fertig hat, und wo ich im *Haus der Kunst* dauernd darauf bestehe, daß man Valéry zu Vorträgen einladen soll. Ich weiß nicht, was an dem Tag los war, aber der heiße Nordwind hat uns alle verrückt gemacht, vor allem mich, wo ich doch so sensibel bin. Sogar das *Fräulein* hat seine Stellung vergessen und ist mit Manuel in Streit geraten, wegen Pampa, der den Gaucho-Anzug nicht mag. Ich weiß nicht, warum ich Ihnen diese Sachen erzähle, die zum Vorabend gehören. Am 30. nach dem Tee bestand Anglada darauf, ich sollte ihm den australischen Tank noch einmal zeigen – der denkt ja nur an sich und weiß nicht, daß ich das Gehen nicht ausstehen kann –, und dabei diese Sonne und diese Moskitos! Zum Glück konnte ich mich drücken und habe weiter Giono gelesen: Nun sagen Sie nur nicht, daß Ihnen *Accompagné de la flûte* nicht gefällt. Es ist ein tolles Buch und lenkt einen doch etwas ab von der Estancia. Aber vorher wollte ich noch mit Manuel sprechen, der, ganz besessen von seinen Stieren, auf der Terrasse war. Es war so gegen sechs, und ich bin über die Treppe für die *peones* hinaufgestiegen. Und da steh ich und sag ›Ach!‹ – Was für ein Bild! Ich in meiner lachsfarbenen Windjacke und den *shorts* von Vionnet gegen die Brüstung gelehnt, und zwei Schritt von mir entfernt Manuel in seinem Sessel festgenagelt, durch die Rückenlehne den kleinen Dolch von Pampa hineingerammt.

Zum Glück war das unschuldige Kind gerade auf Katzenjagd, so daß ihm der schreckliche Anblick erspart blieb. Am Abend spät ist er dann mit einem halben Dutzend Katzenschwänzen aufgetaucht.«

Miss Bilham fügte hinzu:

»Ich habe sie in den Abort werfen müssen, sie haben nämlich abscheulich gestunken.«

Sie sagte das mit einer Spur von Wollust in der Stimme.

V

Anglada war an diesem Septembermorgen gerade inspiriert. Sein klarer Geist umfaßte die Vergangenheit und die Zukunft; die Geschichte des Futurismus und die geheimnisvolle Arbeit, die ein paar *hommes de lettres* hinter seinem Rücken leisteten, damit er den Nobelpreis annehme. Als Parodi schon glaubte, der Redeschwall sei versiegt, kramte Anglada einen Brief hervor und sagte mit wohlwollendem Lächeln:

»Dieser arme Formento! Ganz augenscheinlich verstehen die Piraten aus Chile ihr Geschäft. Lesen Sie diesen Brief, Freund Parodi. Sie wollen diese groteske Übersetzung von Paul Valéry nicht veröffentlichen.«

Resigniert las Don Isidro:

»Sehr geehrter Herr!

Wir müssen wiederholen, was wir Ihnen schon in Beantwortung Ihrer geehrten Schreiben vom 19., 26. und 30. August dieses Jahres erklärt haben: Es ist uns unmöglich, die Veröffentlichung zu finanzieren. Kosten für Clichés und Autorenrechte für Walt Disney, für Weihnachts- und Neujahrskarten in fremden Sprachen machen es für uns untragbar, auf dies Geschäft einzugehen, falls Sie sich nicht verpflichten wollen, die Kosten für die einmalige Ausgabe sowie für die Einlagerung bei der Möbel-Bewahrungsfirma La Compresora vorzuschießen, und zeichnen wir mit vorzüglicher Hochachtung für den Subdirektor:

Rufino Gigena.«

Endlich konnte Don Isidro reden:

»Dieses Geschäftsbrieflein kommt wie vom Himmel gefallen. Jetzt fange ich an, die Fäden zusammenzukriegen. Seit einer ganzen Weile machen Sie sich das Vergnügen, von Büchern zu reden. Also, ich kann auch reden. Vor kurzem habe ich das Dings da gelesen, was all diese netten Bilderchen bringt: Sie auf Stelzen, Sie als kleiner Junge verkleidet, Sie mit Fahrrad! Ich kann Ihnen sagen, ich habe mir eins gelacht.

Sollte man es glauben, daß Don Formento, ein weibischer und trauriger Affe wie nur einer, sich so gut über einen Trottel lustig machen kann. Alle seine Bücher sind der pure Hohn: Sie haben die *Hymnen für Millionäre* abgesondert und das Bürschchen, höchst respektvoll, die *Oden für Geschäftsführer*; Sie das *Tagebuch eines Gauchos*, der andere die *Aufzeichnungen eines Geflügel- und Eieraufkäufers*. Hören Sie, ich will Ihnen von Anfang an erzählen, was passiert ist.

Zuerst erscheint ein Dummkopf mit dem Märchen, man hätte ihm irgendwelche Briefe gestohlen. Ich habe gar nicht auf ihn gehört, denn wenn einer wirklich was verloren hat, wird er nicht zu einem Gefangenen kommen mit dem Auftrag, es ihm zu suchen. Der Dummkopf sagt, diese Briefe kompromittieren eine Dame; daß er mit der Dame gar nichts hat, daß sie sich aber aus Zuneigung Briefe schreiben. Das hat er gesagt, damit ich glaube, die Dame ist seine Geliebte. Nach einer Woche ist dieser Montenegro erschienen, die gute Seele, und hat behauptet, der Dummkopf wäre wirklich höchst besorgt. Diesmal waren Sie vorgegangen wie einer, der tatsächlich etwas verloren hat. Sie haben sich an jemand gewandt, der noch nicht im Gefängnis sitzt und als Spitzel bekannt ist. Dann sind sie alle aufs Land gegangen; der verstorbene Muñagorri ist umgekommen, Don Formento und eine Schneegans sind bei mir erschienen und haben mich angeödet, und da begann die Geschichte mir zu stinken.

Sie haben mir erzählt, man hätte Ihnen die Briefe gestohlen. Sie haben mir sogar zu verstehen gegeben, daß Formento sie Ihnen gestohlen hat. Was Sie wollten, war, daß die Leute von den Briefen reden und sich wer weiß was für Märchen über Sie und die Dame einbilden. Dann ist aus der Lüge Wahrheit geworden: Formento hat Ihnen die Briefe gestohlen. Er hat sie gestohlen, um sie zu veröffentlichen. Er hatte längst die Nase voll von Ihnen; nach dem zweistündigen Monolog, den Sie heute auf mich abgelassen haben, sehe ich den Kerl als gerechtfertigt an. Er hatte eine solche Wut auf Sie, daß ihm bloße Seitenhiebe nicht mehr genügen. Er hat beschlossen, die Briefe zu veröffentlichen, damit die ganze Republik sieht, daß Sie nichts mit Mariana haben. Muñagorri hat das anders gesehen. Er wollte nicht, daß seine Frau durch ein Buch voll Blödsinn lächerlich gemacht wird. Am 29. hat er Formento kurzerhand gestoppt. Von dieser Sitzung hat mir Formento nichts erzählt; aber sie waren mitten in der Diskussion, als Mariana dazukommt, und sie hatten das Zartgefühl, sie glauben zu lassen, sie diskutieren über ein Buch, das Formento aus dem Französischen kopiert. Was können einen Mann vom Land schon Bücher von Leuten Ihrer Art interessieren! Am nächsten Tag hat Muñagorri Formento mit nach Pilar genommen und dazu einen Brief an die Leute von der Druckerei, damit die den Druck stoppen. Formento sieht kohlrabenschwarz in der Sache und beschließt, Muñagorri loszuwerden. Der Entschluß kostet ihn nicht viel, er war ja immer in Gefahr, daß seine Liebschaft mit der Señora ans Licht kommt. Diese Schneegans konnte sich ja nicht beherrschen: Sie hat sogar den Kram wiederholt, den sie von ihm hört – das von der Liebe und der Wohltat, von der Erzieherin, die ihre Stellung vergißt ... Einmal hat sie sich sogar so weit verraten, ihn beim Vornamen zu nennen.

Als Formento sieht, daß der Junge seine Gaucho-Utensilien weggeworfen hat, kapiert er, daß seine Stunde gekommen ist. Er ist auf Nummer Sicher gegangen. Er hat sich ein gutes Alibi verschafft: Er sagt, die Tür zwischen seinem Zimmer und dem der Engländerin war offen. Weder sie noch unser Freund Montenegro haben ihm widersprochen; dabei ist es doch eigentlich üblich, bei solchem Zeitvertreib die Tür zu schließen. Formento hat die Waffe gut ausgewählt; der Dolch von Pampa konnte den Verdacht auf zwei Personen lenken: auf Pampa selbst, der halb verrückt ist, und auf Sie, Don Anglada, der sich als Liebhaber der Señora ausgibt und sich häufig darin gefallen hat, das Jüngelchen zu spielen. Er hat die Reitpeitsche in Ihrem Zimmer gelassen, damit die Polizei sie dort findet. Mir hat er das Buch mit den Fotos gebracht, um mir denselben Verdacht einzugeben.

Ganz selbstverständlich ist er auf die Terrasse hinausgegangen und hat Muñagorri erdolcht. Die *peones* haben nichts davon bemerkt, weil sie unten mit den Stieren beschäftigt waren.

Schau einer an, was doch die Vorsehung ist. All das hat der Mann getan, um ein Buch mit den Briefen dieser Schneegans zu veröffentlichen. Man braucht die Señora ja nur anzuschauen, um zu erraten, wie ihre Briefe aussehen. Kein Wunder, daß die Leute von der Druckerei gekniffen haben.«

Quequén, 22. Februar 1942

Die Vorsorge Sangiácomos

Für Mohammed

I

Der Häftling von Zelle 273 empfing Señora Anglada und ihren Mann mit betonter Resignation.

»Ich will klipp und klar reden, jeder Metapher den Rücken kehren«, versprach Carlos Anglada ernst. »Mein Gehirn ist eine Kühlkammer: Alle Umstände des Todes von Julia Ruiz Villalba – Pumita, wie sie bei denen ihres Standes hieß – sind in diesem Behältnis grauer Substanz unangreifbar aufbewahrt. Ich werde unerbittlich sein, glaubwürdig; ich betrachte diese Angelegenheit mit dem Gleichmut eines *deus ex machina*. Ich bürde Ihnen einen kurzen Querschnitt der Ereignisse auf; ich bedrängele Sie, Parodi, seien Sie ganz Gehörnerv.«

Parodi hob den Blick nicht; er fuhr fort, ein Bild des Staatspräsidenten Doktor Irigoyen bunt anzumalen; der Introitus des kernigen Dichters brachte ihm nichts Neues: Einige Tage vorher hatte er ein Artikelchen Molinaris über das plötzliche Ableben der Señorita Ruiz Villalba gelesen, eines der muntersten jungen Elemente unserer kleinen Gesellschaftswelt.

Anglada klärte die Stimme zum Sprechen; Mariana, seine Frau, ergriff das Wort.

»Carlos hat mich nun mal mit her ins Gefängnis geschleift, wo ich mich doch eigentlich bei Marios Vortrag über Concepción Arenal anöden lassen wollte. Was Sie für Schwein haben, Señor Parodi, daß Sie nicht ins *Haus der Kunst* gehen müssen; da läuft so eine Horde von Großmäulern herum, die einem auf den Wecker fallen, obwohl ich behaupte, daß Monsignore immer hochgebildet redet. Carlos wird ja, wie immer und überall, seinen Senf dazugeben wollen; aber schließlich ist es ja meine Schwester, und ich habe mich nicht herschleppen lassen, um meinen Mund zu halten wie eine dumme Gans. Außerdem haben wir Frauen, mit unserer Intuition, viel mehr Gefühl für die Dinge, wie mir Mario gesagt hat, als er mir zu meiner Trauerkleidung gratulierte (dabei hab ich nur so lala ausgesehen, aber uns Platinierten steht Schwarz ja besonders gut). Sehen Sie, ich mit all meiner *suite* werde Ihnen die Geschichte von Anfang an erzählen, obwohl ich mich nicht aufplustern will, von wegen Büchermanie. Sie werden ja in der Illustrierten gesehen haben, daß die arme Pumita, meine Schwester, sich mit Rica Sangiácomo verlobt hatte, trotz seines verheerenden Familiennamens. Wenn's auch wie Edelkitsch klingt, sie waren ein ideales Paar: Pumita, hübsch, wie sie war, mit dem ganzen *cachet* der Ruiz Villalba, und Augen wie Norma Shearer – von der Art, sagt Mario, gibt es jetzt, wo sie von uns gegangen ist, nur noch meine. Natürlich war sie eine Halbwilde, gelesen hat sie nichts als *Vogue*, und darum fehlt ihr auch der *charme*, den das französische Theater hat, wenn Madeleine Ozeray auch eine Vogelscheuche ist. Also das ist ja nun wohl die Höhe, mir damit zu kommen, sie hätte Selbstmord verübt, wo ich doch so katholisch bin seit dem Eucharistischen Kongreß, und sie mit dieser ganzen *joie de vivre*, die ich ja auch habe, obwohl ich keine Duckmäuserin bin. Erzählen Sie mir nicht, daß diese Skandalgeschichte nicht eine Taktlosigkeit und Rücksichtslosigkeit ist, als ob ich nicht schon genug um die Ohren hätte wegen der Sache mit dem armen Formento, der Manuel durch den Sessel hindurch das Messer in den Rücken rennt, während der wie verblödet seine Stiere anstarrt. Manchmal gibt mir das alles zu denken, und ich möchte sagen, ein Unglück kommt selten allein.

Rica hat ja den Ruf, ein bildhübscher, fescher Kerl zu sein, aber was will er mehr, als in eine erste Familie einheiraten, wo sie doch bloß so *parvenus* sind, obgleich ich seinen Vater schätze, weil er ohne einen roten Heller nach Rosario gekommen ist. Die Pumita war keine, die sich die Butter vom Brot nehmen läßt, und Mama, mit dem *faible*, das sie für sie hatte, hat das Geld nur so zum Fenster hinausgeworfen, als meine Schwester in die Gesellschaft eingeführt wurde, ist also kein Zufall, daß sie sich verlobt hat, als sie noch ein Fratz war. Wie es heißt, haben sie sich ja auf sehr romantische Art kennengelernt, in Llavallol, wie Errol Flynn und Olivia de Havilland in dem Film *Gehen wir nach Mexiko*, der auf Englisch *Sombrero* heißt: Der Pumita war das *pony* vorm *tonneau* durchgegangen, als sie auf den *macadam* einbog, und Ricardo, beschränkt wie ein Polopferd, wollte den Douglas Fairbanks spielen und hat ihr das Pony abgefangen, was kein Kunststück ist. Er war ganz weg vor Freude, als er hörte, daß sie meine Schwester ist, und die arme Pumita war ja dafür bekannt, daß sie sogar mit dem Diener anbändelt. Dann hat sie Rica nach *La Moncha* eingeladen, und das, obwohl wir uns nicht die Spur kannten. Der Commendatore – der Vater von Rica, Sie wissen ja – hat alles getan, um sie zusammenzubringen, und Rica hat mich ganz krank gemacht mit den Orchideen, die er Pumita jeden Tag schickte, so daß ich was mit Bonfanti angefangen hab, aber das ist was anderes.«

»Verschnaufen Sie doch erst mal, Señora«, warf Parodi respektvoll ein. »Da es gerade nicht nieselt, könnten Sie, Don Anglada, mir schnell einen Überblick geben.«

»Ich eröffne das Feuer ...«

»Mußt du wieder mit deinem lästigen Gerede anfangen«, bemerkte Mariana, wobei sie ihren lustlosen Lippen sorgfältig *rouge* applizierte.

»Das Panorama, das meine Frau aufgerichtet hat, stimmt genau. Fehlt nur noch, die praktischen Koordinaten zu ziehen. Ich werde den Landvermesser, den Kataster spielen. Ich nehme die energische Synthese in Angriff.

In Pilar, angrenzend an *La Moncha*, sind die Parks gelegen, die Baumschulen, die Treibhäuser, das Observatorium, die Gärten, das Schwimmbassin, die Käfige mit den Tieren, das unterirdische Aquarium, die Stallungen, die Sportanlagen, die Festung des Commendatore Sangiácomo. Dieser blühende Greis – Augen, denen man nicht ausweichen kann, mittlere

Statur, vollblütiges Gesicht, schneeweißer Schnurrbart, von der festlichen Toscana-Zigarre geteilt – ist ein Muskelbündel, auf dem Sportplatz, auf dem Fahrrad, auf dem hölzernen Sprungbrett. Von der Momentaufnahme gehe ich zum Film über: Ich mache mich ohne Umschweife an die Biografie dieses Mannes, dem die Popularisierung des Dunges zu verdanken ist. Das verrostete 19. Jahrhundert wendete und drehte sich greinend in seinem Rollstuhl hin und her – Jahre des japanischen Wandschirms und des Tandem-Velozipeds –, als unsere Stadt Rosario ihren großmütigen Rachen einem italienischen Einwanderer öffnete – nein, einem italienischen Jungen. Ich frage: Wer war dieser Junge? Antwort: der Commendatore, Sangiácomo. Das Analphabetentum, die Mafia, die Unbilden der Witterung, ein blinder Glaube an die Zukunft des Vaterlandes waren seine Lotsen. Ein Mann der Konsularkarriere – ich präzisiere: der italienische Konsul Graf Isidoro Fosco – erriet die moralischen Qualitäten, die in dem Jungen schlummerten, und hat ihm mehr als einmal seinen uneigennützigen Rat geliehen.

1902 bot Sangiácomo vom hölzernen Kutschbock eines Müllwagens herab dem Leben die Stirn; 1903 befehligte er einen ganzen Park von Fahrzeugen zur Reinigung der Kloaken; seit 1908 – in diesem Jahr wurde er aus dem Gefängnis entlassen – war sein Name endgültig mit der Seifenfabrikation aus tierischen Fetten verbunden; 1910 bezog er die Lohgerberei und den Guano in seine Geschäfte ein; 1914 erspähte sein Zyklopenblick die Möglichkeit der Gewinnung von Kunstharz aus Teufelsdreck; der Krieg ließ dieses Luftgebilde zerstieben. Am Rand der Katastrophe angelangt, warf unser Kämpfer das Steuer herum und faßte Fuß im Rhabarber. Nicht lange, so erhob Italien seine Stimme; von der anderen Seite des Atlantik antwortete Sangiácomo mit einem ›Hier!‹ und befrachtete ein Schiff mit Rhabarber für die modernen Schützengraben-Bewohner. Das Meutern einer unwissenden Soldateska konnte ihn nicht entmutigen; seine nahrhaften Ladungen füllten die Molen und Vorratsschuppen von Genua, Salerno und Castellamare bis zum Überfließen, wobei mehr als einmal dichtbesiedelte Stadtviertel geräumt werden mußten. Dieser Überfluß an nahrhafter Materie fand seinen Lohn: Der neugebackene Millionär konnte seine Brust mit Kreuz und Umhang eines Commendatore schmücken.«

»Wie du so dahererzählst, könnte man dich für mondsüchtig halten«, sagte Mariana ungerührt und zog ihren Rock noch höher. »Bevor sie ihn zum Commendatore machten, hatte er schon seine leibliche Kusine geheiratet, die er extra dafür aus Italien hatte holen lassen. Und das mit den Kindern hast du auch verschluckt.«

»Ich stelle richtig: Ich habe mich vom *ferry-boat* meiner Beredsamkeit mitreißen lassen. Ich, ein H.G. Wells vom Río de la Plata, schiffe den Ablauf der Zeit zurück. Ich lande im besitzergreifenden Brautbett. Wir sind soweit: Unser Kämpfer erzeugt seinen Nachkommen. Er wird geboren: Es ist Ricardo Sangiácomo. Die Mutter, eine nur in Umrissen geahnte Figur zweiten Ranges, verschwindet: 1921 stirbt sie. Der Tod (der, dem Briefträger gleich, zweimal klingelt) beraubt ihn im gleichen Jahr des Gönners, der ihm nie eine Aufmunterung versagt hatte, Graf Isidoro Fosco. Ich sage und wiederhole es ohne Zaudern: Der Commendatore war dem Wahnsinn nahe. Der Ofen des Krematoriums hatte das Fleisch seiner Gattin verzehrt; was blieb, war ihr Erzeugnis, ihr Abbild: der winzige Einziggeborene. Der Vater, Monolith der Ethik, widmet sich seiner Erziehung und Vergötterung. Ich unterstreiche den großen Gegensatz: Der Commendatore, bei seinen Maschinen hart und diktatorisch wie eine hydraulische Presse, gab sich *at home* als der liebenswürdigste Hanswurst seines Sohnes.

Ich richte den Scheinwerfer auf diesen Erben: grauer Schlapphut, die Augen der Mutter, hängender Schnurrbart, Bewegungen diktiert von Juan Lomuto, Beine eines argentinischen Zentauren. Dieser Protagonist der Schwimmturniere und des *turf* ist zugleich ein Rechtsbeflissener, ein Mann unserer Zeit. Ich gebe zu, daß sein Gedichtband *Kämme den Wind* nicht gerade eine eherne Kette von Metaphern darstellt, aber es fehlt nicht an Dichte der Vision, an neostrukturalen Ansätzen. Indessen wird unser Dichter erst auf dem Gebiet des Romans seine volle Spannweite entfalten. Ich möchte prophezeien, daß irgendein handfester Kritiker vielleicht nicht zu betonen unterlassen wird, unser Bilderstürmer habe, bevor er die alten Formen zertrümmerte, sie erst einmal nachgeahmt; er wird aber die wissenschaftliche Genauigkeit der Kopie anerkennen müssen. Ricardo ist für Argentinien eine Verheißung; sein Bericht über die Gräfin von Chinchón wird archäologische Tiefenschürfung mit den Nervenzuckungen des Neofuturismus glücklichst verbinden. Diese Arbeit verlangt das genaue Studium der Folianten von Gandía, Levene, Grosso, Radaelli. Glücklicherweise ist unser Forscher nicht allein; Eliseo Requena, sein aufopfernder Milchbruder, unterstützt ihn und spornt ihn an bei dieser Rundreise. Um diesen getreuen Gefährten zu beschreiben, werde ich knapp sein wie ein Faustschlag: Der große Romancier bemüht sich um die Hauptfiguren des Romans und überläßt die Nebenfiguren den kleineren Federn. Requena (als Faktotum zweifellos schätzenswert) ist einer der zahlreichen natürlichen Söhne des Commendatore, nicht besser und nicht schlechter als die andern. Verleumdung: Ihn zeichnet ein persönlicher Zug aus, seine unbezweifelbare Ergebenheit für Ricardo. Nunmehr tritt in den Kreis meiner Linse eine Person, die der Sphäre der Geschäfte, der Börse angehört. Ich reiße ihr die Maske herunter: Ich stelle hier den Verwalter des Commendatore vor, Giovanni Croce. Seine Verleumder behaupten, er stamme aus La Rioja, und sein wahrer Name sei Juan Cruz. Die Wahrheit sieht anders aus: Sein Patriotismus ist offenkundig, seine Ergebenheit für den Commendatore unwandelbar, er spricht mit unangenehm ausländischem Akzent. Der Commendatore Sangiácomo, Ricardo Sangiácomo, Eliseo Requena, Giovanni Croce, da hätten wir das menschliche Quartett, das die letzten Tage Pumitas miterlebt hat. Den besoldeten Haufen verweise ich in die verdiente Anonymität: Gärtner, *peones*, Kutscher, Masseure ...«

»Wie willst du jetzt noch leugnen, daß du ein argwöhnischer Neidhammel bist. Nicht ein Sterbenswörtchen hast du von Mario gesagt, der doch sein Zimmer direkt neben unserem hatte, bis oben voll mit Büchern, und der es gleich merkt, wenn eine Dame von Welt eine Extratour vorhat und sich nicht erst lange mit Briefchen-Schreiben abgibt wie eine dumme Gans. Du hast hübsch mit offenem Mund vor ihm dagestanden und hast nicht piep gemacht. Es ist sagenhaft, wie er's versteht.«

»Stimmt: Gewisse Dinge pflege ich mit Schweigen zu übergehen. Doktor Mario Bonfanti ist Hispanist und gehört zum Gut des Commendatore. Er hat eine Bearbeitung des *Lieds vom Cid Campeador* für Erwachsene veröffentlicht; er beabsichtigt eine Übertragung der *Soledades* von Góngora ins Gaucho-Spanische, die er mit Säufern und Viehtränkern, mit Satteldecken und Nutrias zu bereichern gedenkt.«

»Don Anglada, mir ist schon ganz schlecht von all den Büchern«, sagte Parodi. »Wenn Sie wollen, daß ich Ihnen irgendwie nützlich sein soll, erzählen Sie mir von Ihrer Schwägerin, der armen Verblichenen. Ich muß es mir ja doch anhören, da hilft alles nichts.«

»Sie verstehen mich ebensowenig wie die Kritik. Der große Mann des Pinsels – Picasso meine ich – verlegt den Hintergrund des Bildes in die vordere Ebene und verweist die Hauptfiguren nach hinten an den Horizont. Ebenso ist mein Schlachtplan. Sind erst einmal die wechselnden Komparsen umrissen – Bonfanti, etc. –, komme ich geradewegs auf Pumita Ruiz Villalba, das *corpus delicti*.

Der plastische Gestalter läßt sich nicht durch den Anschein verführen. Pumita mit ihrer ephebenhaften Schelmerei, ihrer etwas ungekämmten Grazie hatte vor allem doch die Bestimmung, Hintergrund zu sein, die opulente Schönheit meiner Frau zu unterstreichen. Die Pumita ist tot; in der Rückerinnerung ist diese Bestimmung unsagbar tragisch. Pinselstriche, eines Grand Guignol würdig: Am 23. Juni abends lachte und scherzte sie beim Nachtisch-Gespräch zu meiner feurigen Suada; am 24. lag sie in ihrem Schlafgemach hingestreckt, vergiftet. Das Geschick, das niemals galant ist, wollte, daß meine Frau sie fand.«

II

Am Nachmittag des 23. Juni, Vorabend ihres Todes, sah Pumita Emil Jannings dreimal sterben, in abgespielten und verehrungswürdigen Kopien von *Hochverrat, Der blaue Engel* und *Der letzte Befehl*. Mariana hatte diesen Ausflug zum Club Pathé-Baby vorgeschlagen; auf der Rückfahrt hatten sie und Mario Bonfanti sich auf den Rücksitz des Rolls-Royce verbannt. Sie ließen Pumita mit Ricardo vorn sitzen und so die Versöhnung sich vollenden, die im traulichen *tête-à-tête* des Halbdunkels im Kino angebahnt worden war. Bonfanti bedauerte die Abwesenheit Angladas; dieser Universal-Schriftsteller verfaßte an diesem Nachmittag eine *Wissenschaftlich begründete Geschichte des Kinos* und zog es vor, aus seiner unfehlbaren künstlerischen Erinnerung zu schöpfen, ohne diese durch direktes Anschauen der Filme zu trüben, das ja nie anders als zweifelhaft und trügerisch sein kann.

An diesem Abend war in der Villa Castellamare das Gespräch nach Tisch dialektisch.

»Wieder einmal gebe ich das Wort meinem alten Freund, dem Meister Correas«, sagte Bonfanti im Tone eines Gelehrten. Er prunkte in einer Strickjacke mit Zopfmuster, trug eine doppelte Trikotweste Typ ›Huracán‹, schottische Krawatte, schlichtes Hemd von ziegelroter Farbe, eine Garnitur von Füllhaltern und Stiften riesigen Formates und einen Armband-Chronometer, wie die Fußball-Schiedsrichter ihn haben. »Wir zogen aus, Wolle zu suchen, und kamen geschoren zurück. Die Grünschnäbel, die die Häuptlingschaft im Pathé

Baby usurpieren, haben uns hereingelegt; sie haben uns eine Musterkarte von Jannings vorgesetzt, auf der das Grundlegendste und Wertvollste fehlt: Sie haben uns die Bearbeitung der Butlerschen Satire *Ainsi va toute chair – Der Weg allen Fleisches* vorenthalten.«

»Es ist so gut, als hätten sie es gezeigt«, sagte die Pumita. »Alle Jannings-Filme sind *Der Weg allen Fleisches*. Immer dasselbe Thema: Erst überhäufen sie ihn mit jeder Art von Glück und Segen, dann wird er von Pech verfolgt und zugrunde gerichtet. Das ist eine so langweilige Geschichte und so wirklich wie das Leben selbst. Ich wette, der Commendatore gibt mir recht.«

Der Commendatore zögerte, und sofort fiel Mariana ein:

»Alles bloß, weil es meine Idee war hinzugehen. Dabei hast du wie ein sentimentales Gör geheult, trotz deines *rimmel*.«

»Das stimmt«, sagte Ricardo. »Ich habe dich weinen sehen. Hinterher wirst du nervös und nimmst wieder diese Schlaftropfen, die du in der Kommode hast.«

»Du bist wirklich zu blöd«, bemerkte Mariana. »Du weißt doch, der Doktor hat gesagt, daß dieses Dreckzeug schädlich ist für die Gesundheit. Ich – das ist ganz was anderes, wo ich mich mit den Dienstboten rumärgern muß.«

»Wenn ich nicht schlafe, ist es wohl, weil ich allerhand zu denken habe. Außerdem wird dies ja nicht die letzte Nacht sein. Glauben Sie nicht, Commendatore, daß es Lebensläufe gibt, die den Jannings-Filmen genau gleichen?«

Ricardo begriff, daß Pumita das Thema Schlaflosigkeit vermeiden wollte.

»Pumita hat recht; niemand entgeht seinem Schicksal. Morganti war ein As beim Polo, bis er sich den Schecken kaufte, der ihm Pech gebracht hat.«

»Nein«, schrie der Commendatore, »ein denkender Mensch glaubt nicht an Pech; ich besiege es mit dieser Hasenpfote.« Er zog sie aus einer Innentasche des Smokings und schwenkte sie voller Begeisterung.

»Das nennt man einen Kinnhaken«, applaudierte Anglada. »Reine Vernunft, reinste Vernunft!«

»Was mich angeht, so bin ich ganz sicher, daß es Lebensläufe gibt, in denen nichts durch Zufall geschieht«, beharrte die Pumita.

»Hör mal, wenn du mich meinst, dann hast du einen sitzen«, erklärte Mariana. »Wenn bei mir im Haus alles drunter und drüber geht, dann ist Carlos dran schuld, weil er mir immer nachspioniert.«

»Nichts darf in einem Leben durch Zufalle geschehen«, brummte Croce mit Grabesstimme. »Wenn keine Führung, keine Polizei da ist, verfallen wir geradewegs dem russischen Chaos, der Tyrannei der Tscheka. Das müssen wir zugeben: Im Lande Iwans des Schrecklichen gibt es heute keinen freien Willen mehr.«

Ricardo, sichtlich gedankenverloren, schloß:

»Die Dinge, das ist eben die Sache, daß sie nicht durch Zufall geschehen können. Und wo es keine Ordnung gibt, kommt schließlich eine Kuh zum Fenster hereingeflogen.«

»Auch die größten Mystiker in ihrem Adlerflug, eine Teresa von Cepeda y Ahumada, ein Ruysbrokio, ein Blosio«, bestätigte Bonfanti, »fügen sich dem Imprimatur der Mutter Kirche, dem ekklesiastischen Zollsiegel.«

Der Commendatore schlug auf den Tisch.

»Bonfanti, ich möchte Sie nicht beleidigen, aber es hat keinen Zweck, daß Sie sich verstecken: Sie sind, genaugenommen, ein Katholik. Nehmen Sie zur Kenntnis, daß wir Mitglieder der Großen Orientalischen Loge vom Schottischen Ritus uns genau wie die Priester kleiden und niemandem in irgendwas nachstehen. Mein ganzes Blut gerät in Wallung, wenn ich anhören muß, daß ein Mensch nicht alles tun kann, was ihm die Phantasie eingibt.«

Es folgte ein unbehagliches Schweigen. Nach ein paar Minuten wagte Anglada, ganz blaß, zu stammeln:

»Technischer *knock-out*! Die vorderste Linie der Deterministen wurde durchbrochen. Wir stürzen durch die Bresche; sie fliehen in wilder Unordnung. So weit der Blick reicht, ist das Schlachtfeld von Waffen und Bagage übersät.«

»Spiel dich nur nicht auf, als ob du die Diskussion gewonnen hättest – dabei hast du stumm wie ein Fisch dabeigesessen«, sagte Mariana unerbittlich.

»Und zu denken, daß alles, was wir hier reden, in das Notizbuch eingetragen wird, das der Commendatore aus Salerno mitgebracht hat«, sagte gedankenverloren die Pumita.

Croce, der finstere Verwalter, wollte dem Gespräch eine andere Wendung geben:

»Und was sagt unser Freund Eliseo Requena?«

Mit piepsender Mäusestimme antwortete ein junger aufgedunsener Albino:

»Ich bin schrecklich beschäftigt; Ricardito ist dabei, seinen Roman zu vollenden.«

Der so Erwähnte errötete und berichtigte:

»Ich arbeite wie ein Maulwurf, aber die Pumita rät mir, nichts zu überstürzen.«

»Ich würde die Hefte in eine Schublade schließen und neun Jahre liegenlassen«, sagte die Pumita.

»Neun Jahre?« rief der Commendatore aus, einem Schlaganfall nahe. »Neun Jahre? Fünfhundert Jahre ist es her, seit Dante seine *Göttliche Komödie* veröffentlicht hat!«

Mit edlem Eifer kam Bonfanti dem Commendatore zu Hilfe:

»Bravo, bravo! Dieses Zögern ist wahrhaftig hamletisch, nordisch. Die Römer verstanden die Kunst ganz anders. Für sie war Schreiben eine harmonische Geste, ein Tanz, nicht die düstere Disziplin des Barbaren, der versucht, durch mönchische Kasteiung die Würze zu ersetzen, die Minerva ihm verweigert.«

Der Commendatore beharrte:

»Wer nicht alles niederschreibt, was ihm im Kopf gärt, ist nur ein Eunuch aus der Sixtinischen Kapelle. Der ist kein Mann.«

»Ich bin auch der Meinung, daß der Schriftsteller sich ganz

hingeben muß«, versicherte Requena. »Die Widersprüche spielen keine Rolle; es kommt darauf an, die Wirrnis, die das Menschsein bedeutet, zu Papier zu bringen.«

Mariana unterbrach:

»Also ich, wenn ich an Mama schreibe und zu denken anfange, fällt mir überhaupt nichts ein; wenn ich mich dagegen bloß gehenlasse, funktioniert es fabelhaft – da schreibe ich Seiten und Seiten voll, ohne es zu merken. Du selbst hast mir doch versichert, Carlos, daß ich fürs Schreiben geboren bin.«

»Hör zu, Ricardo«, beharrte die Pumita, »an deiner Stelle würde ich nur auf meinen Rat hören. Man muß sehr vorsichtig sein mit dem, was man veröffentlicht. Denk bloß einmal an Bustos Domecq, den Mann da aus Santa Fe; von dem haben sie eine Erzählung veröffentlicht, und hinterher stellte es sich heraus, daß Villiers de l'Isle Adam sie schon geschrieben hatte.«

Ricardo antwortete heftig:

»Vor zwei Stunden haben wir erst Frieden geschlossen, und jetzt fängst du schon wieder an.«

»Beruhigen Sie sich, Pumita«, erklärte Requena, »Ricardos Roman ist in keiner Weise Villiers ähnlich.«

»Du verstehst mich nicht, Ricardo – ich sage es nur zu deinem Besten. Heute abend bin ich schrecklich nervös, aber morgen müssen wir reden.«

Bonfanti wollte recht behalten und erklärte feierlich:

»Ricardo ist zu vernünftig, um sich auf die trügerischen Lockungen einer neuerungssüchtigen Kunstrichtung einzulassen, die nicht im Südamerikanischen, Spanischen verwurzelt ist. Der Schriftsteller, der aus seiner Schaffenskraft nicht die Botschaft des Blutes und der Scholle aufsteigen fühlt, ist ein *déraciné*, ein Entarteter.«

»Ich kenne Sie ja nicht wieder, Mario«, stimmte der Commendatore zu, »diesmal haben Sie nicht wie ein Hanswurst geredet. Die wahre Kunst kommt aus der Erde. Sie ist ein Gesetz, das sich erfüllt: Den edelsten Maddaloni habe ich tief unten im Weinkeller; in ganz Europa, selbst in Amerika, werden die Werke der großen Meister in befestigten Kellerräumen aufbewahrt, damit keine Bomben sie beschädigen. Vorige Woche hatte ein höchst seriöser Archäologe im Handkoffer einen Pumita, einen kleinen Puma aus gebranntem Ton, bei sich, den er in Peru ausgegraben hatte. Er überließ ihn mir zum Selbstkostenpreis, und nun bewahre ich ihn in der dritten Lade meines privaten Schreibtischs auf.«

»Einen Pumita?« sagte die Pumita erstaunt.

»So ist es«, sagte Anglada. »Die Azteken haben Sie vorausgeahnt. Verlangen wir nicht zuviel von ihnen. So futuristisch sie gewesen sein mögen, die funktionelle Schönheit Marianas vermochten sie nicht im voraus zu erfassen.«

(Diese Unterhaltung wurde von Anglada ziemlich wortgetreu Parodi übermittelt.)

III

Am Freitag zu frühester Stunde unterhielt sich Ricardo Sangiácomo mit Don Isidro. Die Aufrichtigkeit seines Kummers war klar ersichtlich. Er war bleich, in Trauer und unrasiert. Er sagte, er habe die Nacht nicht geschlafen, habe schon mehrere Nächte nicht geschlafen.

»Es ist einfach viehisch, was mir passiert«, sagte er düster. »Wirklich und wahrhaftig viehisch. Sie, mein Herr, der Sie wohl ein einigermaßen gleichmäßiges Leben geführt haben – von der Mietskaserne ins Gefängnis, sozusagen –, können nicht im entferntesten ahnen, was dies für mich bedeutet. Ich habe vieles erlebt, aber es ist mir nie eine Unannehmlichkeit begegnet, die ich nicht sofort hätte beheben können. Schauen Sie: Als die Dolly Sister mir mit dem Märchen von dem unehelichen Kind kam, da hat mein Alter, von dem man doch eigentlich nicht glauben würde, daß er für so was Verständnis hat, das mit sechstausend Pesos im Augenblick geregelt. Außerdem ist nicht abzuleugnen, daß ich unheimlich versiert bin. Neulich hat mir in Carrasco das Roulette den letzten Centésimo rausgezogen. Es war eindrucksvoll: Die Leute drängen sich schwitzend, um mich spielen zu sehen; in weniger als zwanzig Minuten verliere ich zwanzigtausend Goldpesos. Stellen Sie sich meine Situation vor: Ich hatte nicht mal mehr so viel, um nach Buenos Aires zu telefonieren. Trotzdem bin ich frech und fröhlich auf die Terrasse hinausgegangen. Und wollen Sie glauben, daß ich das Problem *ipso facto* gelöst habe? Es taucht so ein kleiner Kerl mit näselnder Stimme auf, der meinem Spiel sehr eifrig gefolgt ist, und leiht mir fünftausend Pesos. Am nächsten Tag schon war ich wieder in Villa Castellamare, nachdem ich mir fünf von den zwanzigtausend, die mir die Uruguayer geklaut hatten, wieder gerettet habe. Der Kleine mit der Näselstimme hat kein Haar mehr von mir zu sehen gekriegt.

Was die Weibergeschichten angeht, so will ich gar nicht erst reden. Wenn Sie sich ein Weilchen vergnügen wollen, fragen Sie nur Mickey Montenegro, was ich für ein Teufelskerl bin. Aber so bin ich in allem; raten Sie mal, wie ich studiere. Ich mach die Bücher nicht mal auf, und kommt dann der Examenstag, so leistet sich der Kerl hier ein Brompräparat und läßt sich vom ganzen Examinatoren-Tisch beglückwünschen. Jetzt will mich der Alte, damit ich mir den Verdruß mit der Pumita aus dem Kopf schlage, in die Politik lancieren. Dr. Saponaro, der das Gras wachsen hört, meint, er wüßte noch nicht, welche Partei mir bekommt; aber ich wette mit Ihnen, was Sie wollen, daß ich in der nächsten Halbzeit im Kongreß ein klassisches Rennen laufen werde. Beim Polo ist es dasselbe: Wer hat die besten Polo-Ponys? Wer ist der *crack* in Tortugas? Ich sag nichts weiter, um Sie nicht zu langweilen.

Ich rede nicht nur so ins Blaue, wie die Dame mit dem gescheckten Haar, die meine Schwägerin hätte werden sollen, oder wie ihr Mann, der anfängt von Fußball zu reden, obwohl er nie einen richtigen Fußball von nahem gesehen hat. Sie sollen sich Ihr eigenes Bild von der Lage machen. Ich war im Begriff, mich mit der Pumita zu verheiraten, die ihre Macken hatte, aber ein Prachtstück war. Vom Abend zum Morgen wird sie aufgefunden, mit Zyankali vergiftet, tot, um es ganz offen zu sagen. Erst setzen sie den Schwindel in Umlauf, sie hätte Selbstmord begangen. Ein Irrwitz; wir waren doch im Begriff zu heiraten. Und Sie können sich vorstellen, daß ich nicht meinen Namen einer Geisteskranken gebe, die sich umbringt. Dann heißt es, sie hätte das Gift aus Zerstreutheit genommen, als ob sie völlig verblödet wäre. Und jetzt kommt als Neuestes heraus, sie wäre umgebracht worden, was auf uns allen was sitzen läßt. Was soll ich Ihnen sagen: Wenn ich zwischen Mord und Selbstmord wählen soll, ziehe ich doch Selbstmord vor – obwohl das auch eine Albernheit ist.«

»Hören Sie mal, junger Mann, bei dem Gequassel gleicht die Zelle hier Belisario Roldán. Ich brauch bloß nicht aufzupassen, schon klebt mir ein Clown am Hals mit dem Märchen von den Tierzeichen, oder vom Zug, der nirgends hält, oder von Ihrem Fräulein Braut, das nicht Selbstmord begangen hat, das Gift nicht aus Versehen genommen hat und auch nicht umgebracht worden ist. Ich werde dem Subkommissar Grondona Order geben, daß er sie alle miteinander Kopf voraus ins Kittchen stecken soll, sobald er sie nur zu Gesicht bekommt.«

»Aber ich will Ihnen doch helfen, Señor Parodi; das heißt, ich möchte Sie bitten, daß Sie mir helfen ...«

»Sehr schön. So gefällt mir der Mann. Lassen Sie uns Stück für Stück vorgehen. Hatte die Verblichene sich mit dem Gedanken abgefunden, Sie zu heiraten? Sind Sie sicher?«

»So wahr ich der Sohn meines Vaters bin. Die Pumita hatte ihre Macken, aber sie hat mich geliebt.«

»Achten Sie genau auf meine Fragen: War sie schwanger? Noch ein Trottel, der ihr nachsteigt? Hat sie Geld gebraucht? War sie krank? Haben Sie sie schlimm angeödet?«

Nach längerem Überlegen verneinte Sangiácomo all dies.

»Jetzt erklären Sie mir die Geschichte mit dem Schlafmittel.«

»Ja, Doktor, wir wollten nicht, daß sie das nimmt. Aber

sie hat es immer wieder gekauft und in ihrem Zimmer versteckt.«

»Konnten Sie in ihr Zimmer hinein? Oder konnte niemand hinein?«

»Alle konnten hinein«, versicherte der junge Mann. »Wissen Sie, alle Schlafzimmer dieses Flügels gehen auf die Rotunde mit den Statuen hinaus.«

IV

Am 19. Juli brach Mario Bonfanti in die Zelle 273 ein. Er entledigte sich entschlossen seines weißen Regenmantels und des langhaarigen Schlapphutes, warf den Stock aus Malakka-Rohr auf die Pritsche, steckte sich mit einem Kerosin-*briquet* eine moderne Meerschaumpfeife an und zog aus einer geheimen Tasche ein senffarbenes Wildleder-Rechteck, mit dem er kräftig die dunklen Gläser seiner Brille abrieb. Zwei oder drei Minuten lang hoben seine hörbaren Atemzüge das buntschillernde Halstuch und die dicke Wollweste. Seine lebhafte italienische Stimme, besonders reizvoll durch das iberische Gelispel, klang schneidig und dogmatisch durch das Gehege seiner Zähne.

»Sie, Maese Parodi, werden das Intrigenspiel der Polizei, die Detektiv-Fibel ja aus dem Effeff kennen. Offen gestehe ich Ihnen, daß sie mich, der ich mehr gelehrter Schreiberei als wirren Verbrechergeschichten zugetan bin, völlig unvorbereitet überfallen haben. Da bestehen doch diese Sbirren hartnäckig auf ihrer Geschichte, daß der Selbstmord der Pumita ein Mord gewesen sei. Und diese Edgar Wallaces aus dem Hinterhof haben doch tatsächlich mich auf dem Kieker. Ich bin ja wahrhaft Futurist, Zukunftseher; vor mehreren Tagen schien es mir angezeigt, eine zarte Durchsicht meiner Liebeskorrespondenz vorzunehmen; ich wollte den Geist purgieren, mich allen Gefühlsballastes entledigen. Überflüssig, den

Namen der Dame zur Sprache zu bringen: weder Sie noch mich, Isidro Parodi, interessieren patronymische Details. Mit Hilfe dieses *briquet*, wenn Sie mir den Gallizismus durchgehen lassen«, erklärte Bonfanti, indem er frohlockend das voluminöse Werkzeug schwang, »habe ich im Kamin meines Schlaf-Arbeits-Kabinetts einen resoluten Postscheiterhaufen entzündet. Und nun hören Sie sich das an: Die Spürhunde haben deswegen Zetermordio geschrien. Die unschuldige Pyrotechnik hat mir ein *week-end* in Villa Devoto eingetragen, ein hartes Exil vom häuslichen Tabaksbeutel und vom gewohnten Viertelchen. Natürlich habe ich sie vor dem inneren Richterstuhl meines Gewissens in allen Tonarten beschimpft. Aber die Euphorie ist mir schon abhanden gekommen: Wohin ich schaue, glaube ich diese abscheulichen Kerle zu sehen. Ich frage Sie mit äußerster Ehrlichkeit: Glauben Sie, daß ich in Gefahr bin?«

»Wenn Sie weiter so reden, bis übers Jüngste Gericht hinaus«, antwortete Parodi. »Wenn Sie nicht ein bißchen die Segel streichen, wird man Sie noch für einen Spanier halten. Jetzt benehmen Sie sich einmal nicht wie ein Besoffener und sagen Sie mir, was Sie von Ricardo Sangiácomos Tod wissen.«

»Verfügen Sie über all meine Darstellungsgaben, über das Füllhorn meines Wortschatzes. Im Handumdrehen werde ich Ihnen eine Übersicht des Falls in großen Zügen entwerfen. Ich werde Ihrem Scharfblick, Herzens-Parodi, nicht zu verhehlen suchen, daß der Tod der Pumita Ricardo angegriffen, besser gesagt, aus dem Gleichgewicht geworfen hatte. Doña Mariana Ruiz Villalba de Anglada faselt wahrhaftig nicht, wenn sie mit ihrem beneidenswerten Mutterwitz immer wieder versichert, ›Ricardo hat nichts im Kopf als die Polo-Gäule‹. Ermessen Sie also unsere Verwunderung, als wir erfuhren, daß er aus purer Niedergeschlagenheit und Verbitterung irgendeinem hergelaufenen Roßkamm diese auserlesenen Reittiere verkauft hatte, die noch gestern seine Augäpfel gewesen waren und auf die er heute nur finster und ohne alle Liebe blickte. Er war ganz ab und erledigt. Nicht einmal die Veröffentlichung seiner Roman-Chronik vermochte ihn aus seiner Betäubung zu reißen. *Der Degen um Mittag*, dessen Manuskript ich selbst für die Druckerpresse gewürzt habe und in dem Sie, der Sie ein Veteran auf derlei Kampfstätten sind, mehr als eine Signatur meines höchst persönlichen Stils, von der stattlichen Größe eines Straußeneis, zu bemerken und zu loben nicht unterlassen haben werden. Es handelt sich da um einen feinen Schachzug des Commendatore, eine lang gesponnene List: Um dem Trübsinn seines Sohnes einen Schlußpunkt zu setzen, beschleunigte er wie ein Blitz den Druck des Werkes, und in Nullkommanix überraschte er ihn mit 650 Exemplaren auf Wathman-Papier, Format *Teufelsbibel*. Auf seine stille und geheime Art ist der Commendatore von proteischer Vielseitigkeit; er führt Gespräche mit den Hausärzten, berät sich mit den Strohköpfen der Banken, verweigert der Baronin de Servus, die das Dauerzepter im Antisemitischen Hilfsverein schwingt, seinen Obolus; er teilt sein Vermögen in zwei Teile, von denen er das größere dem legitimen Sohn bestimmt – einige Milliönchen, in den schnellen Wagenzügen der U-Bahn angelegt, die sich innerhalb eines Lustrums verdreifachen müssen – und das kleinere, das in bescheidenen Wertpapieren schlummert, dem in gutem Krieg gezeugten natürlichen Sohn, Eliseo Requena. Dessenungeachtet fand er noch Zeit, die Zahlung meines Honorars *sine die* zu verschieben und sich wie ein Tiger mit dem Leiter der Druckerei herumzustreiten, der ein saumseliger Esel ist.

Beziehungen wiegen schwerer als Gerechtigkeit; eine Woche nach Erscheinen von *Der Degen* etc. etc. gab Don José Maria Pemán eine Lobeshymne zu Papier, zweifellos berückt von einem gewissen Schmuck und Aufputz, der ihm, dem trefflichen Fachmann, nicht verborgen geblieben war und sich schlecht vertrug mit der ungehobelten Syntax Requenas und seinem schwindsüchtigen Vokabular. Das Glück tanzte geradezu in Fontänen vor ihm, aber Ricardo bestand rücksichtslos und monoton darauf, in unfruchtbarer Unvernunft auch weiterhin das Ableben der Pumita zu beweinen. Ich höre Sie schon in Ihren Bart murmeln: Laßt die Toten ihre Toten begraben. Ohne uns im Augenblick in unnötige Diskussionen über die Gültigkeit der Redensart zu verlieren, möchte ich betonen, daß ich Ricardo die Notwendigkeit, ja die Zweckmäßigkeit nahelegte, den augenblicklichen Kummer abzuschreiben und Trost in den freigebig sprudelnden Brunnen der Vergangenheit zu suchen, Werkstatt und Arsenal jeden neuen Sprießens. Ich legte ihm nahe, irgendeines der fleischlichen Abenteuerchen wiederaufleben zu lassen, die dem Auftauchen der Pumita vorausgegangen waren. Rechter Ratgeber, Prozeß gewonnen! Vorwärts, ans Werk! Im Handumdrehen hatte sich unser Ricardo, neubelebt und heiter, zur Besatzung des Lifts im Hause der Baronin von Servus gemacht. Als Berichterstatter von echtem Schrot und Korn enthalte ich Ihnen nicht die authentische Einzelheit, den tatsächlichen Namen vor. Die Geschichte ist im übrigen symptomatisch für die raffinierte Primitivität, die das unbestreitbare Monopol dieser großen teutonischen Dame ist. Der erste Akt entwickelt sich auf einer Wassersport-Tribüne, in einem amphibischen Klima, in jenem lauteren Frühling des Jahres 1937. Unser Ricardo beobachtete durch ein zerstreutes Fernglas die Wechselfälle einer Damen-Regatta: die Walküren des deutschen *Rudervereins* gegen die Colombinen des *Neptunia*. Plötzlich verhält das neugierige Kristall; er steht mit offenem Munde: Durstig verschlingt er die grazile und sehnige Gestalt der Baronin von Servus, Amazone auf ihrem Boot. Noch an diesem Nachmittag wurde ein altes Exemplar des Sportblatts *Gráfico* ausgeschlachtet; an diesem Abend sagte Ricardo, vor einem Bild der Baronin, das durch einen ausgezeichnet getroffenen Dobermannpinscher noch gehoben wurde, zu mir: ›Da ist so eine verrückte Französin, die mich mit ihren Anrufen langweilt. Damit sie mich zu sekkieren aufhört, geh ich mal zu ihr.‹ Wie Sie sehen, wiederhole ich die *ipsissima verba* des Gemeuchelten. Ich entwerfe eine Skizze der Erstlings-Liebesnacht: Ricardo kommt zu dem bewußten Wohnsitz; er fährt vertikal mit dem Fahrstuhl hinauf; er wird in ein intimes

Salönchen geführt; er wird allein gelassen; plötzlich erlischt das Licht; zwei Vermutungen zerren an den Nerven unseres Grünschnabels: Kurzschluß oder Freiheitsberaubung. Bald jammert, bald klagt er, bald verflucht er die Stunde, die ihn gebar, bald streckt er die Arme aus; eine müde Stimme beschwört ihn mit sanfter Gewalt. Das Dunkel ist angenehm und der Diwan dem Zwecke günstig. Aurora, die Morgenröte, erwies ihre Weiblichkeit und gab ihm das Augenlicht zurück. Ich werde mit der Enthüllung nicht hintanhalten, Herzens-Parodi: Ricardo rekelte sich in den Armen der Baronin von Servus.

Unser beider Leben, Ihres und meines, die beschaulicher, seßhafter, vielleicht nachdenklicher sind, entbehren füglich der Begebenheiten solcher Art; im Leben Ricardos wimmelt es von ihnen.

Traurigen Gesichtes ob des Todes der Pumita, sucht Ricardo die Baronin auf. Streng, aber gerecht war unser Gregorio Martínez Sierra, als er den Ausspruch prägte, die Frau sei eine moderne Sphinx. Selbstverständlich werden Sie von meiner Ritterlichkeit nicht erwarten, daß ich Ihnen Punkt für Punkt den Dialog zwischen der großen, wetterwendischen Dame und dem ungelegenen Galan wiedergebe, der sie zu seinem Tränentuch herabwürdigen wollte. Solches Geschwätz, solche Klatschfabrik paßt wohl für ungebildete, französisierende Romanschreiber, nicht für Sucher der Wahrheit. Außerdem weiß ich nicht, wovon sie geredet haben. Tatsache ist, daß Ricardo eine halbe Stunde später flügellahm und mit Schafsgesicht in demselben Aufzug, Marke Otis, wieder herunterkam, der ihn vordem so vergnügt und selbstsicher hinaufbefördert hatte. Hier beginnt die tragische Sarabande, hier setzt sie ein, hier nimmt sie ihren Anfang. Oh, Ricardo, schon gerätst du ins Verderben, schon bist du am Absturz! Ach, schon rollst du in den Abgrund deines Wahnsinns! Ich werde Ihnen keine Etappe der unbegreiflichen *via crucis* wegstehlen: Nach der Plauderei mit der Baronin begab sich Ricardo zur Wohnung von Miss Dolly Vavassour, einer kümmerlichen Schmierenschauspielerin, an die ihn nichts band und die, wie ich weiß, mit ihm in wilder Ehe gelebt hatte. Sie werden unmutig in Ihren Bart murmeln, wenn ich mich über dieses belanglose Weibsstück weiter auslasse, wenn ich bei ihr verweile. Ein einziger Zug genügt, um sie von Kopf bis Fuß zu zeichnen: Ich erwies ihr die Aufmerksamkeit, ihr mein Buch *Alles steht schon bei Góngora*, bereichert durch eine handschriftliche Widmung und meine schwungvolle Unterschrift, zuzusenden; das ungezogene Frauenzimmer hat mir bloß mit Schweigen geantwortet und sich auch durch meine Sendungen von Näschereien, Backwaren und Fruchtsäften nicht erweichen lassen, denen ich überdies noch ein Luxus-Exemplar meines *Auf der Suche nach Aragonesismen in einige Broschüren von J. Cejador y Frauca* hinzufügte und ihr alles durch den Botendienst Gran Splendid in ihre Privatwohnung bringen ließ. Immer und immer wieder zermartere ich mir das Hirn mit der Frage, welche Verirrung, welcher moralische Bankrott Ricardo dazu gebracht haben mag, seine Schritte in diese Lasterhöhle zu lenken, die nicht zu kennen ich mich berühme, und die der öffentliche und allgemein bekannte Preis für weiß Gott welche Vergnügungen ist. In der Sünde liegt die Strafe schon beschlossen: Nach einer verheerenden Unterredung mit dieser Angelsächsin floh Ricardo erniedrigt auf die Straße; er kaute und wiederkäute die bittere Frucht der Niederlage, während die irren Flügelschläge des Wahnsinns seinen stolzen Schlapphut tanzen ließen. Noch in der Nähe der Wohnung dieser Ausländerin – Ecke Juncal und Esmeralda, um einen Pinselstrich zum Bilde der Stadt nicht zu verschmähen – raffte er sich zu einer männlichen Geste auf: Er zögerte nicht, ein Taxi anzuhalten, das ihn bald darauf vor einer Familienpension absetzte, in der Calle Maipú so um Nr. 900. Ein günstiger Wind blähte seine Segel: An diesem weltabgeschiedenen Zufluchtsort, den die durch Gott Dollar motorisierte Menge vielleicht im Vorbeieilen nicht mit dem Finger zu bezeichnen weiß, wohnte und wohnt Miss Amy Evans: Eine Frau, die, ohne auf ihre Weiblichkeit zu verzichten, Horizonte wie Karten mischt, Gebiete erwittert und, um es mit einem Wort zu sagen, in einem interamerikanischen Konsortium arbeitet, dessen hiesiges Haupt Gervasio Montenegro ist und dessen löblichen Zweck es darstellt, die Auswanderung der südamerikanischen Frau – ›Unsere lateinische Schwester‹, so sagt Miss Evans anmutig scherzend – nach Salt Lake City und nach den grünen Farmen, die es umgeben, zu fördern. Die Zeit der Miss Evans ist Gold wert. Nichtsdestoweniger stahl die Dame der drängenden Korrespondenz *un mauvais quart d'heure* und empfing in aller Erhabenheit den Freund, der nach der Chimäre einer vereitelten Brautschaft seinem Temperament Zügel angelegt hatte. Ein Geplänkel von zehn Minuten mit Miss Evans genügt, um die jämmerlichste Verfassung auf Hochtouren zu bringen.* Ricardo, hol's der Teufel, erreichte den abwärts führenden Fahrstuhl in völliger Gemütszerrüttung, das Wort Selbstmord stand klar in seinen Augen zu lesen für den, der als Hellseher Blick und Geduld hätte, es zu entziffern.

In Stunden schwarzer Schwermut gibt es kein Heilrezept, das der einfachen und vielgepriesenen Natur gleichkäme, die, den Forderungen unseres April gemäß, sich verschwenderisch-sommerlich über Flachland und Bergpässe ergießt. Durch Mißgeschicke belehrt, suchte Ricardo die ländliche Einsamkeit: Er begab sich unverzüglich nach Avellaneda. Das alte, große Haus der Montenegros öffnete seine gardinengeschmückten Glastüren, ihn zu empfangen. Der Hausherr, der bei gelegentlichen Anfällen von Gastlichkeit ein ganzer Mann ist, nahm dankend eine extralange Corona an, und zwischen tiefen Zügen, hier ein Scherz und dort ein Späßchen, redete er wie ein Orakel und sagte so viele und so geartete Dinge, daß unser Ricardo schwer bekümmert und tief verdrossen den Rückzug nach Villa Castellamare antreten mußte, schneller, als wären zwanzigtausend geschwänzte Teufel hinter ihm her.

* Manchmal ist Mario aggressiv. (Von Doña Mariana Ruiz Villalba de Anglada überlassene Anmerkung.)

Düstere Vorhöfe des Wahnsinns, Wartesäle des Selbstmordes: Ricardo verplaudert diese Nacht nicht mit jemandem, der ihn aus seinem Elend hätte herausreißen können, mit einem Kameraden, Philologen; er verrennt sich in die erste einer länglichen Serie von geheimnisvollen Zusammenkünften mit diesem abgetakelten Croce, der noch dürrer und vertrockneter ist als die Algebra seiner Buchführung.

Drei Tage verschwendete unser Ricardo mit diesem ungesunden, langstieligen Gerede. Am Freitag war ein Aufblitzen geistiger Klarheit bei ihm zu bemerken: Er erschien *motu proprio* in meinem Schlaf-Arbeits-Kabinett. Um seinen Geist zu entschlacken, forderte ich ihn auf, die Probebogen meiner Ausgabe des *Ariel* von Rodó zu korrigieren, dieses Meisters, der, um mit Gonzalo Blanco zu reden, ›Valera an Geschmeidigkeit, Pérez Galdós an Eleganz, Pardo Bazán an Erlesenheit, Pereda an Modernität, Valle Inclán an Gelehrtheit und Azorín an kritischem Geist übertrifft‹. Ich vermute, daß ein anderer als ich Ricardo irgendeinen üblichen Kinderbrei verschrieben hätte, nicht dieses Stück Löwenmark. Trotzdem genügten wenige Minuten magnetisierender Arbeit, daß der Verblichene sich empfahl, in ungezwungener Behaglichkeit. Ich hatte noch nicht Zeit gehabt, mich mit Augengläsern zu rüsten, um in der Arbeit fortzufahren, als von der anderen Seite der Rotunde her der verhängnisvolle Schuß erdröhnte.

Draußen traf ich auf Requena. Die Tür zu Ricardos Schlafzimmer war angelehnt. Auf dem Boden, den molligen Fellteppich mit ruchlosem Blut besudelnd, lag der Leichnam auf dem Rücken hingestreckt. Der noch warme Revolver bewachte seinen ewigen Schlaf.

Ich verkünde es laut und feierlich: Der Entschluß war vorbedacht. Dies bestätigt und bekräftigt die beklagenswerte Notiz, die er uns hinterließ: dürftig wie von einem, der die überreichen Mittel des Romanischen nicht kennt; armselig wie von einem Stümper, der nicht über einen Vorrat von Adjektiven verfügt; fade wie von einem, der mit dem Wort nicht zu spielen weiß. Sie bekundet genau das, was ich vom Katheder

der herab oft genug behauptet habe: Die Absolventen unserer sogenannten Schulen kennen in keiner Weise die Mysterien des Lexikons. Ich werde sie Ihnen vorlesen, und Sie werden der feurigste Kämpfer sein in diesem Kreuzzug für die Verfeinerung der Sprache.«

Dies ist der Brief, den Bonfanti vorlas, wenige Augenblicke, bevor Don Isidro ihn hinauswarf:

»Das Schlimmste ist, daß ich immer glücklich gewesen bin. Jetzt hat alles sich verändert und wird sich weiter verändern. Ich bringe mich um, weil ich nichts mehr begreife. Alles, was ich erlebt habe, ist Lüge. Von der Pumita kann ich nicht Abschied nehmen, weil sie schon tot ist. Was mein Vater an mir getan hat, hat kein Vater auf der ganzen Welt getan; ich möchte, daß alle das wissen. Lebt wohl und vergeßt mich.

Gez. Ricardo Sangiácomo. Pilar, 11. Juli 1941«

V

Kurze Zeit darauf erhielt Parodi den Besuch des Doktor Bernardo Castillo, Arzt der Familie Sangiácomo. Das Zwiegespräch war lang und vertraulich. Dieselben Beiwörter sind auf das Gespräch anzuwenden, das Don Isidro in jenen Tagen mit dem Buchhalter Giovanni Croce führte.

VI

Am Freitag, dem 17. Juli 1942, betrat Mario Bonfanti in mißfarbenem Regenmantel, mit hängendem Schlapphut, verblichener schottischer Krawatte und nagelneuem Sweater in den Farben des Racing Club verwirrt die Zelle 273. Ihn beschwerte eine mächtige Schüssel, die in eine makellos saubere Serviette eingeschlagen war.

»Mundvorrat!« rief er. »Bevor ich noch einen Finger heben kann, werden Sie sich alle zehn lecken, mein allerfreundlichster Parodi. Ein Götterschmaus! Diese Pasteten wurden von illustren Händen bereitet; die Schüssel, die sie trägt, brüstet sich mit dem Wappen und dem Wahlspruch – *Hic jacet* – der Fürstin.«

Ein Stock aus Malakka-Rohr wies ihn zurecht. Ihn schwang der dreifache Musketier, Gervasio Montenegro – *chapeau claque* Houdin, Monokel Chamberlain, schwarzer, gefühlvoller Schnurrbart, Überrock mit Manschetten und Kragen aus Nutriafell, Plastron mit einer einzigen Perle Marke Mendax, beschuht von Nimbo, behandschuht von Bulpington.

»Ich freue mich außerordentlich, Sie zu sehen, mein lieber Parodi«, rief er mit Verve. »Sie werden die *fadaise* meines Sekretärs entschuldigen. Lassen wir uns nicht durch die Sophismen aus Ciudadela und San Fernando verwirren: Jeder bedächtige Geist gibt zu, daß Avellaneda aufgrund eigener Verdienste die ehrende Hervorhebung gebührt. Nie werde ich müde, Bonfanti zu wiederholen, daß sein Spielen mit Sprichwörtern und Archaismen ganz entschieden *vieux jeu* ist, nicht ins Milieu paßt. Vergeblich regele ich seine Lektüre: Eine rigorose Diät mit Anatole France, Oscar Wilde, Toulet, Juan Valera, Fradique Mendes und Roberto Gache ist nicht in sein rebellisches Begriffsvermögen eingedrungen. Bonfanti, seien Sie nicht störrisch und *révolté*, verzichten Sie augenblicklich auf die Pastete, die Sie gerade unterschlagen haben, und begeben Sie sich *motu proprio* in das Geschäft für sanitäre Anlagen La Rosa Formada, Costa Rica 5791, wo Ihre Anwesenheit von Nutzen sein kann.«

Bonfanti murmelte etwas wie »fürsorglich«, »Freudenbotschaft« und »Küßdiehand« und flüchtete mit Würde.

»Sie, Don Montenegro«, sagte Parodi, »da Sie ja zügelfromm sind, machen Sie doch freundlicherweise das Schnaufloch da auf, damit uns nicht die Puste ausgeht von diesen Pastetchen da, die dem Geruch nach aus Schweinefett sind.«

Montenegro erstieg, beweglich wie ein Duellant, einen Schemel und kam der Anordnung des Meisters nach. Mit einem Bühnensprung stieg er ab.

»Keine Frist, die nicht einmal abläuft«, sagte er und blickte dabei fest auf einen zerdrückten Zigarettenstummel. Er nahm eine schwere goldene Uhr aus der Tasche, zog sie auf und befragte sie. »Heute haben wir den 17. Juli; es ist genau ein Jahr her, daß Sie das grausige Rätsel von Villa Castellamare lösten. In diesem Bereich herzlicher Kameradschaft hebe ich mein Glas und erinnere Sie daran, daß Sie mir für dieses Datum, nach Jahresfrist, die freimütige Enthüllung des Geheimnisses versprachen. Ich will Ihnen nicht verhehlen, lieber Parodi, daß der Träumer und Denker in mir in Minuten, die er dem Mann des Schreibpultes und der Feder stahl, eine höchst interessante, neuartige Theorie darüber skizziert hat. Vielleicht können Sie mit Ihrem geschulten Geist zu dieser Theorie, diesem edlen geistigen Bauwerk noch einiges verwendbare Material beitragen. Ich bin kein engstirniger Architekt; ich strecke die Hand aus nach Ihrem wertvollen Sandkorn, wobei ich mir, *cela va sans dire*, das Recht vorbehalte, alles Schädliche und Chimärische zurückzuweisen.«

»Keine Sorge«, sagte Parodi, »Ihr Sandkorn wird genau wie meins sein, zumal wenn ich zuerst rede. Sie haben das Wort, Freund Montenegro. Der erste Mais den Papageien.«

Montenegro beeilte sich zu erwidern:

»Auf keinen Fall. *Après vous, messieurs les Anglais*. Außerdem ist es sinnlos, Ihnen zu verhehlen, daß mein Interesse erstaunlich gesunken ist. Der Commendatore hat mich enttäuscht: Ich hielt ihn für einen solideren Mann. Er ist – bereiten Sie sich auf eine kraftvolle Metapher vor – in der Gosse gestorben. Die gerichtliche Versteigerung reichte knapp zur Bezahlung der Schulden. Ich bestreite Ihnen nicht, daß die Situation Requenas beneidenswert ist und daß der Hamburger Betstuhl und das Tapir-Pärchen, die ich bei den *enchères* zu Spottpreisen gekauft habe, mir sehr zupaß kommen. Die Fürstin kann sich auch nicht beklagen; sie hat aus dem transozeanischen Krimskrams eine Schlange aus Ton herausgerettet, eine *fouille* aus Peru, die der Commendatore früher in einem Fach seines privaten Schreibtischs aufbewahrt hielt und die jetzt, geschwellt von mythologischen Anspielungen, unser Wartezimmer beherrscht. *Pardon*: Ich habe Ihnen bei einem früheren Besuch schon von diesem beunruhigenden Reptil gesprochen. Als Mann von Geschmack hatte ich mir *in petto* eine gehämmerte Bronze von Boccioni reserviert, ein gewaltiges und eindrucksvolles Monstrum, auf das ich aber verzichten mußte, denn diese bezaubernde Mariana – bitte: die Señora de Anglada – hatte ein Auge darauf geworfen, und ich entschloß mich zu einer eleganten Retirade. Dieser Schachzug wurde belohnt: Das Klima unserer Beziehungen ist wahrhaft sommerlich. Aber ich lenke mich und lenke Sie ab, lieber Parodi. Ich erwarte festen Fußes Ihre Skizze und schenke Ihnen bereits im voraus meinen ermunternden Zuspruch. Ich rede zu Ihnen mit hocherhobener Stirn. Zweifellos wird diese Behauptung das boshafte Lächeln mehr als eines Übelgesinnten herausfordern; aber Sie wissen, daß ich keine ungedeckten Wechsel laufen habe. Ich habe die eingegangenen Verpflichtungen Punkt für Punkt erfüllt: Ich habe Ihnen ein *raccourci* meiner Verhandlungen mit der Baronin von Servus, mit Loló Vicuña de De Kruif und mit dieser beunruhigenden *fausse maigre* Dolores Vavassour entworfen; ich habe ein ganzes *mélange* von Vorwänden und Drohungen in Bewegung gesetzt, um zu erreichen, daß Giovanni Croce, ein wahrer Cato unter den Buchhaltern, seinen Ruf aufs Spiel setzte und diesen Gefängniskerker besuchte – ganz kurz, bevor er selbst die Flucht ergriff; ich habe Ihnen nicht weniger als ein Exemplar dieses giftstrotzenden Flugblattes zukommen lassen, das unsere Hauptstadt und die umgebenden Vororte überschwemmte und dessen Autor, geschützt von der Maske der Anonymität, sich angesichts des noch offenen Grabes unsterblich lächerlich machte, indem er wer weiß welche absurden Übereinstimmungen zwischen dem Roman Ricardos und der *Heiligen Vizekönigin* von Pemán feststellte, einem Werk, das seine literarischen Berater, Eliseo Requena und Mario Bonfanti, zum genauen Vorbild genommen haben sollen. Zum Glück stieg dieser Doktor Sebasco auf die Tribüne und röhrte den rechten Kammerton: Er bewies, daß Ricardos Werkchen, obwohl es sich ein paar Kapitel aus der großen Romanze Pemáns gestattete – höchst verzeihliche Übereinstimmung in der ersten Hitze der Inspiration –, vielmehr als ein Faksimile von *Das Lotterielos* von Paul Groussac anzusehen sei, nur eben rasch ins 17. Jahrhundert verlegt und bereichert durch unausgesetzte Berufung auf die sensationelle Entdeckung der Gesundheit bringenden Eigenschaften des Chinins.

Parlons d'autre chose: Noch Ihren senilsten Grillen zu Diensten, mein lieber Parodi, habe ich zustande gebracht, daß Doktor Castillo, dieser faszinierende Dunkelmann, Spezialist für Schwarzbrot und Wassersuppe, auf einen Augenblick aus seiner hydropathischen Praxis entwich und Sie mit dem Auge des Klinikers untersuchte.«

»Machen Sie mal Pause mit Ihrem Affenzirkus«, sagte der Kriminalist. »Bei den Verwicklungen um die Sangiácomos gibt's mehr Umdrehungen als bei einer Uhr. Sehen Sie, ich hatte angefangen, mir einen Reim zu machen an dem Nachmittag, als Don Anglada und die Dame mit dem gescheckten Haar mir das Gespräch erzählt haben, das am Vorabend des ersten Todesfalles beim Commendatore stattgefunden hatte. Was der verstorbene Ricardo und Mario Bonfanti und Sie und der Schatzmeister und der Arzt mir hinterher gesagt haben, hat den Verdacht bestätigt. Auch der Brief, den der arme Junge hinterließ, erklärt die ganze Geschichte. Wie schon Ernesto Poncio sagte:

> *Das Geschick, ein Umstandskrämer,*
> *gibt den Kreuzstich nur mit Knoten.*

Selbst der Tod vom alten Sangiácomo und das Büchelchen da mit seiner Maske der Anonymität helfen, das Rätsel zu kapieren. Ohne Don Anglada zu kennen, würde ich argwöhnen, er hätte angefangen, die Sache zu begreifen. Um Pumitas Tod zu berichten, ist er ja bis zur Landung des alten Sangiácomo in Rosario zurückgegangen. Gott redet durch den Mund der Trottel: Zu dem Zeitpunkt und an dem Ort beginnt tatsächlich die Geschichte. Die von der Polizei, immer hinter dem Neuen her, haben nichts herausgekriegt, weil sie nur an die Pumita und Villa Castellamare und das Jahr 1941 gedacht haben. Ich dagegen, so lange hier im Stall, ich bin sehr historisch geworden und denke gern über Zeiten nach, wo der Mann noch jung ist und man ihn noch nicht ins Gefängnis gesteckt hat und ihm nicht die paar Kröten fehlen, um sich was zu gönnen. Die Geschichte, wiederhole ich Ihnen, kommt von weither, und der Commendatore ist die Trumpfkarte. Sehen Sie sich diesen Ausländer mal genau an. 1921 ist er einmal fast verrückt geworden, hat mir Don Anglada erzählt. Untersuchen wir, was ihm passiert war. Seine Frau war ihm gestorben, die Emigrantin, die sie ihm aus Italien geschickt hatten. Er hatte sie kaum gekannt. Können Sie sich vorstellen, daß ein Mann wie der Commendatore wegen so was durchdreht? Gehen Sie zur Seite – ich muß mal ausspucken. Wieder laut Anglada hat ihn auch der Tod von seinem Freund Graf Isidoro Fosco um den Schlaf gebracht. Das glaube ich nicht, und wenn's auch im Kalender steht. Der Graf war Millionär, war Konsul, und er hat dem anderen, als der noch Müllkutscher war, nichts als gute Ratschläge gegeben. Wenn so ein Freund stirbt, ist das eher eine Erholung, es sei denn, Sie brauchen ihn, um ihn windelweich zu hauen. Auch geschäftlich ging es ihm nicht schlecht: Sämtliche Armeen Italiens hatte er vollgestopft mit seinem Rhabarber, den er zu Preisen verkauft hat, als ob das Zeug eßbar wäre, und dazu hat man ihm noch die Sporen eines Commendatore verliehen. Was also war los? Immer die alte Geschichte, Freundchen: Die Italienerin hatte ihm mit dem Grafen Fosco Hörner aufgesetzt. Und, was das Ärgste war, als Sangiácomo den Betrug entdeckt, sind ihm die zwei Schlitzohren schon weggestorben.

Sie wissen, wie rachsüchtig, ja geradezu nachtragend die Kalabresen sind – schlimmer als die Schreiberlinge vom achten Revier. Weil der Commendatore sich nicht mehr an der Frau und dem Heuchler mit seinen Ratschlägen rächen kann, rächt er sich an dem Sohn der beiden, an Ricardo.

Irgendein Individuum, Sie zum Beispiel, hätte, wenn's um Rache geht, den angeblichen Sohn ein bißchen hart angepackt, und damit holla. Dem alten Sangiácomo hat der Haß Größe gegeben. Er hat einen Plan ausgeheckt, der nicht mal Mitre eingefallen wär. Man kann vor so einer Präzisions- und Geduldsarbeit nur den Hut ziehen. Er hat Ricardos ganzes Leben geplant: Die ersten zwanzig Jahre hat er dem Glück, die letzten zwanzig Jahre der Katastrophe bestimmt. Klingt wie ein Märchen, aber tatsächlich war nichts in diesem Leben zufällig. Fangen wir mit dem an, was Sie verstehen: den Weibergeschichten. Da haben Sie sie – die Baronin von Servus und die Sister und die Dolores und die Vicuña; alle diese Liebeleien hatte der Alte für ihn vorbereitet, ohne daß er etwas geahnt hat. Ausgerechnet Ihnen muß man gerade diese Geschichte erzählen, Don Montenegro, wo sie an den Kommissionen doch sicher fett geworden sind wie ein Mastschwein. Sogar das Zusammentreffen mit der Pumita scheint besser vorbereitet gewesen zu sein als jemals Wahlen in der Provinz. Mit den juristischen Examen dieselbe Geschichte: Der Junge hat sich keinerlei Mühe gegeben, und dabei hat es glänzende Noten geregnet. In der Politik war ihm schon das gleiche sicher. Schauen Sie, es war überall ganz dasselbe. Denken Sie an die sechstausend Pesos, um die Dolly Sister zu besänftigen; denken Sie an den näselnden Zwerg, der da plötzlich in Montevideo auftaucht, der war ein Geschöpf des Vaters: Beweis ist, daß er gar nicht versucht hat, die geliehenen fünftausend Goldpesos zurückzukriegen. Und jetzt nehmen Sie die Sache mit dem Roman: Sie selber haben vor einer Weile gesagt, daß Requena und Mario Bonfanti seine Neger waren. Requena selbst hat sich am Vorabend von Pumitas Tod eine List geleistet. Er sagt, er wär sehr beschäftigt, weil Ricardo dabei ist, seinen Roman zu beenden. Um's noch klarer zu sagen – klar wie Wasser: Der mit dem Büchelchen Beauftragte war er. Dann hat Bonfanti noch einige Signaturen von der stattlichen Größe eines Straußeneis hinzugefügt.

So kommen wir zum Jahr 1941. Ricardo glaubt, daß er sich frei entfaltet, wie irgendeiner von uns, und in Wahrheit wird er geschoben wie eine Schachfigur. Man hat ihn mit der Pumita verlobt, in jeder Beziehung ein Mädel von Qualität. Alles läuft wie am Schnürchen, als der Vater, der so hochmütig war, Schicksal spielen zu wollen, entdecken muß, daß das Schicksal mit *ihm* spielt. Seine Gesundheit läßt nach; der Doktor Castillo sagt ihm, daß er noch ein knappes Jahr zu leben hat. Was den Namen der Krankheit angeht, mag der Doktor sie nennen, wie es ihm gefällt; meiner Meinung nach litt er, genau wie Tavolara, an einem Herzkrampf. Sangiácomo hat den Tanz beschleunigt. In das Jahr, das ihm blieb, mußte er alle letzten Glücksfälle und alle Katastrophen und Nöte packen. Die Aufgabe hat ihn nicht geschreckt; aber beim Abendessen am 23. Juni gibt ihm die Pumita zu verstehen, daß sie die Intrige entdeckt hat; natürlich hat sie es nicht so direkt gesagt. Sie waren ja nicht allein. Sie hat ihm von den Filmen im Kino erzählt. Sie sagt, daß sie da so irgendeinen Filmhelden erst mit Erfolgen überhäufen und ihn dann ins Unglück stürzen. Sangiácomo will von was anderem reden; aber sie beißt sich fest und wiederholt, es gibt Lebensläufe, in denen nichts durch Zufall geschieht. Sie hat auch das Notizbuch erwähnt, in dem der Alte seine Tagebuchaufzeichnungen macht; das hat sie gesagt, um ihm zu verstehen zu geben, daß sie sie gelesen hat. Um ganz sicher zu sein, stellt Sangiácomo ihr eine Falle: Er bringt die Rede auf ein Viehzeug aus Ton, das ihm ein jüdischer Händler in einem Handkoffer gezeigt hatte und das er in seinem Schreibtisch verwahrt, in derselben Lade wie das Tagebuch. Er lügt, indem er sagt, das Viehzeug ist ein Puma; die Pumita, die weiß, daß es eine Schlange ist, stutzt: Sie hat aus purer Eifersucht in den Schubladen des Alten herumgestöbert, auf der Suche nach Briefen von Ricardo. Da hat sie das Tagebuch gefunden, und weil sie sehr wißbegierig ist, hat sie es gelesen und so von dem Plan erfahren. In den Gesprächen an dem Abend macht sie viele Leichtsinnsfehler; der größte ist, zu sagen, sie würde am nächsten Tag mit Ricardo reden. Um seinen Plan, den er mit so sorgsamem Haß ausgeheckt hat, zu retten, beschließt der Alte, die Pumita umzubringen. Er hat Gift in ihr Schlafmittel getan. Sie werden sich erinnern, daß Ricardo sagte, das Mittel wäre in der Kommode. Es war überhaupt nicht schwierig, ins Schlafzimmer zu kommen. Alle Zimmer liegen am Gang mit den Statuen.

Ich erwähne noch ein paar Punkte aus dem Gespräch in der Nacht. Das Mädchen hat Ricardo gebeten, die Veröffentlichung seines Romänchens ein paar Jahre zu verschieben. Sangiácomo widersetzt sich ganz offen: Er will, daß das Werkchen erscheint,um gleich danach ein Pamphlet verbreiten zu lassen, das es als pure Kopie entlarven soll. Was mich angeht, glaube ich, daß Anglada das Pamphlet verfaßt hat – damals, als er zu Hause blieb, um angeblich die Geschichte des Kinos zu schreiben. Hier an Ort und Stelle hat er verlauten lassen, irgendein Fachmann würde wohl merken, daß Ricardos Roman eine Kopie ist.

Da das Gesetz es ihm nicht erlaubt, Ricardo zu enterben, hat er es vorgezogen, sein Vermögen zu verlieren. Requenas Anteil legt er in Papieren an, die, wenn sie auch nicht viel bringen, doch sicher sind. Ricardos hat er bei der U-Bahn angelegt: es genügt zu sehen, welchen Gewinn sie abwerfen, um zu wissen, daß es eine gefährliche Anlage war. Croce beklaut ihn ohne jede Scheu; der Commendatore läßt ihn ruhig gewähren, um ganz sicher zu sein, daß Ricardo nie in den Besitz dieses Geldes kommt.

Sehr bald wird das Geld knapp. Bonfanti wird das Gehalt beschnitten; der Baronin geben sie den Laufpaß; Ricardo muß sein Polopferd verkaufen.

Armer Junge, dem es nie schlechtgegangen war! Um sich aufzumöbeln, besucht er die Baronin; die aber, erbost, weil ihre Moneten ausgeblieben sind, macht ihn fertig und schwört ihm, wenn sie je eine Liebschaft mit ihm hatte, dann nur, weil der Vater sie bezahlt. Ricardo sieht, wie sein ganzes Geschick sich verkehrt, und er versteht nichts mehr. In dieser großen Verwirrung kommt ihm eine Ahnung; er geht zu Dolly Sister und zur Evans, um sie auszufragen; beide geben zu, wenn sie ihn früher empfangen haben, dann wegen einer Abmachung, die sie mit dem Vater hatten. Dann ist er zu Ihnen gekommen, Montenegro. Und Sie haben gestanden, daß Sie ihm all diese Frauen und andere mehr verschafft hatten. Stimmt das nicht?«

»Gebt dem Kaiser, was des Kaisers ist«, meinte Montenegro mit einem verstohlenen Gähnen. »Es wird Ihnen nicht unbekannt sein, daß die Instrumentierung solcher *ententes cordiales* mir schon zur zweiten Natur geworden ist.«

»Besorgt wegen seines Geldmangels, befragt Ricardo Croce; diese Unterredungen zeigen ihm deutlich, daß der Commendatore sich absichtlich ruiniert.

Die Erkenntnis, daß sein ganzes Leben falsch war, hat ihn erschreckt und erniedrigt. Das war so, als wenn man Ihnen plötzlich erklärt, Sie wären ganz jemand anderes. Ricardo hatte sich für was Besonderes gehalten; jetzt begreift er, daß seine ganze Vergangenheit und all seine Erfolge nur Werk seines Vaters waren und daß dieser, aus Gott weiß welchem Grund, sein Feind ist und ihm eine Hölle bereitet. Deshalb denkt er, es hätte nicht mehr viel Sinn weiterzuleben. Er klagt nicht, er sagt nichts gegen den Commendatore, den er noch immer liebt; aber er hinterläßt einen Brief, um sich von allen zu verabschieden, und damit sein Vater begreift. In dem Brief schreibt er:

›Jetzt hat alles sich verändert und wird sich weiter verändern … Was mein Vater an mir getan hat, hat kein Vater auf der ganzen Welt getan.‹

Vielleicht kommt es daher, daß ich schon so viele Jahre in diesem Haus lebe, aber ich glaube nicht mehr an Strafen. Soll sich's jeder da allein mit seinen Sünden ausmachen. Es ist nicht gut, wenn rechtschaffene Menschen Henker der anderen Menschen sind. Der Commendatore hatte nur noch ein paar Monate zu leben; wozu sie ihm vergällen, ihn anzeigen und unnötig in ein Wespennest von Anwälten, Richtern und Kommissaren stechen.«

Pujato, 4. August 1942

Das Opfer des Tadeo Limardo

Franz Kafka zum Gedächtnis

I

Der Insasse von Zelle 273, Don Isidro Parodi, empfing seinen Besucher mit einigem Widerwillen. ›Wieder so ein Compadrito, der mich belästigen kommt‹, dachte er. Es wollte ihm nicht in den Sinn, daß er vor zwanzig Jahren, bevor er zum alten Criollo aufgestiegen war, sich genauso ausgedrückt hatte, mit singenden S-Lauten und verschwenderischen Gebärden.

Savastano zog die Krawatte zurecht und warf den braunen Schlapphut auf die vorschriftsmäßige Pritsche. Er sah gut aus, war dunkel und leicht unangenehm.

»Der Señor Molinari sagt, ich soll sie nur ruhig behelligen«, verkündete er. »Ich komme wegen der Bluttat im Hotel *Der Neue Unparteiische*. Das Geheimnis, das alle Gehirne in Schach hält. Ich möchte, daß Sie richtig kapieren: Ich bin hier aus purem Patriotismus; aber Polizeispitzel haben mich auf dem Kieker, und ich hab mir sagen lassen, daß Sie ein As sind, wenn's drum geht, ein Rätsel zu entschleiern. Ich werd Ihnen die Tatsachen *grosso modo* darlegen, ohne Umschweife, die mir fremd sind.

Die Kurven des Lebens haben mich für den Moment aufs Rangiergleis geschoben. Ich sitz auf dem trockenen und schau in aller Ruhe zu, wie der Hase läuft. Wegen der paar Kröten reg ich mich nicht auf. Der Kerl hier wartet ab, trinkt Tee, und wenn's ihm paßt, landet er seinen Haken. Sie werden lachen, wenn ich Ihnen sage, daß ich schon seit einem Jahr im Großmarkt nicht mehr aufkreuze. Die Jungs da, wenn die mich sehen, werden sie fragen: Wer ist das denn? Ich wette, was Sie wollen, daß die Mund und Nase aufsperren, wenn die mich im Transporter ankommen sehen. Bis dahin hab ich mich ins Winterquartier zurückgezogen. Um's offen zu sagen: ins Hotel *Der Neue Unparteiische*, Calle Cangallo 3400 – ein Winkel von Buenos Aires, der zum Bild unserer Metropole durchaus eine eigene Note beiträgt. Was mich angeht, ist das nicht grade nach meinem Geschmack, in dem Viertel einquartiert zu sein, und irgendwann, wenn keiner damit rechnet, ›dreh ich dem Schnüffler ne Nase und pfeif ihm dazu was – nen Tango‹.

Der Hitzkopf, der an der Tür das Schild sieht ›Schlafgelegenheit für Herren von 0,60 an‹ wird vermuten, daß das Etablissement eine einzige Dreckshöhle ist. Lassen Sie sich nicht täuschen, Don Isidro, ich bitte Sie inständig. Wie Sie mich hier sehen, verfüge ich über einen eigenen Schlafraum, den ich provisorisch mit Simón Fainberg teile, gemeinhin bekannt unter dem Namen Großprofil, der aber immer im Bethaus steckt. Es handelt sich da um so einen Zugvogel, wie sie den einen Tag in Merlo, den andern in Berazategui auftauchen; er hat schon in dem Gelaß gehaust, als ich vor zwei Jahren gekommen bin, und der geht auch nicht mehr weg, wenn Sie mich fragen. Ich rede zu Ihnen mit dem Herzen auf der Zunge: Diese Gewohnheitstiere bringen mich auf die Palme, wir leben doch nicht mehr in der Postkutschenzeit, und ich bin wie die Reisenden, die gern ihren Horizont erweitern. Kurz und gut: Fainberg ist ein Kerl, der nicht ins Milieu gehört, der sich einbildet, die ganze Welt dreht sich um seinen zugeschlossenen Koffer; dabei ist er nicht imstande, einem Argentinier in der Not auch nur einen Peso zukommen zu lassen. Na ja, die Bande hat ihren Spaß und amüsiert sich und hat nur ein Hohnlachen für so einen lebenden Leichnam.

Sie in Ihrem Mauerloch, auf Ihrem Ausguck, wie man so sagt, werden mir dankbar sein für das lebendige Bild, das ich Ihnen bieten will: Die Atmosphäre im *Neuen Unparteiischen* hat durchaus ihr Interessantes für den Wißbegierigen. Es ist die reine Musterkarte, wirklich zum Lachen. Immer sag ich zu Fainberg: ›Was gehst du eigentlich mit Ratti um zwei Pesos knobeln, wo wir den Zoo doch schon im Haus haben?‹ Um ehrlich zu sein, dessen Gesicht selber ist schon ein Zoo, er sieht nämlich aus wie ein jämmerliches Kiebitzei mit rotem Haar, und es wundert mich nicht, daß die Juana Musante ihn nicht rangelassen hat. Die Musante, müssen Sie wissen, ist so was wie die Chefin – dafür ist sie nämlich die Frau von Claudio Zarlenga. Der Señor Vicente Renovales und besagter Zarlenga bilden das Zweigespann, das das Etablissement leitet. Vor drei Jahren hat Renovales Zarlenga zum Teilhaber genommen. Der Alte hatte es satt, sich allein rumzuschlagen, und diese Zufuhr von frischem, jungem Blut hat dem *Neuen Unparteiischen* einen heilsamen Schubs gegeben. Ganz unter uns einen Tip, der offenes Geheimnis ist: Die Dinge gehen jetzt schlechter als vorher, und das Etablissement ist nur noch ein blasser Abklatsch von dem, was es war. Schuld an der unheilvollen Ankunft Zarlengas war, daß er aus der Pampa gekommen ist; was mich angeht, glaub ich, er ist geflüchtet. Bedenken Sie, er hat die Musante einem Postbeamten in Banderaló ausgespannt, einem Totschläger. Der Briefmarkenkleber saß mit offenem Mund da; Zarlenga, der weiß, daß man in der Pampa mit solchen Dingen nicht viel Federlesens macht, hat Hand ans Eisenbahnnetz gelegt und ist nach Buenos Aires gekommen, Station Once. Er ist gekommen, um in der Menge unterzutauchen, wenn Sie das kapieren. Ich dagegen brauch nicht mal 'nen Lacroze, um unsichtbar zu werden; von Sonnenaufgang bis Sonnenuntergang bleib ich in meinem Zimmerchen versteckt, das ein Loch ist, und lache mir eins über die Bande Fleischsaft, die im Großmarkt große Reden schwingt und von mir kein Haar zu sehen kriegt. Zur Vorsicht hab ich im Bus die ganze Zeit Fratzen geschnitten, damit sie mich für wen anderes halten sollten.

Zarlenga ist ein Viech in Kleidern, hat keine Lebensart, ein Aufschneider, gelind ausgedrückt. Ich will nicht bestreiten, daß er mich mit Samthandschuhen anfaßt; das einzige Mal, wo er die Hand gegen mich hob, hatte er einige hinter die Binde gegossen, und ich hab's ihm nicht krummgenommen, weil gerad mein Geburtstag war. Nichts als eine schwarze und verleumderische Intrige: Die Musante hatte sich in den Kopf gesetzt, daß ich die herrschende Dunkelheit benutze, um mich vor dem Abendessen bis zur Mitte unseres Häuserblocks zu wagen und mit der Stupsnasigen vom Reifendepot zu knutschen. Wie ich Ihnen schon sagte, die Musante sieht rot, wenn sie eifersüchtig ist, und obwohl sie weiß, daß ich mich an unseren Hinterhof halte, immer treu der Fahne, wie man so sagt, ist sie zu Zarlenga gelaufen mit der Lügengeschichte, ich hätte es fertiggebracht, mich in unzüchtiger Absicht in der Wäscherei einzunisten. Der Mann ist hochgegangen wie überkochende Milch, und ich geb ihm sogar recht. Wenn's nicht wegen Señor Renovales wär, der mir mit eigener Hand ein blaues Auge verpaßt hat, wär ich bestimmt wütend geworden. Da ist noch so ein Ammenmärchen, das schon die flüchtige Prüfung zerstreut: Ich geb Ihnen zu, daß die Juana Musante einen Körper hat, der einen aufs Kreuz legen kann – aber ein Kerl wie ich, der was gehabt hat mit einem Fräulein, das schon Maniküre ist, und dann mit einer Minderjährigen, die drauf und dran war, Star beim Radio zu werden, läßt sich nicht von so einem attraktiven Stück Weiberfleisch beirren, das vielleicht in Banderaló Aufsehen erregen kann, aber die Jungs hier in der Hauptstadt völlig kalt läßt.

Wie dieser Zeitungsschreiber in seiner Spalte in *Ultima Hora* so richtig sagt: Schon die Ankunft von Tadeo Limardo im *Neuen Unparteiischen* ist von Geheimnis umwittert. Er kam mit Gott Momus, mitten im Karnevalstrubel mit seinen parfümierten Spritztuben und Wasserballons. Aber beim nächsten Karneval wird Momus ihn nicht mehr sehen. Sie haben ihm einen hölzernen Frack verpaßt, und er hat sich in der Pension von Freund Hein einquartiert. Rasch tritt der Tod den Menschen an, es ist ihm keine Frist gegeben.

Ich, den Puls im Gleichklang mit dem unserer Metropole, hatte dem Küchengehilfen ein Bärenkostüm entwendet – das ist ein Misanthrop, der zu keinem Vergnügen geht, ein Nichttänzer. Mit diesem Fell von Kopf bis Fuß bekleidet, konnte ich damit rechnen, unerkannt zu bleiben, und so hab ich mir den

Luxus geleistet, dem Hinterhof meine Aufwartung zu machen, und bin wie ein großer Herr hinausspaziert, auf der Suche nach Sauerstoff. Sie werden nicht wollen, daß ich lüge: In dieser Nacht schlug die Quecksilbersäule ihren Höhenrekord; es herrschte solche Hitze, daß die Leute nur noch lachen konnten. Am Nachmittag gab es neun Sonnenstiche und Opfer der Hitzewelle. Machen Sie sich ihr Bild vom Schauplatz: Ich mit meiner Fellschnauze schwitze wie ein Affe, und alle Augenblicke überkommt mich die Versuchung, den Bärenkopf herunterzureißen, im Schutz einiger Winkel, die so dunkel sind wie ein Wolfsrachen. Wenn die Stadtverwaltung sie sieht, schämt sie sich in Grund und Boden. Aber wenn ich mir was in den Kopf setze, bin ich ein Fanatiker. Ich schwöre Ihnen, ich habe den Kopf nicht abgenommen, es hätte ja plötzlich einer dieser Kerle vom Großmarkt auftauchen können, die manchmal bis in diese Gegend vorstoßen. Meine Lungen freuen sich schon über die wohltuenden Lüfte des Platzes, der von Bratküchen und -rosten dampft, als ich das Bewußtsein verliere, gerade gegenüber von einem Greis, der sich als Clown verkleidet hat und seit achtunddreißig Jahren keinen Karneval vergehen läßt, ohne den Polizisten naß zu spritzen, der sein Landsmann ist, weil er aus Temperley stammt. Dieser Veteran handelte, trotz des Schnees seiner Jahre, mit Kaltblütigkeit: Er riß mit einem Ruck den Bärenkopf herunter, und wenn meine Ohren dabei nicht mit heruntergingen, so war's nur, weil sie angewachsen sind. Meiner Meinung nach hat er oder sein Väterchen, der sich mit einem Häubchen verkleidet hatte, mir den Bärenkopf entwendet; aber ich bin ihnen deswegen nicht gram: Sie haben mir eine dicke Suppe eingeflößt, die sie mir mit einem Holzlöffel runterstopfen und die mich, weil sie so heiß ist, wachkriegt. Das Unangenehme ist, daß jetzt der Küchengehilfe nicht mehr mit mir reden will, weil er meint, der Bärenkopf, der mir abhanden kam, wär der gleiche, mit dem der Doktor Rodolfo Carbone auf einem allegorischen Wagen fotografiert worden ist. Da wir von Wagen reden – einer mit einem Spaßvogel auf dem Kutschbock und einem ganzen Bienenstock pausbäckiger Engel hinten drin war so höflich, mich zu Hause abzusetzen. Meine neuen Freunde werfen mich hinten auf den Wagen, und ich verabschiede mich mit einem der Gelegenheit angemessenen Gelächter. Ich fahr dahin wie ein Magnat und muß lachen: Die Mauer der Bahn entlang kommt ein armer Kerl vom Lande, ein abgezehrter Kadaver zu Fuß, schlecht gekleidet, der einen kleinen Pappkoffer und ein halb aufgerissenes Paket kaum schleppen kann. Einer von den Engeln will sich einmischen, worum niemand ihn gebeten hat, und sagt dem Landstreicher, er soll aufsteigen. Damit das Niveau unserer Lustbarkeit gewahrt bleibt, ruf ich dem Kutscher zu, es wär nicht Sache unseres Wagens, Abfall aufzulesen. Eine der Señoritas lacht über meinen Scherz, und unverzüglich lad ich sie zu einem Rendezvous auf einem leeren Grundstück in der Calle Humahuaca, zu dem ich gar nicht gehen kann, weil der Großmarkt zu nahebei liegt. Ich hab ihnen den Bären aufgebunden, ich wohnte im Viehfutter-Depot, bloß damit sie mich nicht für einen Hungerleider halten. Aber Renovales, der nicht für einen Groschen Benehmen hat, schimpft vom Gehsteig her auf mich los, weil dem Wildhalm 15 Centavos fehlen, die er unvorsichtig in der Weste hat stecken lassen, als er auf den Hof gegangen ist – und jetzt verleumden mich alle, ich hätte sie in Eistüten umgesetzt. Zu allem Übel kann ich auch noch um die Ecken sehen, und da entdecke ich keinen halben Häuserblock weit den Kadaver mit dem Köfferchen, der taumelnd vor Müdigkeit daherkommt. Ich schneide also kurzerhand alle Abschiedszeremonien ab, die doch nur schmerzen, lasse mich vom Karren fallen, wie's eben geht, und erreiche den Hauseingang, um einem *casus belli* mit dem Erschöpften aus dem Wege zu gehen. Aber das ist's ja, was ich immer sage: Kommen Sie solchen Hungerleidern einmal mit Vernunftgründen. Ich komme aus dem Zimmer für 60 Centavos, wo man mich, im Tausch gegen ein Bärenkostüm, in dem ich schmore, mit einer kalten Gemüsesuppe und einem Hauswein beschenkt, als ich im Hof auf den Kerl vom Lande stoß – und der erwidert nicht einmal meinen Gruß.

Und nun sehen Sie nur, was der Zufall so will: Genau elf Tage hat das Gerippe in dem langen Saal verbracht, der natürlich auf den ersten Hof hinausgeht. Wissen Sie, alle, die dort schlafen, plustern sich auf wie die Puter; nehmen Sie den Fall vom Wildhalm, der die Bettelei bloß als Luxus betreibt – dabei behaupten manche, er wäre Millionär. Anfangs hat es nicht an Propheten gefehlt, die meinten, der Kerl vom Lande würde sehr bald sein wahres Gesicht zeigen in dieser Umgebung, in die er nicht paßt. Dieses Bedenken hat sich als Hirngespinst erwiesen. Bitte, ich fordere Sie heraus, mir auch nur eine einzige Klage der Zimmermieter zu nennen. Strengen Sie sich nicht an: Niemand konnte ihm was am Zeug flicken oder einen mannhaften Protest erheben. Der Neuankömmling hat sich in der Stube wie ein Goldkind benommen. Er hat seinen Fraß zur vorgeschriebenen Zeit vertilgt, keine Wolldecke versetzt, sich nicht beim Herausgeben geirrt, keine Roßhaare in die Gegend verstreut auf der Suche nach Pesoscheinen, die einige romantische Seelen aus den Matratzen schütteln zu können glauben ... Ich habe mich ihm ganz offen für kleine Geschäftchen aller Art innerhalb des Hotels angeboten; ich kann mich sogar erinnern, daß ich ihm an einem Nebeltag ein Päckchen Zigaretten vom Barbier mitgebracht hab, und er hat mir eine überlassen, um sie zu rauchen, wenn ich Lust hätte. Ich kann diese Zeit nicht vergessen, ohne den Hut zu ziehen.

An einem Samstag, als er schon fast wiederhergestellt ist, sagt er uns, er hätte nicht mehr als fünfzig Centavos. Ich lach mir eins bei dem Gedanken daran, wie Zarlenga am Sonntag früh ihm erst den Koffer beschlagnahmen und ihn dann nackt und bloß auf die Straße werfen wird, weil er das Bettgeld nicht zahlen kann. Wie alles Menschliche hat auch *Der Neue Unparteiische* seine Schönheitsfehler; das aber muß man in alle vier Winde posaunen, daß, was Disziplin angeht, das

Etablissement mehr einem Knast als etwas anderem gleicht. Bevor es noch hell wurde, hab ich versucht, die fidele Bande auf die Beine zu bringen, die zu dritt die Dachstube bewohnt und den lieben langen Tag nichts weiter tut, als Großprofil nachzuäffen und über Fußball zu reden. Glauben Sie's nun oder nicht, diese Lahmärsche haben doch wahrhaftig die Vorstellung verpaßt – aber mir kann keiner was vorwerfen: Am Vorabend hatte ich sie ins Bild gesetzt, indem ich ein Mitteilungsblättchen zirkulieren ließ, das besagte: ›Bombenneuigkeit! Wer erlebt den großen Rausschmiß? Lösung der Preisfrage: morgen!‹ Ich muß Ihnen gestehen, daß sie nicht viel verpaßt haben. Dieser Claudio Zarlenga war eine Enttäuschung: Auf den Mann ist nicht mehr Verlaß als aufs Lotto, und keiner weiß, was der gerade für einen Fimmel hat. Bis nach neun Uhr vormittags war ich wie ein Zinnsoldat auf Posten, hab es mir dabei mit dem Koch verdorben, weil ich die erste Suppe verpasse, und mach mich der Juana Musante verdächtig, die meine Stationierung auf dem Wellblechdach irgendeiner finsteren Absicht zuschreibt, die dort hängende Wäsche zu entwenden. Wenn ich Bilanz ziehe – großer Reinfall. Genau so um 7 Uhr morgens ist der Kerl vom Lande völlig angezogen in den Hof hinaus gekommen, wo Zarlenga am Kehren war. Glauben Sie, er hätte sich dabei aufgehalten zu überlegen, daß der andere den Besen in der Hand hatte? Nichts dergleichen. Er redet zu ihm wie ein aufgeschlagenes Buch; ich kann nicht hören, was sie sagen, aber Zarlenga gibt ihm einen Klaps auf die Schulter, und meine Vorstellung ist zu Ende. Ich hab mir an den Kopf gefaßt und wollt es nicht glauben. Zwei Stunden hab ich noch auf dem Blechdach ausgehalten, wobei ich fast verschmort bin, immer in Erwartung nachträglicher Komplikationen, bis mich die Hitze vertrieben hat. Als ich herunterkomm, ist doch der Kerl in der Küche in voller Tätigkeit und scheut sich nicht, mir ein nahrhaftes Süppchen zukommen zu lassen. Offenherzig wie ich bin und mich mit jedem zu stellen weiß, fang ich ein leichtes Geplauder mit ihm an, und während wir die Tagesbegebenheiten zerpflücken, zieh ich ihm seine Herkunft aus der Nase. Er kam aus Banderaló, und wenn Sie mich fragen, war er ein Spitzel, gemeinhin ein vom Gatten der Musante geschickter Beobachter, mit der Absicht zu spionieren. Um alle Zweifel zu tilgen, die mir auf der Seele brannten, hab ich ihm einen Fall erzählt, der jeden Zuhörer faszinieren muß: die Geschichte von dem Bon, ausgegeben von der Schuhfabrik Titan und gültig für den Umtausch gegen eine Trikothemd, den Fainberg der Nichte von der Kurzwarenhandlung gegenüber übertragen hatte, ohne zu beachten, daß er schon eingelöst war. Sie werden sich die Haare vom Kopf wundern, wenn ich Ihnen zuflüstere, daß unser Kerl vom Lande keine Miene verzieht bei dem aufregenden Bericht, und daß er nicht mal auf den Rücken fällt, als ich ihm eröffne, daß Fainberg, als er den Bon übertrug, selber das Trikothemd anhatte – Bekleidung, die die Geschädigte gar nicht in all ihrer furchtbaren Bedeutung zur Kenntnis nahm, völlig betört durch das schlaue Geschwätz und die blumigen Erzählungen des Betbruders. Ich kapier im Handumdrehen, daß der Mann gleichsam verstrickt ist in eine Angelegenheit, die ihn an Händen und Füßen gefangenhält. Um den Finger direkt auf die Wunde zu legen, habe ich ihn aus heiterem Himmel nach dem Familiennamen gefragt. Derart an die Wand gedrängt, bleibt meinem Freund keine Zeit, eine Ungereimtheit zu erfinden, und er gibt mir einen Vertrauensbeweis, den ich der erste bin anzuerkennen, indem er mir sagt, er heißt Tadeo Limardo – Angabe, die ich mich beeile, zu späterer Verwendung zu registrieren. Bist du *ein* Spitzel, bin ich anderthalbe, sag ich mir und bin ihm unauffällig überallhin gefolgt, bis ich ihn völlig fertiggemacht hatte, und an diesem selben Abend verspricht er mir, wenn ich ihm weiter wie ein Hund nachlaufe, wird er mir meine eigenen Zähne zu schmecken geben. Mein Trick war vom schlagendsten Erfolg gekrönt: Der Mann hatte was zu verbergen. Versetzen Sie sich in meine Lage: dem Geheimnis auf den Fersen zu sein und in meiner Kammer eingeschlossen zu hocken, als ob der Koch seinen schlechten Tag hätte.

Ich versichere Ihnen, das Bild, das das Hotel an diesem Abend bot, war wenig vergnüglich: Das weibliche Element hatte eine erhebliche Einbuße erlitten, da die Juana Musante sich für vierundzwanzig Stunden nach Gorchs entfernt hatte.

Am Montag tauch ich auf, als wär nichts gewesen, und find mich im Eßraum ein. Der Koch geht mit dem Suppeneimer an mir vorbei und serviert mir nicht – Prinzipienangelegenheit! Ich begreife, daß dieser Tyrann mich aushungern will, wegen meinem Schwänzen am Vorabend, und lüg ihn an, ich hätte keinen Appetit. Der Mann, der personifizierte Widerspruch mit Schnurrbart, hat mich sofort eingeladen, zwei extra dicke Rationen zu verdrücken – mit denen wird man mich noch ins Grab legen –, und seitdem fühl ich mich wie ein Felsen, eine Statue.

Während die übrigen mit frischer Natürlichkeit lachen, versaut uns der Kerl vom Lande das Gaudium; er sitzt nämlich mit einer Leichenbittermiene herum und schiebt sogar mit dem Ellbogen den Napf mit Hafersuppe weg. Beim Leben Ihres Väterchens schwöre ich Ihnen, Señor Parodi, daß ich ganz glücklich auf den Augenblick gelauert habe, wo der Koch ihm eine verpaßt, weil er seine Suppe verschmäht sieht, aber Limardo hat ihn durch Unerschrockenheit eingeschüchtert, der andere mußte die Segel streichen, und ich mußte lachen. Da kommt die Juana Musante herein, mit flackernden Augen und wiegenden Hüften, daß ich nach Luft schnappe. Diese Mähnenziege muß mich ja immer aufreizen, aber ich spiele den unbekannten Soldaten. Wie immer übersieht sie mich vollkommen, fängt an, die Suppentöpfe einzusammeln, und sagt zum Koch, gemeinhin Feind der Menschheit genannt, statt sich mit einem Murmeltier wie ihm herumzuschlagen, wär sie besser dran, wenn sie mich anheuert und die Arbeit selber macht. Plötzlich steht sie Limardo Aug in Auge gegenüber, und sie wird blaß wie eine Tote, als sie sehen muß, daß er seine Suppe nicht geschlürft hat. Limardo starrt sie an, als wenn er nie eine Frau gesehen hätte; kein Zweifel möglich: Der Spitzel bemüht sich, seiner Netzhaut diese unauslöschlichen Züge einzuprägen. Diese Szene, so eindrucksvoll in ihrer schlichten Menschlichkeit, bricht ab, als die Juana dem Gaffer sagt, es würde ihm nach so vielen Tagen Alleinschlafen gut tun, Landluft zu schöpfen. Limardo hat nicht auf diese zarte Anspielung geantwortet, sondern war ganz damit beschäftigt, Kügelchen aus Brotresten zu drehen, was eine häßliche Angewohnheit ist, die der Koch uns ausgetrieben hat.

Stunden später begab sich ein lebendes Bild – wenn ich Ihnen das erzähle, werden Sie dem Strafgesetz Dank wissen, daß es Sie eingesperrt hat. Um sieben Uhr abends hatte ich mich, nach alteingewurzelter Gewohnheit, zum ersten Hof begeben in der Absicht, das Fleischgericht abzufangen, das die großen Herren vom langen Saal von der Ecke holen zu lassen pflegen. Wetten, daß Sie, mit all Ihrem Gehirnschmalz, nicht erraten, wen ich erblicke? Den Braunen Spucker in höchsteigener Person, mit kleinkrempigem Schlapphut und feierlichem Anzug. Diesen alten Freund vom Großmarkt erblicken und mich für eine Woche in meiner Stube verrammeln war eines. Nach drei Tagen sagt mir Fainberg, ich könnte rauskommen, der Braune Spucker hätte sich verflüchtigt, ohne zu bezahlen, und mit ihm waren sämtliche elektrischen Birnen vom dritten Stock weg (mit Ausnahme der einen, die Fainberg in der Tasche hatte). Ich hatte gleich den Verdacht, daß seine fixe Idee von notwendiger Lüftung ihn dazu veranlaßt hätte, diese Fabel zu spinnen, und bin bis Ende der Woche wie ein Patriarch in meinem Winkel geblieben, bis der Koch mich evakuiert hat. Ich muß zugeben, daß Großprofil diesmal die Wahrheit gesagt hat; von der aufrichtigen Genugtuung, die mir zuteil wurde, hat mich eine jener gewöhnlichen – üblichen, wenn Sie so wollen – Episoden abgebracht, die aber der ruhige Beobachter richtig einzuschätzen weiß. Limardo war aus dem langen Saal zu den Schlafgelegenheiten zu 0,60 übergewechselt; da er nicht in klingender Münze zahlte, hatte man ihm die Buchführung übertragen. Für mich, der ich helle bin, roch die Geschichte nach einem Schnüfflerdreh, um sich in die Verwaltung des Hauses einzuschleichen und eine Statistik über seinen Umsatz aufzustellen. Mit diesem Märchen von den Büchern hat der Kerl den ganzen lieben langen Tag das Büro infiltriert; ich, der ich fester Verpflichtungen im Hause entbehre und, wenn ich einmal dem Koch beispringe, es nur tue, um nicht als Egoist angesehen zu werden, bin immer und immer wieder an ihm vorbeispaziert, um den Unterschied zu betonen, bis Señor Renovales es mir wie ein Vater verboten hat und ich mich wieder ins Stübchen retten mußte.

Nach zwanzig Tagen läßt ein autorisierter Klatsch die Meldung umgehen, Señor Renovales hätte Limardo rausschmeißen wollen, und Zarlenga hätte sich widersetzt. Also, diesen Bären laß ich mir nicht aufbinden, und wenn ich ihn gedruckt vor mir sehe; wenn Sie mir's nicht verübeln, werde ich Ihnen meine *Rekonstruktion des Falles durch Rojas* vortragen. Ehrlich – können Sie sich Renovales vorstellen, wie er einen armen Teufel mißhandelt? Und würden Sie begreifen, wenn Zarlenga, bei seinen Prinzipien, sich auch nur einen Augenblick auf die Seite der Gerechtigkeit stellt? Geben Sie sich keiner Täuschung hin, mein Freund, lassen Sie dies Hirngespinst fahren: Die Wahrheit war ganz anders. Wer den Kerl vom Lande rausschmeißen wollte, war Zarlenga, der ihn andauernd schikaniert hat – wer ihn geschützt hat, war Renovales. Ich schicke voraus, daß die lustigen Brüder vom Dachstock sich dieser meiner persönlichen Auslegung anschließen.

Allerdings hat Limardo bald den engen Rahmen des Büros überschritten; in Kürze verbreitete er sich durch das Hotel wie Öl, das ausfließt: Einen Tag repariert er das schon klassische tropfende Loch bei denen zu 0,60; am nächsten gibt er dem Holzgitter einen modernen Anstrich; dann reibt er mit Benzin den Flecken aus Zarlengas Hose; dann wieder haben sie ihm das Recht übertragen, täglich den ersten Hof aufzuwaschen und den langen Saal spiegelblank zu putzen, damit also allen Abfall und alles Sudelzeug zu entfernen.

Unter dem Vorwand, sich in Dinge mischen zu müssen, die ihn nichts angehen, hat Limardo Zwietracht gesät. Ich nenne als Beispiel den Tag, wo die lustigen Brüder in aller Ruhe dabei waren, den graugelben Kater der Eisenwarenhändlerin rot anzustreichen; wenn sie mich nicht an dieser Aufgabe beteiligt haben, war es nur, weil sie erraten haben, daß ich mit der Lektüre des *Patoruzú* beschäftigt war, den mir der Doktor Escudero überlassen hatte. Die Angelegenheit stellt sich dem Wißbegierigen sehr einfach dar: Die Eisenwarenhändlerin, die mit dem linken Fuß aufgestanden war, wollte einen von der Bande wegen Entwendung von Stöpseln und Trichtern belangen; die Burschen waren sauer und planten, sich an der Person des Katers schadlos zu halten. Limardo war das unvorhergesehene Hindernis. Er hat sie des halbbemalten Katzentiers beraubt und es auf den Hinterhof der Eisenwarenhandlung befördert, mit dem Risiko von Knochenbrüchen und Intervention des Tierschutzvereins. Señor Parodi, nicht um einen Wald voll Affen möchte ich dran denken, wie die den Kerl zugerichtet haben. Die lustigen Brüder setzen sich ganz offen zur Wehr: Sie haben ihn lang auf den Fliesen ausgestreckt, einer setzt sich ihm auf die Wampe, ein anderer tritt ihm ins Gesicht, ein dritter läßt ihn mit der Farbe gurgeln. Mit dem größten Vergnügen hätte ich eine ergänzende Kopfnuß beigetragen, aber ich schwöre Ihnen, ich hatte Angst, der Kerl könnte mich, trotz seiner Benommenheit durch die Senge, identifizieren. Außerdem muß man zugeben, daß die lustigen Brüder ziemlich eigen sind, und wer sagt mir, daß ich, wenn ich mich einmische, nicht selber welche beziehe. Da kommt Renovales dazu, und es begibt sich eine allgemeine Flucht. Zwei von den Angreifern gelingt es, die Vorküche zu gewinnen; ein anderer will meinem Beispiel folgen und sich im Hühnerstall außer Sichtweite bringen, aber die gewichtige Hand von Renovales legt sich beruhigend auf ihn. Angesichts dieser väterlichen Intervention war ich drauf und dran, in Beifall auszubrechen, hab aber dann doch nur in mich hinein gelacht. Der Kerl vom Lande sah wie ein Jammerbild aus, als er aufstand; aber er hat seine Entschädigung bekommen. Señor Zarlenga hat ihm mit eigener Hand ein mit Wasser und

Zucker verklopftes Ei gebracht und es ihn auf eins hinunterschlucken lassen mit den aufmunternden Worten: ›Seien Sie nicht zimperlich, schlucken Sie's wie ein Mann.‹

Ich bitte Sie inständigst, Señor Parodi, machen Sie sich aufgrund des Zwischenfalls mit dem Kater kein falsches Bild über das Leben im Hotel. Auch für uns scheint die Sonne, und es gibt Zusammenstöße, an die ich, auch wenn sie im Augenblick recht bitter waren, hinterher mit Philosophie zurückdenke, wobei ich über die Angst lache, die ich ausgestanden hab. Ohne weiter abzuschweifen, werd ich Ihnen die Geschichte von dem Rundschreiben mit blauem Stift erzählen. Es gibt ja eine Art Schnüffler, denen kein Stirnrunzeln entgeht und die einen mit all ihrer Vielwisserei und ihrem Humbug zum Gähnen bringen; aber wenn's um frische, pikante Histörchen geht, nehm ich's mit jedem auf. Eines Dienstags schneid ich mit der Schere ein paar Papierherzen aus, weil ein Vögelchen mir ins Ohr gezwitschert hat, daß Josefa Mamberto, was die Nichte vom Kurzwarengeschäft ist, mit Fainberg was angefangen hat – Vorwand, um ihm das Trikothemd von dem Bon wieder abzuluchsen. Damit alle, auch die Fliegen, im *Neuen Unparteiischen* das Vorgefallene erfahren, bring ich auf jedem Herzen eine geistvolle Inschrift an – natürlich mit verstellter Handschrift –, die so lautet: ›Bomben-Neuigkeit. Wer feiert tagtäglich Hochzeit mit der J. M.? Lösung: Ein Pensionär im Ruderleibchen.‹ Ich selber habe mich höchstpersönlich mit der Verteilung dieses Scherzes befaßt – nämlich so, daß ich, wenn niemand es sieht, ihn unter den Türen durchstecke, sogar in den Klos. Ich kann Ihnen sagen, an diesem Tag hatte ich weniger Lust zum Essen als der tote Hund zum Bellen, aber die Neugier, die mich piekt, den Erfolg des Scherzes zu sehen, und die Sorge, das Restgulasch nicht zu verpassen, hat mich vor der Zeit an den langen Tisch getrieben. Ich sitz im Unterhemd, stolzgeschwellt auf meinem Bankeckchen und klopf lärmend mit dem Löffel, um meine Pünktlichkeit geltend zu machen. Da erscheint der Koch, und ich tu so, als wär ich in die Lektüre eines der Herzen vertieft. Die Fixigkeit des Mannes hätten Sie sehen sollen. Bevor ich mich zu Boden fallen lassen kann, hebt er mich schon mit der Rechten hoch, und mit der Linken reibt er mir meine Herzen unter die Nase, wobei er sie ganz zerknittert. Verdammen Sie nicht diesen Mann in seinem Zorn, Señor Parodi, ich hatte schuld. Nachdem ich diesen Scherz verteilt habe, präsentiere ich mich da im Unterhemd – mehre damit das Übel.

Am 6. Mai, zu nicht bestimmter Stunde, taucht eine einheimische Brasil-Zigarre ein paar Zentimeter von Zarlengas Napoleon-Tintenfaß entfernt auf. Dieser, der seine Kunden einzuwickeln versteht, wollte einen seriösen Bettler von der Solidität des Etablissements überzeugen, einen Mann, der rechte Hand beim Verein Die erste Kältewelle ist und den das Asyl Unzué sich schon für einen der Feiertage zu sichern sucht. Damit der Bärtige sich bequemt, Pension zu nehmen, macht Zarlenga ihm das Rauchzeug zum Geschenk. Der in den Lumpen, der ein ganzer Kerl ist, schnappt es sich in der Luft und steckt es unverzüglich an, als ob er der Papst in Person wäre. Kaum hat der Herr Soloraucher den ersten geübten Zug getan, als die Stinkadores explodiert, wobei sie auf ganz neuartige Weise das schon dunkelhäutige Gesicht einfärbt, daß es von Ruß völlig schwarz wird. Er sah jämmerlich aus: Wir, die Bande der heimlichen Zuschauer, hielten uns den Bauch vor Lachen. Nach diesem Heiterkeitsausbruch ist der mit dem Bettelsack aus dem Hotel abgehauen und hat somit die Kasse um eine bedeutende Beisteuer beraubt. Zarlenga wird wütend vor Zorn und fragt, wer der Scherzbold ist, der die Knallzigarre hingelegt hat. Mein Wahlspruch heißt: Laß dich mit keinem Zornmütigen ein; als ich im Geschwindschritt meinem Stübchen zustrebe, renne ich fast frontal in unseren Kerl vom Lande hinein, der mit weit aufgerissenen Augen, wie ein Geisterseher, daherkommt. Wenn Sie mich fragen, so war unser Katzenfänger vor lauter Bammel auf der Flucht in verkehrter Richtung, denn er begab sich geradewegs in die Höhle des Löwen, *vulgo* das Büro des Wütenden. Er tritt ein ohne anzuklopfen, was immer höchst ungezogen ist, und sagt Zarlenga ins Gesicht: ›Die Knallzigarre habe ich hingelegt, weil ich verdammt noch mal Lust dazu hatte.‹ Die Hoffart ist Limardos Verderben, dachte ich in meinem Innern. Unbedingt mußte er Farbe bekennen; warum hat er nicht ruhig einen anderen für ihn die Zeche zahlen lassen? Ein echter Junge aus unserem Milieu verrät sich nie. Und nun sehen Sie nur, was sich Seltsames mit Zarlenga begab. Er zuckt die Achseln und spuckt aus, als wär er gar nicht bei sich zu Hause. Er regt sich plötzlich wieder ab und wird ganz besinnlich. Ich schätze ja, er hat nachgegeben, weil er fürchtet, daß, wenn er ihn nach Gebühr behandelt, mehr als einer von uns sich nicht gescheut haben würde, noch in dieser Nacht zu türmen, unter Ausnutzung des bleiernen Schlafes, der ihn nach körperlicher Betätigung überkommt. Limardo steht da wie bestellt und nicht abgeholt, und der Chef trägt einen moralischen Sieg davon, der uns alle vor Stolz schwellt. *Ipso facto* hab ich den Braten gerochen: Das war nicht der Spaß eines armen Kerls vom Lande.

Es tut mir weh, Ihnen eine Nachricht zu übermitteln, die Sie in allen Fasern schmerzen wird, Señor Parodi, aber am Tag nach dem Krawall wurde unser Friede durch eine Krise gestört, die selbst die größten Radaubrüder mit Besorgnis erfüllt. Gesagt ist so etwas leicht, aber man muß es erlebt haben: Zarlenga und die Musante haben sich gezankt! Ich habe mir das Hirn darüber zermartert, wie ein solcher Konflikt sich im *Neuen Unparteiischen* hat erheben können. Seit dem einen Mal, wo ein vollgefressener Händler sich vor der Abendsuppe, mit einer halben Schere bewaffnet und quiekend wie ein Ferkel, auf Tiger Bengolea gestürzt hat, ist jede Art von Zwistigkeit, jeder Wortwechsel in aller Form von der Direktorin verboten. Deshalb weigert sich auch niemand, dem Koch ein Händchen zu leihen, wenn er die Aufsässigen zur Räson bringt. Aber, wie uns schon die Radiowerbung gegen den Husten eingebleut hat, das Beispiel muß von oben kommen. Wenn die leitenden Sphären zu Weidegründen der Zersetzung werden, was bleibt da uns, der kompakten Masse der Pensionisten? Ich bringe zu Ihrer Kenntnis, daß ich bittere Stunden durchlebt habe, tief zu Boden gebeugt, ohne moralischen Kompaß. Alles kann man von mir sagen, aber nicht, daß ich in der Stunde der Prüfung ein Defätist gewesen wäre. Was nützt es, Panik zu säen? Ich trug gleichsam ein Schloß vor dem Mund. Alle fünf Minuten bin ich unter ausgesuchten Vorwänden den Gang entlang paradiert, der zum Büro führt, wo Zarlenga und die Musante immer mehr in Wut geraten, aber ohne offene Beschimpfung. Dann bin ich zum Gelaß der Brüder zu 0,60 zurückgekehrt und habe mit überlegener Miene wiederholt: ›Neuigkeit! Große Neuigkeit!‹ Diese Dunkelmänner, ganz vertieft in ihre Jass zu vieren, haben mich überhaupt nicht beachtet. Aber – der hartnäckige Hund kriegt doch noch seinen Knochen: Limardo, der gerade dabei war, mit den Nägeln den Kamm vom Wildhalm zu reinigen, hat mich schließlich doch hören müssen. Ohne mich ausreden zu lassen, ist er aufgesprungen, als wäre es Zeit, Essen zu fassen, und in der Richtung zum Büro verschwunden. Ich bekreuzige mich und folge ihm wie ein Schatten. Plötzlich dreht er sich um und sagt mit einer Stimme, die mich gleich gefügig macht: ›Mach dich endlich mal nützlich und bring sofort sämtliche Pensionisten hierher.‹ Das hab ich mir nicht zweimal sagen lassen und bin darangegangen, die Mistbande zusammenzuholen. Alle kamen wir, wie ein Mann, bis auf Großprofil, der im ersten Hof ausgebüxt ist, und hinterher stellten wir fest, daß die Drahtkette im Klo fehlte. Diese lebende Kolonne war eine Musterkarte sozialer Schichtung: Der Misanthrop ging Schulter an Schulter mit dem Spaßmacher, der zu 0,95 mit dem zu 0,60, der Lebemann mit Wildhalm, der Bettler mit dem Schnorrer, der leichte Taschendieb ohne Bedeutung mit dem schweren Jungen, dem Einbrecher. Der alte Geist des Hotels lebte für eine Stunde in freier Entfaltung wieder auf. Es war ein Bild, das eher einem Fries glich: das Volk hinter seinem Hirten; in aller Konfusioniertheit fühlte jeder, daß Limardo unser Chef war. Er schritt vorwärts, und als er beim Büro angelangt war, öffnete er ohne anzuklopfen die Tür. Ich flüsterte mir ins Ohr: Savastano, ins Körbchen! Die Stimme der Vernunft rief als Prediger in der Wüste; ich sah mich umgeben von einer Mauer von Fanatikern, die mir den Rückzug abschnitten.

Meine Augen, beschlagen durch die nervöse Spannung, hielten eine Szene fest, wie kein Maler sie bieten kann. Den Zarlenga verdeckt mir zur Hälfte der Napoleon, aber dies wohlgepolsterte Weibsbild von Juana Musante, das verschlinge ich nach Gefallen mit den Sehwerkzeugen; sie trägt den roten Morgenrock und die Pantoffeln mit den Rosetten, und ich muß mich an einen von denen zu 0,95 anlehnen. Limardo, geladen mit Drohungen wie eine Wolke, nimmt die Mitte des Szenariums ein. Die einen mehr, die anderen weniger, aber keiner, der nicht in diesem Augenblick begriffen hätte, daß der *Neue Unparteiische* einen neuen Patron bekommen würde. Es lief uns schon ein eisiger Schauer über den Rücken beim Klatschen der Backpfeifen, die Limardo Zarlenga verpassen würde.

Statt dessen hat er das Wort ergriffen, das immer unwirksam ist vor dem Geheimnis. Er hat mit seiner ganzen Zungenfertigkeit geredet und Dinge gesagt, die mir noch heute im Kopf gären. Bei solchen Gelegenheiten pflegt der Redner gemeinhin ein Lobhudler zu sein, aber Limardo ist, ohne viel Fisimatenten, stracks zum Kern der Sache gekommen und hat ihnen die Leviten nach unserer Art gelesen, über das Thema: Mißhelligkeit der Zwietracht. Er sagt, die Ehe sei eine so gemeinsame Angelegenheit, daß man sich wohl hüten müßte, sie zu trennen, und die Musante und Zarlenga müßten sich vor aller Augen einen Kuß geben, damit die Kundschaft weiß, daß sie sich lieben.

Da hätten Sie Zarlenga sehen müssen! Angesichts so heilsamen Ratschlages wurde er ganz windelweich und wußte nicht, was für ein Benehmen er sich zulegen sollte. Aber die Musante, die den Hirnkasten am rechten Fleck hat, ist nicht das geeignete Subjekt, solch blumiges Gewäsch zu schlucken. Sie ging hoch, als hätte man ihr den Wurstzipfel streitig gemacht. Dieses Weibsstück in seiner Großartigkeit und Wut sehen, war für mich übergenug, daß, wenn mich ein Medizinmann in die Finger kriegt, er mich per Rohrpost ins Irrenhaus schickt. Die Musante nimmt kein Blatt vor den Mund: Sie sagt unserem Kerl vom Lande, er soll sich um seine eigene Nase kümmern, falls er eine hat, und wenn er seinen Rüssel noch mal wieder sehen läßt, würde man ihn ihm absäbeln wie einem Schwein. Zarlenga, um die Debatte zu schließen, hat zugegeben, daß Señor Renovales (in diesem Augenblick abwesend von wegen Quilmes' Bockbier im Café *La Perla*) im Recht gewesen war, als er Tadeo Limardo hinauswerfen wollte. Er hat ihm befohlen, er soll verschwinden wie aus der Pistole geschossen, ohne in Betracht zu ziehen, daß es schon nach acht Uhr war. Der arme Träumer von Limardo mußte in aller Eile Handkoffer und Paket packen, aber die Hände zitterten ihm ganz und gar, und Simón Fainberg trug sich an, ihm Beistand zu leisten, und bei der guten Gelegenheit, im Trüben zu fischen, hat unser Kerl vom Lande ein Taschenmesser und ein Flanell-Kamisett eingebüßt. Die Augen füllten sich ihm mit Tränen, als er zum letzten Mal das Etablissement betrachtete, das ihm Asyl gegeben hatte. Er sagte uns Lebewohl mit einer Bewegung des Kopfes, ist in die Nacht getaucht und hat sich verloren, Richtung ins Unbekannte.

Mit dem ersten Hahnenschrei des nächsten Tages weckt mich Limardo, Überbringer eines Mate mit Milch, den ich mir nichts dir nichts hinuntergieße, ohne Rechenschaft zu verlangen, wie er ins Hotel zurückgekommen ist. Dieser Mate eines Ausgestoßenen brennt mir noch auf den Lippen. Sie werden mir sagen, Limardo habe sich als Anarchist erwiesen, als er auf solche Weise dem Befehl seines Hotelwirts zuwidergehandelt hat; aber man muß auch in Betracht ziehen, was es bedeutet, einer Wohnstätte zu entsagen, die die Besitzer schon so viel Kopfzerbrechen gekostet hat und die schon zur zweiten Natur geworden ist.

Wegen meiner begeisterten Teilnahme an dem Krawall ging mir der Hintern mit Grundeis; so hab ich es vorgezogen, mich auf mein Kämmerchen zu beschränken und mich krank zu melden. Als ich mich nach einigen wenigen Tagen auf den Gang hinauswage, sagt mir einer der lustigen Brüder, Zarlenga hätte die Evakuierung Limardos bis zur Haustür durchzuführen versucht, der aber hätte sich auf den Boden geworfen, sich schlagen und treten lassen und ihn so mittels passiver Renitenz bezwungen. Fainberg wollte mir diese Kunde nicht bestätigen, weil er ein Egoist ist, der alles für sich behält, und mich nicht einmal über den allerwichtigsten Klatsch auf dem laufenden halten. Dafür hab ich nur ein Lächeln – wozu habe ich meine phantastischen Beziehungen zu denen von 0,95, die ich diesmal aber nicht in Anspruch nahm, weil ich sie schon im Monat vorher ausgequetscht hatte. Aufgrund meiner persönlichen Erfahrung weiß ich, daß sie für Limardo mittels eines Gitterbetts und einer Seifenkiste den Verschlag für Besen und anderes Putzzeug hergerichtet haben, der unter der Treppe liegt. Der Vorteil war, daß er da alles hören konnte, was sie im Zimmer von Zarlenga machten, von dem er nur durch eine Zwischenwand aus Holz getrennt ist, ein elendes Ding. Der Geschädigte war schließlich ich, denn die Besen wurden, nach Bestandsaufnahme und Numerierung, in mein Kämmerchen überführt, wobei Fainberg seine macchiavellistische Suada spielen ließ, damit sie auf meiner Seite untergebracht wurden.

Schrullen der menschlichen Natur: In Sachen Besen entpuppt Fainberg sich als fanatischer Gewohnheitsmensch; in Sachen Einigkeit des Hotels bekniet er die lustigen Brüder und Limardo bis zu völliger Konfusion, doch Frieden zu machen. Da der Krach wegen des rotbemalten Katers schon der Vergessenheit anheimgefallen ist, muß Fainberg das Gedächtnis der streitenden Parteien auffrischen, indem er sie mit ätzendem Mißbrauch von Sticheleien und Spottreden aufhetzt. Als nur mehr festzustellen blieb, ob sie sich die Stiefel an den Kopf werfen oder das Schuhwerk anbehalten und sich mit Fußtritten traktieren würden, ist es Fainberg gelungen, sie mit dem Thema vom Wein als Allheilmittel abzulenken, wobei man aus seinem Herzen keine Mördergrube machen und zugeben muß, daß er es leicht hat, weil ihm ein paar Tage vorher der Dr. Pertiné einen Prospekt zugesteckt hatte, damit er ganze und halbe Flaschen *Apache* vertreiben solle (›großer Gesundheitswein, geprüft und empfohlen von Dr. Pertiné‹). Ich hab schon immer gesagt, daß es nichts gibt wie den Alkohol, um die Gemüter zu versöhnen, wenn auch bei übermäßigem Genuß die Leitung des *Neuen Unparteiischen* einschreiten muß. Tatsache ist, daß Fainberg mit seiner Geschichte, daß die einen zu dritt seien und der andere bewaffnet, ihnen klarzumachen verstand, daß Einigkeit Stärke ist und daß er ihnen den nötigen Stoff, wenn sie anstoßen wollten, zu lächerlichem Preis verschaffen würde. Der Gelegenheitsgeschäftemacher, der in uns allen steckt, hat ihnen einen Streich gespielt: Sie haben zwölf Flaschen bezahlt, und im Handumdrehen hatten sie alle einen Mordsaffen. Die lustigen Brüder, die Egoisten vom reinsten Wasser sind, haben keine Notiz davon genommen, daß ich mit einem Gläschen in der Hand um sie herumgestrichen bin, bis unser Kerl vom Lande eingeschritten ist und spaßend gesagt hat, sie sollten mich nicht geringschätzen, er wär ja auch nur ein Hund. Ich benutze das allgemeine spontane Gelächter, um ohne Scheu einen Schluck zu tun, der freilich mehr ein Gurgeln wird, weil man Zeit braucht, um sich an das Weinchen zu gewöhnen, das aber nachher, das kann ich Ihnen versprechen, der reinste Sirup ist, und der Konsument leckt sich die Lippen, als hätte er einen Topf Honigseim zu kosten bekommen. Fainberg, mit seiner Liebe für die Pfandleihe, interessiert sich auch für Feuerwaffen und erklärt, wenn man Limardo für das Schießeisen, das er im Gürtel trägt, einen Halsabschneiderpreis habe bezahlen lassen, so kann er ihm ein genau gleiches zum Ausverkaufspreis verschaffen. Hat die Unterhaltung schon bis jetzt unzweifelhafte Merkmale der Animiertheit gezeigt, so können Sie sich vorstellen, welche Konturen sie erreichte, als Großprofil dieses Ammenmärchen auftischt. Es gab so vielerlei verschiedene Meinungen, daß keine freundschaftliche Einigkeit zustande kam. Nach Meinung von Wildhalm bedeutet der Erwerb neuer Waffen, sich mutwillig ins Strafregister zu bringen; einer der lustigen Brüder hat sich als rabiater Parteigänger der Schweizer Schützengilde gegen die Schützengilde Buenos Aires entpuppt; ich selber habe mich ins Gespräch mit dem Witzwort gemischt, es wäre der Teufel, der die Waffen lädt; Limardo, der vom Trinken nicht mehr alles beieinander hatte, hat erklärt, er wäre mit dem Revolver gekommen, weil er einen Mann umbringen will; Fainberg erzählt die Geschichte von einem russischen Juden, der ihm keinen Revolver abkaufen wollte und den sie am selben Abend mit einem aus Schokolade erschreckt hatten.

Am nächsten Tag – um doch nicht unbeteiligt zu erscheinen – habe ich mich mit Vorsicht den wichtigen Persönlichkeiten des Hotels genähert, die sich in der Kühle des ersten Hofes zusammenzufinden pflegten, um ein paar Mates zu sich zu nehmen und den Schlachtplan festzulegen. Da war die ganze Dreieinigkeit versammelt: Zarlenga, die Musante und Renovales. Der Umstand, daß sie sich nicht muckSten, hat mich halbwegs ermutigt. Ich habe mich mit aller Natürlichkeit genähert, und damit sie mich nicht umgehend rausschmeißen, hab ich ihnen eine Bombenneuigkeit versprochen. Ich erzähl ihnen, als wär ich die Tapferkeit in Person, den ganzen Klamauk von der Versöhnung, ohne Limardos Revolver und den Gesundheitswein von Fainberg unter den Tisch fallenzulassen. Sie hätten die Gesichter sehen sollen – als hätten sie in saure Zitronen gebissen. Ich habe, für den Fall eines Falles, auf der Hinterhand kehrtgemacht; irgendein Schwätzer hätte ja behaupten können, ich liefe mit Klatschereien zur Direktion – ein Defekt, der meinem Charakter nicht eigen ist.

Ich habe einen wohlgeordneten Rückzug angetreten, das Auge immer grad auf jede Bewegung des Trios gerichtet. Es vergeht nicht viel Zeit, bevor Zarlenga festen Schrittes zu dem Gelaß für Besen und Putzzeug geht, wo unser Kerl vom Lande nächtigt. Mit einem Satz, der eines Affen würdig gewesen wäre, hab ich mich auf der Treppe installiert und mein

Ohr an die Stufen gepreßt, um keine Silbe von dem, was sie da unten reden, zu verlieren. Zarlenga verlangt von dem Kerl die Herausgabe des Revolvers. Der verweigert sie ihm rundweg. Zarlenga antwortet ihm mit einer Drohung, die ich lieber nicht wiederholen will, um Sie, Señor Parodi, nicht zutiefst zu betrüben. Mit einer Art von ruhigem Hochmut sagt Limardo, daß Drohungen ihn nicht berühren, da er unverwundbar ist, als ob er eine kugelsichere Weste trägt – und daß zehn Zarlengas zusammen ihm keine Furcht einjagen können. *Inter nos*, die Weste, falls er sie hatte, hat ihm wenig genützt, denn bevor eine Woche herum war, ist er als Leichnam in meinem Kämmerchen aufgetaucht.«

»Und wie ist die Diskussion ausgegangen?« fragte Parodi.

»Wie alles ausgeht. Zarlenga wollte seine Zeit nicht mit einem armen Irren verlieren. Er ging, wie er gekommen war, höchst belämmert.

Jetzt kommen wir zu dem unheilvollen Sonntag. Es schmerzt mich, bekennen zu müssen, daß das Hotel an diesem Tag tot ist, jeder Anregung ermangelt. Da ich mich schrecklich gelangweilt habe, bin ich auf die Idee gekommen, Fainberg seiner schwarzen Ignoranz zu entreißen und ihm *truco* beizubringen, damit er nicht in allen Eckcafés eine traurige Figur abgibt. Señor Parodi, ich bin der geborene Lehrer; der Beweis ist, daß der Schüler mir *ipso facto* zwei Pesos abgenommen hat, von denen er mir 1,40 in klingender Münze abgeknöpft und, um die Rechnung glattzumachen, mich aufgefordert hat, ihn zur Nachmittagsvorstellung ins Teatro Excelsior einzuladen. Es ist schon was dran, wenn sie sagen, daß Rosita Rosenberg das Zepter der Heiterkeit schwingt. Die im Parkett haben sich amüsiert, als würden sie gekitzelt, obwohl ich nicht ein Wort mitkrieg, sie reden nämlich in einer Sprache, die sie dort im Jiddischen Theater haben, damit auch nicht der Allerjüdischste sie ohne weiteres kapiert, und ich brannte schon darauf, ins Hotel zu kommen, wo Fainberg mir die Witze erzählen soll. Recht nach Witzen war uns zumute, als ich mich heil und gesund in mein Kämmerchen verfügte. Da hätten Sie die Katastrophe mit meinem Bett sehen sollen: Schon die Decke und die Laken waren eine einzige Schweinerei – das Kissen nicht viel besser, kann man wohl sagen; das Blut hatte sogar den Bettsack durchtränkt, und ich hab mich gefragt, wo ich diese Nacht schlafen soll, weil der verstorbene Tadeo Limardo in dem Bett liegt, ausgestreckt, toter als eine Salami.

Mein erster Gedanke gilt, natürlicherweise, dem Hotel. Wenn nur nicht irgendein feindlich Gesinnter auf den Gedanken kommt, ich hätte Limardo erledigt und die ganze Bettwäsche beschmutzt. Ich ahne sofort, daß Zarlenga dieser Leichnam ganz und gar nicht behagen wird; und so war es auch, denn die Polypen haben ihn bis nach 23 Uhr verhört – eine Stunde, wo man im *Unparteiischen* schon kein Licht mehr brennen darf. Während ich diese Überlegungen zu Ende denke, höre ich nicht auf, wie ein Besessener zu brüllen, denn ich bin wie Napoleon und tue mehrere Dinge zu gleicher Zeit. Ich übertreibe nicht: Das ganze Etablissement ist auf mein Hilfegeschrei zusammengelaufen, nicht zu vergessen den Küchenjungen, der mir mit einem Lappen den Mund gestopft und um ein Haar eine zweite Leiche fabriziert hat. Es erschienen Fainberg, die Musante, die lustigen Brüder, Wildhalm und als letzter Señor Renovales. Den nächsten Tag haben wir alle im Kittchen verbracht. Ich war ganz in meinem Element, hab einen Schock von Fragestellern befriedigt und ihnen alle Arten von lebenden Bildern entworfen, so daß sie völlig baff waren. Dabei hab ich die unterirdische Geheimarbeit nicht vernachlässigt und konnte ausfindig machen, daß Limardo so um fünf nachmittags herum mit seinem eigenen Hornmesser umgebracht worden war.

Sehen Sie, ich finde, diejenigen, die der Meinung sind, dies unerklärliche Ereignis wäre ein Mysterium, sind völlig auf dem Holzweg; denn es wäre eine weit verwickeltere Lage gewesen, wenn das Verbrechen zur Nacht geschehen wäre, wo das Hotel sich mit unbekannten Gesichtern füllt, die ich gar nicht als Pensionisten bezeichne, denn die zahlen ihr Bett, und weg sind sie.

Mit Ausnahme von Fainberg und meiner Wenigkeit waren alle im Hotel, als die Bluttat geschah. Später stellte sich heraus, daß auch Zarlenga bei dem Treffen nicht anwesend gewesen war, wegen eines Hahnenkampfes in Saavedra, an dem er teilgenommen hatte, um einen großen gelben Hahn kämpfen zu lassen, der dem Padre Argañaraz gehört.«

II

Acht Tage später stürzte Tulio Savastano aufgeregt und glücklich in die Zelle. Er vermochte kaum zu stammeln:

»Ich habe Ihnen das Geschäftchen erledigt, Señor! Hier kommt mein Chef.«

Ihm folgt ein etwas asthmatischer Herr, glatt rasiert, mit angegrautem Haarschopf und blauen Augen. Seine Kleidung war gepflegt und dunkel; er trug einen Vicuña-Schal, und Parodi bemerkte, daß seine Fingernägel poliert waren. Natürlich nahmen die beiden Respektspersonen die beiden Hocker ein. Savastano, berauscht von Unterwürfigkeit, rannte in der winzigen Zelle immer wieder hin und her.

»Der Nr. 42, dieses Herrchen da, hat mir Ihre Botschaft überbracht«, sagte der ergraute Herr. »Schauen Sie, wenn's nur ist, um mir von dem Fall Limardo zu sprechen – damit habe ich nichts zu schaffen. Dieser Todesfall hängt mir schon zum Hals raus, und im Hotel haben wir ein Gequassel, das nicht von schlechten Eltern ist. Wenn Sie etwas wissen, Señor, setzen Sie sich doch besser mit diesem Bürschchen Pagola ins Benehmen, das mit der Untersuchung betraut ist. Seien Sie versichert, daß er Ihnen dankbar sein wird, denn sie laufen verlorener herum als ein Neger im Dickicht.«

»Für wen halten Sie mich, Don Zarlenga? Mit dieser Mafia lasse ich mich nicht ein. Ich hab allerdings ein par Mutmaßungen – wenn Sie mir die Ehre antun, sich die anzuhören, wird's Ihnen vielleicht nicht leid tun.

Wenn's Ihnen recht ist, fangen wir mit Limardo an. Dieser junge Mann hier, ein großes Licht, hält ihn für einen Spion, den der Gatte von Señora Juana Musante geschickt hätte. Ich respektiere diese Meinung, aber ich frage mich: Wozu die Geschichte mit einem Spion noch mehr verwickeln?* Limardo selbst war der Postbeamte aus Banderaló; geradeaus gesagt, der Mann der Señora. Sie werden mir nicht bestreiten, daß es so ist. Schauen Sie, ich will Ihnen die ganze Geschichte erzählen, so wie ich sie mir vorstelle. Sie haben Limardo die Frau weggenommen und ihn mit seinem Kummer allein in Banderaló gelassen. Nach drei Jahren Verlassenseins hat der Mann es nicht mehr ertragen und beschlossen, in die Hauptstadt zu kommen. Wer weiß, was für eine Reise er hinter sich hatte; Tatsache ist, daß er völlig erledigt gerade zum Karneval angekommen ist. Gesundheit und Geld hat er aufs Spiel gesetzt auf einer Pilgerfahrt der Leiden, und überdies blühen ihm noch zehn Tage des Eingesperrtseins, bevor er die Frau zu sehen kriegt, wegen der er sich von so weit hergeschleppt hat. Diese Tage, jeder zu 0,95, haben sein Kapital restlos aufgebraucht.

Sie haben, teils um sich aufzuspielen, teils aus Mitleid, das Gerede umgehen lassen, Limardo wär ein ganzer Mann. Sie sind sogar übers Ziel hinausgeschossen und haben aus ihm einen Totschläger gemacht. Dann, als Sie ihn in Ihrem eigenen Hotel auftauchen sehen, ohne daß er einen Peso aufzuweisen hatte, nehmen Sie jede Gelegenheit wahr, ihn zu begünstigen, was eine neue Demütigung für ihn bedeutet. Hier fängt der Kontrapunkt an: Sie, immer bemüht, ihn zu erniedrigen – der andere, sich selbst zu erniedrigen. Sie haben ihn in den Bezirk für die zu 0,60 verwiesen und ihm außerdem die Buchführung aufgebürdet; nichts war Limardo genug, und schon nach wenigen Tagen war er dabei, die Ablaufrinnen zu dichten und sogar Ihre Hosen zu reinigen. Als die

* *Entia non sunt multiplicanda praeter necessitatem.* (Von Dr. Wilhelm Ockham zur Verfügung gestellte Anmerkung.)

Señora ihn das erste Mal zu Gesicht bekommen hat, war sie wütend und hat ihm gesagt, er soll gehen.

Auch Renovales hat die Ausweisung befürwortet; er war verärgert darüber, wie der Mann sich benommen hat und von Ihnen behandelt wurde. Limardo ist im Hotel geblieben und hat neue Demütigungen gesucht. Eines Tages haben ein paar Arbeitslose einen Kater angestrichen; Limardo mischt sich ein, weniger aus feinem Gefühl, als weil er Züchtigung sucht. Die andern züchtigen ihn, und dazu geben Sie ihm ein verklopftes Ei zu schlucken und mehr als eine Beschimpfung. Dann ist das mit der Zigarre passiert. Dieser Scherz von Fainberg hat Ihr Hotel einen seriösen Bettler gekostet. Limardo hat sich für den Schuldigen ausgegeben, aber diesmal bestrafen Sie ihn nicht, weil Sie zu argwöhnen beginnen, daß er mit diesen Erniedrigungen ein schlimmes Ziel verfolgt. Aber bis jetzt hat es sich immer nur um Schläge oder Beleidigungen gehandelt; Limardo sucht eine schlimmere Erniedrigung; als Sie sich mit der Señora gestritten hatten, hat der Mann Publikum herbeigeholt und Sie gebeten, sie sollten sich wieder vertragen und vor allen Leuten küssen. Stellen Sie sich einmal vor, was das bedeutet: Der Gatte sucht Zuschauer, um die Frau und den Liebhaber zu bitten, sich wieder gut zu sein. Sie haben ihn hinausgeworfen. Am nächsten Morgen war er wieder da und hat dem letzten Trottel des Hotels seinen Mate serviert. Dann kam das mit dem passiven Widerstand, was nur ein anderer Name dafür ist, sich mit Füßen treten zu lassen. Um ihn müde zu machen, haben Sie ihm den Beobachtungsposten neben Ihrem Zimmer angewiesen, wo er nach Belieben die Zärtlichkeiten von Ihnen beiden anhören konnte.

Dann hat er sich vom Russen mit den lustigen Brüdern versöhnen lassen. Auch das nahm er auf sich, weil es zu seinem Plan gehörte, sich von der ganzen Welt erniedrigen zu lassen. Er hat sich ja sogar selbst beschimpft: er hat sich auf gleiche Stufe mit dem hier anwesenden Caballero gestellt – er hat sich selbst einen Hund genannt. An dem Abend hat der Alkohol ihn zum Reden gebracht, und er sagt, er hätte den Revolver mitgebracht, um einen Mann zu töten. Ein Schwätzer ist mit der Geschichte zur Hoteldirektion gelaufen; wieder wollten Sie ihn rausschmeißen, aber diesmal hat Limardo Ihnen Widerstand geleistet und Sie wissen lassen, er wäre unverwundbar. Sie haben nicht recht kapiert, was man Ihnen da sagte. Aber Ihnen ist der Schreck in die Glieder gefahren. Jetzt kommen wir zum heiklen Punkt.«

Der junge Savastano ging in die Hocke, um besser zu hören. Parodi blickte ihn zerstreut an und bat ihn, er möge die Güte haben, sich zurückzuziehen, da es vielleicht nicht ratsam sei, daß er das weitere mit anhöre. Völlig verdutzt fand Savastano kaum die Tür. Ohne Eile fuhr Parodi fort:

»Tage vorher hatte der junge Mann, der uns jetzt mit seiner Abwesenheit beehrt, ich weiß nicht welchen Handel zwischen dem Russen Fainberg und einer Señorita Josefa Mamberto vom Kurzwarengeschäft entdeckt. Diese Albernheit hat er auf ein paar Herzchen geschrieben und anstelle von Namen nur Initialen gesetzt. Ihre Gattin, die das zu sehen kriegt, glaubt, J. M. soll Juana Musante heißen; sie hat den Koch, den Sie da haben, veranlaßt, den armen Blödian zu züchtigen, und außerdem war sie weiter sauer auf ihn. Auch sie hat angefangen, hinter Limardos Demütigungen eine bestimmte Absicht zu vermuten. Als sie hört, daß Limardo mit dem Revolver gekommen ist, ›um einen Mann zu töten‹, weiß sie, daß sie nicht bedroht ist, und hat natürlich für Sie gefürchtet. Sie weiß, daß Limardo feige ist; sie meint, er sammelt Beschimpfungen, um sich in eine unmögliche Situation zu bringen und sich gezwungen zu sehen zu töten. Sie hat ganz richtig gesehen, die Señora: Der Mann war entschlossen zu töten; aber nicht Sie – einen anderen.

Der Sonntag war ein toter Tag im Hotel, wie Ihr Begleiter da gesagt hat. Sie waren ausgegangen – waren in Saavedra, um einen Hahn des Pfarrers Argañaraz kämpfen zu lassen. Limardo kommt in Ihr Zimmer, den Revolver in der Hand. Señora Musante, die ihn auftauchen sieht, glaubt, er wäre hereingekommen, um Sie umzubringen. Sie verachtet ihn so sehr, daß sie sich nicht gescheut hat, ihm ein Taschenmesser mit Horngriff wegzunehmen, als man ihn hinausgeworfen hat. Jetzt macht sie Gebrauch von diesem Messer, um ihn zu töten. Limardo, der einen Revolver in der Hand hat, wehrt sich nicht. Die Juana Musante legt die Leiche in das Bett von Savastano, um sich für die Geschichte mit den Herzen zu rächen. Wie Sie sich erinnern werden, waren Savastano und Fainberg im Theater.

Limardo hat endlich sein Ziel erreicht. Es stimmt, daß er den Revolver mitgebracht hat, um einen Mann zu töten; aber dieser Mann war er. Er war von weit her gekommen; Monate und Monate hatte er sich Entehrungen und Schmach erbettelt, um sich selber Mut zum Selbstmord zu machen – es war nämlich der Tod, den er ersehnte. Ich denke auch, daß er vor dem Sterben die Frau noch einmal sehen wollte.«

Pujato, 2. September 1942

Die langwierige Suche des Tai An

Ernest Bramah zum Gedächtnis

I

›Das fehlte grade noch! Ein Japaner mit Brille‹, dachte Parodi, fast hörbar.

Ohne Strohhut und Schirm zu verlieren, küßte Doktor Shu T'ung, an den *modus vivendi* der großen Botschaften gewöhnt, dem Häftling der Zelle 273 die Hand.

»Werden Sie erlauben, daß ein fremder Körper diesen vortrefflichen Schemel mißbraucht?« forschte er in perfektem Spanisch und mit der Stimme eines Vogels. »Der Vierfüßler ist aus Holz und wird keine Klage erheben. Mein tadelnswerter Name ist Shu T'ung, und ich übe, zu einmütigem Hohn, das Amt des Kulturattachés der chinesischen Botschaft aus, dieser übelbeleumundeten und gesundheitsschädlichen Höhle. Ich habe mit meiner asymmetrischen Erzählung bereits die beiden feinhörigen Ohren des Doktor Montenegro verstöpselt. Dieser Phönix der kriminalistischen Fahndung ist unfehlbar wie die Schildkröte, aber er ist auch majestätisch und langsam wie eine unter unfruchtbarem Wüstensand wunderbar begrabene Sternwarte. Mit gutem Recht heißt es, um ein Reiskorn festzuhalten, sei es nicht zuviel, mit neun Fingern an jeder Hand begabt zu sein. Ich, der ich nach stillschweigender übereinstimmender Meinung von Haarkünstlern und Hutmachern nur über einen Kopf verfüge, trachte danach, mich mit zwei Köpfen von anerkannter Klugheit zu krönen: dem bedeutenden des Doktor Montenegro – und dem Ihren, der die Sinnesschärfe eines Delphins besitzt. Selbst der Gelbe Kaiser mit all seinen Sälen und Bibliotheken mußte bekennen, daß ein Tümmler, seines Ozeans beraubt, schwerlich zu vorgerückten Jahren und zur Verehrung durch seine Enkel gelangen wird. Ich, weit davon entfernt, ein alter Tümmler zu sein, bin kaum erst ein junger Mann. Was kann ich tun, jetzt, da der Abgrund sich auftut wie eine saftige Auster, mich zu verschlingen? Außerdem handelt es sich nicht allein um meine verderbliche und ungefüge Person; die wunderbare Madame Hsin nimmt Nacht für Nacht Veronal im Übermaß wegen der nimmermüden Wachsamkeit der Säulen des Gesetzes, die sie zur Verzweiflung bringen, die sie belästigen. Die Sbirren scheinen nicht in Betracht zu ziehen, daß ihr Beschützer umgebracht wurde, unter durchaus nicht beruhigenden Umständen, die sie jetzt als Waise und schutzlos zurücklassen, an der Spitze des Vergnügungssalons *Zum Verblüfften Drachen*, der seinen gebührlichen Platz Ecke Leandro Alem und Tucumán einnimmt. Aufopfernde und vielseitige Madame Hsin! Während das rechte Auge das Abscheiden des Freundes beweint, muß das linke zur Aufmunterung der Matrosen lachen.

Wehe über Ihr Trommelfell! Erwarten, daß Beredsamkeit und Sachkenntnis aus meinem Munde sprechen, ist dasselbe wie erwarten, daß der Wurm mit der Mäßigung des Dromedars rede oder auch nur mit der Mannigfaltigkeit eines Grillenkäfigs, der aus Pappe gearbeitet und geschmückt ist mit den zwölf Siegeln der Vernunft. Ich bin nicht der wunderbare Meng Tseu, der, um der Schule der Astrologie das Erscheinen des neuen Mondes kundzutun, neunundzwanzig Jahre hintereinander sprach, bis ihn seine Söhne ablösten. Zwecklos, es abzustreiten: Nur wenig Zeit ist für die Gegenwart geblieben; weder bin ich Meng Tseu, noch übertreffen Ihre vielzähligen, hochberühmten Gehörorgane tatsächlich die Zahl der emsigen Ameisen, die die Welt aushöhlen. Ich bin kein Redner; meine Ansprache wird kurz sein, als ob ein Zwerg sie hielte; ich besitze kein fünfsaitiges Instrument: meine Rede wird fehlerhaft sein und eintönig.

Sie werden mich den auserlesensten Marterwerkzeugen unterwerfen, die dieser vielseitige Palast unter seinen Schätzen verwahrt, wenn ich vor Ihrem gesegneten Gedächtnis nochmals die einzelnen Umstände und die Geheimnisse des Kultes der ›Zauberin des schrecklichen Erwachens‹ ausbreite. Es handelt sich, wie Sie schon auszusprechen im Begriffe stehen, um eine magische Sekte des Taoismus, die ihre Anhänger in der Zunft der Bettler und der Dolmetscher wirbt und die nur ein Sinologe wie Sie, ein Europäer unter unverständigen Barbaren, wie seinen eigenen Rücken kennt.

Vor neunzehn Jahren begab sich das verabscheuungswürdige Ereignis, das die Grundfesten der Welt ins Wanken brachte und von dem ein Echo zu Ohren dieser bestürzten Stadt gelangt ist. Meine Zunge, schwer wie ein Ziegelstein, hat den Raum des Talismans der Göttin zu erwähnen gewagt. In der Mitte von Yunnan gibt es einen verborgenen See; in der Mitte des Sees eine Insel; in der Mitte der Insel ein Heiligtum; in dem Heiligtum erstrahlt das Standbild der Göttin; in der Strahlenkrone des Standbilds der Talisman. In einem rechteckigen Raum dieses Juwel zu beschreiben, wäre eine Torheit. Nur daran will ich erinnern, daß es aus Jade ist, daß es keinen Schatten wirft, daß seine genaue Größe die einer Nuß ist und daß seine hauptsächlichen Attribute Weisheit und Zauberkraft sind. Einige von den Missionaren irregeführte Geister behaupten, diese Axiome leugnen zu können, aber wenn ein Sterblicher sich des Talismans bemächtigte und ihn zwanzig Jahre lang außerhalb des Tempels verborgen hielte, so wäre er der geheime König der Welt. Freilich ist diese Vorstellung müßig: Seit dem ersten Morgengrauen der Zeiten bis zur letzten Dämmerung wird das Juwel einen Platz im Tempel innehaben, wenn auch in der flüchtigen Gegenwart ein Dieb es verborgen hält, schon seit achtzehn Jahren.

Der Oberste der Priesterschaft übertrug dem Magier Tai An die Wiederbeschaffung des Kleinods. Bekanntlich suchte dieser eine günstige Konstellation der Planeten, führte die vorgeschriebenen Zeremonien aus und legte das Ohr an die Erde. Ganz klar hörte er die Schritte sämtlicher Menschen der Welt und erkannte sofort die des Diebes. Diese fernen Schritte durchwanderten eine entlegene Stadt: eine Stadt aus

Lehm und mit Paraíso-Bäumen, eine Stadt, die der hölzernen Kopfpolster und der Porzellantürme ermangelte, eingeschlossen von Weidewüsten und Dunkelwasserwüsten. Die Stadt verbarg sich im Okzident, jenseits vieler Sonnenuntergänge; um sie zu erreichen, scheute Tai An nicht die Fährnisse eines dampfgetriebenen Schiffes. In Samerang ging er an Land, mit einer Herde narkotisierter Schweine; maskiert als blinder Passagiere war er dreiundzwanzig Tage im Bauch eines dänischen Schiffes begraben, ohne andere Speise und Trank als eine nie endende Folge von kugelförmigen Käsen; in Kapstadt reihte er sich in die ehrenwerte Zunft der Straßenkehrer ein und verweigerte nicht seinen bescheidenen Beitrag zum Streik der Woche des Stunks; ein Jahr später balgte sich die unwissende Menge auf Straßen und Straßenkreuzungen von Montevideo um die bescheidenen Oblaten aus Maismehl, die ein junger, mit ausländischer Kleidung angetaner Mann feilbot; dieser nahrhafte Jüngling war Tai An. Nach blutigem Kampf mit der Indifferenz dieser Fleischfresser begab sich der Magier nach Buenos Aires, das er prophetisch als weit geeigneter erkannte, die Lehre von den Oblaten zu empfangen, und wo er nicht säumte, eine erfolgreiche Kohlenhandlung aufzumachen. Dieses schwärzliche Etablissement sicherte ihm einen Platz am langen und leeren Tisch der Armut. Müde all dieser Hunger-Festmähler sagte sich Tai An: ›Dem verwöhnten Gaumen den eßbaren Hund; dem Manne das Reich des Himmels‹, und trat ungestüm in Geschäftsverbindung mit Samuel Nemirowsky, dem geschätzten Möbeltischler, der mitten im Stadtteil Once all die Schränke und Wandschirme fabriziert, die die Bewunderer seiner Kunstfertigkeit direkt aus Peking beziehen. Das fromme Geschäftsunternehmen blühte; aus einem Kohlenschuppen zog Tai An in eine möblierte Wohnung, genau Nr. 347 in der Calle Dean Funes gelegen; unaufhörliche Ausgabe von Wandschirmen und Schränken lenkte ihn nicht ab von seiner Hauptaufgabe: der Wiedergewinnung des Kleinods. Mit Sicherheit wußte er, daß der Dieb sich in Buenos Aires aufhielt, der entlegenen Stadt, die ihm auf der Tempelinsel die magischen Kreise und Dreiecke gezeigt hatten. Der Alphabetogymnast liest die Zeitungen, um seine Fertigkeit zu üben; Tai An, weniger expansiv und glücklich, beschränkte sich auf die Rubrik ›Schiffsausfahrten und -ankünfte‹. Er fürchtete, der Dieb könne entweichen, oder ein Schiff könne einen Komplizen an Land setzen, dem man den Talisman übergeben würde. Zielbewußt, wie die konzentrischen Kreise sich dem geschleuderten Stein nähern, näherte Tai An sich dem Dieb. Mehr als einmal wechselte er Namen und Stadtteil. Wie die übrigen exakten Wissenschaften ist auch die Magie kaum mehr als ein Leuchtkäfer, der unsere eitlen, stolpernden Schritte in der gewichtigen Nacht lenkt; ihre wahrheitsträchtigen Zeichen umschrieben die Zone, wo der Dieb sich verbarg, aber nicht das Haus und nicht das Antlitz. Der Magier indessen beharrte bei seiner unermüdlichen Suche.«

»Auch der Veteran vom *Salon Doré* ermüdet nicht, und auch er beharrt«, so rief mit aller Natürlichkeit Montenegro, der hockend gehorcht hatte, das Auge am Schlüsselloch und den Spazierstock aus Walfisch-Bein zwischen den Zähnen; jetzt brach er unaufhaltsam herein, im weißen Anzug und mit biegsamem *Canotier.* – »*De la mesure avant toute chose.* Ich übertreibe nicht: Noch habe ich den Aufenthaltsort des Verbrechens nicht entdeckt, wohl aber den dieses unentschlossenen Ratsuchenden. Befeuern Sie ihn, mein lieber Parodi, befeuern Sie ihn; berichten Sie ihm – mit der Autorität, die Ihnen zu erteilen ich der erste bin –, wie dieser Detektiv von eigenen Gnaden, der da Gervasio Montenegro heißt, aus einem Expreß-Zug das bedrohte Kleinod der Fürstin rettete, der er später seine Hand reichte. Aber richten wir unsere starken Scheinwerfer auf die Zukunft, die uns verschlingt. *Messieurs, faites vos jeux:* Ich wette doppelt gegen einfach, daß unser Diplomaten-Freund in dieser Zelle erschienen ist, nicht nur von dem – gewiß höchst lobenswerten – Wunsch getrieben, Ihnen seine Hochachtung zu bezeugen. Meine bereits sprichwörtliche Intuition flüstert mir ins Ohr, daß die Tatsache der Anwesenheit des Doktor T'ung nicht ganz der Beziehung zu dem eigenartigen Mord in der Calle Dean Funes entbehrt. Ha, ha, ha! Ins Weiße getroffen. Ich ruhe nicht aus auf meinen Lorbeeren; ich entfessele eine neue Offensive, der ich schon jetzt ebendenselben Erfolg wie der ersten prophezeie. Ich wette, der Doktor hat seine Erzählung mit dem ganzen Geheimnis des Orients gewürzt, das die Brandmarke seiner interessanten Einsilbigkeiten, ja selbst seiner Farbe und seines Aussehens ist. Fern von mir sei auch nur der Schatten eines Tadels an dieser biblischen Sprache, schwer von Predigten und Gleichnissen. Gleichwohl wage ich zu argwöhnen, daß Sie mein *compte rendu*, ganz Nerv, Sehne und solider Knochenbau, den fettleibigen Metaphern meines Klienten vorziehen werden.«

Hier fand Doktor Shu T'ung seine Sprache wieder und fuhr sanftmütig fort:

»Ihr überschwenglicher Kollege spricht mit der Beredsamkeit des Rhetors, der eine Doppelreihe goldener Zähne aufzuweisen hat. Ich nehme die elende Schnur meines Berichtes wieder auf und sage ganz trivial: Der Sonne gleich, die alles sieht und die ihr eigener Glanz unsichtbar macht, beharrte Tai An, treu und zielbewußt, bei seiner unerbittlichen Suche, studierte die Gewohnheiten aller zur Kolonie gehörigen Personen und blieb ihnen selber fast unbekannt. Weh über die Schwäche des Menschen! Vollkommen ist nicht einmal die Schildkröte, die unter einer Kuppel aus Schildpatt meditiert. Die Zurückgezogenheit des Magiers wurde an einer Stelle durchlöchert. In einer Winternacht des Jahres 1927 sah er unter den Bogen der Plaza Once einen Kreis von Vagabunden und Bettlern, die sich über einen Unglücklichen lustig machten, der, von Hunger und Kälte niedergestreckt, auf dem Steinboden lag. Das Mitleid Tai Ans verdoppelte sich, als er entdeckte, daß der Verunglimpfte Chinese war. Der Mann aus Gold vermag wohl ein Blättchen Tee herzuleihen, ohne das Bewußtsein zu verlieren; Tai An brachte den Fremden, dessen ausdrucksvoller Name Fang She lautet, in der Möbelwerkstätte Nemirowskys unter.

Wenige Notizen erlesener und wohlklingender Art über

Fang She kann ich Ihnen übermitteln; wenn die Zeitungen, die über ein reicheres Alphabet verfügen, nicht irren, so stammt er aus Yünnan und landete 1923 in diesem Hafen, ein Jahr früher als der Magier. Mehr als einmal empfing er mich in seiner natürlichen Geziertheit in der Calle Dean Funes. Gemeinsam übten wir uns in Kalligraphie im Schatten der Weide, die im Patio steht und die ihn, sagte er mir, ganz zart an die endlos sich wiederholenden Wälder erinnerte, die die Erdufer des wasserreichen Ling-Kiang säumen.«

»Wenn ich Sie wäre, würde ich mir Kalligraphie und Ausschmückungen verkneifen«, bemerkte der Kriminalist. »Erzählen Sie mir von den Leuten im Haus.«

»Der gute Schauspieler betritt die Szene nicht, bevor das Theater gebaut ist«, erwiderte Shu T'ung. »Erst werde ich, höchst tölpelhaft, das Haus beschreiben; danach versuche ich mich erfolglos an einem bläßlichen und groben Bild der Personen.«

»Hierzu ein Wort des Ansporns von mir«, sagte voll Feuer Montenegro. »Das Haus in der Calle Dean Funes ist eine interessante *masure* aus den Anfängen des Jahrhunderts, eines der vielen Monumente unserer instinktiven Architektur, in der sich unüberwindlich die naive Verschwendung des italienischen Poliers behauptet, kaum aufgefrischt durch den strengen lateinischen Kanon von Le Corbusier. Ich gebe Ihnen ein vollständiges Bild. Sie sehen das Haus schon vor sich: Auf der Fassade von heute ist das Hellblau von gestern weiß und aseptisch; drinnen der friedliche Patio unserer Kindheit, wo wir die kleine schwarze Sklavin mit dem silbernen Mate-Gefäß hin und her laufen sahen, und der nur unwillig die Hochflut des Fortschritts erträgt, die ihn mit exotischen Drachen überschwemmt und mit tausendjährigen Lack-Gebilden, Kindern des betrügerischen Hobels des geschäftstüchtigen Nemirowsky; im Hintergrund bezeichnet uns die Holzhütte die Wohnstätte Fang Shes, dicht neben der grünen Schwermut der Weide, die mit ihren Blätterfiguren das Heimweh des Exilierten liebkost. Starker Stacheldraht von eineinhalb Meter Höhe, wie man ihn für Schweine zu ziehen pflegt, trennt unseren Besitz von einem benachbarten leeren Platz, einem dieser malerischen *baldíos* (um die unersetzliche Criollo-Vokabel zu gebrauchen), die noch immer unbezwungen im Herzen unserer Metropole fortbestehen: Vielleicht besucht sie der Kater des Viertels, um heilende Kräuter zu genießen, welche die Leiden des unseligen *célibataire* der Dächer lindern könnten. Das Erdgeschoß ist dem Verkaufslokal und dem Atelier* vorbehalten; der Oberstock – ich beziehe mich, *cela va sans dire*, auf Epochen vor dem Brand – bildete das Familienheim, das unberührbare *at home* dieses Partikels aus dem Fernen Osten, mit all seinen Eigenheiten und Risiken in diese unsere Bundeshauptstadt verpflanzt.«

»In die Schuhe des Präzeptors setzen die Schüler ihre Füße«, sagte der Doktor Shu T'ung. »Nach dem Triumph der Nachtigall nimmt das Ohr die mißtönende Melodie der Ente auf und weiß sie zu entschuldigen. Der Doktor Montenegro hat das Haus aufgerichtet; meine schlecht berichtende und stumpfe Zunge wird die Personen vorstellen. Den ersten Thronsaal halte ich für Madame Hsin bereit.«

»Mein ist das Spiel; ich ward dazu berufen«, schaltete sich, die Gelegenheit ergreifend, Montenegro ein. »Begehen Sie nicht einen Irrtum, den Sie bereuen würden, verehrter Parodi. Lassen Sie sich nicht im Traum einfallen, Madame Hsin mit jenen *poules de luxe* zu verwechseln, die Sie in den großen Hotels der Riviera ertragen und bewundert haben mögen und die ihre prunkende Frivolität mit einem mißgestalteten Pekinesen und einem untadeligen *Quarante chevaux* schmükken. Der Fall von Madame Hsin ist ein völlig anderer. Es handelt sich hier um eine bezwingende Kombination von großer Salondame und orientalischer Tigerin. Aus der Schräge ihrer

* Keineswegs. Wir – Zeitgenossen des Maschinengewehrs und des Bizeps – verschmähen diese rhetorische Weichlichkeit. Ich schriebe, unerbittlich wie der Donner: »Im Erdgeschoß richte ich das Verkaufslokal und das *atelier* ein; in das obere Stockwerk sperre ich die Chinesen.« (Von Carlos Anglada eigenfäustig verfertigte Anmerkung.)

Augen blinzelt uns verführerisch die ewige Venus zu; der Mund ist eine einzige purpurne Blüte; die Hände sind Seide und sind Elfenbein; der Körper, noch betont durch die sieghafte *cambrure*, stellt eine kokette *avant-garde* der gelben Gefahr dar und hat bereits die Leinwand von Paquin und die zweifelhaften Linien von Schiaparelli erobert. Ich bitte tausendmal um Vergebung, mein lieber *confrère*: Der Poet hat über den Geschichtsschreiber gesiegt. Um das Bild der Madame Hsin zu zeichnen, habe ich zum Pastell meine Zuflucht genommen; für das Porträt Tai Ans verwende ich die männliche Radierung. Keinerlei Vorurteil, möge es noch so eingewurzelt sein, wird meine Schau verzerren. Ich werde mich der fotografischen Dokumentation der ganzen Tagespresse anschließen. Im übrigen, die Rasse verschlingt das Individuum: ›Ein Chinese‹, murmeln wir und setzen unsern fiebrigen Weg auf der Suche nach einer vergoldeten Fata Morgana fort, ohne die banalen oder grotesken, jedenfalls aber unbezwinglich menschlichen Tragödien des Exoten auch nur zu ahnen. Dasselbe Porträt gilt für Fang She, an dessen Erscheinung ich mich genau erinnere, dessen Ohren meinen väterlichen Rat aufgenommen, dessen Hände meinen Glacéhandschuh gedrückt haben. Kontrast: Im vierten Medaillon meiner Galerie erscheint ein orientalisches Individuum. Ich habe es nicht gerufen, noch fordere ich es auf zu verweilen: Es ist der Fremde, der Jude, der im finstern Hintergrund meiner Erzählung lauert, wie er, wenn nicht eine kluge Gesetzgebung ihn zerschmettert, an allen *carrefours* der Geschichte lauert und lauern wird. In diesem Falle heißt unser Steinerner Gast Samuel Nemirowsky. Ich erspare Ihnen selbst die mindesten Details dieses ordinärsten aller Möbeltischler: eine ruhige und freie Stirn, Augen voll trauriger Würde, schwarzer Prophetenbart, die Figur der meinen zum Auswechseln ähnlich.«

»Der ständige Umgang mit Elefanten macht, daß das scharfblickende Auge die höchst lächerliche Mücke nicht mehr bemerkt«, äußerte brüsk Doktor Shu T'ung. »Mit Schreien der Wonne stelle ich fest, daß mein störendes Konterfei die Galerie des Señor Montenegro nicht beeinträchtigt. Indessen – falls die Aussage eines unwerten Krustentieres irgend von Bedeutung ist – habe ich mit meiner Anwesenheit den Bau in der Calle Dean Funes entwertet, wenn auch meine unwahrnehmbare Bleibe sich vor Göttern und Menschen an der Ecke Rivadavia und Jujuy verbirgt. Einer meiner aufreibenden Zeitvertreibe ist der häusliche Verkauf von Konsolen, Wandschirmen, Betten und Anrichten, die der schöpferische Nemirowsky unaufhörlich produziert. Die Milde dieses Kunsthandwerkers erlaubt mir, die Möbel bis zum Verkauf bei mir aufzustellen und zu benutzen. Augenblicklich gerade schlafe ich in einem großen apokryphen Krug aus der Sung-Dynastie, denn die Überfülle von Ehebetten verweist mich aus dem Schlafzimmer, und ein einziger zusammenlegbarer Thronsessel verwehrt mir den Speiseraum.

Ich habe gewagt, mich in den ehrenwerten Kreis der Calle Dean Funes einzureihen, da Madame Hsin mich indirekt ermutigte, die gerechten Verwünschungen der übrigen zu überhören und hie und da die Eingangstür zu durchschreiten. Diese unbegreifliche Nachsicht fand nicht die bedingungslose Unterstützung Tai Ans, der bei Tag und bei Nacht der Lehrer, der Meister und Magier für Madame war. Zudem gelangte mein flüchtiges Paradies nicht zu den Jahren der Schildkröte oder der Kröte. Getreu den Interessen des Magiers widmete sich Madame Hsin der Aufgabe, Nemirowsky gefällig zu sein, damit sein Glück vollkommen und rund sei und die Zahl der erzeugten Möbel die Permutationen einer Person übersteige, die zugleich an mehreren Tischen Platz nimmt. Übelkeit und Widerwillen bekämpfend, beschied sie sich voll Uneigennutz mit der unmittelbaren Nähe dieses orientalischen und bärtigen Gesichts, wenn sie es auch, um das Martyrium zu mindern, vorzog, ihm in der Dämmerung oder im Kino Loria zu begegnen.

Diese edle Haltung band für alle Zeiten den Tausendfüßler geschäftlicher Prosperität an die Werkstatt; seinem bewundernswerten Geiz untreu, legte Nemirowsky all das Papiergeld, das eben seine Brieftasche wie ein Spanferkel rundete, in Ringen und Pelzen an. Auf die Gefahr hin, von einem schlangenzüngigen Kritiker wegen Monotonie verhöhnt zu werden, häufte er diese wiederholten Gaben auf die Finger und den Hals der Madame Hsin.

Señor Parodi, ehe ich fortfahre, erlauben Sie mir eine törichte Erklärung. Nur ein Enthaupteter würde wagen, anzunehmen, daß diese ihr peinvollen und meist abendlichen Verpflichtungen dem Magier Tai An die ihm gemäße Schülerin entfremdet hätten. Meinen erlauchten Widerrednern gebe ich zu, daß die Dame nicht unbeweglich wie ein Axiom im Hause des Magiers verblieb. Wenn ihr eigenes Antlitz nicht über ihn wachen, ihn bedienen konnte – weil mehrere wohlbebaute Häuserblocks sich dazwischenschalteten –, übertrug sie diese Obliegenheiten einem anderen, weit unwürdigeren Angesicht – dem, das ich demütig zu Euch erhebe und das jetzt grüßt und lächelt.* Ich übte dies heikle Amt mit wahrhaftiger Dienstfertigkeit aus: Um dem Magier nicht zur Last zu fallen, trachtete ich, meine Anwesenheit zu mäßigen; um ihn nicht zu langweilen, wechselte ich meine Verkleidungen. Bisweilen täuschte ich, am Kleiderständer hängend, mit nur mäßigem Glück vor, der Wollmantel zu sein, der mich verbarg; ein andermal, rasch in ein Möbel verwandelt, erschien ich im Flur auf vier Füßen und mit einer Blumenvase auf dem Rükken. Unglücklicherweise erklimmt ein alter Makake keinen angefaulten Baum: Tai An, Möbeltischler, der er schließlich ist, erkannte mich Sekunden vor dem ersten Fußtritt und nötigte mich, andere leblose Dinge zu beeindrucken.

Aber das Himmelsgewölbe ist neidischer als der Mensch, dem man soeben mitteilt, einer seiner Nachbarn habe eine Krücke aus Sandelholz und ein anderer ein Auge aus Marmor erworben. Nicht einmal der Augenblick, in dem wir über ein Reiskorn Rechenschaft ablegen, ist ewig: All dies Glück fand ein Ende. Der siebente Tag des Oktober bescherte uns die

* Der Doktor lächelte und grüßte tatsächlich. (Anmerkung des Autors.)

brennende Feuersbrunst, die die persönliche Körperlichkeit Tai Ans bedrohte, für immer unsere zurückersehnte Gemeinschaft zersprengte, das Haus unvollständig verzehrte und eine übertriebene Anzahl hölzerner Lämpchen verschlang. Graben Sie nicht, suchen Sie nicht nach Wasser – dehydrieren Sie nicht Ihren ehrenwerten Organismus: Das Feuer ist gelöscht worden. Wehe, ausgelöscht ist auch die lehrreiche Wärme unserer Gemeinschaft. Madame Hsin und Tai An übersiedelten unter Klappverdeck und auf Rädern in die Calle Cerrito; Nemirowsky legte die Versicherungsgelder in der Gründung eines Unternehmens für Feuerwerkskörper an; Fang She, ruhiger als eine endlose Reihe identischer Teekessel, verblieb in der Holzhütte neben der alleinstehenden Weide.

Ich habe keines der weiteren neununddreißig Gesetze der Wahrheit verletzt, als ich zugab, daß der Brand gelöscht worden sei, aber nur ein kostspieliges Gefäß voll Regenwasser könnte sich rühmen, die Erinnerung daran ausgelöscht zu haben. Von Sonnenaufgang an waren Nemirowsky und der Magier damit beschäftigt, feine Bambus-Lampen in unbestimmter und vielleicht unendlicher Zahl anzufertigen. Als ich mir unparteiisch die Winzigkeit meiner Wohnung und den ununterbrochenen Zufluß von Möbeln vorstellte, kam mir der Gedanke, daß der Übereifer der Künstler unnütz war und daß die eine oder andere dieser Lampen niemals angezündet werden würde. Wehe mir, noch ehe die Nacht um war, sollte ich meinen Irrtum eingestehen: um Viertel nach elf Uhr nachts brannten alle Lampen und mit ihnen das Holzwollager und ein Holzgitter, das oberflächlich mit Grün angestrichen war. Der Mutige ist nicht der, der dem Tiger auf den Schwanz tritt, sondern wer sich in den Wäldern versteckt und den seit Beginn des Universums vorbestimmten Augenblick abwartet, um den tödlichen Sprung zu tun. So handelte ich: Angeklammert an die Weide im Hintergrund, harrte ich aus, um mich auf den ersten eindrucksvollen Schrei der Madame Hsin ins Feuer zu stürzen. Ganz richtig heißt es, daß ein Fisch auf dem Ziegeldach mehr sieht als ein Adlerpaar auf dem Meeresgrund. Ohne mich mit dem Titel eines Fischs schmücken zu wollen, sah ich doch viel betrübliche Vorkommnisse, aber ich ertrug sie, ohne herabzufallen, gehalten von der schönen Absicht, sie Ihnen wissenschaftlich genau zu berichten. Ich sah Hunger und Durst des Feuers; ich sah die deformierte Bestürzung Nemirowskys, der es kaum fertigbrachte, es mit Sägespänen und bedrucktem Papier zu sättigen; ich sah Madame Hsin feierlich jeder Bewegung des Magiers folgen, wie die Glückseligkeit den Böllerschüssen folgt; ich sah schließlich den Magier, nachdem er Nemirowsky geholfen hatte, zu der Hütte im Hintergrund laufen und Fang She retten, der in dieser Nacht, wegen und dank eines Heuschnupfens, nicht rundherum glücklich war. Dieses Rettungswerk erscheint um so bewunderungswürdiger, wenn wir die achtundzwanzig Umstände aufzählen, die es auszeichnen, von denen ich aber der kärglichen Kürze wegen nur vier darlege:

a) Das übelbeleumundete Fieber, das alle Pulse Fang Shes beschleunigte, war nicht so bedeutend, daß es ihn an das Lager gefesselt und seine elegante Flucht vereitelt hätte.

b) Die abgeschmackte Person, die Ihnen jetzt die Erzählung vorgrunzt, saß angeklammert auf der Weide, bereit, mit Fang She zu fliehen, sobald eine beachtliche Feuermenge dies rätlich erscheinen lassen würde.

c) Die völlige Einäscherung Fang Shes hätte Tai An nicht geschädigt, der ihn ernährte und beherbergte.

d) So wie beim menschlichen Körper der Zahn nicht sieht, das Auge nicht kratzt, der Schädel nicht kaut, so ist es beim Körper, den wir Nation zu nennen pflegen, nicht wohlanständig, daß ein Individuum sich die Funktionen der anderen anmaße. Der Kaiser mißbraucht nicht seine Macht, indem er Straßen kehrt; der Häftling tritt nicht in Wettstreit mit dem Wandersmann, der sich in alle Himmelsrichtungen ergeht. Als Tai An Fang She errettete, maßte er sich die Funktionen der Feuerwehr an und ging damit das schwere Risiko ein, daß sie sich beleidigt fühlen und ihn mit ihren wasserreichen Schläuchen durchnässen könnte.

Ganz richtig heißt es, daß es nach verlorenem Prozeß gilt, die Rechnung des Scharfrichters zu bezahlen; nach dem Brand begannen die Streitigkeiten. Der Magier und der Möbeltischler verfeindeten sich. Der General Su Wu hat in unsterblichen Einsilben-Wörtern die Wonne gepriesen, der Bärenjagd zuzusehen; aber jedermann weiß, daß ihn erst die Pfeile der unfehlbaren Bogenschützen mitten in den Rücken trafen und daß er dann von der gereizten Jagdbeute erfaßt und verschlungen wurde. Diese mangelhafte Analogie bezieht sich auf Madame Hsin, die nicht weniger verletzt wurde, nicht weniger allem fern stand als der General. Vergebens suchte sie die beiden Freunde zu versöhnen; sie rannte vom verkohlten Gemach Tai Ans zum jetzt unbegrenzten Büro Nemirowskys wie eine Gottheit, die über die Ruinen ihres Tempels wacht. Das *Buch der Wandlungen* bemerkt, daß, um einen Choleriker zu ergötzen, es sinnlos ist, viel Böllerschüsse zu lösen und sich immer neue Masken aufzusetzen; die verführerischen Verteidigungsversuche der Madame Hsin besänftigten diese unbegreifliche Zwietracht nicht – ich wage zu sagen, daß sie sie neu entfachten. Diese Situation zeichnete in den Plan von Buenos Aires eine interessante Figur, die sich dem Dreieck näherte. Tai An und Madame Hsin beehrten eine Wohnung in der Calle Cerrito; Nemirowsky mit seinem Unternehmen für Feuerwerkskörper eröffnete der Calle Catamarca Nr. 95 neue und glänzende Horizonte; der immer gleiche Fang She blieb in der Hütte.

Wenn der Kunsthandwerker und der Magier sich an diese Dreiecksfigur gehalten hätten, würde ich in diesem Augenblick nicht das unverdiente Vergnügen genießen, mich mit Ihnen zu unterhalten; unglücklicherweise wollte Nemirowsky den Tag der Rasse nicht vorübergehen lassen, ohne seinen früheren Kollegen zu besuchen. Als die Polizei eintraf, erwies es sich als notwendig, die Erste Hilfe zuzuziehen. Das geistige Gleichgewicht der beiden Kriegführenden war derart gestört, daß Nemirowsky (unter Nichtbeachtung eines monotonen Nasenblutens) Lehrgedichte aus dem *Tao te king* anstimmte, während der Magier (gleichgültig gegen den Verlust eines Backenzahns) eine endlose Reihe jüdischer Geschichten ablaufen ließ.

Madame Hsin schmerzte diese Meinungsverschiedenheit dermaßen, daß sie mir mit allem Freimut die Türen ihres Hauses verbot. Das Sprichwort sagt, daß der Bettler, den man aus der Hundehütte vertreibt, sich ansiedelt in den Palästen der Erinnerung; ich trat, um mich über meine Einsamkeit hinwegzutäuschen, eine Pilgerfahrt zu den Ruinen der Calle Dean Funes an. Hinter dem Weidenbaum sank die Abendsonne hinab wie in den Tagen meiner köstlichen Kindheit; Fang She empfing mich mit Resignation und bot mir eine Tasse schwarzen Tees an, mit Pinienkernen, Nüssen und Essig. Das allgegenwärtige und dichte Bild der Dame hinderte mich nicht, einen ungeheuer großen Schrankkoffer wahrzunehmen, der in seinem ganzen Aussehen einem verehrungswürdigen Urgroßvater im Zustand der Verwesung glich. Da er sich durch den Koffer verraten sah, gestand mir Fang She, daß die vierzehn in dieser paradiesischen Republik verbrachten Jahre weniger wert seien als eine Minute unerträglicher Tortur und daß er von unserem Konsul eine kartonierte und rechteckige Rückfahrkarte auf der *Yellow Fish* erhalten habe, die in der folgenden Woche nach Shanghai auslief. Der prächtige Drache seiner Freude wies nur einen Mangel auf: die Gewißheit, gegen Tai Ans Willen zu handeln. In der Tat – wenn, um den Wert eines unschätzbaren Nutriamantels mit Besatz von Walroßfell zu bestimmen, der angesehenste Richter sich an die Anzahl von Motten hält, die auf ihm herumschlüpfen, so wird auch die Solidität eines Mannes nach der genauen Anzahl der Bettler bestimmt, die ihn schröpfen. Der Auszug Fang Shes würde zweifellos den felsenfesten Kredit Tai Ans unterminieren; um diese Gefahr zu bannen, wäre er durchaus imstande gewesen, Riegel oder Wächter, Fesseln oder Betäubungsmittel zu Hilfe zu nehmen. Fang She häufte all diese Argumente mit gewinnender Bedachtsamkeit und beschwor mich bei all meinen Ahnen der mütterlichen Linie, Tai An nicht mit der unwichtigen Nachricht von seiner Abreise zu betrüben. Wie es das *Buch der Riten* vorschreibt, fügte ich noch die zweifelhafte Garantie der männlichen Linie hinzu. Wir beide umarmten uns unter dem Weidenbaum, nicht ohne etwelche Tränen.

Minuten später setzte mich ein Taxi in der Calle Cerrito ab. Ohne mich durch die Schmähreden des Hausdieners aus dem Weg räumen zu lassen – bloßes Instrument von Madame Hsin und Tai An –, verbarg ich mich in der Apotheke an der Ecke. In diesem Gesundheitsinstitut behandelte man mir das Auge und überließ mir leihweise ein Münztelefon. Ich betätigte es; da nicht Madame Hsin an den Apparat kam, vertraute ich Tai An persönlich die geplante Flucht seines Schützlings an. Mein Lohn war ein beredtes Schweigen, das andauerte, bis man mich aus der Apotheke hinauswarf.

Sehr richtig heißt es, daß der schnellfüßige Briefträger, der seine Post zu verteilen eilt, der Lobsprüche und Dithyramben würdiger ist als sein Kollege, der neben einem Feuerchen schläft, das er mit ebendieser Post ernährt hat. Tai An handelte mit wirksamer Schnelle: Um alle Möglichkeiten des Entweichens seines Schützlings mit der Wurzel auszutilgen, fand er sich, als hätten ihn die Gestirne mit mehr als einem Fuß und mehr als einem Ruder begabt, in der Calle Dean Funes ein. Im Hause begrüßten ihn zwei Überraschungen: erstens, Fang She nicht vorzufinden, zweitens, Nemirowsky vorzufinden. Dieser sagte ihm, einige Kaufleute des Viertels hätten gesehen, wie Fang She seinen Koffer und seine Person in eine Pferdekutsche geladen habe und in Richtung Norden mit mittlerer Geschwindigkeit entflohen sei. Vergeblich suchten ihn die beiden. Dann trennten sie sich: Tai An, um sich zu einer Möbel-Versteigerung in der Straße Maipú zu begeben; Nemirowsky, um sich mit mir in der Western-Bar zu treffen.«

»Halte là!« rief Montenegro aus. »Der trunkene Künstler schaltet sich ein. Bewundern Sie dies Gemälde, Parodi: Beide Duellanten legen feierlich die Waffen nieder, in weiß Gott welcher brüderlichen Faser verletzt durch den gemeinsamen

empfindlichen Verlust. Eine Besonderheit, die ich unterstreiche: Das Unternehmen, das sie in Anspruch nimmt, ist das gleiche; die Persönlichkeiten unterscheiden sich gründlich voneinander. Trauergewandete Vorahnen fächeln vielleicht Tai Ans Stirne; er forscht, verlangt, fragt. Ich gestehe, daß mich die dritte Figur anzieht; dieser *jemenfoutiste*, der sich in einem offenen Wagen aus dem Rahmen unserer Geschichte entfernt, stellt auch eine interessante *incognita* dar.«

»Meine Herren«, fuhr Doktor Shu T'ung sanftmütig fort, »meine sumpfige Erzählung ist bis zu der denkwürdigen Nacht des 14. Oktober gelangt. Ich erlaube mir, sie denkwürdig zu nennen, weil mein unerzogener und altmodischer Magen die doppelte Ration Maisbrei nicht zu bewältigen verstand, die der Ruhm und das einzige Gericht auf Nemirowskys Tisch sind. Mein argloser Plan war gewesen, a) bei Nemirowsky zur Nacht zu speisen, b) im Kino Once drei musikalische Filme zu mißbilligen, die, wie Nemirowsky sagte, Madame Hsin nicht befriedigt hatten, c) in der Confitería La Perla einen Anis zu schlürfen, d) nach Hause zurückzukehren. Die lebhafte und vielleicht schmerzhafte Erinnerung an den Maisbrei zwang mich, die Punkte b) und c) zu übergehen und die natürliche Ordnung Ihres hochgeschätzten Alphabets umzustürzen, indem ich von a) direkt zu d) überging. Ein sekundäres Ergebnis war, daß ich, trotz Schlaflosigkeit, das Haus die ganze Nacht nicht verließ.«

»Diese Erklärungen ehren Sie«, bemerkte Montenegro. »Obwohl die eigenbürtigen Gerichte unserer Kindheit in ihrer Art unbezahlbare *trouvailles* des Criollo-Erbes darstellen, bin ich doch mit dem Doktor wärmstens einverstanden: Auf dem Gipfel der *haute cuisine* kennt der Gallier keine Rivalen.«

»Am 15. weckten mich zwei Geheimpolizisten persönlich«, fuhr Shu T'ung fort, »und luden mich ein, sie bis zum festen Polizeipräsidium zu beschützen. Dort erfuhr ich, was Sie schon wissen: Der rührende Nemirowsky, beunruhigt durch die plötzliche Beweglichkeit Fang Shes, war kurz vor der leuchtenden Morgenröte in das Haus der Calle Dean Funes eingedrungen. Sehr richtig sagt das *Buch der Riten*: Wenn deine ehrenwerte Konkubine zur glühenden Sommerzeit mit minderwertigen Subjekten Verkehr pflegt, so wird eines deiner Kinder ein Bastard sein; wenn du die Paläste deiner Freunde außerhalb der festgelegten Stunden belästigst, so wird ein rätselhaftes Lächeln das Gesicht des Hausmeisters verschönern. Nemirowsky erlitt am eigenen Fleisch den Schlag dieses Sprichwortes: Nicht nur, daß er Fang She nicht fand; er fand, halb vergraben unter dem Weidenbaum, den Leichnam des Magiers.«

»Die Perspektive, mein hochzuverehrender Parodi«, urteilte Montenegro höchst entschieden, »ist die Achillesferse der großen orientalischen Paletten. Ich werde, zwischen zwei Zügen blauen Rauches, Ihr inneres Album mit einem hurtigen *raccourci* der Szene begaben. Dem Rücken Tai Ans hatte der erhabene Kuß der Dame Tod sein *rouge* aufgedrückt: eine Wunde mit blanker Waffe, etwa zehn Zentimeter breit. Vom schuldigen Stahl keine Spur. Diese Abwesenheit suchte die Grabschaufel vergeblich zu ersetzen, dieses höchst gemeine Gartengerät, das, gebührenderweise, einige Meter weiter weg verbannt lag. An dem groben Griff des Werkzeuges haben die Polizisten (unfähig des genialen Fluges und störrische Anbeter aller Kleinlichkeit) irgendwelche Fingerabdrücke Nemirowskys entdeckt. Der Weise, der Erkenntnisreiche, spottet dieser wissenschaftlichen Garküche; seine Rolle ist es, Stück für Stück den dauerhaften, herrlichen Bau zu entwerfen und auszuführen. Ich halte mich zurück; für morgen spare ich die Stunde auf, vorzuzeichnen und auszustechen, was ich erspäht.«

»In immerwährender Erwartung, daß Ihr Morgen graue«, schaltete Shu T'ung sich ein, »verfalle ich wieder in meine niedrige Erzählung. Tai Ans unverletzter Eintritt in das Haus der Calle Dean Funes wurde von den gleichgültigen Nachbarn nicht bemerkt, die schliefen wie eine wohlausgerichtete Bibliothek von Klassikern. Trotzdem wird angenommen, daß er nach elf Uhr hineingegangen sein muß, denn um Viertel vor elf wurde er gesehen, wie er sich dem unerschöpflichen Versteigerungslokal in der Calle Maipú näherte.«

»Ich stimme bei«, bekräftigte Montenegro. »*Inter nos* flüstere ich Ihnen ins Ohr, daß der Mutterwitz dieser unserer Hafenstadt die flüchtige Erscheinung der exotischen Persönlichkeit auf seine eigene Art kommentierte. Hier haben Sie übrigens die Placierung der Figuren auf dem Brett: Die Dame – ich beziehe mich auf Madame Hsin – läßt ihre schrägen Augen und ihr deliziöses Profil so um elf Uhr herum in der lärmenden Farbenvielfalt des *Verblüfften Drachen* sehen. Von elf bis zwölf Uhr war sie in ihrer Wohnung einem Kunden zu Diensten, der sein Inkognito zu wahren wünscht. *Le cœur à des raisons* ... Was den unsteten Fang She angeht, so erklärt die Polizei, daß er sich vor elf Uhr nachts in dem berühmten ›langen Saal‹ oder ›Saal der Millionäre‹ im Hotel *Der Neue Unparteiische* einquartiert hat, jenem unerwünschten leidigen Kaninchenstall in einem unserer Vororte, von dem weder Sie, mein lieber *confrère*, noch ich die leiseste Kenntnis besitzen. Am 15. Oktober schiffte er sich auf dem Dampfer *Yellow Fish* ein, mit Kurs auf das Geheimnis und die Faszination des Orients. Er wurde in Montevideo verhaftet, und nun vegetiert er trübsinnig in der Calle Moreno, zur Verfügung der Behörden. Und Tai An? werden die Skeptiker fragen. Taub für die frivole Neugier der Polizei, hermetisch verschlossen in dem traditionellen buntbemalten Sarg, schifft und schifft er im friedlichen Laderaum der *Yellow Fish* auf seiner ewigen Reise dem tausendjährigen und zeremonienreichen China zu.«

II

Vier Monate später kam Fang She, Isidro Parodi zu besuchen. Er war ein großgewachsener, schwammiger Mann; sein Gesicht war rund, leer und vielleicht geheimnisvoll. Er trug einen schwarzen Strohhut und einen weißen Kittel.

»So ist es«*, antwortete Parodi. »Wenn's Ihnen recht ist, werde ich Ihnen berichten, was ich weiß und was ich nicht weiß von der Angelegenheit in der Calle Dean Funes. Ihr Landsmann, der zur Zeit abwesende Doktor Shu T'ung, hat uns eine lange und verworrene Geschichte erzählt, aus der ich schließe, daß 1922 irgendein Ketzer einem höchst wundertätigen Standbild, das Sie bei sich zu Hause verehren, ein Kleinod gestohlen hat. Die Pfaffen haben sich bekreuzigt, als die Neuigkeit bekannt wurde, und einen Abgesandten ausgeschickt, um den Ketzer zu bestrafen und die Reliquie wiederzubeschaffen. Der Doktor sagt, daß Tai An, nach eigener Aussage, der Abgesandte war. Aber: An die Tatsachen halte ich mich, würde der weise Merlin sagen. Der Abgesandte Tai An wechselt den Familiennamen und das Wohnviertel, er erfährt durch die Zeitungen den Namen jedes Schiffes, das in der Hauptstadt einläuft, und spürt jedem Chinesen nach, der an Land geht. Solche Fisimatenten kann einer anstellen, der auf der Suche ist, aber auch einer, der sich versteckt. Sie sind zuerst nach Buenos Aires gekommen, erst dann Tai An. Jeder würde glauben, Sie wären der Dieb gewesen, der andere der Verfolger. Andererseits sagte der Doktor selbst, Tai An hätte sich ein Jahr in Montevideo aufgehalten, mit der Illusion, er könnte dort Oblaten verkaufen. Wie Sie sehen – der erste, der nach Amerika kam, war Tai An.

Schauen Sie, ich werde berichten, was ich daraus folgere. Wenn ich mich täusche, sagen Sie nur ›festgefahren, Brüderchen‹, und helfen mir, mich aus dem Irrtum herauszu-

* Das Duell ist eröffnet, der Leser vernimmt bereits das *cliquetis* der rivalisierenden Florette. (Marginalie von Gervasio Montenegro.)

winden. Für mich steht fest, daß Tai An der Dieb ist und Sie der Abgesandte; sonst hat das Gewürge weder Kopf noch Fuß.

Schon seit einiger Zeit war es Tai An nicht wohl in seiner Haut, mein Freund Fang She. Darum hat er unentwegt Namen und Wohnung gewechselt. Schließlich war er es leid. Er hat sich einen Plan ausgedacht, der klug, weil tollkühn war, und er hatte die Entschlußkraft und den Mut, ihn in die Tat umzusetzen. Er hat mit einem waghalsigen Stück begonnen: Er hat es fertiggebracht, Sie in sein Haus zu holen. Dort lebten die chinesische Dame, die seine Geliebte war, und der jüdische Möbeltischler. Auch die Dame war hinter dem Juwel her. Wenn sie mit dem Juden ausging, der ebenfalls ein Verhältnis mit ihr hatte, hat sie als Spitzel den vielverwendbaren Doktor zurückgelassen, der, wenn es die Umstände verlangen, sich in aller Ruhe eine Vase auf den Hintern setzt und sich als Möbel verkleidet präsentiert. Vom Bezahlen all der Kinobesuche und anderer Lokale ist dem Juden kein roter Heller geblieben. Er hat zu einem alterprobten Mittel gegriffen und das Möbellager in Brand gesteckt, um die Versicherung zu kassieren. Tai An hat mit ihm unter einer Decke gesteckt: Er hat geholfen, die Lampen zu fabrizieren, die Brennstoff für das Feuer gaben. Später sieht der Doktor, der festgeklammert wie ein Salamander oben im Baum sitzt, die beiden, wie sie das Feuer mit alten Zeitungen und Sägespänen beleben. Lassen Sie uns einmal sehen, was die Leute während der Katastrophe tun: Die Dame folgt Tai An wie ein Schatten; sie wartet auf den Augenblick, wo der Mann sich entschließt, das Kleinod aus seinem Versteck zu holen. Tai An kümmert sich nicht um das Kleinod. Es fällt ihm ein, Sie zu retten. Diese Hilfeleistung läßt sich auf zweierlei Weise erklären. Das einfachste ist, anzunehmen, daß Sie der Dieb sind und daß man Sie rettet, damit Sie nicht umkommen und Ihr Geheimnis mitnehmen. Meiner Meinung nach hat Tai An es getan, damit Sie ihn nicht weiter verfolgen; um Sie moralisch zu kaufen, ganz klar gesagt.«

»So ist es«, sagte Fang She schlicht. »Aber ich habe mich nicht kaufen lassen.«

»Die erste Annahme hat mir gleich nicht gefallen«, fuhr Parodi fort. »Selbst wenn Sie der Dieb gewesen wären, wer hätte fürchten sollen, Sie würden mit dem Geheimnis sterben? Außerdem, wenn wirklich eine Gefahr besteht, kommt der Doktor schnell wie ein Telegramm zum Vorschein, mit Blumenvase und allem Klimbim.

Am nächsten Tag verziehen sich alle, nur Sie läßt man dort zurück, einsamer als ein Glasauge. Tai An täuscht einen Streit mit Nemirowsky vor. Ich glaube, er hat zwei Motive: Erstens will er glauben machen, er wär mit dem Juden nicht im Einverständnis und mißbilligt die Brandstiftung. Zweitens will er die Dame mitnehmen, sie von dem Juden trennen. Als der ihr dann weiter den Hof macht, ist es wirklich zum Streit gekommen.

Sie hatten ein schwieriges Problem: Der Talisman konnte überall verborgen sein. Auf den ersten Blick schien ein Ort frei von jedem Verdacht: das Haus. Drei Gründe gab es, das Haus auszuschließen: Da hat man Sie einquartiert; man hat Sie auch nach dem Brand weiter allein da leben lassen; den Brand hat Tai An selbst gelegt. Trotzdem nehme ich an, daß der Mann übers Ziel hinausgeschossen ist. Ich an Ihrer Stelle, Don Pancho, hätte so viel Beweisen mißtraut, die etwas beweisen, was gar keinen Beweis braucht.«

Fang She erhob sich und sagte ernst:

»Was Sie gesagt haben, ist wahr, aber es gibt Dinge, die Sie nicht wissen können. Ich werde sie berichten. Als alle fort waren, bin ich zurückgeblieben, völlig überzeugt, daß der Talisman im Haus versteckt war. Ich habe ihn nicht gesucht. Ich habe die Neuigkeit meiner Reise dem Doktor Shu T'ung anvertraut. Wie zu erwarten, sprach der sofort mit Tai An. Ich bin gegangen, habe den Koffer auf der *Yellow Fish* gelassen und bin ins Haus zurückgekehrt. Ich schlich mich über das unbebaute Grundstück ein und habe mich versteckt. Nach einer Weile erschien Nemirowsky; die Nachbarn hatten über meine Abreise geredet. Dann kam Tai An. Gemeinsam taten sie, als ob sie mich suchten. Tai An sagte, er müßte zu einer Möbelversteigerung in der Calle Maipú. Jeder ist nach einer anderen Richtung gegangen. Tai An hatte gelogen; schon nach wenigen Minuten ist er zurückgekommen. Er ging in die Hütte und kam mit der Schaufel heraus, mit der ich so oft im Garten gearbeitet hatte.* Im Mondlicht, gebückt, begann er, unter der Weide zu graben. Es verstrich eine Zeit, die ich nicht abzuschätzen weiß. Er holte einen glänzenden Gegenstand aus der Erde; endlich sah ich den Talisman. Da habe ich mich auf den Dieb gestürzt und die Strafe vollstreckt.

Ich wußte, daß man mich früher oder später verhaften würde. Der Talisman mußte gerettet werden. Ich habe ihn im Munde des Toten versteckt. Nun kehrt er in die Heimat zurück, kehrt zurück in das Heiligtum der Göttin, wo meine Gefährten ihn finden werden, wenn sie den Leichnam verbrennen.

Dann suchte ich in einer Zeitung die Seite mit den Versteigerungen. Es gab zwei oder drei Möbelversteigerungen in der Calle Maipú. Ich habe mich zu einer von ihnen begeben. Um fünf vor elf war ich dann schon im Hotel *Der Neue Unparteiische*.

Das ist meine Geschichte. Sie können mich den Behörden übergeben.«

»Von mir aus können Sie in aller Seelenruhe warten«, sagte Parodi. »Die Leute von heutzutage tun nichts anderes mehr als verlangen, die Regierung soll alles in Ordnung bringen. Sind Sie arm – die Regierung muß Ihnen eine Stellung verschaffen; nehmen Sie Schaden an Ihrer Gesundheit, die Regierung muß Sie im Hospital behandeln; laden Sie sich einen Mord auf – statt ihn auf eigene Rechnung zu sühnen, verlangen Sie von der Regierung, sie soll Sie strafen. Sie werden sagen, es steht mir nicht zu, so zu reden, da ja der Staat mich un-

* Bukolische Nuance. (Originalanmerkung von José Formento.)

terhält. Aber ich bleibe bei meiner Überzeugung, Señor, daß der Mensch für sich selbst einstehen muß.«

»Das glaube ich auch, Señor Parodi«, sagte bedächtig Fang She. »Viele Menschen sterben jetzt in der Welt, um diesen Glauben zu verteidigen.«

Pujato, 21. Oktober 1942

H. Bustos Domecq
Zwei denkwürdige Phantasien

Der Zeuge

Isaias, VI, 5.

Wissen Sie, Lumbeira, manche Leute sind reichlich stur; denen sind Geschichten, über die sogar der Nuntius gähnt, wenn er sie zum x-ten Male hört, lieber als eine Debatte Mann gegen Mann, über Themen, die ich ohne Zögern anspruchsvoller nenne. Reißen Sie nur den Mund auf, bis Ihnen fast das Genick bricht, um eine sensationelle Aussage über die Unsterblichkeit des Flußkrebses zu machen, und schon haut man Ihnen, noch ehe die Fliegen sich auf Ihre Zunge setzen können, eine Geschichte um die Ohren, die so öde ist, daß Sie sich danach nie wieder in dieser Kneipe blicken lassen. Passen Sie auf, mein Lieber; ich kippe mir jetzt noch 'ne Tasse Kaffee hinter die Kiemen, und bis ich den Bodensatz sehen kann, erzähle ich Ihnen ein konkretes Beispiel. Und wenn Sie das nicht umhaut, dann nur, weil Sie schon in Ihren Schuhen gesteckt haben, als die Sohlen an den Fußboden gelötet wurden. Wenn es auch weh tut, das festzustellen – und ich traue mich, davon zu reden, weil Sie ein prima Argentinier sind, obwohl Sie ein bißchen schwarze Schuhwichse abgekriegt haben –, muß man das doch so laut herausbrüllen wie ein Säugling, dem man die Zitze stibitzt, nämlich, daß in Sachen Ungeziefervertilgung die Republik einen Rückschritt gemacht hat, was ihre Lage nicht gerade verbessern wird. Eine andere Geschichte war es allerdings, als mein Schwiegersohn, unter dem Mantel des Nepotismus, in das »Institut Diogo für Veterinärmedizinische Vorsorge« eingesickert ist und mit der Geduld eines Zuchthäuslers eine solide Bresche in die Einheitsfront gebohrt hat, die sich immer wieder bildete, sobald nur mein Name erwähnt wurde. Immer wieder erzähle ich dem Lungo Cachaza – Sie wissen schon, der Tiger der Gemeinde –, daß es Sauertöpfe gibt, die so tun, als wollten sie den Großen

Hausputz machen. Und dabei erwischen sie dann auch solche Leute, die sich ihren Platz am großen Freßnapf redlich verdient haben. Das sind Geschichten, die längst allgemein bekannt sind, so wie die von der Geldstrafe, die sie mir aufgebrummt haben, als der Thunfisch beschlagnahmt wurde, oder die von der Gaunerei mit den Totenscheinen für die kleine Mafia im Rafaela-Viertel. Ja, früher, da brauchte ich nur das Gaspedal in meinem Chandler 6 durchzutreten, und schon sah er aus wie ein auseinandergenommener Wecker. Ich mußte lachen, bis mir die Plomben rausfallen, wenn ich die Mechaniker aus der Provinz gesehen habe, die wie die Fliegen angeschwärmt kamen und meinten, sie könnten meine Kiste wieder in Gang bringen. Manchmal mußten auch die Jungs aus den Schlachthöfen die Kosten übernehmen und überall so schwitzen wie sonst nur an den Füßen, um mich aus einer Lehmkuhle oder gar einem halbfertigen Straßengraben zu ziehen. Ich bin ein Stehaufmännchen, ich bin ganz gut fertig geworden mit dieser Achthundert-Kilometer-Strecke, von der die anderen Kollegen nichts wissen wollten, nicht mal, wenn man ihnen das Märchen erzählt, sie könnten dafür an der Wohltätigkeitstombola des alten Palomeque teilnehmen. Immer bin ich in der Vorhut des Fortschritts gewesen und sollte damals vorsichtig den Markt für unser neues Produkt abklopfen: etwas gegen Schweineläuse (das war nichts anderes als unser gutes altes Tapiokapulver in Beutelchen).

Damals ging, das war der Anlaß, diese unerklärliche Enterokolitis, um, die den Schweinebestand am Südwestrand von Buenos Aires dezimiert hat; ich mußte auf halber Strecke, in Leubuco, dem Chandler Adiós sagen, weil sich ein Haufen von Krakeelern abgesprochen hatte, mich bis über die Kiemen mit Tapiokapulver anzufüllen; ich konnte bei einem Veterinärstrupp anheuern und habe Puán mit heilem Pelz erreicht. Es ist immer mein Motto gewesen, daß eine Gegend, wo der Mensch, der *à jour* ist, ein intelligenter Kämpfer ist, der den Schweinen vernünftige Medizin und das Futter gibt, das sie brauchen, um den höchsten Ertrag an Schinken ohne

Fett und ohne Knochen abzuwerfen – »Diogos Läusekiller« und »Diogos Vitaminhaltiges Futter« –, daß so eine Gegend auf den ersten Blick optimistische und ermunternde Züge zeigt. Es hat aber keinen Zweck, daß ich Ihnen, wie einem armen Steuerzahler, über diese Tour etwas vormache, Sie müssen mir schon glauben, wenn ich Ihnen das Bild in finstersten Farben male, das die Landschaft in der Stunde, wo sich der Sonnenuntergang zwischen den Stoppelfeldern verliert, dem Betrachter darbot, der vom ekelhaften Gestank so viel krepierter Säue schon ganz erstickt war.

Es war so kalt, daß einem der Nabel vereist, und außerdem müssen Sie bedenken, daß ich nur dünnes Zeug anhatte, minus die Jacke, die sich ein Eber in seinen letzten Zuckungen angeeignet hatte und minus den Staubmantel, den ich einem Vertreter der Seifensiederei Silveyra für die Verschiffung meiner Person in seinem Fuhrwerk überlassen mußte. Er machte seine Geschäftchen damit, daß er Knochenfett spazierenfuhr. Ich bin in den Gasthof von Gouveia geschlichen und habe schönen heißen Milchkaffee bestellt, den mir der Nachtwächter mit der Behauptung, neun Uhr wäre schon vorbei, in Form eines Sodawassers serviert, dessen Temperatur, offen gesagt, sehr niedrig war. Zwischen einem Schluck und einem Bibbern habe ich versucht, dem Nachtwächter – der war einer von diesen Stummen, die, wenn sie mal anfangen zu reden, ein größeres Maul haben als die von Diogo vermietete Entkernungsmaschine –, also dem Nachtwächter aus der Nase zu ziehen, wann ungefähr der erste Bahnbus zum Knotenpunkt Lobos fahren würde. Ich bin gerade dabei, mich zu beglückwünschen, daß ich nur acht Stunden warten mußte, als ein Luftzug mich umdreht wie einen Strumpf, und siehe, da steht ein Spalt offen, durch den der feiste Sampaio hereinkommt. Sie brauchen ja wohl keine genaue Beschreibung von dem Dicken, man weiß ja, daß er nicht wählerisch ist und daß er sich mit jedem Dreck einläßt. Er hat sich an den Marmortisch gepflanzt, an dem ich saß und zitterte, und hat mit dem Nachtwächter eine halbe Stunde lang darüber debattiert, was besser wäre, eine heiße Schokolade mit Vanille oder ein Topf heiße fette Brühe. Schließlich hat er sich überzeugen lassen, daß der Kakao Vorzüge hat, was der Nachtwächter so auslegt, daß er ihm auch ein Sodawasser serviert. In jenem Winter hatte Sampaio, mit einem Strohhut im Nacken und einer arschlangen Jacke, ein Ventil für seinen literarischen Dampf gefunden. Er redigierte in Schönschrift eine ellenlange Liste von Schweinezüchtern, Zuchtschweinen und Winterställen für eine überarbeitete Ausgabe des Lourenzo-Führers.

Während wir so vorm Thermometer hocken und aus unseren Gebissen Kastagnetten machen, sehen wir uns in diesem verfallenen dunklen Gebäude um – Boden aus Lehmziegeln, Eisenträger, ein Tresen mit Kaffeemaschine – und erinnern uns an die besseren Zeiten, in denen wir versucht haben, uns gegenseitig bei den Kunden auszustechen, und wo wir im Hinterland von San Luis soviel Staub geschluckt haben, daß nach unserer Rückkehr immer alle Staubsauger von Rosario verstopft waren. Obwohl der Dicke aus ich weiß nicht welcher tropischen Republik stammt, ist er doch ein aufgeweckter Bursche. Er wollte mir die Seele laben, indem er mir die Ergüsse aus seinen Kladden vorliest; die erste dreiviertel Stunde habe ich den Kopf eingezogen und mit aller Kraft versucht, meine graue Grütze dadurch zusammenzuhalten, daß ich mir einbilde, diese Abalos und Abarrateguis und Abatimarcos und Abbagnatos und Abbatantuonos wären Firmen, die in meinem Operationsradius arbeiten, aber schon bald verklikkert mir Sampaio indiskret, daß das Züchter im Nordwesten der Provinz sind. Das ist zwar eine interessante Gegend, weil sie dicht bevölkert ist, aber unglücklicherweise ist sie auch völlig beherrscht von der wirkungslosen und verdummenden Propaganda der Konkurrenz. Stellen Sie sich vor: Seit vielen Jahren kenne ich den dicken Sampaio – in- und auswendig, und nie habe ich geschnallt, daß unter all seinem Fett ein ausgewachsener Schreiberling steckt! Ich war angenehm überrascht und wollte unbedingt von der gelehrten Wende in unserem Schwatz profitieren. Mit einem Haken, um den mich

P. Carbone in seinen besten Tagen beneidet hätte, habe ich das Gespräch auf die großen Zeitfragen gebracht, mit der fixen Idee, diesen feinen Fettwanst per Kopfball ins Tor des Katechismus zu stoßen. Ich habe die Gedanken zur Zeit *grosso modo* aus einer heftigen Predigt des Paters Fainberg genommen und dem Dicken erst einmal das Maul gestopft mit der Frage, wie es möglich ist, daß der Mensch, der wie ein Eisenbahnzug zwischen dem einen und dem anderen Nichts hin- und herfährt, behaupten kann, all das, was selbst der letzte Meßdiener über Brot, Fisch und die Dreifaltigkeit weiß, wäre Unfug und Humbug. Verlieren Sie nicht gleich vor Verwunderung das Bewußtsein, Freund Lumbeira, wenn ich Ihnen verkünde, daß Sampaio die Fahne nicht mal bei diesem satten Hieb gestrichen hat. Schlagfertig und kühler als ein Mokkaeis sagt er, was die Dreifaltigkeit angeht, hätte keiner wie er die traurigen Folgen von Aberglauben und Unwissenheit gesehen, und ich brauchte darauf keine einzige Silbe mehr zu verschwenden, er würde mir jetzt nämlich *ipso facto* ein persönliches Erlebnis unter die Perücke jubeln, das ihn auf die Einbahnstraße zum krassesten Materialismus gesetzt hätte. Don Lumbeira, ich schwöre Ihnen heilige Eide, daß ich versucht habe, den Dicken davon abzubringen, indem ich ihn zu einem kleinen Schläfchen auf dem Billardtisch anrege, aber der Mann wird zum Despoten und hat mir, ohne mit der Wimper zu zucken, diese Geschichte eingetrichtert, die ich Ihnen weitergeben werde, sobald ich mit einigen Schlückchen Kaffee die paar Krümel mit Butter vertilgt habe, die mir im Moment den Mund verstopfen. Er hat nämlich, als ich gähnte, sich mein Zäpfchen ganz genau angesehen und gesagt:

»Schließen Sie nicht aus diesen Äußerlichkeiten – ausgefranster Hut und geflickter Anzug –, daß ich immer nur Touren abgeritten hätte, die aus nichts anderem bestehen als aus Pfuhlen, in denen Zuchtschweine vor sich hinstinken, und aus Gasthäusern, in denen alle an Gesprächsverstopfung leiden. Ich habe gute Zeiten gehabt. Ich habe Ihnen ja schon mehr als einmal gesteckt, daß meine Wiege in Puerto Mariscalito stand, was allezeit ein modischer Badeort war, wo die Mädchen meines Landes zusammenkamen, weil sie glaubten, sie könnten dort die Malaria austricksen. Mein Vater war einer von den neunzehn Knalltüten im Revolutionsrat vom 6. Juni; als die Gemäßigten wieder drankamen, ist er, wie alle anderen Republikaner, vom Obersten in der Verwaltung zum Flußbriefträger im Sumpfland befördert worden. Die Hand, die vorher den Stutzen bedient hatte und gefürchtet war, mußte sich nun damit begnügen, versiegelte Briefe auszuteilen, wenn nicht gar simple Drucksachen. Nebenbei bemerkt, ich kann Ihnen flüstern, daß mein Vater nicht zu den Postleuten gehörte, die sich damit zufriedengeben, das Porto in Zitronen, Äpfeln, Papayas und anderem Obst zu kassieren; oh nein, er machte aus dem passiven Empfänger einen aufgeweckten, unternehmungslustigen Indio, der sich daran gewöhnte, meinem Vater zuerst allen möglichen Krimskrams abzukaufen, bevor er seine Post einsehen durfte. Und was meinen Sie, Don Mascarenhas, wer wohl der Stift war, der ihm bei diesem patriotischen Geschäft zur Hand ging? Der Bursche mit dem gezwirbelten Schnauzer, der Ihnen heute diese vertraulichen Mitteilungen macht. Meine ersten Erlebnisse hatte ich, als ich mich an den Ausleger der Piroge klammerte; meine erste Erinnerung ist grünes Wasser, in dem sich über einer Horde von Kaimanen Blätter spiegeln. Ich war ein kleiner Junge und wollte nicht hinein, aber mein Vater, der ein wahrer Cato war, hat mich plötzlich hineingeworfen, um mich von der Angst zu kurieren.

Aber dieser Wanst auf zwei Beinen* war nicht dazu gemacht,

* Eine kraftvolle und angebrachte Synekdoche, aus der sich klarstens erwittern läßt, daß der glückliche Sampaio nicht zu dem französisierenden Gelichter zählt, das dem *Petit Larousse* die Hand reicht, sondern daß er von Kindesbeinen an die Milch des Cervantes getrunken hat, überquellend und männlich wie nur eine. (Von Mario Bonfanti, S. J., abgesonderte Anmerkung.)*

* Aus einem Grund, der sich dem Scharfsinn dieser Korrektoren entzieht, suchte Pater Mario Bonfanti, nervös sekundiert von Herrn Bernardo Sampaio, in letzter Minute die vorstehende Anmerkung zurückzuziehen, indem er uns mit unbezahlten Telegrammen, beglaubigten Briefen, Boten zu Rade, flehentlichen Bitten und Drohungen überhäufte.

in aeternum einfache Hüttenbewohner mit Plunder zu ködern; ich wollte meine Sohlen im Lande Neuheit abwetzen, auf dem Hügel von Montevideo oder mit einer fröhlichen Schickse. Ich wollte mein Lebensalbum mit bunten Postkarten füllen, also habe ich eine dieser Annoncen ›Dringend gesucht wegen …‹ ausgenutzt und mich vom Kielraum eines Fischerboots aus von den milden rötlichen Ebenen, den grünen Dickichten und den gescheckten Sandflächen verabschiedet, die mein Land, meine Heimat und meine freundliche Erinnerung sind.

Vierzig Tage und vierzig Nächte dauerte diese Überfahrt zwischen Fischen und Sternen, mit ungeheuer polychromen Landschaften, die ich bestimmt nie vergessen werde, weil ein Decksmatrose Mitleid mit mir armem Seekranken hatte und zu mir herunterkam, um mir zu erzählen, was seine übertreibenden Augen sahen. Aber sogar das Paradies hat irgendwo ein Gatter, und eines Tages luden sie mich, eingerollt wie ein Teppich, am Pier von Buenos Aires, zwischen Tabakkrümeln und Bananenblättern aus. Ich will Ihnen nicht in alphabetischer Reihenfolge aufzählen, wie oft ich in meinen ersten Jahren als Argentinier ohne Arbeit war; wenn ich das hier im Gänsemarsch antreten lasse, passen wir nicht mehr unter diese Dachziegel. Ich werde Ihnen aber ausführlich erzählen, was hinter verschlossenen Türen in der Firma *Meinong & Co.*, deren Personalbestand ich als einziger Angestellter aufblähte, vor sich ging. Das Haus war die Nummer 1300 in der Calle Belgrano. Die Firma importierte holländischen Tabak, so daß der Verbannte, wenn er abends die Augen schloß, die von der emsigen Erschöpfung schon Schwielen bekamen, meinen konnte, er stapfe im Kraut der vermißten Tabakfelder von Alto Redondo umher. Im Parterre gab es ein Schreibpult, um die Kunden zu beeindrucken, und im Keller hatten wir unsere Bodenschätze. Ich war damals, in meinen jungen Jahren, voll von jugendlichem Tatendrang, und ich hätte das ganze schwarze Gold von Pánuco gegeben, um wenigstens eines der kleinen Tischchen zu verschieben, die sich rechter Hand in der Netzhaut verfingen. Aber Don Alejandro Meinong hatte mir auch nur die winzigste Änderung in der Anordnung des Mobiliars verboten, weil er blind war und nur mit Hilfe des Gedächtnisses durch das Haus ging. Noch heute sehe ich ihn, der mich nie gesehen hat, vor mir, mit seinen nachtschwarzen Brillengläsern, seinem Rauschebart und seiner Bröselhaut. Trotz allem machte er eine gute Figur. Ich habe ihm immer wieder gesagt: ›Don Alejandro, bei dieser Hitze sollten Sie einen Strohhut tragen‹, aber er hatte immer eine Samtmütze auf, die er nicht mal im Bett ablegte. Ich weiß noch genau, daß er einen von diesen spiegelnden Ringen hatte, und ich konnte mich in seinem Finger rasieren. Ich nehme hier das Wort aus Ihrem Mund und drehe es in meinem herum, um festzuhalten, daß auch Don Alejandro genau wie ich ein Krümel im modernen Humus der Einwanderung war; er stemmte nämlich schon seit einem halben Jahrhundert keine Bierhumpen mehr in der Herrengasse. In seinem Wohn- und Schlafsalon hatte er einen Stoß Bibeln in allen möglichen Sprachen aufgetürmt; er war ein hohes Tier in einer Vereinigung von Rechenkünstlern, die versuchten, die geologischen Disziplinen mit der Zeitrechnung der Heiligen Schrift in Einklang zu bringen. Er hatte längst sein Kapital – es war nicht gerade dürftig – in den Fonds dieser Schwachköpfe gesteckt und wiederholte gern, daß er für seine Enkelin Flora eine Erbschaft von höherem Karat als die gleiche Menge in Gold versteckt hätte, nämlich die Liebe zur Chronologie der Bibel. Diese Erbin war ein schmächtiges Mädchen von höchstens neun Jahren, mit Augen ganz weit weg, wie ins Meer vertieft, mit blondem Haar, mit artigem und liebem Benehmen, eine hübsche wilde Blume, wie wir sie alle frühmorgens auf den Wiesen und Hängen des Cerro Presidente gepflückt haben. Dieses Mädchen hatte keine gleichaltrige Gesellschaft und freute sich, wenn ich, sobald nichts zu tun war, die Nationalhymne meiner heimatlichen Scholle intonierte und mich dabei auf dem Tamburin begleitete. Aber, wie es so schön heißt, der Affe ist nicht immer nur für Äffereien da. Wenn ich mich mit der Kundschaft herumzankte oder mir eine Ruhepause gönnte, spielte die kleine Flora im Keller ›Reise zum Mittelpunkt der Erde‹. Dem Großvater gefielen diese Expeditionen überhaupt nicht. Er hatte entschieden, daß es im Keller gefährlich sei; er, der wie eine Rohrpostsendung durch das Haus wanderte, brauchte nur in die Dunkelheit hinabzusteigen, und schon behauptete er, man habe ihm die Sachen da unten durcheinandergebracht, und er komme sich vor wie einer, der sich verirrt hat. Bei Licht besehen war dieses Gejammer nur das Ergebnis seiner Launen, denn alle, sogar der Kater Moño, wußten, daß das Lager da unten keine anderen Überraschungen barg als Stapel über Stapel Tabakblätter und nutzloses Gerät der ehemaligen Eisenwarenhandlung *E. K. T.*, die vor meinem Don Alejandro den Laden gemietet hatte. Der erwähnte Moño, wozu sollte ich das verschweigen, dieser Kater war Mitglied der Bruderschaft der Kellerverschmäher, denn für ein Mal, das er die Kellertreppe hinunterlief, floh er hundert Mal, als wäre der Pferdefüßige hinter ihm her. Solche Heftigkeiten bei einem Katerchen, das ruhig war wie ein Kapaun, hätten den größten Phlegmatiker alarmieren müssen, aber ich schaute immer geradeaus, wie die Kompaßnadel, obwohl es in diesem Fall besser gewesen wäre, genauer nachzusehen. Später, als mir alles klar wurde, war es schon zu spät, und ich hatte das Nachsehen.

Der Gang auf den Kalvarienberg, von dem Sie jetzt hören werden und dem Sie auch dann nicht entgehen können, wenn Sie sich ein zusätzliches Rad anmontieren, begann, als Don Alejandro sich sozusagen in einem Lederkoffer häuslich einrichtete, mit der Absicht, nach La Plata zu reisen. Es kam noch so ein Cucuphatus, um ihn abzuholen; wir sahen sie, wie sie prächtig aufgeputzt zum Bibelkundler-Kongreß im Saal des Kinos Dardo Rocha abzogen. In der Tür sagte er mir noch, ich sollte ihn am nächsten Montag mit gutgeladener Kaffeemaschine erwarten, die Reise würde drei Tage dauern, und ich sollte die kleine Flora wie meinen Augapfel hüten. Er wußte nur zu gut, daß die Ermahnung überflüssig war; wenn

Sie mich nämlich heute auch dick und düster daherkommen sehen, war es doch damals meine Lieblingsbeschäftigung, Wachhund für die Kleine zu sein.

An einem Nachmittag, als ich bis über die Ohren mit Karamelcreme vollgestopft war und mir ein Schläfchen gönnte, wie es nicht mal ein Regent in den Ferien hat, benutzte die kleine Flora das Nachlassen meiner peinlichen Wachsamkeit, um im Keller zu verschwinden. Beim Angelus, zur Stunde, wo sie ihre Puppe ins Bett brachte, stellte ich fest, daß sie Fieber und Halluzinationen und Angst hatte. Als ich merkte, daß bereits der Schüttelfrost sie gepackt hatte, habe ich ihr gesagt, sie sollte sich die Bettdecke von unten ansehen, und ihr einen Kräutertee aufgebrüht. Ich erinnere mich, daß ich in dieser Nacht, damit sie ruhig schlafen konnte, am Fußende des Bettes auf der Sisalmatte gewacht habe. Die Kleine ist früh wach geworden, noch immer nicht in Ordnung, weniger wegen des Fiebers, das gesunken war, als wegen der Angst. Ein bißchen später, als der Kaffee sie gestärkt hatte, habe ich sie gefragt, wovor sie denn solche Angst hätte. Sie hat mir gesagt, am Abend hätte sie im Keller etwas gesehen, das so gräßlich gewesen sei, daß sie es nicht beschreiben könnte, nur, daß es Bärte gehabt hätte. Ich dachte mir, daß diese Bartphantasie nicht die Ursache des Fiebers war, sondern das, was der Quacksalber ein ›Symptom‹ nennt, und ich lenkte sie mit der Geschichte von dem Wilden ab, den die Affen zu ihrem Abgeordneten wählten. Am nächsten Tag hüpfte die Kleine wie ein Zicklein durchs Haus. Weil ich selbst vor der Treppe die Segel streiche, habe ich die Kleine gebeten, in den Keller zu gehen und mir ein havariertes Tabaksblatt zu holen – aber Vorsicht mit dem anderen Tabak! Bei dieser Aufforderung wurde sie bleich. Weil ich wußte, daß sie ein mutiges Mädchen war, habe ich darauf bestanden, daß sie unverzüglich den Befehl ausführt, damit diese krankhaften Spinnereien endlich aufhören. Plötzlich fiel mir mein Vater ein, wie er mich aus dem Kahn schubste, deshalb ließ ich mich nicht vom Mitleid erweichen. Um sie zu trösten, bin ich bis zum Anfang der Treppe mitgegangen. Ich sah sie hinuntergehen, kerzengerade und starr, wie die Silhouette des kleinen Soldaten in der Schießbude. Sie kniff die Augen zu, als sie hinunterstieg. Dann ging sie sofort zum Tabak.

Ich hatte mich kaum umgedreht, als ich einen Schrei hörte. Er war nicht laut, aber heute ist mir, als hätte ich in ihm wie in einem Spiegel das gesehen, wovor die Kleine solche Angst hatte. Mit fliegenden Pantoffeln bin ich hinunter und habe sie ausgestreckt auf dem Boden gefunden. Sie hat mich umarmt und sich mit ihren kleinen Armen ganz fest an mich geklammert und hat, während ich immer wieder gesagt habe, daß sie ihren Bernhardineronkel (so nannte sie mich immer) nicht allein lassen soll, ihren Geist aufgegeben, das heißt, sie ist gestorben.

Ich war völlig hinüber und hatte das Gefühl, mein ganzes Leben bis zu diesem Ereignis hätte ein Fremder gelebt. Plötzlich schien mir der Moment, wo ich die Treppen hinabgestiegen war, ganz weit entfernt. Ich saß immer noch auf dem Boden; meine Hände, wie selbständig, drehten eine Zigarette. Mein Blick irrte umher, abwesend auch er.

Dann habe ich in einem geflochtenen Schaukelstuhl, der langsam wippte, den Grund für den Schrecken der Kleinen gesehen, und damit auch für ihren Tod. Vielleicht halten Sie mich für gefühllos, aber Tatsache ist, daß ich lächeln mußte, als ich den simplen Unsinn sah, der mir dieses Unheil gebracht hatte. Aber geben Sie sich zuerst einen Stoß, damit Sie besser abheben können. Stellen Sie sich, gleichzeitig und so schnell, wie man Amen sagt, die drei Kombinationen vor, die in einer Art ruhiger Vermengung den Stuhl belebten: So wie die drei, wissenschaftlich gesprochen, einen einzigen Ort einnahmen, ohne hinten und vorne, noch oben und unten, verwirrten sie einem die Sicht, vor allem auf den ersten Blick. Da war der Vater, den ich an seinem mächtigen Bart erkannte, und gleichzeitig war er der Sohn mit seinen Stigmata, und der Heilige Geist in Form einer Taube, so groß wie ein Christenmensch. Ich weiß nicht, wie viele Augen mich anstarrten, denn selbst das Augenpaar, das jeder der drei Personen entsprach, war, wenn man es recht bedenkt, ein einziges Auge und befand sich gleichzeitig auf sechs Seiten. Reden Sie mir nicht von den Mündern und Nasen: Davon wird man wahnsinnig. Ich fand außerdem, daß der eine aus dem anderen hervorging, in einer emsigen Rotation, und Sie werden sich nicht darüber wundern, daß mir schon schwindlig zu werden begann, wie wenn man sich über kreisendes Wasser beugt. Man hätte meinen können, daß sie sich durch die eigene Bewegung erleuchteten, sie waren nicht weit entfernt von mir; wenn ich achtlos die Hand ausgestreckt hätte, hätte dieser Wirbel sie mir vielleicht weggenommen. In diesem Moment hörte ich die Straßenbahn, die Achtunddreißiger, durch die Calle Santiago del Estero fahren und bemerkte, daß im Keller kein Laut vom schaukelnden Stuhl zu hören war. Als ich genauer hinsah, war es zum Lachen; der Stuhl stand ruhig da; was ich für Schaukeln gehalten hatte, war der Insasse. Hier ist also die Allerheiligste Dreifaltigkeit, dachte ich, Schöpferin des Himmels und der Erde, und mein Don Alejandro ist in La Plata! Dieser Gedanke reichte aus, um mich von der Lähmung zu befreien, die mich befallen hatte. Es war nicht der Moment für freundliche Betrachtungen: Don Alejandro war ein Mann alter Schule, der sich nicht gutgläubig meine Erklärung anhören würde, warum ich nicht auf die Kleine aufgepaßt hatte.

Sie war tot, aber ich habe es nicht fertiggebracht, sie so nahe bei diesem Schaukelstuhl zu lassen. Deshalb habe ich sie in die Arme genommen und zu ihrer Puppe ins Bett gelegt. Ich habe ihr einen Kuß auf die Stirn gedrückt und bin gegangen; es hat mir leid getan, daß ich sie in diesem düsteren Kasten lassen mußte, der so leer und so bewohnt war. Weil ich Don Alejandro nicht begegnen wollte, bin ich zum Once-Bahnhof gelaufen und habe die Stadt verlassen. Eines Tages hörte ich, daß man das Haus in der Calle Belgrano abgerissen hat, als die Straße verbreitert wurde.«

Pujato, 11. September 1946

Das Zeichen

Genesis, IX, 13.

Da steht er ja, der gute Lumbeira, wie er leibt und lebt. Ich werde noch einen Kaffee abonnieren, weil die Geschäfte Kraft verlangen, und der Unterzeichnete wird bestimmt nicht dieses Paar Butterhörnchen verschmähen, und auch nicht diesen saftigen Blätterteig, den ich mit vielen Schlückchen Milchkaffee verdrücken werde, nachdem ich ihn mir so tief unter die Nase geschoben habe, daß mir die Finger abhanden gekommen sind. Nur so bleibe ich in Form, um mit diesem Stapel häßlicher kleiner Napfküchlein abzurechnen. Keine Aufregung, Paganini; sobald mein Abfluß nicht mehr verstopft ist und ich wieder der Parole mächtig bin, werde ich Ihnen eine wahre Plockwurst von Geschichte in beide Ohren jagen, und wenn Sie die gehört haben, werden Sie *ipso facto* die Annäherung des Kellners wünschen und über meinen wirren Kopf ein so gigantisches Menü ergießen, daß danach im Umkreis von zwei Meilen kein bißchen Fett mehr aufzutreiben ist.

Was die Zeit doch so alles anschleppt, Lumbeira! Noch ehe Sie Ihre Weisheitszähne in diesen englischen Pudding buddeln können, ändert sich plötzlich alles, und wo noch gestern der Papagei Sie mit seinem Gebrüll taub gemacht hat, hocken heute Sie im Reifen und betäuben den Papagei. Sie werden nicht behaupten können, ich lüge, wenn ich Ihnen sage, daß ich dem »Institut Diogo für Veterinärmedizinische Vorsorge« inniger verhaftet war als ein Kaugummi und daß für mich der Geruch eines Eisenbahnzuges das war, was der Geruch eines Pferdefuhrwerks für den Hund ist und für Sie der Geruch einer vornehmen Staatskarosse. Ich will damit sagen, daß ich mich als Handelsreisender darauf verstand, unausgesetzt das Eisenbahnnetz bis zum Geht-nicht-Mehr abzuklappern. Von einem Tag zum anderen, ohne größere Vorbereitung als eine Gewissenserforschung und einen Denkprozeß von anderthalb Jahren, habe ich ihnen mit schwungvoller Feder eine unabweisbare Kündigung hingeknallt, in der zu lesen stand, daß ich meine Schuhe woanders unterstellen würde. Schließlich habe ich sie – Größe 44 – in die Redaktionsräume unseres Abendblatts *Última Hora* geschleppt, wo der zuständige Redaktionschef, eine miserable Karotte, mich zum Reisekorrespondenten beförderte, und wenn ich nicht gerade auf der großen Straße nach Kleinkleckersdorf unterwegs war, hatte ich meist dringende Geschäfte in der Kneipe von Berazategui.

Ich würde Ihnen nicht widersprechen, wenn Sie behaupteten, daß ein Reisender mit dem Bodensatz der Parteien des Stadtrandes Kontakt zu finden pflegt, und so ist es nicht überraschend, daß man jede Menge unveröffentlichten Geschwätzes herausfindet, das Ihnen, wenn Sie es hören würden, auf der Stelle ein zweites Gerstenkorn wachsen ließe. Machen Sie sich nicht die Mühe, den Mund zu öffnen; sogar die Fliegen, die da in der Milch herumkraulen, wissen längst, daß Ihr Unterkiefer sich dann durch sein eigenes Gewicht ausklinken würde, schließlich bin ich ein Veteran, der einen schärferen journalistischen Spürsinn hat als eine lausige Hundeschnauze. Deshalb hat man mich erst gestern nach Burzaco geschickt, so, wie man einen Pflock in Holzwolle schiebt. Wie ein Käse habe ich am Zugfenster geklebt, wo die Sonne von 12 Uhr 18 mir das Fett auf der Stirn brät. Mein Kopf war wie ein gesottenes Echo, und ich kam vom Hundertsten aufs Tausendste, aufs Zehntausendste, vom Asphalt zum Gitterblech, vom Gitterblech zum Landhaus, und vom Landhaus zum Pfuhl, in dem sich die Säue suhlen. Oder, um mich nicht in den einzelnen Windstrichen des Kompasses zu verirren, ich bin nach Burzaco gekommen und im Bahnhof ausgestiegen. Ich schwöre Ihnen, bei dem Bart, den ich mir dafür extra würde wachsen lassen, daß zu meinem Reiseproviant nicht die leisteste Ahnung der Offenbarung gehörte, die mich an diesem erstickenden Nachmittag erwartete. Immer wieder habe ich mich wie der letzte Heuler gefragt, was hätte ich wohl getan, wenn mir jemand gesagt hätte, daß ich da mitten im Brennpunkt von Burzaco ein solches Wunder erleben würde, daß Ihr Gesicht, wenn Sie es hören, aussehen wird wie dicke Milch.

Ich bin so lange durch die Calle San Martin geschlendert, wie man braucht, um einen Mate zu trinken; dann hatte ich das bemerkenswerte Domizil von Don Ismael Larramendi erreicht und mir das Vergnügen gemacht, einzutreten. Stellen Sie sich eine hoffnungslose Ruine vor, ein halbfertiges, kokettes kleines Chalet, im Klartext also, einen erbarmungswürdigen Trümmerhaufen. Sogar Sie, Don Lumbeira, hätten Abstand davon genommen, ohne Nackenwärmer und Regenschirm da hineinzugehen, obwohl Ihnen doch, wenn Sie im Stehen ratzen, dafür nicht einmal ein Ameisenhaufen zu ekelhaft ist. Ich bin durch das Unkraut auf dem Trottoir gestiegen, und als ich schon im Portal stehe, unter einem Wappen des Eucharistischen Kongresses in der Art von Primo Carnera, taucht ein Tattergreis mit Tonsürchen auf, um den ein so säuberlicher Staubmantel wuchert, daß ich heftige Lust habe, ihn mit dem Moos zu bestreuen, das sich in Taschen anzusammeln pflegt. Ismael Larramendi – Don Matecito, wie man ihn nennt – präsentierte sich mir als Träger wackliger Augengläser, eines doppeldeckerhaften Robbenschnäuzers und eines Taschentuchs, dem sein gesamter Nacken zugrunde lag. Er lief ein paar Zentimeter ein, als ich mich ihm gegenüber dieser Karte entäußerte, die ich Ihnen jetzt in den Nabel reibe, der Ihnen gelegentlich als Gesicht dient, und auf der Sie auf Vitroflexpapier und in gestochenem Kursivsatz *T. Mascarenhas, Última Hora* lesen können. Bevor er die übliche Spieleröffnung, daß er nicht zu Hause wäre, bringen konnte, habe ich ihm den Mund damit gestopft, daß ich über ihn Bescheid wüßte, und als er so tat, als hieße er Hase, habe ich ihm seinen ganzen Stammbaum heruntergebetet. Weil mir das Eßzimmer zu eng war, habe ich die Kochplatte in die Rumpelkammer gestellt, meinen Hut im Schlafzimmer in Pension gegeben, meinen Arschbacken den Schaukelstuhl angeboten, ein Zigärrchen angezündet, das der Hutzelgreis mir nur sehr zögernd spendiert hatte, und meinen ganzen Kram in ein kleines Regal gefeuert, wo lauter Handbücher herumstanden, und dann den Alten eingeladen, es sich auf dem Boden bequem zu machen, und ihn aufgefordert, mir wie ein Phonograph mit Schalltrichter von seinem Mentor, dem verblichenen Wenceslao Zalduendo, zu erzählen.

Man sollte es nicht für möglich halten, er hat den Mund aufgemacht und ist in einen Monolog ausgebrochen. Mit einem Stimmchen wie eine Okarina penetrantissima, die ich – das schwöre ich Ihnen bei diesem Kirchturm von Sandwiches – jetzt nur deshalb nicht mehr höre, weil wir in dieser Kneipe in Boedo sind. Ohne mir auch nur Gelegenheit zu geben, ihm noch einmal die Sporen in die Weichteile zu jagen, erzählte er:

»Lassen Sie, mein Herr, Ihren freundlichen Blick durch dieses winzige Fenster schweifen, und es wird Sie nicht viel Mühe kosten, einen Steinwurf entfernt ein winziges Quartier zu entdecken; abgesehen davon hat fast alles andere dem armen Tropf immer gefehlt. Sie sollten voller Gottvertrauen ein Kreuzzeichen schlagen und sich von diesem Haus drei Wünsche erbitten, denn unter seinem Dach lebte einst ein Mann, der eine bessere Wertschätzung verdient hat als viele dieser wahrhaften Vampire, die gleichermaßen das Blut des Armen wie das des wohletablierten Industriellen schlürfen. Ich spreche zu Ihnen von Zalduendo.

Vierzig Jahre sind durch dieses kleine Runde gegangen* – neununddreißig Jahresringe, besser gesagt – seit dem unvergeßlichen Abenddämmer oder vielleicht dem kleinen, allzu frühen Morgen, an dem ich Don Wenceslao Zalduendo ken-

* Im Licht aller Erkenntnisse handelt es sich um das primitivste aller Monokel. Unser guter Mann improvisierte es mit Daumen und Zeigefinger, klemmte es sich ins Auge und lachte gutmütig, nur weil er eine Fratze schnitt. *Tout comprendre c'est tout pardonner.* (Fußnote, die der Doktor Gervasio Montenegro zusammengeschmiert hat.)

nenlernte. Ihn oder einen anderen, denn die Zeit bringt Vergessen mit sich, was ein gewaltiger Balsam ist; am Ende weiß man nicht mehr, mit wem man beim letzten Mal in der Bar von Constitución seine Milch geschluckt hat oder eine malzhaltige Grütze von der besonders magenfreundlichen Sorte. Jedenfalls habe ich Don Wenceslao kennengelernt, mein werter Señor, und wir haben angefangen, über alles ein wenig zu reden, aber mit besonderer Hingabe über die Wagen der San-Vicente-Bahn. Bei Wind und Wetter habe ich – mit Schirmmütze und Staubmantel – an allen werktätigen Tagen den 6:19-Uhr-Wagen nach Plaza genommen. Don Wenceslao, der viel früher aufzustehen pflegte, stieg zuverlässig aus dem 5:14-Uhr-Wagen; ich sah ihn von ferne kommen, wie er um die gefrorenen Pfützen herumhüpfte, im zitternden Licht der Laterne vor der Cooperativa. Wie ich war er ein unersättlicher Anhänger der Vorzüge des Staubmantels, und möglicherweise hat man uns Jahre später mit zwei identischen Staubmänteln fotografiert.

Ich, mein Herr, bin immer sehr dagegen gewesen, sich in fremde Leben einzumischen. Deswegen habe ich die Versuchung unterdrückt, den neuen Freund zu fragen, warum er mit einem Faberstift und einem Stapel Drucksachen zu reisen pflegte, außerdem auch noch mit dem Wörterbuch von Roque Barcia, welches ein sehr vollständiges Werk in unendlich vielen Bänden ist. Ohne Umschweife gestehe ich, daß ich meine Neugier unterdrücken mußte, aber bald wurde ich dafür belohnt. Don Wenceslao lud mich mit dem gleichen Mund, mit dem er mir sagte, daß er Korrektor des Verlages *Oportet & Haereses* sei, ein, ihm bei diesen schwierigen Aufgaben zu helfen, die er mit bewunderungswürdiger Zähigkeit übernommen hatte, um sich im Zug zu zerstreuen. Meine Geistesgaben sind, offen gesagt, eher kärglich, und anfangs schreckte ich davor zurück, ihm auf dieses Gebiet zu folgen, aber meine Neugier war stärker, und noch ehe der Schaffner kam, war ich in die Korrekturfahnen von *Weiterführende Schulbildung* von Amancio Alcorta vertieft. An diesem ersten Morgen der Hingabe an die Wissenschaften war der Beitrag, den ich leisten konnte, verdammt gering. Ich war von all den gewaltigen Problemen des Lehramtes so niedergeschmettert, daß ich las und las, ohne schlimmste Druckfehler, verrutschte Zeilen, ausgelassene oder vertauschte Seiten zu bemerken. An der Haltestelle Plaza angekommen, blieb mir nichts andres übrig, als dieser Tätigkeit *Ich fahr dahin, wann es muß sein* zu singen, aber am nächsten Morgen bereitete ich meinem neuen Freund eine große Überraschung, indem ich mich auf dem Bahnsteig mit einem Bleistift einstellte, den ich mit großer Voraussicht in einer sehr seriösen Ambulanz, nämlich dem Schreibwaren- und Buchladen *Europa* organisiert hatte.

Es mögen über den Daumen gepeilt etwa eineinhalb Monate mit diesen Korrekturaufgaben verstrichen sein, welche, wie man gemeinhin sagt, die erste Lehrzeit sind, um in Kontakt mit den wahrhaft grundlegenden Geheimnissen der Interpunktion und der Orthographie des Kastilischen zu kommen. Von A. Alcorta gingen wir zur *Sozialpädagogik* von Raquel Camaña über, nicht ohne uns zwischendurch bei der *Literaturkritik* von Pedro Goyena aufzuhalten, was mich dazu befähigte, mich mit neu entfachtem Feuer dem *Orangenbaum in Blüte* von José Maturana oder dem *Sentimentalen Dilettantismus* von Raquel Camaña zu widmen. Selbst wenn ich mir den Schädel wringe, kann ich Ihnen keinen weiteren Titel herunterbeten, denn als ich das letztgenannte Buch erreicht hatte, raffte sich Don Wenceslao entschlossen auf und eröffnete mir, daß er den Wert meiner arbeitsamen Hingabe kenne und zu schätzen wisse, daß er sich aber ganz gegen seinen Willen gezwungen sehe, meinem Wagen eine Vollbremsung angedeihen zu lassen; Don Pablo Oportet höchstselbst habe ihm nämlich, kurz gesagt, einen interessanten Lift vorgeschlagen, der es ihm ermögliche, ein hübsches Sümmchen näher kennenzulernen. Was sollte ich nur davon halten? Don Wenceslao teilte mir die Neuigkeit mit, die für ihn und seine wirtschaftlichen Aussichten so erfreulich war, mein Gemüt aber auf dem Boden schleifen ließ. Ich fühlte mich ganz klein. Eine Woche später, als ich einige Maisölbrezeln für die kleine Enkelin von Señor Margulis gekauft hatte, der die Apotheke in Burzaco besitzt, verließ ich mit meinem Paketchen die Bar Constitución und hatte das Vergnügen, zufällig Don Wenceslao zu erwischen, der sich mit einer großen angesengten Tortilla herumschlug nebst einigen Bechern Grog, die mich durch ihren Dunst zum Husten brachten. Er befand sich in Gesellschaft eines reichen Knopfes mit öliger Hautfarbe und einem schweren Astrachanmantel. Dieser Knopf zündete sich gerade eine teure Zigarre an, zwirbelte sich den Schnurrbart und redete wie ein Auktionator, aber im Gesicht von Don Wenceslao sah ich die Bleiche des Todes. Am nächsten Tag, noch bevor wir nach Talleres kamen, vertraute er mir unter allen möglichen Vorbehalten an, daß sein Gesprächspartner vom Vortag Herr Moloch gewesen sei, von der Firma *Moloch & Moloch*, die alle Buchhandlungen am Paseo de Julio und in Ribera in der Hand hätte. Er fügte hinzu, daß er mit diesem Herrn einen Vertrag abgeschlossen hätte, und daß ihm zum Netz türkischer Bäder, in denen hoch gespielt würde, nun jede offizielle Verbindung fehlte, die es ihm erlaubt hätte, dort weiterhin wissenschaftliche Werke und Postkarten zu vertreiben. Mit vorsichtigen Umschweifen erzählte er mir dann, die Direktion hätte ihn zum verantwortlichen Herausgeber ernannt. In dieser neuen Eigenschaft hatte er schon an einer langen Sitzung der Zentrale des Druckereigewerbes teilgenommen. Er hätte dort noch kaum im Sessel gesessen, als diese Asturianer ihn schon in hohem Bogen hinausschmissen. Ich habe ihm zugehört wie verzaubert, mein Herr. Just in diesem Moment schlingerte die Karawane, und einer der großen Umschläge mit den Fahnen, die Don Wenceslao zu korrigieren pflegte, fiel auf den Boden. Ich weiß, was sich gehört, und ohne zu zögern kroch ich auf allen vieren auf dem Boden herum, um alles wieder aufzuheben. Das hätte ich nicht tun sollen; ich sah eine äußerst lockere Gestalt und wurde rot wie eine Tomate. Ich versuchte das Bild so gut wie möglich zu verdecken und gab es Don Wenceslao zurück, als handelte es sich um das

Reputierlichste aller Bilder. Mein guter Stern wollte es, daß er geistesabwesend war und von dem Vorgefallenen nichts bemerkte.

Am nächsten Tag, am Samstag, sind wir nicht zusammen gefahren. Zuerst ist der eine und dann der andere gefahren, wenn Sie das richtig interpretieren können.

Der Nachmittag war schon zu einem Teil vergangen, als ein Blick auf den Kalender mir die Idee in den Kopf setzte, daß der Sonntag mein Geburtstag sein würde. Das wurde bestätigt durch die Platte mit Pastetchen, die Señora Aquino Derisi, welche meiner Frau Mutter Hebammendienste geleistet hatte, mir immer aus diesem Anlaß feinsinnig zu spendieren pflegt. Die Witterung dieser Leckerbissen, die uns so sehr ans Herz gewachsen sind, aufnehmen und bedenken, wie lehrreich eine Soirée mit Señor Zalduendo sein könnte, war, wie wir in Burzaco sagen, ein und dasselbe. Auf dem Küchenbänkchen sitzend, wartete ich behutsam ab, daß die Sonne ihre Segel strich – denn zu dieser Zeit erleiden alle Streifenpolizisten Sonnenstiche – und blieb, bis es gut ein Viertel nach acht war, und legte ein weiteres Mal mit schwarzer Farbe Hand an ein kleines Ziermöbelchen, das ich aus den Zuckerkistchen der Firma Lanceros fabriziert hatte. Fest in einen Schal gewickelt, denn die abendlichen Abkühlungen sind hier des Teufels, nahm ich die Linie Elf, will heißen, ich machte mich für einen Notgroschen pro Block zum Domizil dieses Maestro und Freundes auf. Wie ein Hund schlich ich um sein Haus, da ja bekanntlich die Tür von Señor Zalduendo, wie sich das gehört, immer offen war. Der gastfreundliche Herr glänzte durch Abwesenheit. Um den Weg nicht vergebens zurückgelegt zu haben, optierte ich dafür, ein Weilchen zu warten, aber er kam nicht zurück. In der Nähe der Seifenbüchse, nicht allzu weit entfernt von der Waschschüssel und dem Krug, gab es ein hohes Bord mit Büchern, die zu untersuchen ich mir gestattete. Ich sage Ihnen abermals, sie stammten aus der Druckerei *Oportet & Haereses*. Ich hätte es besser unterlassen. Man sagt so schön, daß ein Kopf, in den wenig hineingeht, dieses Wenige behält. Bis heute kann ich diese Bücher nicht vergessen, die Don Wenceslao hatte drucken lassen. Die Einbände zeigten nackten Dirnen in allen Farben, und als Titel waren zu lesen *Der duftende Garten, Der chinesische Spion, Der Hermaphrodit* von Antonio Panormitano, *Kama-sutra und/oder Ananga-Ranga, Die melancholischen Röcke*, Werke von Elephantis und des Erzbischofs von Benevent. Wie auch immer, ich bin keiner von diesen übertriebenen Puritanern, und wenn ich mich in Gesellschaft verschnaufe, rutsche ich nicht gleich aus, nur weil ein Scherz ein bißchen schlüpfrig ist. Aber sehen Sie: es gibt Dinge, die sogar mir zu weit gehen. Deshalb beschloß ich, zur Linienkutsche zurückzukehren. Ich sage Ihnen wahrheitsgemäß, daß ich sehr schnell gegangen bin.

Es vergingen mehrere Tage, und ich erfuhr nichts Neues über Don Wenceslao. Dann ging eine Bombe von einer Nachricht von Mund zu Mund, und ich war wie üblich der Letzte, der etwas erfuhr. Eines Abends zeigte mir der Angestellte im Frisiersalon Don Wenceslao auf einem Foto, das eher einen sehr dunklen Neger zu zeigen schien, unter der schreienden Überschrift: ›Pornograph aufgeflogen. Material beschlagnahmt. Betrügereien.‹ Obwohl ich saß, wurden mir die Knie weich, und meine Augen umwölkten sich. Ohne ein Wort zu verstehen, las ich den Absatz zu Ende. aber was mich am meisten schmerzte, war der respektlose Ton, in dem man von Señor Zalduendo sprach.

Zwei Jahre später kam Don Wenceslao aus dem Gefängnis. Ohne auf die Pauke zu hauen, was auch nicht zu seinem Charakter gepaßt hätte, kam der Mann nach Burzaco zurück. Er kam zurück und war nur noch ein Skelett, mein Herr, aber mit stolz erhobener Stirn. Er sagte dem Eisenbahnabonnement Adiós und verließ sein Haus nicht mehr, nicht einmal für die kleinen Straßenfeste in den nahegelegenen Dörfern. Schon damals bekam er den liebevollen Beinamen: ›Alter Herr Schildkröt‹, der, wie Sie sicher begreifen werden, darauf anspielte, daß er nie ausging und daß es schwierig war, ihn im

Futtermittellager von Buratti oder gar in der Geflügelzucht von Reynoso anzutreffen. Er mochte sich nie an die Gründe für sein Unheil erinnern, aber ich bin nach und nach hinter alles gestiegen und habe erfahren, daß Señor Oportet die unendliche Güte von Don Wenceslao ausgenutzt und ihn mit der Verantwortung für den Buchladen betraut hatte, als er sah, daß die Dinge sich zum Schlechteren entwickelten.

In der guten Absicht, ihm eine größere Dosis Zerstreuung zu verschaffen, kam ich eines Sonntags, als die Atmosphäre für derartige Dinge günstig schien, auf den Gedanken, ihn zu den als Pierrots verkleideten Mädchen des Doktor Margulis mitzunehmen. Und am Montag hätte ich ihn fast mit dem idiotischen Einfall geködert, in den Teichen zu angeln, und was es sonst noch an Albernheiten gab, einzig zu dem Zweck, ihn zu zerstreuen. Der Trottel war am Ende jedoch ich.

Señor Schildkröt war in der Küche und bereitete sich einige grüne Mates. Ich setzte mich mit dem Rücken zum Fenster, das heute auf das Spielfeld des Sportclubs geht, damals war dort offenes Feld. Der Maestro lehnte mit größtmöglicher Urbanität meinen Vorschlag, angeln zu gehen, ab und fügte mit der souveränen Güte, mit der er zu allen Zeiten seinem Herzen zu folgen pflegte, hinzu, daß es ihm keineswegs an Zerstreuung mangele, seit der Allerhöchste ihm solch überwältigend klare Visionen zugestanden hatte.

Auch auf die Gefahr hin, als Trottel zu erscheinen, bat ich ihn, er möge mir davon mehr erzählen. Ohne rot zu werden, antwortete mir dieser Visionär:

›Unter der Anklage des Betrugs und des Handels mit infamen Büchern wurde ich in die Zelle 272 der Nationalen Strafvollzugsanstalt gesperrt. Zwischen diesen vier Wänden war die Zeit meine große Sorge. Am Morgen des ersten Tags dachte ich, daß ich mich in der schlimmsten aller Zeitspannen aufhielt, aber daß ich, wenn ich den nächsten Tag erreichte, bereits in der zweiten sein würde, das heißt, auf dem Weg zum letzten Tag, zum siebenhundertdreißigsten. Das Schlimme dabei war, daß die Zeit, dieweil ich mich dieser Überlegung hingab, überhaupt nicht verstrich, und daß ich am Beginn des Morgens des ersten Tages blieb. Bevor auch nur irgendeine meßbare Zeit verstrichen war, hatte ich bereits alle Möglichkeiten ausgeschöpft, auf die ich verfallen war. Ich habe gezählt. Ich habe die Präambel der Verfassung rezitiert. Ich habe die Namen der Straßen zwischen Balcarce und der Avenida La Plata, zwischen Rivadavia und Caseros aufgezählt. Danach bin ich nach Norden gegangen und habe die Straßen aufgezählt, die es zwischen Santa Fe und Triunvirato gibt. Glücklicherweise habe ich mich in der Nähe der Calle Costa Rica geirrt, das hieß, daß ich ein wenig Zeit gewann, und so ist es mir halbwegs gelungen, die Zeit bis 9 Uhr morgens hinzubringen. Da rührte mir wohl ein Heiliger ans Herz, und ich begann zu beben. Ich fühlte, daß mich eine Art Frische überschwemmte, ich glaube, die Nacht kam sehr bald. Nach einer Woche stellte ich fest, daß ich schon lange nicht mehr an die Zeit dachte. Glauben Sie mir, Larramendi, mein lieber Junge, als die beiden Jahre der Haft vorbei waren, erschienen sie mir, als seien sie wie ein Windstoß vorübergegangen. Wahrhaftig, der Herr hatte mir viele Visionen zuteil werden lassen, die alle von hohem Wert waren.‹

Also sprach Don Wenceslao, und sein Gesicht wurde unendlich mild. Zunächst nahm ich an, seine Erinnerungen seien der Grund für diese Glückseligkeit, aber dann begriff ich, daß hinter meinem Rücken etwas vorging. Ich habe mich umgedreht, Señor, und das gesehen, was Don Wenceslaos Augen erfüllte.

Es gab unendlich viel Bewegung am Himmel. Große Dinge stiegen vom Hügel Manantiales und aus der Kurve der Eisenbahn empor. In einer Prozession wandten sie sich dem Zenit zu. Einige schienen sich um andere herum zu entwickeln, aber ohne die allgemeine Bewegung zu stören. Alle stiegen empor. Ich ließ sie nicht aus den Augen, und mir war, als stiege ich mit ihnen. Ich will Ihnen gestehen, daß ich zunächst nicht begriff, was diese Objekte waren, aber alsbald erfüllten sie mich mit einem ungeheuren Wohlgefühl. Ich habe mir seitdem überlegt, ob sie vielleicht von selbst leuchteten, denn es war schon Abend geworden, aber dennoch sah ich auch die kleinste Einzelheit an ihnen. Das erste Objekt, das ich wirklich wahrnahm – und Sie müssen wohl zugestehen, daß das merkwürdig ist, denn die Form ist ja, sagen wir mal, nicht gerade eindeutig –, war ein riesiger gefüllter Eierkuchen, der mir allerdings bald aus dem Blickfeld geriet, als die Kante der Regenrinne über dem Korridor ihn verdeckte. Aber schon folgte ihm auf den Fersen eine riesige überfließende Pastete, die, wenn ich die Schätzung ganz niedrig ansetze, Señor, mindestens zwölf Häuserblocks tief war. Die große Überraschung schwebte zur Rechten, ein wenig höher: ein einziger großer spanischer Eintopf, mit Blutwurst und Speck, wie es sich gehört, allerdings fast verborgen durch Schwärme kleiner Bratfische, so daß man gar nicht wußte, wo man hinschauen sollte. Der ganze Sonnenuntergang, der ganze Westen war ein Risotto, während sich im Süden schon Fleischklöße, Kürbiskompott und Karamelcrème zeigten. Auf der Steuerbordseite eines mit Fleisch gefüllten Blätterteigs defilierten Lummerkoteletts à la Uruguayana unter einem Baldachin fetttriefender Tortillas. Solange mir das Gedächtnis bleibt, werde ich mich an die Erinnerung an einige Flüsse klammern, die einander kreuzten, ohne sich zu vermischen. Einer bestand aus klarer Hühnerbouillon, der andere aus einem dicken Sud mit Fleisch, das ohne Haut gebraten war. Wer das gesehen hat, dem kann man nicht mehr mit dem Regenbogen kommen. Wegen des kläffenden Hundes, der mich bei dieser Gelegenheit ablenkte, hätte ich beinahe eine Spinatcroquette übersehen, die im Nu von einem Rostbraten à la Chef verwischt wurde, um gar nicht erst von einigen wunderschönen dampfenden Cannelloni zu reden, die sich wie ein Fächer entfalteten und die himmlische Wölbung in festen Besitz nahmen. Diese wiederum fegte ein frischer Käse hinweg, dessen schrumpelige Oberfläche den ganzen Himmel ausmachte. Dieses Nahrungsmittel stand dort oben, als hätte man es der Welt übergestülpt. Ich gab mich der Illusion hin, daß wir diesen Käse auf ewig dort haben würden, wie zuvor die Sterne und das Himmelsblau. Aber einen Moment später war von dieser Rôtisserie keine Spur mehr zu sehen.

O ich Unglücklicher! Nicht einmal ein Adiós sagte ich Don Wenceslao. Auf zitternden Beinen rannte ich eine halbe Meile wie ein Füllen und schoß wie durch eine Röhre in das Bahnhofsrestaurant, wo ich mir den Bauch dermaßen vollschlug, daß ich mir den Erker abstützen mußte.

Das ist alles, mein Herr, oder fast alles. Es war mir nie beschieden, an einer weiteren Vision von Don Wenceslao teilzunehmen, aber er hat mir gesagt, daß sie nicht minder wundervoll waren. Ich glaube es, denn Señor Zalduendo war eine ehrliche Haut, und ich will gar nicht davon sprechen, wie ich eines Abends, als ich an seinem Domizil vorbeikam, bemerkte, daß das ganze Feld ein einziger großer Bratengeruch war.

Zwanzig Tage später war Señor Zalduendo bereits ein Kadaver, und sein rechtschaffener Geist konnte zum Firmament emporsteigen. Dabei werden ihm nun ohne Zweifel alle diese Menüs und Nachspeisen Gesellschaft leisten.

Ich danke Ihnen für die Aufmerksamkeit, mit der Sie mir zugehört haben. Nun kann ich nur noch sagen: Gehen Sie mit Gott, aber gehen Sie.«

Na, dann guten Appetit.

Pujato, 19. Oktober 1946

B. Suárez Lynch

Ein Modell für den Tod

Nach Art eines Prologs

Ausgerechnet mich aufzufordern, einen Prolog »Nach Art eines Prologs« zu verfassen! Vergeblich führe ich an, daß ich ein pensionierter Literat, ein abgehalftertes Schlachtroß bin. Schon mit dem ersten Hieb amputierte ich die Illusionen meines jungen Freundes; der Neuling muß, ob er will oder nicht, anerkennen, daß keine Rede davon sein kann, meine Feder wäre, wie die von Cervantes, verdammt!, an den Nagel gehängt und ich wäre von der schönen Literatur zur Kornkammer der Republik übergelaufen; vom Almanach des *Mensajero* zum Almanach des Landwirtschaftsministeriums; von der Zeile auf Papier zu der Zeile, die der vergilianische Pflug in die Pampa schreibt. (Welche Klasse, was für ein rundes Bild, Jungs! Der Alte bringt es noch immer.) Aber mit Geduld und Spucke hat Suárez Lynch es geschafft; und so hocke ich nun und kratze mir die Glatze,

angesichts der Kumpanei,
die man »Kommentieren« nennt.

(Was der Alte uns doch für einen Schrecken einjagt! Man sollte keine Witze über ihn reißen, sondern anerkennen, daß er immer noch ein Dichter ist.)

Außerdem, wer sagt denn, der *bambino* hätte keine Verdienste? Tatsächlich hat er, wie alle Schreiber des Bakkalaureats von '19, das gewaltige, unzerstörbare Brandzeichen abbekommen, das die Lektüre auch nur einer winzigen Broschüre dieses wahrhaft bedeutenden Literaten, Doktor Tony Agita, für immer auf dem Geist hinterläßt. Armer Kleiner: Der lyrische Zusammenstoß ist ihm zu Kopf gestiegen. Am Anfang sah es natürlich kindisch aus, wenn es ihm genügte, sich zu zerreißen, um einen Absatz zu produzieren, den sogar Doktor Basilio selbst, der Schriftexperte, wenn er nicht bei Sinnen war, der gerühmten »Sönnecken« des Meisters zuschrieb; später konstatierte er, mit hektischer Begeisterung, die Geburt des wertvollsten Juwels des Schriftstellers: des persönlichen Stils. Gott hilft dem, der sich bemüht; nach einem Jahr, während er in dem Etablissement von Montenegro darauf wartete, an die Reihe zu kommen, gab ihm ein glücklicher Zufall ein Exemplar des ersprießlichen und geistvollen kleinen Werks *Bocetos biográficos del doctor Ramón S. Castillo* in die Hände; er öffnete es auf Seite 135 und stolperte unversehens über die folgenden Wörter, die er sogleich mit dem Tintenstift kopierte: »General Cortés sagte, er überbringe die Botschaft der hohen militärischen Studienkreise des Landes, um den zivilen intellektuellen Elementen etwas über die Probleme mitzuteilen, die mit diesen Studien zusammenhängen, welche in der augenblicklichen Epoche nicht länger eine ausschließlich professionelle Obliegenheit seien, sondern sich zu Fragen von großer allgemeiner Bedeutung gewandelt hätten.« Schnell wie Raúl Riganti, der menschliche Torpedo, schoß er nach der Lektüre dieser Perle aus einer Besessenheit in die andere. Noch ehe die Uhr des Obstmarktes die Stunde für Kutteln auf spanische Art geschlagen hatte, hatte der *ragazzo* sich schon die groben Umrisse eines ersten Entwurfs für andere, nahezu identische Skizzen über den General Ramírez im Kopf zurechtgelegt; ein Opus, das er schnell vollendete; bei der Korrektur der Fahnen troff ihm jedoch der kalte Schweiß von der Stirn, angesichts der schwarz auf weiß nicht zu übersehenden Tatsache, daß dieses Werkchen jeglicher fruchtbaren Originalität entbehrte und eher eine Kopie der oben angeführten Seite 135 darstellte.

Trotz allem ließ er sich vom Weihrauch einer redlichen und konstruktiven Kritik nicht schwindlig machen; er sagte sich immer wieder, daß das Motto der Stunde, zum Teufel!, die robuste Persönlichkeit sei, und riß sich daraufhin das Nessushemd des biografischen Stils vom Leibe und schlüpfte in die orthopädischen Stiefel einer Prosa, die den Anforderungen eines zeitgemäßen Mannes besser entsprach: nämlich jener, die ihm zu einem markigen Passus aus dem *Príncipe que mató al dragon* von Alfredo Duhau verhelfen würde. Haltet euch fest, ihr Murmeltiere, denn nun kommt das Beste: »Für eine anregende und lebendige Verfilmung würde sich sicher die kleine Geschichte eignen, die in den zentralen Vierteln unserer Metropole geboren und entwickelt wurde, eine bebende und bewegende Liebesgeschichte. Tiefe und unverhoffte Vorgänge wie in dieser Geschichte sind es, die in einem erfolgreichen Film triumphieren.« Geben Sie sich nicht der Illusion hin, dieses Goldstück hätte er mit eigenen Händen ausgescharrt; es wurde ihm überlassen von einem gekrönten Haupt unserer Literatur, Virgilio Guillermone, der es zu seinem persönlichen Gebrauch im Gedächtnis herumgetragen hatte und der seiner nicht länger bedurfte, da er die Bruderschaft des Barden Gongo vergrößert hatte, indem er in sie eingetreten war. Ein Danaergeschenk! Der kurze Text geriet bald zu einer jener Landschaften, angesichts deren der Maler seine Palette zerbricht; der Lehrling schwitzte heftig, um die Vollkommenheit wieder zu erreichen, durch die sich die Textprobe in einem kleinen Erstkommunionsroman auszeichnet, den dieser große Unermüdliche namens Bruno de Gubernatis signiert hatte. Aber weiter im Text; der kleine Roman wurde vielmehr zu einem Bericht über das Statut von Negro Falucho und sorgte dafür, daß man den Autor in die Karnevalstruppe »Los Morenos des Balvanera« aufnahm, abgesehen davon, daß ihm der große Ehrenpreis der Historischen Akademie verliehen wurde. Armes Ferkel! Von dieser Liebkosung der Glücksgöttin wurde ihm schwindlig, und noch ehe der Tag des Reservisten graute, erlaubte er sich ein Artikelchen über den »Freitod« bei Rilke, einem Schriftsteller, der, wiewohl katholisch, in unserer Republik nur oberflächlich verwurzelt ist.

Immer mit der Ruhe, werft nicht mit harten Gegenständen nach mir. Diese Dinge ereigneten sich – ich sage es nicht lauter, weil ich stimmlos bin – vor dem Tag, an dem die Obristen mit dem Besen in der Hand ein wenig Ordnung in die große argentinische Familie brachten. Ich spreche, merken Sie wohl auf, vom 4. Juni. (Stillgestanden, Jungs, ich nehme jetzt Seidenpapier und Kamm und blase euch einen kleinen Marsch.) An diesem strahlenden Tag konnte sich auch der Schlappste nicht der Welle von Aktivität entziehen, in der das Land einmütig vibrierte; Suárez Lynch, weder träge noch faul, leitete die Rückkehr zum Ursprung, zur Heimat ein, wobei er mich zum Cicerone nahm.* Meine *Sechs Aufgaben für Don Isidro Parodi* zeigten ihm den Weg zur wahren Originalität. An dem Tag, an dem ich am wenigsten damit rechnete, und während ich meinen scharfen Geist mit der Lektüre der Polizeinachrichten entspannte, zuckte ich zusammen, als ich zwischen zwei Mate-Tees die ersten Notizen über das Rätsel von San Isidro las, welches bald ein weiterer Stein in der Krone von Don Parodi sein wird. Die Abfassung des betreffenden kleinen Romans war eine Pflicht, die ausschließlich mir oblag; da ich aber bis zum Hals in Entwürfen für die Biographie des Präsidenten eines *povo irmão* steckte, überließ ich dem Katechumenen die Rätselgeschichte.

Ich bin der Erste, anzuerkennen, daß der Kleine eine löbliche Arbeit abgeliefert hat, die natürlich durch einige Schönheitsfehler entstellt wird, welche die zitternde Hand des Lehrlings verraten. Er hat sich Verzerrungen gestattet, er hat die Farben zu dick aufgetragen. Etwas Ernsteres, Gefährten: Er hat sich in Einzelheiten geirrt. Ich kann diesen Prolog nicht beschließen, ohne der schmerzhaften Pflicht zu genügen, niederzulegen, daß Doktor Kuno Fingermann, in seiner Eigenschaft als Vorsitzender des Anti-Hebräischen Rettungsdienstes, mich beauftragt hat, unbeschadet der bereits eingeleiteten gerichtlichen Schritte, »die insolvente und phantastische Kleidung, die das Kapitel Nr. V ihm zuschreibt«, zu dementieren.

Bis bald. Immer nur das Beste.

Pujato, 11. Oktober 1945 H. Bustos Domecq

* Der Alte sagt, was Sache ist! (Anmerkung des Prologisten.)

Dramatis Personae

MARIANA RUIZ VILLALBA DE ANGLADA: Argentinische Dame.

DOKTOR LADISLAO BARREIRO: Rechtsbeistand der A. A. A. (Argentinische Aborigenisten-Assoziation).

DOKTOR MARIO BONFANTI: Argentinischer Grammatiker und Purist.

»PATER« BROWN: Apokrypher Pfarrer. Chef einer internationalen Verbrecherbande.

BIMBO DE KRUIF: Gatte von Loló Vicuña.

LOLÓ VICUÑA DE DE KRUIF: Chilenische Dame.

DOKTOR KUNO FINGERMANN: Schatzmeister der A. A. A.

PRINZESSIN CLAUDIA FEODOROWNA: Eigentümerin eines Etablissements im Viertel Avellaneda. Gattin von Gervasio Montenegro.

MARCELO N. FROGMANN: Faktotum der A. A. A.

»OBERST« HARRAP: Mitglied der Bande von »Pater« Brown.

DOKTOR TONIO LE FANU: »Vielversprechender junger Mann«. Oder, laut Oscar Wilde: »Ein Mephistopheles *en miniature*, der sich über die Mehrheit lustig macht«.

GERVASIO MONTENEGRO: Argentinischer Edelmann.

HORTENSIA MONTENEGRO, genannt Pampa: Junge Dame der Gesellschaft von Buenos Aires. Verlobte von Doktor Le Fanu.

DON ISIDRO PARODI: Ehemaliger Friseur aus dem Stadtviertel Sur, heute Insasse der Nationalen Strafvollzugsanstalt. In seiner Zelle löst er kriminalistische Rätsel.

SCHRÄNKCHEN PÉREZ: Junger Übeltäter aus wohlhabender Familie. Ehemaliger Verlobter von Hortensia Montenegro.

BARONESSE PUFFENDORF-DUVERNOIS: Internationale Dame.

TULIO SAVASTANO: Gauner aus Buenos Aires. Gast im Hotel *Der Neue Unparteiische*.

These insects have others still less than themselves, which torment them.

David Hume,
Dialogues Concerning Natural Religion, X.

Le moindre grain de sable est un globe qui roule
Trainant comme la terre une lugubre foule
Qui s'abhorre, et s'acharne, et s'éxècre, et sans fin
Se dévore; la haine est au fond de la faim.
La sphère, imperceptible à la grande est pareille;
Et le songeur entend, quand il penche l'oreille,
Une rage tigresse et des cris léonins
Rugir profondément dans ces univers nains.

Victor Hugo, *Dieu, I.*

I

»Der Señor ist ein Einheimischer?« flüsterte mit neugieriger Schüchternheit Marcelo N. Frogman, alias Coliqueo Frogman, alias Nasser Hund Frogman, alias Atkinson Frogman, Redakteur, Drucker und Austräger des monatlichen Bulletins *El Malón*. Er suchte sich die Nordwestecke der Zelle 273 aus, hockte sich nieder, zog aus der Tiefe seiner Gauchohose ein Stück Zuckerrohr und begann es geräuschvoll zu lutschen. Parodi betrachtete ihn mißmutig. Der Eindringling war blond, schwabblig, klein, kahlköpfig, sommersprossig, runzlig, übelriechend und lächelte. »In diesem Fall«, fuhr Frogman fort, »werde ich auf meine chronische Freimütigkeit zurückgreifen. Ich gestehe Ihnen, daß ich Ausländer nicht ertragen kann, nicht einmal die Katalanen. Klar, daß ich mich zur Zeit im Hinterhalt, im Schatten bewege, und sogar in meinen Kampfartikeln, in denen ich die Dinge furchtlos beim Namen nenne, wechsle ich geschickt meine Pseudonyme, indem ich von Coliqueo zu Pincén und von Catriel zu Calfucurá übergehe. Ich halte mich in den engen Grenzen der Vorsicht, aber an dem Tag, an dem die Phalanx zusammenbricht, werde ich vor Freude tanzen, das schwör ich Ihnen. Diesen Beschluß habe ich in den vier Wänden des Zentralsitzes der A. A. A., der ›Argentinischen Aborigenisten-Assoziation‹, Sie wissen schon, bekanntgegeben, wo wir Indios uns hinter verschlossener Tür zu versammeln pflegen, um die Unabhängigkeit Amerikas zu planen und um uns *sotto voce* über den Pförtner lustig zu machen, der ein widerspenstiger und fanatisierter Katalane ist. Ich sehe, daß unsere Propaganda die Wände dieses Gebäudes bereits durchdrungen hat. Sie trinken, wenn mich der Patriotismus nicht blind macht, einen Mate, was das offizielle Getränk der A. A. A. ist. Ich hoffe aber, daß Sie bei der Flucht aus den Netzen Paraguays nicht in die Fallstricke Brasiliens gefallen sind und daß die Infusion, die sie zum Gaucho macht, aus der Provinz Misiones stammt. Wenn ich mich trotzdem irre, halten Sie mich nicht für einen

Trottel. Der Indio Frogman redet vielleicht manchmal Unsinn, aber immer im Schutz eines gesunden Regionalismus, des reinsten Nationalismus.«

»Wenn mich dieser Schnupfen nicht mehr schützt«, sagte der Kriminalist, der sich hinter ein Taschentuch geflüchtet hatte, »schicke ich Ihnen einen Parlamentär. Beeilen Sie sich, und sagen Sie mir, bevor die Müllabfuhr Sie erwischt, was Sie zu sagen haben.«

»Diese leiseste Andeutung reicht aus, um mich auf die mir zukommende Stelle zu verweisen«, erklärte Fischlein Frogman offenherzig. »Ich quaßle einfach mal weiter.

Bis 1942 ist die A. A. A. ein diskretes Wigwam gewesen und hat ihre kriegstüchtigen Adepten aus Köchen rekrutiert und nur gelegentlich ihre Fühler in die Matratzen- und Siphonfabriken ausgestreckt, die der Fortschritt an den Stadtrand verdrängt. Sie hatte kein anderes Kapital als die Jugend. Trotzdem hat uns an den Sonntagen zwischen ein Uhr mittags und neun Uhr abends nie ein Tischchen in der typischen Eisdiele des Viertels gefehlt. Das Viertel war, wie Sie verstehen werden, nicht immer das gleiche, denn am zweiten Sonntag hat uns der Kellner, ja sogar der Tellerwäscher, wiedererkannt, und wir mußten uns so schnell wie möglich aus dem Staub machen, um den Beschimpfungen dieses Kraftprotzes zu entgehen, der unfähig war, zu begreifen, daß eine Gruppe von *criollos* sich an Debatten über Gott und die Welt bis tief in die Nacht hinein berauschen kann, ohne mehr zu sich zu nehmen als ein halbes Belgrano-Mineralwasser. Ach, die guten alten Zeiten, als man noch all diese freundlichen Dinge zu hören kriegte, wenn man als *criollo* aus der Gegend von San Pedrito oder Giribone fliehen mußte. Später hat man all die Wörter in eine Wachstuchkladde notiert und so sein Vokabular angereichert. Die Ernte dieser längst vergangenen Jahre sind einheimische Wörter: *gilastrún, gil a drocuas, gil a cuadros, gil, otario, leproso, amarrete, colobrillo* und *colo*. Du liebe Güte! Was für ein Lärm, der hat einem die Ohren richtig durchgespült. Sehen Sie, wir Indios sind gerissen, und wenn wir darauf aus sind, die Sprache zu erforschen, nützt uns kein System was, so gut es auch sein mag. Wenn der Nächste müde wurde, uns zu beschimpfen, haben wir einem Jungen aus der dritten Volksschulklasse, und das sind alles kleine Teufel, schöne Bildchen versprochen, damit er uns Wörter verschafft, die nicht für Kinderohren sind. Auf diese Weise haben wir eine ganze Menge zusammengebracht, an die ich mich längst nicht mehr erinnern kann, nicht einmal aus Versehen. Ein anderes Mal haben wir eine Kommission eingesetzt, die mich beauftragen sollte, auf dem Grammophon einen Tango abzuhören und eine ungefähre Zählung aller nationalen Wörter zu machen, die in diesem Tango vorkommen. So haben wir auf einen Schlag *percanta, amuraste, espinas, en, campaneando, catrera, bulín* und andere bekommen. Wenn Sie unbedingt darauf bestehen, können Sie sie in der eisernen Kassette nachsehen, die in unserer Filiale Barrio Parque steht. Aber frisches Spülwasser ist eine Sache, und das tiefe Meer eine ganze andere. Mehr als ein Veteran der A. A. A. hat sich die Haare gerauft, als der Doktor Mario Bonfanti sich der Aufgabe verschrieb, die Ruhe im Land dadurch zu untergraben, daß er eine Liste von Barbarismen zusammenstellte, die die Firma *Pomona* dann gratis verteilt hat. Diesem ersten Schlag der Reaktion sind andere, ebenso unbarmherzige, gefolgt, wie etwa die vielen kleinen Plakate, auf denen stand:

No diga etiqueta,
me llamo Marbete.

Und dieser entsetzliche Dialog, der uns alle gleichermaßen verletzt hat: Kontrollieren Sie? Ich kontrolleuriere!

Ich habe versucht, unsere Eingeborenensprache in der Kolumne einer zweimonatigen Schmähschrift zu verteidigen, die dem illusionären Vorhaben entsprungen war, die Interessen der Wollwäscher zu wahren; aber meine Schmähschrift ist in die Hände eines Typographen ausländischer Nationalität gefallen, der sie so unleserlich veröffentlicht hat, daß sie wie ein im Auftrag von Optikern hergestellter Sehtest aussah.

Ein Schlitzohr von der Art, die ihre Nase in alles steckt, hat zufällig gehört, daß das Landhaus, das dem Doktor Saponaro aus der Calle Obarrio gehört hatte, bei der Zwangsversteigerung von einem Patrioten erworben worden war, der soeben aus Bremen eingetroffen war und der die Spanier so wenig leiden konnte, daß er sich sogar geweigert hatte, den Vorsitz der ›Kammer des Argentinischen Buches‹ zu übernehmen. Ich selbst hatte die Kühnheit, vorzuschlagen, einer von uns, gehüllt in den Poncho der Diplomatie, sollte ihn in seiner eigenen Höhle, wie man so sagt, entern, mit der fixen Idee, bei ihm ein hilfreiches Spenderhändchen locker zu machen. Sie werden schon sehen, welches Durcheinander sich daraus ergeben hat. Damit sich die Gesellschaft nicht gleich wieder verdrückte, schlug das Schlitzohr vor, auszulosen, wer der Sündenbock und Emissär sein soll, der das Landhaus zu besuchen hat, um aus ihm hinausgeworfen zu werden, ohne auch nur die Silhouette des Hausherrn gesehen zu haben. Ich, wie die anderen Stammesangehörigen, sagte ja, weil ich dachte, es wird schon einen anderen aus dem Stamm treffen. Sie werden staunen: Ihrem Diener hier, Frogman, haben sie den kürzesten Strohhalm gegeben. Ich mußte in den sauren Apfel beißen; ich habe mir aber einen Rückweg offengehalten, um, wie man so sagt, neben dem Weg in Stellung zu gehen, selbst wenn es zum Schlachten und Sterben kommt.

Stellen Sie sich den Zusammenbruch meiner Moral vor! Die einen sagten, der Doktor Le Fanu, denn so nannte sich der Patriot, habe keinerlei Mitleid mit einem, der auf sich herumtrampeln lasse, andere sagten, er sei der Feind der Schüchternen, wieder andere, er sei ein Zwerg weit unterhalb des normalen Körperbaus.

All diese Ängste haben sich bestätigt, als er mich auf dem Fechtpodium empfing, Florett *en garde*, sekundiert von einem Lehrer, der ihm nicht den kleinsten Fehltritt verzieh. Kaum war ich eingetreten, da drückte der Patriot eine birnenförmige Glocke, die zwei Diener altkastilischer Herkunft alarmierte. Aber ich hatte mich bald beruhigt, denn er empfahl ihnen, die Fenster und die Vorhänge zu öffnen, und ich sagte dem Frogman in mir, was hier auf jeden Fall nicht fehlen wird, sind Schlupflöcher, um wie aus der Pistole geschossen zu verschwinden. Ermutigt durch diesen wundervollen Anblick, bin ich, der ich bis zu diesem Moment so getan hatte, als wäre ich ein simpler Gaffer, mit der Anpumperei herausgerückt, mit der ich ihn behelligen wollte.

Er hat mir höflich zugehört; dann ist er aus der Maske, die sein Gesicht entstellte, herausgetreten, und aus ihm wurde ein zehn Jahre jüngerer Mann. Er ist elegant auf den Boden gehüpft und hat gelacht, als ob ein Clown vorbeigekommen wäre. Und dann sagte er:

›Sie sind eine interessante Mischung aus Kakophonie und Lüge; nein, ächzen Sie bitte nicht Ihr Innerstes nach außen; übrigens bezeugt Ihr Gestank die Wahrheit Ihrer Worte. Was Bonfanti angeht, so stelle ich ohne Verblüffung fest, daß er in der Spezialdisziplin, die ihn berühmt gemacht hat, der linguistischen Stümperei, ausgelöscht wurde, *anéanti*. Wie die Götter schütze und fördere ich die Dummheit. Verzweifeln Sie nicht, Sie dilettierender Charrúa, ein entsagungsvoller Schatzmeister wird morgen mit Gasmaske über Ihr Schanzwerk vorrücken.‹

Ich weiß nicht, ob mich nach diesem so verheißungsvollen Versprechen die Diener evakuiert haben oder ob ich mit Hilfe meiner eigenen Beine entkommen bin.

Wie groß war unser Erstaunen, als am nächsten Morgen der Schatzmeister erschien und einige Pläne vortrug, die so fabelhaft waren, daß wir ein Sitzbad nehmen mußten, um unseren Blutdruck zu senken. Danach haben wir uns per Auto zum Zentralsitz begeben, wo bereits die Wörterbücher von Granada, Segovia, Garzón und Luis Villamayor standen, nicht zu sprechen von der Schreibmaschine, die wir Fainberg entwendet hatten, und dem Unsinn, den Monner Sans abgesondert hat, und gar nicht erst zu reden von der Ottomane und von dem kompletten Schreibset aus Bronze mit einer Statue des Micifuz, und von dem Bleistifthalter mit einem Menschenköpfchen. Ach, die guten Zeiten!

Das Schlitzohr, das unverschämteste, das Sie je gesehen haben, befahl dem Schatzmeister, ein paar kleine Flaschen Vascolet zu beschaffen. Wir hatten sie kaum geöffnet, als uns der Doktor Le Fanu das Fest versalzte, indem er leider befahl, alles wegzuschütten, und sagte, man sollte lieber von Duesenberg eine Kiste Champagner hochbringen. Wir waren schon dabei, den ersten Schaum zu testen, als der Doktor Le Fanu einen Skrupel zeigte, der ihn uns als einen Gaucho durch und durch offenbarte, und sich laut fragte, ob Champagner wohl ein eingeborenes Erfrischungsgetränk wäre. Noch bevor wir ihn beruhigen konnten, wurden die Flaschen schon durch den Liftschacht evakuiert, und unmittelbar danach erschien der Chauffeur mit einer Flasche Chicha, die ganz sicher aus Santiago del Estero kam; noch heute tränen mir die Augen, wenn ich daran denke.

Großes-Fahrrad, den ich immer in Wut bringe, wenn ich ihm stecke, daß er, wie man so sagt, nie die Nase voll kriegt, wollte die Gelegenheit ausnutzen und den Chicha-Beschaffer, *vulgo* den Privatchauffeur von Doktor Le Fanu, dazu bringen, uns ein anmutiges Lied vorzutragen, eines jener Verschen mit Wörtern, die nicht einmal ein Geisteskranker versteht; aber der Doktor hat uns zur Ordnung gerufen mit der Frage, wen wir zum Vorsitzenden der A. A. A. wählen wollten. Wir waren alle für mündliche Abstimmung, und der Doktor Le Fanu ging als Vorsitzender daraus hervor, ohne eine andere Gegenstimme als die von Großes-Fahrrad, der auf ein Figürchen mit aufgemaltem Fahrrad deutete, das er immer mit sich schleppt. Ein naturalisierter Patriot, Señor Kuno Fingermann, Sekretär von Doktor Le Fanu, erzählte allen Zeitungen große Märchen, und am nächsten Tag konnten wir mit offenem Mund die erste Erwähnung der A. A. A. und eine vollständige Beschreibung von Doktor Le Fanu lesen.

Seitdem veröffentlichen wir selbst; der Vorsitzende hat uns

nämlich schon mit einem Organ versehen, das sich *El Malón* nennt. Ich habe Ihnen eine Gratisnummer mitgebracht, damit Sie, wenn Sie die Kolumnen lesen, zu einem echten *criollo* werden. Welche glücklichen Zeiten waren das doch für einen Indio! Aber glauben Sie nur nicht, das hätte lange gedauert. Wir haben alles, wie man so schön sagt, bald wieder begraben. Der Doktor Le Fanu hat das Lokal schlechter eingerichtet als einen Viehwagen. Ein paar Indios waren da, die unsere Sprache nicht sprechen. Aber um Ihnen die Wahrheit zu sagen, wir sprechen sie auch nicht mehr, und Doktor Le Fanu hat sich der Dienste von Doktor Bonfanti versichert, damit der uns über den Mund fährt, wenn wir, ohne uns darüber im klaren zu sein, ein Wort verwenden, das nicht in der Grammatik steht. Das stellte sich als ein Meisterzug heraus, weil die Opposition dem Dienst jener Sache verhaftet blieb, von der der Doktor Bonfanti in seiner ersten Erklärung über Radio Huasipungo gesagt hat: ›Heutzutage stellt sie sich saftprotzend und kraftstrotzend dar, indem sie unbeirrbar das Banner der Indiozunge schwenkt und mit stolzer Sturheit frankophile Romanschreiberlinge ebenso bekriegt wie verstaubte Sprachpfleger, die an der ängstlichen Imitation von Cervantes, von Tirso, von Ortega und vielen weiteren Meistern einer leichenfahlen Sprache kleben.‹

Sie werden mir verzeihen, wenn ich Ihnen jetzt von einem großen Knaben erzähle, einem unersetzlichen Element. Ich habe mir schon mehr als einmal die Hose naßgemacht vor Lachen über die Witze, die er reißt. Sie werden bereits erraten haben, daß ich auf diesen Mann aus Corrientes anspiele, auf Doktor Hengstchen Barreiro, wie wir ihn alle nennen, ohne daß er das weiß, und was er nicht weiß, macht ihn nicht heiß. Mich behandelt er ein bißchen wie ein Maskottchen, nennt mich Jasmin und hält sich die Nase zu, sobald er meinen hübschen kleinen Kopf auch nur aus der Ferne sieht. Kommen Sie nicht auf den abschüssigen Holzweg, mein lieber Kazike, verfahren Sie sich nicht auf dem toten Gleis, indem Sie annehmen, daß der Doktor der Jurisprudenz Barreiro ein Dreigroschen-Komödiant wäre: Er ist ein Advokat mit einem bronzenen Namensschild, sogar im Café Tokio hat er Bekannte, die ihn grüßen. Er wird eine Gruppe Patagonier verteidigen, in einem Prozeß um Ländereien. Was mich betrifft, kann ich nur sagen, je eher diese Stinker verduften und unsere Filiale an der Plaza Carlos Pellegrini nicht länger mit Beschlag belegen, desto besser. Lächelnd fragt sich alles, warum wir ihn Hengstchen nennen. Der Ausdruck ist, könnte man sagen, eine Perle der Boshaftigkeit echter *criollos*; sogar ein Ausländer kann sehen, daß unser Hengstchen ein Pferdegesicht hat, und er könnte gut im ersten Rennen auf der Bahn von La Plata starten; aber man trichtert mir ja immer ein, daß alle irgendeinem Tier ähneln und daß ich wie ein Schaf aussehe.«

»Schaf? Ich bin eher für Stinktier«, meinte Don Isidro gewissenhaft.

»Wie Sie meinen, Chef«, sagte Frogman, beleuchtet von seiner Schamröte.

»An Ihrer Stelle«, fuhr Parodi fort, »würde ich meinen Körper nicht dem Wasser entziehen.«

»Sobald mein Viertel an die Wasserversorgung angeschlossen wird, werde ich Ihren selbstlosen Ratschlag befolgen, das verspreche ich Ihnen; und dann verspreche ich Ihnen auch noch eine Überraschung: Nach dem Bad werde ich Sie besuchen, und Sie weden mich nicht wiedererkennen.«

Ein gleißendes Lächeln ging ihm voraus, dann trat Gervasio Montenegro – Hemd Fouquières, Sakko Guitry mit Saum, Hose von Fortune & Bailey, halbhohe Gamaschen Belcebú, Schuhe Belphégor, handbesohlt, seidiger Schnurrbart, leicht mit Silber bespritzt – mit feuriger Dreistigkeit ein.

»*Ma condoléance*, lieber Maestro, *ma condoléance*!« sagte er effektvoll. »Mein *flair*, ich glaube, ich habe das richtige Wort gefunden, hat mir bereits an der letzten Straßenecke das *redoutable* Eindringen dieses Feindes von Coty angezeigt. Das Motto der Stunde ist: ausräuchern.«

Einem Zigarrentäschchen aus Baccarat entnahm er eine überlange Mariano Brull, aromatisiert mit Kümmel, und entzündete sie mit einem *briquet* aus handgetriebenem Silber. Dann verfolgte er träumerisch einen Augenblick lang die gemächlichen Rauchkringel.

»So betreten wir endlich wieder Festland«, sagte er schließlich. »Mein erfahrener Geruchssinn des Aristokraten und des Detektivs flüstert mir ins Ohr, daß unser unersprießlicher Indianist in diese *cellule* gedrungen ist, nicht nur aus erstickenden Beweggründen, sondern auch, um seine mehr oder minder karikatureske und entstellende Version des Verbrechens von San Isidro in Umlauf zu bringen. Sie und ich, Parodi, sind über derlei Gestammel erhaben. Die Zeit drängt. So hebe ich also in meiner bereits klassischen Erzählweise an:

Beunruhigen Sie sich nicht; ich muß mich an die hierarchische Anordnung der Tatsachen halten. Es war, infolge eines suggestiven Zufalls, der ›Tag des Meeres‹. Ich hatte mich auf den Angriff des Sommers vorbereitet – Kapitänsmütze, Regattajacke, weiße Hose aus englischem Flanell, Strandschuhe – und beaufsichtigte mit einer gewissen Übellaunigkeit die Einrichtung eines Gartenbeets bei dem Landhaus, das wir alle früher oder später in Don Torcuato erwerben. Ich gestehe, daß diese *besognes* der Gärtnerei mich gelegentlich, sei es auch nur für einen flüchtigen Augenblick, von den peinigenden Problemen abzulenken vermögen, die unbezweifelbar die *bête noire* des zeitgenössischen Geistes darstellen. Wer beschriebe aber mein berechtigtes Erstaunen, als das 20. Jahrhundert mit den schrillen Knöcheln des *claxon* an die rustikale Pforte des Landhauses klopfte. Ich murmelte eine Verwünschung, warf die Zigarre fort, nahm als guter Stoiker Haltung an und begab mich auf den Weg unter den Eukalyptusbäumen. Mit dem geschmeidigen Hochmut eines Windhundes drang ein langsamer Cadillac in meine Dominien ein. Hintergrundkulisse: das strenge Grün der Koniferen und das leutselige Blau des Dezember. Der Chauffeur öffnet den Wagenschlag. Eine prachtvolle Frau steigt aus. Gutes Schuhwerk, feine Strümpfe. Stil! Typisch Montenegro, sagte ich! Ich hatte das Rechte getroffen. Meine Kusine Hortensia, die unerläßliche Pampa Montenegro unserer *haute*, reichte mir den Wohlgeruch ihrer Hand und das liebenswürdige Schimmern ihres Lächelns. Es wäre ein Zeichen schlechten Geschmacks, *cher maître*, zum x-ten Mal zu versuchen, eine Beschreibung zu geben, die Witcomb überflüssig gemacht hat: Sie, als unvermeidlicher Leser all der Zeitungen und Illustrierten, grüßen ja bereits vor dem Richterstuhl Ihres Herzens diesen Zigeunerschopf, diese Augen von dunkler Fülle, diesen von den Flammen seiner eigenen *cambrure* umflackerten Leib, von dem man sagen könnte, er sei für die Conga geschaffen, diesen von Diablotin erdachten *tailleur* aus grobem Gewebe, diesen Pekinesen, diesen *chic*, dieses ach was weiß ich ...

Die uralte Geschichte, mein geschätzter Parodi: hinter der großen Dame der Page! In diesem Fall nannte sich der Page Le Fanu, Tonio Le Fanu, und war von untersetzter Statur. Beeilen wir uns, anzuerkennen, daß ich die Kunst beherrsche, mich beliebt zu machen, wenn diese auch vielleicht durch eine wienerische Impertinenz, durch das *mot cruel* geschmälert wird: Er sah aus wie ein Duellant ... im Taschenformat, eine ganz attraktive Mischung aus D'Artagnan und einem Jockey. Er hatte etwas von einem Tanzmeister, verbunden mit Elementen des Schwätzers und des Gecken. Verschanzt hinter seinem preußischen Monokel, rückte er seitwärts vor, mit kurzen Schritten und keineswegs vollendeten Verbeugungen. Die großmütige Stirn floh unter einem pomadigen Schopf, unbeschadet der Tatsache, daß der schwarze Kinnbart sich unterhalb der Kiefer zu einem Doppelkinn verbreiterte.

Mit einer Kaskade des Lachens sagte Hortensia mir ins Ohr: ›*Lend me your ear.* Der Buhle, der mir folgt, ist das jüngste Opfer. Wir werden uns verloben, sobald es dir paßt.‹

Unter liebevollem Lack barg diese Erklärung das, was wir wahrhaften *sportsmen* einen Tiefschlag nennen. Tatsächlich genügten mir diese wenigen weiblichen Wörter, um sofort zu erahnen, daß die Verlobung von Hortensia mit Schränkchen Pérez zerbrochen war. Als guter Gladiator steckte ich den Schlag ohne einen Wehlaut ein. Trotzdem hätte ein brüderliches Auge einen Beobachter die jähe Verkrampfung all meiner Nerven und den kalten Schweiß, der mir auf der Stirn perlte, erkennen lassen.

Natürlich war ich Herr der Situation. Als *bon prince* beanspruchte ich für meine Villa die Ehre des obligaten Abendmahls als angemessene *hommage* für das glückliche ... oder unglückliche Paar des Jahres. Hortensia sprach mir ihre Dankbarkeit mit einem impulsiven Kuß aus; Le Fanu tat dies mit einer nur als *déplacée* zu bezeichnenden Frage, die an dieser Stelle zu wiederholen mich schmerzt: ›Welche Verbindung‹, fragte er, ›gibt es zwischen dem Essen und der Hochzeit, zwischen der Verdauungsstörung und der Impotenz?‹ Indem ich kühn jegliche Antwort verschmähte, zeigte ich ihnen in allen Einzelheiten meinen Besitz, natürlich ohne den Bronzekopf des Bufano von Yrurtia und die Handmühle Marke Guanaco auszulassen.

Nach Beendigung der weitläufigen Visite ergriff ich das Steuerrad meines Lincoln Zephyr und machte mir das Vergnügen, den Wagen des künftigen Paares einzuholen und zu distanzieren. Im Jockeyclub erwartete mich eine Überraschung: Hortensia Montenegro hatte ihre Verlobung mit Schränkchen aufgekündigt! Natürlich war meine erste Reaktion, daß ich die Erde aufforderte, mich zu verschlingen. Sie wiegen und wägen bereits die ernsten Züge des Falles ab. Hortensia ist meine Kusine, mit dieser Formel definiere ich mathematisch die Wiege und die Abstammung. Schränkchen ist die beste Partie der Saison; mütterlicherseits ist er ein Bengochea; das heißt, er wird die Zuckermühlen des alten Tokman erben. Die Verlobung war ein *fait accompli*, von der vierten Gewalt im Staate verkündet, kommentiert und fotografiert; sie war eines dieser Ereignisse, die alle Sektoren der öffentlichen Meinung miteinander versöhnen; ich selbst hatte mich um die Zustimmung der Prinzessin gemüht, daß Monsignore De Gubernatis die Zeremonie segne. Und nun, von einem Tag auf den anderen, mitten am ›Tag des Meeres‹, versetzt Hortensia Schränkchen. Zugegeben, ein typischer Montenegro-Zug!

Meine Lage als *chef de famille* war delikat. Schränkchen ist reizbar, ein streitsüchtiger Mensch – der letzte der Mohikaner, möchte ich sagen. Darüber hinaus handelt es sich bei ihm um einen *habitué* meines Etablissements in Avellaneda, einen Kameraden, einen Kunden, dessen Verlust ich nicht so einfach verschmerzen möchte. Sie kennen ja meinen Charakter. Ich ging sofort zum Angriff über: Noch aus dem *fumoir* des Jockeyclubs schickte ich Schränkchen einen ausgedehnten Brief, von dem ich noch eine Kopie besitze, in dem ich sehr deutlich machte, daß ich mir betreffs des Vorgefallenen die Hände in Unschuld wüsche, und einen angemessenen Sarkasmus *à l'égard de ce pauvre monsieur Tonio* an den Tag legte. Zu unser aller Glück handelte es sich nur um ein Sommergewitter. Die Nacht brachte den Talisman, der das *imbroglio* zunichte machte: das nur wenige Minuten später durch den nämlichen Tokman bestätigte Gerücht, demzufolge ein Telegramm von Shirley Temple die Eheschließung der geschätzten argentinischen Freundin verbot, in deren Gesellschaft sie – doch erst gestern! – den Nationalpark von San Remo besichtigt hatte. *Rien à faire* angesichts des Ultimatums der kleinen Schauspielerin. Aus zuverlässiger Quelle erfuhr ich, daß selbst Schränkchen die weiße Fahne gehißt hatte, vielleicht in der Erwartung, daß ein zukünftiges Telegramm die Vermählung der Spröden mit Le Fanu verböte! Wir wollen dies unserer Gesellschaft zugute halten: Nachdem der sympathische Anlaß des Bruchs einmal in alle Himmelsrichtungen verbreitet worden war, waren Verständnis und Hinnahme einmütig. Angesichts der Wärme dieses Klimas entschloß ich mich, mein gegebenes Wort einzulösen und die Türen meiner Villa für ein *souper* zu öffnen, bei den *tout* Barrio Norte das Verlöbnis von Pampa mit Tonio feiern sollte. Diese Party war eine allgemein empfundene Notwendigkeit; im harlekinesken Buenos Aires unserer Tage trifft man sich nicht und verkehrt nicht miteinander. Ich wage die Prophezeiung, daß, wenn die Dinge so weiterlaufen, der Tag kommen wird, an dem wir einander vom Sehen nicht mehr kennen. Die britischen Sessel des Clubs sollten uns die großmütige Tradition des Beisammenseins am offenen Feuer nicht aus den Augen verlieren lassen; wir müssen uns treffen, wir müssen das Ambiente in Bewegung halten …

Nach reiflicher Überlegung entschied ich mich für den Abend des 31. Dezember.«

II

Am Abend des 31. Dezember, in der Villa Las Begonias, löste die Verspätung von Doktor Le Fanu mehr als einen geistreichen Kommentar aus.

»Man sieht, daß dein Bräutigam sich vor lauter Lust, dich zu sehen, kaum beherrschen kann, und wer weiß, mit wem er sich jetzt herumtreibt, um sich abzulenken«, bemerkte verträumt Mariana Ruiz Villalba de Anglada.

»Die größte Blamage hast aber du dir geleistet, weil du, unter uns gesagt, ohne Korsett gekommen bist«, erwiderte Señorita de Montenegro. »In deinem Alter nähme ich alles mit etwas mehr Ruhe; du kannst von mir lernen, ich bin nämlich ganz gelassen, obwohl ich mir keine Illusionen darüber mache, daß Tonio auf dem Wege hierher vor lauter Hast gestorben sein könnte. Das wäre nämlich außerdem eine Dummheit.«

»Ich halte mich immer an die protokollarische Viertelstunde«, verkündete eine ansehnliche Dame mit weißester Haut, rabenschwarzem Haar, schwarzen Augen und einzigartig schönen Händen. »Nach unserem Reglement, das man in San Fernando schon kopiert, wird nach fünfzehn Minuten laut Taxameter bereits Übernachtung berechnet, so als hätten Sie die ganze Nacht mit heiti-teiti zugebracht.«

Ein ehrfürchtiges Schweigen grüßte die Worte der Prinzessin. Schließlich murmelte Señora de Anglada: »Was für eine arme Närrin bin ich doch, daß ich zu reden wage, wenn die Prinzessin neben mir steht, die mehr weiß als der Adelskalender.«

»Ohne die höchstpersönliche Eleganz Ihres hoheitsvollen Tones zu mindern«, meinte Bonfanti, »weihen Ihre Worte Sie zum Sprachrohr all dessen, was wir, die Kongregation der Anwesenden, empfinden und schmähen. Den Titel des Törichten, ja des Tölpels lüde auf sich, wer der Tatsache widerspräche, daß die Prinzessin ein kurzgefaßtes Kompendium aller Urteilskraft und aller Kenntnisse darstellt.«

»Sie sind nicht der Richtige, um über Kenntnisse zu sprechen«, korrigierte die Prinzessin. »Erinnern Sie sich der Nacht Ihres Namenspatrons, in der die Pasman, diese Ziege, Sie auf dem Abort des dritten Patio überrascht hat, wie Sie eine alte Nummer von Mickymaus lasen?«

»The elephant never forgets.« Señorita de Montenegro applaudierte.

»Armer Bonfanti«, sagte Mariana, »jetzt sind Sie so weit heruntergekommen, wie eine, die, wie wir ja wissen, keinen *soutien* trägt.«

»Ordem e progresso, mesdames«, bat Montenegro. »*Cessez d'être terribles et devenez charmantes*. Wenn auch der schneidige Haudegen in mir im Gleichklang mit jeder Polemik vibriert, darf ich mich doch auch nicht als unempfänglich für die erbaulichen Vorzüge der Eintracht erweisen. Außerdem wage ich, nicht ohne eine *pointe* von Ironie, anzudeuten, daß der Absentismus unseres neuesten *soupirant* meinen epikuräischen und skeptischen Geist mit einer Ahnung erfüllt.«

»Steaks! Ich möchte so ein großes Steak«, sagte mit despotischem chilenischem Akzent Loló Vicuña de De Kruif, wobei sie sich auf den Oberschenkel klopfte. Sie war gebräunt, blond und pompös.

»Aus Ihrem Mund spricht der authentischste und genialste Vitalismus«, erklärte Bonfanti. »Ohne die Vorzüge der hiesigen Weiblichkeit im mindesten schmälern zu wollen, muß doch gesagt werden, daß in Sachen Geist jene furchtlosen Frauen, die sich in ein ungleiches Turnier mit den Damen von jenseits der Kordilleren zu stürzen wagen, Blut und Wasser schwitzen müssen.«

Die Prinzessin befand: »Sie immer mit Ihrem Geist, Bonfanti. Wann werden Sie endlich begreifen, daß das, wofür der Kunde zahlt, festes, robustes Fleisch ist.«

Die prächtige Señora de De Kruif machte den Tadel vollkommen: »Wieso bildet sich dieser armselige Hungerleider ein, daß wir Chileninnen kein Fleisch hätten?« Sie sagte dies in protestierendem Ton und zupfte an ihrem Dekolleté.

»Wahrscheinlich sagt er es, damit wir glauben, daß er noch nicht in deiner Laube war, obwohl schon alle dort gewesen sind«, kommentierte Mariana. (Es war allen bekannt, daß Señora de De Kruif die Laube ihres Landhauses venerischen Praktiken weihte.)

»Das hast du völlig falsch verstanden, Loló«, warf ein ungestümer, pferdegesichtiger und grauhaariger Knabe ein, »was der arme Schmutzfink versucht hat, war eine Lobrede auf dich.«

Ein Herr, der große Ähnlichkeit mit Juan Ramón Jiménez aufwies, intervenierte. »Mach weiter, Hengstchen, mach nur so weiter«, forderte er ihn auf. »Du kannst meine Frau ruhig weiter duzen, so als wäre ich gar nicht vorhanden.«

»Was vorhanden ist, ist deine gänzlich vernagelte Dummheit«, sagte die hübsche Loló obenhin.

»Die Frau hat sich duzen zu lassen«, dekretierte die Prinzessin. »Ich sage immer, das ist eine Gewohnheit der Kunden und kostet nichts.«

»Kleiner Trottel!« rief Loló impulsiv. »Wenn du willst, daß ich dich noch einmal anschaue, wirst du sofort auf die Knie fallen und die Prinzessin um Verzeihung dafür bitten, daß du dich vor ihren Augen so danebenbenommen hast.«

Eine merkwürdige Koalition aus bolivianischen Flöten, fröhlichen Fahrradklingeln und dumpfem Gebell rettete De Kruif.

»Man muß anerkennen, daß mein Jägerohr immer noch auf der Höhe ist«, bemerkte Montenegro. »Ich erkenne das Gebell von Triton. Es empfiehlt sich, der *verandah* einen Besuch abzustatten.«

Hochmütig wandelte er aus dem Raum. Alle folgten ihm außer der Prinzessin und Bonfanti.

»Auch wenn Sie hierbleiben, kriegen Sie doch nichts ab«, stellte die Dame fest. »Auf diesen Schinken habe ich längst mein Auge geworfen.«

Von der *verandah* aus genossen Montenegro und die Gäste ein imponierendes Schauspiel. Gezogen von zwei schwarzen Pferden, inmitten einer lärmenden Wolke von Radfahrern in Ponchos, näherte sich durch die lange Allee ein schweigsames, zu einem Begräbnis passendes Coupé. Trotz der Gefahr, in den Graben zu stürzen, fuhren die Radfahrer freihändig und stotterten auf den langen bolivianischen Flöten, mit denen sie sich ausstaffiert hatten, triste Akkorde. Das Coupé hielt zwischen der *pelouse* und der Freitreppe. In der allgemeinen Fassungslosigkeit hüpfte der Doktor Le Fanu aus dem Vehikel, wobei er den Applaus seiner eigenen Eskorte sichtlich bewegt mit Dank entgegennahm.

Wie Montenegro später wiederholen sollte, entschleierte sich das Unbekannte bald: Die Poncho tragenden Mannen auf Fahrrädern waren Mitglieder der A. A. A. Man sollte auch erwähnen, daß ihr Anführer ein stinkiger Fettkloß war, der auf den Namen Marcelo N. Frogman hörte. Dieser Kazike unterstand unmittelbar den Befehlen von Tulio Savastano, der ohne die Erlaubnis von Mario Bonfanti, dem Sekretär von Doktor Le Fanu, kein Sterbenswörtchen sagte.

»Ich unterstütze diese *trouvaille*«, rief Montenegro. »Trotz einer Art betagter Arroganz und eines herrschaftlichen Gesamteindrucks suggeriert dieses Coupé eine interessante Verachtung für die längst hinfälligen *entraves* der Zeit und des Raums. Las Begonias, die *d'ailleurs* von diesen Damen vertreten werden, grüßen in Ihnen den Dilettanten, den Argentinier, den *promesso sposo* ... Allerdings wollen wir, geschätzter Tonio, nicht die fruchtbaren Desinvolturen und die funkelnden Bagatellen des Nachtischs vorwegnehmen. Der *clericó* harrt ungeduldig in den Krügen, das *consommé*, unvermeidlicher Tischgefährte aller Festmahle, verbirgt unter seiner Zurückhaltung eines *clubman* kaum den Eifer der edlen Ausschweifung und der geselligen Soirée.«

Der gedeckte Tisch in dem von Pactolus dekorierten Salon machte Montenegros Vorkehrungen keineswegs Unehre. Die Señora de Anglada – der seidige Schopf verwirrt, die Augen erschöpft, die Nasenflügel bebend – belagerte mit Fragen und Forderungen den jungen Archäologen, mit dem sie autoritär Teller, Becher und Sitz geteilt hatte. Schließlich raffte der Mann sich zu einer kriegerischen Haltung auf und versenkte seine rosa Kahlheit in einem undurchdringlichen Poncho, gemäß der Strategie der Schildkröte. Mit verzweifelter Koketterie leugnete er, Marcelo N. Frogman zu heißen, und versuchte die Señora mit einigen Ratespielen von ihrem Vorhaben abzubringen. »Verschwenden Sie sich nicht an den, Señora«, insistierte Hengstchen Barreiro lautstark, wobei er die üppigen Knie von Madame De Kruif ignorierte, »*ich* bin Mister Universum.« Zur Rechten der *baronne* Puffendorf-Duvernois improvisierte Doktor Kuno Fingermann alias Jamboneau mit Hilfe von kandierten Früchten, *marrons glacés*, Resten importierten Tabaks, gemahlenem Zucker und einem Mickymaus-Amulett, das Monsignore De Gubernatis ihm vorübergehend abgetreten hatte, den Plan für die Errichtung eines Armenhauses auf Grundstücken, deren Preise in den Himmel schießen würden, wenn erst der Grundstein der geplanten Lohgerberei gesegnet wäre. Hingerissen von den ungeheuren Möglichkeiten seines Vorhabens versäumte er es, jedes Karat des weiblichen Elements seiner irritierten Gesprächspartnerin zu wägen: diese Dame interessierte sich weniger für die klebrige Architektur des feisten Utopisten als für das Gespräch zwischen der Prinzessin, dem Monsignore und Savastano.

»Ich mache mir nichts aus solchen Gebäuden in offener Bauweise«, sagte die Prinzessin guttural, wobei sie ihre strengen Linsen auf das von Jamboneau errichtete Modell heftete. »Man verschone mich mit solchen Neuheiten. Ich hänge noch immer von Amts wegen am *panóptico*, das ist für mich immer noch das letzte Wort; und vom Türmchen des *panóptico* aus kann das Murmeltier Cotone mit dem Fernglas alle Bewegungen der Mädchen beobachten, unter denen es einige Spezialistinnen gibt, *que vous m'en direz des nouvelles*.«

»Hipp, hipp, hurra«, murmelte Monsignore De Gubernatis. »Sie, Hoheit, die Sie alles durchschauen, haben den Aktivitäten und dem Altruismus unseres interessanten Cotone eine gänzlich neue fruchtbare Spur eröffnet. *The right man in the right place*, ohne Zweifel ... Dennoch wäre ich für eine viel strengere Architektur, um diesen hinterhältigen Juden Kontra zu geben, denen es gelungen ist, sich bei einigen Stützen unserer Kirche mit dem verlockenden, aber utopischen Projekt einer Synagoge für Barba einzuschmeicheln.«

Savastano warf liebevoll ein: »Zerfleischen Sie sich doch nicht so, Monsignore, sonst können nicht mal mehr die Straßenkehrer etwas mit Ihnen anfangen. Die Señora Prinzessin hat Ihnen die Wahrheit gesagt, die können Sie nicht vom Tisch wischen. Sogar die Minderjährigen, die noch keine langen Hosen tragen, wissen, wie das Etablissement in Avellaneda gebaut ist, mit seinem Türmchen, das ich mir für den ›Tag des Nachtwächters‹ reserviert habe, das ist nämlich der Tag, an dem Cotone frei hat. Es ist klar, daß Sie jetzt nur noch einwenden können, die Hotels wären anders gebaut, weil die Millionärssuite auf den ersten Patio hinausgeht und ich mir am Schreibtisch von Señor Renovales immer die Nase anstoße, wenn Sie reinkommen.«

Hengstchen Barreiro streifte die Asche seiner Partagás ins linke Ohr von Frogman ab und sagte: »Erinnerst du dich, Le Fanu, an die Biblioteca Calzadilla in der Calle Versalles, ein mieses Lokal, ganz ohne Aussichtstürmchen? Aber du brauchtest ja auch keinen Turm, um oberster Regelfanatiker zu sein, und den Schwarzen Loiácomo hast du gefeuert, weil ihm ein ›dessenungeachtet‹ herausgerutscht ist, und mir hast du die Leitung abgenommen wegen einer ›Konkretisierung des Falles‹, die sogar Frogman-Wenn-Er-Losgelassen versteht. Aber wer wird einem Rotzkopf so etwas lange übelnehmen.«

Aus seiner steifen Hemdbrust und dem starren Kragen heraus parierte Doktor Le Fanu den Schlag: »Was Sie und diese analphabetische Bibliothek betrifft, so ist die einzige Zuflucht des Gedächtnisses die totale Amnesie. Ich habe dieses Anhängsel einer Bedürfnisanstalt bereits vergessen; weder Sie noch Ihr Ihnen in Kakophonie verbundener Kollege können sich rühmen, meine Erinnerungen zu schänden.«

»Vielleicht verstellt mir ein solides kommerzielles Kriterium die Sicht«, ließ sich würdevoll die dicke teutonische Stimme von Doktor Fingermann vernehmen. »Aber wenn Ihre Gehirnmasse auch für das Vergessen höchst begabt sein mag, Doktor Le Fanu, so kostet es mich doch Mühe, zu glauben, daß Sie sich nicht an die Feiertage erinnern, an denen Sie, meine Schwester Emma und ich jeweils einen Pfennig aus Ihrem Tresor investierten, um uns in den Zoologischen Garten zu begeben, wo Sie uns die südamerikanischen Tiere zu erläutern beliebten.«

»Angesichts von Exemplaren wie Sie, entbehrlicher Bube, würde sich der redseligste aller Zoologen für das Schweigen entscheiden, wenn nicht für eine reumütige Flucht«, sagte Le Fanu trocken.

»Nun werde nicht ziegenbockig, du Kragenbär*, sonst wird dich noch die grüne Heide verschlucken. Weder ich noch der Jude, auf dessen Leberflecken der Schweiß steht, wollen dich auf das Niveau eines U-Bahn-Spucknapfs herabziehen«, besänftigte ihn Hengstchen, und durch einen freundlichen Schlag auf den Rücken ließ er ihn husten wie einen armen Tuberkulösen.

Savastano nutzte diese Episode, um zur hochmütigen Señora De Kruif zu laufen und ihr ins Ohr zu flüstern: »Ein Vögelchen hat mir zugezwitschert, daß die Señora in einer Laube ihres Landhauses Besuche empfängt. Lieber Himmel, wenn man doch mehr über dieses Läubchen wüßte!«

* Er sagte dies wegen des Kragens. (Von Doña Mariana Ruiz Villalba de Anglada überlassene Anmerkung.)

Loló, distanziert wie die Astronomie, wandte ihm den Rükken zu.

»Seien Sie nicht burlesk und reichen Sie mir den Parker«, befahl sie Monsignore De Gubernatis. »Ich muß für den sympathischen Doktor Savastano eine Adresse aufschreiben.«

Mit halbgeschlossenen Augen, gebleckter Gebiß, das Kinn emporgereckt, die Atmung regelmäßig, die Fäuste geballt, die Arme angewinkelt, die Ellbogen in der vorschriftsmäßigen Höhe abgespreizt, überwand Doktor Mario Bonfanti, dieser Veteran unter den Gehern, ohne größeres Stolpern die wenigen Meter, die ihn von Gervasio Montenegro trennten. Er war bereits über das Ziel hinausgeschossen, bevor es ihm gelang, sich wieder zu erheben, nachdem Monsignore De Gubernatis ihm ein Bein gestellt hatte. Er näherte seinen keuchenden Mund dem rechten Ohr Montenegros, und alle hörten angewidert ein sattes kastilisches Gezischel.

Montenegro lauschte ihm mit vollkommener Selbstbeherrschung, musterte eine extraflache Movado und erhob sich. Unterstützt vom unvermeidlichen *mousseux* großer Redner, sagte er mit arroganter Stimme:

»Als Sklave des lobenswerten Eifers *de paraître à la page* hat mir unser kenntnisreiches Faktotum soeben mitgeteilt, daß nur noch wenige Minuten fehlen, bis 1944 aus der Schale schlüpft. Der Skeptiker mag sein Lächeln schwingen; ich selbst, der ich immer mit erhobenem Florett gegen die *ballons d'essai* der Propaganda vorgehe, habe nicht gezögert, meine ... *time machine* zu konsultieren. Ich verzichte darauf, Ihnen meine Überraschung zu skizzieren: Es fehlen noch genau vierzehn Minuten zur Vollendung der zwölf Stunden. Der Informant hatte recht! Der Mensch ist doch nicht so schlecht beschaffen.

Trotz der Last der Jahre liefert 1943 mit dem *aplomb* eines napoleonischen *grognard* ein kühnes Rückzugsgefecht, bereit, seinen verbleibenden Bestand an Minuten bis zur letzten zu verteidigen; 1944, frisch rekrutiert und beweglicher, läßt nicht davon ab, es mit den Pfeilen zu verfolgen, die sein Köcher beherbergt. Señores, ich bekenne, daß ich mich für eine der beiden Seiten entschieden habe: Trotz des Silbers meiner Haare und trotz der frommen Strenge der Jungen ist mein Platz auf seiten der Zukunft.

1. Januar eines jeden kommenden künftigen Jahres ... unwiderstehlich beschwört das Datum jene Stollen, die der Zufall dem Eifer, wenn nicht gar der Hacke der unterirdischen Bergarbeiter bietet. Und jeder stellt es sich in einer Art *sui generis* vor: Der Schüler hofft, daß das Jahr ihm ... lange Hosen bringe; der Architekt harrt der luftigen Kuppel, die seine Arbeit krönen soll; der Offizier erhofft die schneidige Biese, die ein ganzes erregendes Leben der Aufopferung in der Leitung der öffentlichen Angelegenheiten belohnt und die kleine Braut vor Freude weinen lassen wird; die Braut ersehnt den gesitteten Helden, der sie vor einer *mariage de raison* retten wird, welche der Egoismus der Großeltern ihr auferlegt hat; der Bankier mit dem mächtigen *embonpoint* erhofft die unwahrscheinliche Treue der *cocotte grand luxe*, die sein Leben mit Pomp schmückt; der Hirte der Menschen erhofft das siegreiche Ende des perfiden Krieges, den ihm wider seinen Willen wer weiß welche modernen Karthager aufgezwungen haben; den Zauberkünstler hungert nach dem Kaninchen, das er so oft aus dem *chapeau claque* gezogen hat; der Maler begehrt die akademische Weihe, die unvermeidliche Folge einer *vernissage*; der Sportfan erwartet den Sieg von Ferrocarril Oeste; der Dichter seine papierene Rose; und der Priester sein Tedeum.

Señores, wir wollen zumindest für diese Nacht die drängenden Fragezeichen und die schmerzlichen Obsessionen der Aktualität hintanstellen und unsere Lippen in die Champagnerbläschen tauchen.

Darüber hinaus geziemt es sich, die Farben nicht allzu dunkel zu mischen. Es läßt sich nicht leugnen, daß, mit kritischer Lupe betrachtet, das zeitgenössische Panorama düster ist; den geübten Betrachter läßt es jedoch eine erreichbare Oase wahrnehmen – eine Ausnahme, deren Lebendigkeit durch die Wüstenei der Umgebung nur noch bestätigt wird. Euer Augenzwinkern, das nicht einmal die Etikette zu unterdrücken vermag, nimmt die Schlußfolgerung vorweg: Wozu sollte ich verbergen, daß ich auf unsere unvergleichliche Hortensia und auf ihren *cavaliere servente*, Doktor Le Fanu, angespielt habe.

Wir wollen offenen Geistes ohne den rosa Schleier, der die schlimmsten Entstellungen hinwegzaubert, ohne das unbestechliche Mikroskop, das sie vergrößert, den charakteristischen Zügen und Profilen unseres Paares gegenübertreten. Sie ist – *Place aux dames*, bitte ich Euch – anwesend: Jegliche Beschreibung verblaßt angesichts der duftigen Opulenz dieses Schopfes; angesichts dieser Augen, die im Schatten der freundlichen Wimper ihre entwaffnenden Netze weben; angesichts dieses Mundes, der bis heute nur Zwitschern und Flirten, Naschhaftigkeit und *rouge* kannte, aber der morgen, weh und ach, von der Träne wissen wird; angesichts dieses ... was weiß ich. *Pardon!* Der Maler von Geblüt in mir ist soeben erneut der Versuchung erlegen, mit wenigen markanten Strichen eine *silhouette*, eine Studie zu entwerfen. Zur Beschreibung einer Montenegro bedarf es eines Montenegro, mögen Sie tuscheln. Kommen wir nun – der Übergang läßt sich nicht vermeiden – zum zweiten Terminus des Binoms. Wir wollen uns bei dem Versuch, diese einzigartige Persönlichkeit zu entern, nicht von der Dornenhecke seines Bartes und den unvermeidlichen *broussailles* seines Äußeren abstoßen lassen. Trotz der ekligen Fassade, die sich darin gefällt, die billigsten Anforderungen des klassischen Kanon zu ignorieren, ist Doktor Le Fanu ein unerschöpflicher Springquell bissiger Sätze und Überlegungen *ad hominem*, all dies durchdrungen von einer rechtmäßigen Ironie. Natürlich wird er nur für jene *amateurs*, die fähig sind, das *Sesam, öffne Dich* zu sprechen, die Zugbrücke senken und uns die Schätze der Schlichtheit und der Bonhomie zuteil werden lassen, die, da gewöhnlich nicht im Umlauf, desto akzeptabler sind! Er ist die Frucht eines Treibhauses, ein Lernbeflissener, der den soliden teutonischen Mörtel mit Wiens unsterblichem Lächeln vereinigt.

Der Soziologe, den wir alle *in petto* tragen, zögert jedoch keineswegs, sich zu einer beträchtlichen Höhe aufzuschwingen. In diesem glücklichen Paar, das schon bis zum Überdruß durch die jüngsten *bridges* der ... Wohltätigkeit definiert worden ist, zählen die Individuen – glänzende, aber flüchtige Reisende zwischen dem einen und dem anderen Nichts – vielleicht weniger als das durch diesen *fait divers* verdrängte Idealvolumen. Tatsächlich wird diese *mariage de raison*, die in der Kirche Sankt Martin von Tours stattfinden soll, nicht nur Anlaß zur Darstellung des machtvollen liturgischen Stils von Monsignore De Gubernatis geben; sie wird auch gleichsam ein Index der neuen Strömung sein, die die Kraft ihrer Säfte – nicht immer frei von Unreinheiten! – in diesen betagten säkularen Stamm der edlen Familien einfließen lassen. Diese geschlossenen *nuclei* sind die Bewahrer der Arche reiner und ursprünglicher Argentinität; ohne jeden Zweifel wird Doktor Tonio Le Fanu es übernehmen, auf das nämliche Holz der Arche die kräftigsten Zweige aufzupfropfen, ohne meiner Überzeugung nach die förderlichen Lehren eines wohlverstandenen Nativismus auszuschließen. Es handelt sich, wie immer, um eine Symbiose. In diesem Fall werden die betreffenden Atome einander nicht abstoßen: Das Rückgrat unserer Familien, möglicherweise gebeugt durch den verzweiflungsvollsten Liberalismus, wird diese Zukunftsinfusion in hohem Maße aufzunehmen vermögen ... Aber« – der Redner wechselte Stimme und Farbe – »hier vor mir ist die Gegenwart in einer entschieden attraktiven Form ...«

Ein kompakter und sanguinischer, indignierter und stämmiger Herr von kleiner Gestalt und mit kurzen Armen trat vom Balkon herein und wiederholte mit leidenschaftlicher Monotonie ein einziges übles Wort. Alle stellten fest, daß der Eindringling in einem weißen Anzug steckte wie in einer Scheide; Montenegro beschränkte sich darauf, zu bemerken, daß er einen Knotenstock in der Hand hielt; Loló Vicuña de De Kruif, empfänglich für jede Manifestation der Natur und der Kunst, bewunderte diesen zwischen die Schultern gefügten Kopf, der der Mittlerschaft eines Genicks nicht bedurfte. Doktor Fingermann schätzte den Wert der eisernen Manschettenknöpfe auf dreihundertzweiundzwanzig Pesos.

»Fassen Sie sich, Mariana, fassen Sie sich«, wisperte Señorita Montenegro aufgeregt. »Sie sind Zeuge, daß Schränkchen kommt, um um mich zu kämpfen. Um Sie würde ja nicht mal ein Bauernlümmel kämpfen.«

Von dieser unabweisbaren Anspielung stimuliert, versperrte Doktor Mario Bonfanti – großköpfig, sportlich und haarig – dem Wütenden den Weg und nahm ohne zu zögern die Verteidigungshaltung des schwarzen Boxers Jack Johnson ein.

»Tölpelei und Zänkerei schlüpfen aus demselben Ei«, sagte er gelehrt. »Ihrem Gegacker mein ritterliches Schweigen; Ihrem Getöse mein derber Verweis; Ihrer Schmähung meine Kühnheit; Ihrer Einmischung meine ...«

Frogman, in dessen Notizheftchen der Bleistift mehr als eine Silbe dessen, was Mario Bonfanti (zweifellos in argentinischer Zunge) deklamiert, aufgenommen hatte, mußte sich damit abfinden, das Ende des Satzes nie zu erfahren. Ein volltönender Hieb von Schränkchen ließ ihn unersetzlich unvollendet.

»Ein Punkt für Don Pesto«, rief Savastano aus. »Ich finde, durch den Nasenstüber hat er ihn saniert.«

Unzugänglich für die Schmeichelei erwiderte Schränkchen: »Noch ein Wort, und ich zertrümmere Ihr Pferdearschgesicht.«

»Seien Sie kein Pessimist, Doktor«, protestierte Savastano, der sich schleunigst zurückzog. »Sagen Sie nicht so traurige Sachen. Ich trete ja bereits einen geordneten Rückzug an.«

Nachdem er diesen Satz hatte wirken lassen, knüpfte er den begonnenen Dialog mit der hinreißenden Loló wieder an.

Doktor Le Fanu erhob sich. »Ich weigere mich, diesen Spucknapf oder Frogman zu schänden, indem ich sie als Wurfgeschosse verwende«, schrie er. »Fliehen Sie, Mattaldi: Meine Leute werden morgen Ihre Bruchbude heimsuchen.«

Ein Fausthieb von Schränkchen erschütterte den Tisch und zerbrach einige Gläser.

»Sie waren nicht versichert!« sagte Doktor Fingermann mit bewunderndem Erschrecken. Er erhob sich, vergrößert durch das Erstaunen, packte Schränkchen bei den Ellbogen, hob ihn in die Höhe und warf ihn über den Balkon, wobei er immer wiederholte: »Sie waren nicht versichert! Sie waren nicht versichert!«

Schränkchen stürzte auf den Kies, erhob sich mühevoll und entfernte sich, Drohungen ausstoßend.

»Ein Sommergewitter, *décidément*!« urteilte Montenegro, zurückgekehrt von der Terrasse, wo der unverbesserliche Träumer sich einen Moment aufgehalten hatte, um die Sternbilder zu grüßen und eine Zigarre zu goutieren. »Dem Beobachter der Hohen Schule zeigt das lachhafte Finale, das dieser Vorfall gefunden hat, mit überwältigender Eloquenz das Unbeständige und Geringe des Erfolgs. Ein *friand* starker Emotionen mag vielleicht bedauern, daß der unter meiner makellosen Hemdbrust inkognito befindliche Degenfechter nicht eher an die Rampe getreten ist; aber der erfahrene Analysator wird zugeben müssen, daß für diese subalterne *besogne* mindere Figuren ausreichen. Nun denn, Señores, der flüchtige Schränkchen ist abgetreten. Da wir weit über diesen *enfantillages* stehen, die mir, offen gesagt, kindisch erscheinen, wollen wir das Glas erheben und den seidigen Schnurrbart zu Ehren des Jahres, des Paares und aller hier lächelnd anwesenden Damen benetzen.«

Ihren prunkvollen Schopf an Savastanos Schulter gelehnt, murmelte Loló verträumt: »Diese dumme Pute, Baronesse von Servus, hatte recht, als sie mir sagte, daß der Bube Jamboneau sehr kräftig ist. Mein Hübscher, geben Sie mir sofort meine Adresse zurück, damit ich sie dem Juden geben kann.«

III

»Man muß anerkennen, offenen Herzens und lautstark«, bemerkte Montenegro, indem er die dritte Zigarre dieses Morgens anzündete, »daß die Szene, der wir soeben beigewohnt haben, der mehr oder minder gefährliche Zusammenprall zweier toledanischer Klingen und zweier Schläfen, ein wahres Tonikum ist, in diesen Jahren des Pazifismus *à outrance* und der von Wall Street indossierten Kriege. Im Verlauf eines proteischen Lebens, das ein verblüffter Beobachter vielleicht als abwechslungsreich einstufen würde, habe ich meine eigenwillige Klinge oft in Duellen *ancien régime* gekreuzt, welche unserer mittelmäßigen Phantasie, die sich nur noch zu einem Hühnerflug aufzuschwingen vermag, kaum vorstellbar sind. Wir wollen ohne Umschweife konzedieren, daß auch der härtestgesottene Dialektiker bei sich bietender Gelegenheit das Argument des Degens ergreifen sollte!«

»Mach den Schnabel zu, Schnauzbart, dein Kaffee wird schon kalt«, rief Doktor Barreiro freundschaftlich.

»Überflüssig!« erwiderte Montenegro gutmütig. »Die Schleimhaut läßt uns wissen, daß dieser Teufelsmokka sich nicht länger aufschieben läßt.«

Er begab sich ans Kopfende des Tisches. Fingermann, De Kruif, Barreiro, Schränkchen (mit porösem Pflaster), Le Fanu (mit feuchtem Umschlag) und der erwähnte Tokman stritten sich bereits um die *croissants*, die Marcelo N. Frogman alias Berazategui, kärglich als Kellner gekleidet, mit vollen Händen verteilte.

Ein hurtiger Handgriff von Hengstchen ließ Doktor Le Fanus Gier scheitern. Er tadelte ihn: »Nun reiß dir nicht alles unter den Nagel, du Vielfraß.«

»Vielfraß?« kommentierte Jamboneau Fingermann rätselhaft. »Vielfraß? Doch wohl eher Mormone, ha, ha, ha.«

»Ich will gern zugeben, nichtiger Fingermann, daß ein feuchter Umschlag und ein beginnendes Nesselfieber nicht ausreichen, um mich in jenen Abgrund zu stürzen, der mir zu

Ihrem Niveau verhülfe«, sagte Doktor Le Fanu prononciert; »ohne Angst vor dem Paradoxon schlage ich Ihnen daher vor, daß Sie sich auf das Feld der Ehre begeben und dieses dümmliche ›ha, ha, ha‹ mit der Waffe wiedergutmachen oder sich auf die Flucht begeben.«

»Ich sehe, daß Sie auf einem Felde operieren, das von der kommerziellen Materialität weit entfernt ist«, gähnte der Angesprochene. »Ihr Vorschlag bleibt eingefroren.«

Wie der Leser – empfindsam wie ein Schiffsjunge gegenüber dem ersten Schlingern – bereits erraten haben wird, ereignete sich die Szene, die wir fokussieren, an Bord von Gervasio Montenegros Jacht *Pourquoi-pas*?, die ihren Bug gen Buenos Aires richtete, wobei sie der koketten uruguayischen Küste, *parsemée* von Farben und Sommerfrischlern, hochmütig den Rücken zuwandte.

»Wir wollen allen albernen Personalismus verachten«, schlug Montenegro vor, »und deutlich unterstreichen, daß in meiner zweifellos schwierigen Rolle als *maître de duel* der Fechter dem Mann des Schwertes ebensowenig nachsteht wie der Aristokrat dem *salonnard*. Die Ehre verlangt, daß ich meine Ansprüche auf ... dieses heilsame Brot geltend mache.«

»Schöner *maître*«, knurrte Schränkchen, »wo du doch beim ersten Kratzer bleich geworden bist wie Mate mit Milch ...«

»Dem stimme ich zu«, bekräftigte Doktor Le Fanu. »Was jedoch Ihre persönliche Farbe angeht, Sie Auskneifer, so kann ich sie nicht genauer präzisieren, da Sie sich ja bekanntlich mit Begeisterung in Richtung brasilianische Grenze auf den Weg gemacht haben.«

»Unsinn und Verleumdungen«, erwiderte Schränkchen. »Wenn dich der Gong nicht rettet, mache ich Püree aus dir, du Kakerlake.«

»Püree?« erkundigte sich Tokman interessiert. »Ich bin immer für Teigwaren.«

Aber Barreiro intervenierte bereits taktvoll: »Schluß, ihr Mikroben. Seht ihr nicht, daß ihr uns anödet?«

»Viel öder wirst du aussehen, wenn ich dir mit einem Schlag

ein Sitzbad im Süßwasser verschaffe«, erklärte Schränkchen. »Halt dich an den Augenschein: Schau dir das Hundegesicht an, das schon einen abbekommen hat, und dann wundere dich, daß ich belle.«

»Das mit dem Hund läßt mich an einen anderen Unfug denken«, überlegte Hengstchen. »Als ich vor kurzem beim Barbier war, hatte ich plötzlich Lust, meine Augen zu üben, und habe angefangen, ein illustriertes Geschichtchen in der Beilage der Zeitung zu lesen. Es hieß *Das Orakel des Hundes*, aber es war nicht besonders hübsch. Es ging um einen Typ in weißem Anzug, der in einer Gartenlaube gefunden wurde und schon ganz kalt war. Du zerbrichst dir die Birne, um herauszukriegen, wie es der Verbrecher angestellt hat, um aus dem Garten zu kommen. Es gab nämlich nur einen einzigen Zugang, und den hat ein rothaariger Engländer bewacht. Am Ende machen sie dir klar, daß du ein Trottel bist, weil nämlich ein Priester den Trick herausfindet, und du hast den Mund zu halten.«

Le Fanu protestierte: »Dem hypothetischen Mysterium dieser Fabel fügt unser Kentaur das authentische Mysterium einer embryontischen Darlegung und einer vierfüßigen Syntax bei.«

»Vierfüßig?« erkundigte sich Tokman interessiert. »Ich sage immer, daß der kleine Zug im Zoo die endgültige Niederlage des Zugtieres bedeutet.«

»Ja, aber wenn sie den Zug von Tieren ziehen ließen, würden sie Treibstoff sparen«, bemerkte Fingermann. »Eine Fahrt kostet schon zehn Centavos!«

Doktor Barreiro rief aus: »Vergiß doch diese zehn Centavos, Jakobus, sie werden dich am Ende noch für einen Juden halten. Schließlich ist dir ja das Maschinchen, mit dem man Pesos macht, nicht ganz unbekannt.«

Beseligt sah er Doktor Le Fanu an. Dieser rief ihm zu: »Zum x-ten Mal stelle ich fest, Sie scharwenzelnder Jurist, daß Sie vom *argot* und von Sprachschnitzern nicht loskommen. Zügeln Sie diesen einbeinigen Enthusiasmus: Solange Sie sich darauf versteifen, der Schatten dieses dicklichen Buben zu sein, werde ich mich darein finden, Ihrer zu sein.«

»Düsteres Schicksal, Jungs«, kommentierte Barreiro. »Mich hat ein Schatten mit Monokel heimgesucht.«

Montenegro intervenierte verträumt: »Bisweilen verliert sogar der behendeste *causeur* den Faden. Eine elegante Zerstreuung, an der zweifellos eine gewisse entschuldbare Lässigkeit und die Spitzfindigkeiten eines in schwindelerregender Höhe nistenden Hirnes beteiligt waren, ließ mich einige *replis* des Dialogs, welcher unser Symposion belebt, versäumen.«

Nicht alle Anwesenden hatten das Symposion belebt. Selbst der Leser dürfte bemerkt haben, daß Bimbo De Kruif, dessen Augen an einer täuschend lebensechten Taube aus Quittenmus hingen, nicht eine Silbe geäußert hatte.

»Uf, De Kruif«, wieherte Barreiro, »wenn dein Mund verstopft ist, warum sagst du es dann nicht? Mach hier keinen Stummfilm, Rauschebart, wir sind alle moderne Jungs.«

Montenegro unterstützte ihn entschieden. »Ich will ein stimulierendes Wort einflechten«, sagte er, wobei er seine vierte *brioche* in Angriff nahm. »Diese übertriebene Stummheit ist immer eine Maske, die ein Mann von gutem Geschmack in der Einsamkeit trägt, die vom Gesicht zu reißen er sich aber beeilt, wenn er sich in den Kreis inniggeliebter Freunde begibt. *Un badinage, un potin*, geschätzter Bimbo, wenigstens *un mot cruel*!«

»Er ist so stumm wie ein Stier, dessen Hörner zu schwer sind!« teilte Doktor Fingermann dem Universum mit.

»Verstümmeln Sie Ihre Metapher«, schlug Le Fanu vor. »Ersetzen Sie Stier durch Ochse; dadurch gewinnt Ihr Epigramm an Präzision, ohne an Geschmacklosigkeit zu verlieren.«

Bleich, unberührt, geistesabwesend sagte De Kruif: »Noch ein Wort gegen meine Señora, und ich werde euch behandeln wie Schweine.«

»Schweine?« erkundigte sich Tokman interessiert. »Ich sage immer, um den Wert des Schweines richtig einzuschätzen, genügt es nicht, in der Confitería del Gas einen Berg Sandwiches mit Salat zu konsumieren.«

IV

Nachdem Montenegro, nicht ohne einige sardonische Blicke auf die großen zeitgenössischen Panoramen geworfen zu haben, über diese Ereignisse berichtet hatte, beschränkte er sich darauf, Frogmans letzte Zigarre zu rauchen und, wobei er sich auf seine entzündliche Stimmbandreizung berief, diesem Kaziken das Wort zu überlassen.

»Versetzen Sie sich in mein Hemd, Señor Parodi, begreifen Sie meine Lage«, flüsterte Marcelo N. Frogman alias Großer Gully. »Ich schwöre Ihnen bei den Thermen von Cacheuta, daß wir Jungs an diesem Abend zufriedener waren, als wenn ich einen Käse gewittert hätte. Fahrrad, der bei so was verläßlich ist, hat die Nachricht durchgegeben, die kurze Zeit später von Milchzahn, der sich darauf beschränkt, alle Erfindungen von Fahrrad zu wiederholen, bestätigt wurde, daß Doktor Le Fanu sich noch in der Nacht des Verbrechens von San Isidro nach Retiro begeben würde, und zwar unter dem Vorwand, im Kino Select Buen Orden den patriotischen Kurzfilm anzusehen, der gedreht worden ist, als die Gauchos in Balneario defilierten. Stellen Sie sich mit Ihrem guten Sinn für Proportionen unsere Begeisterung vor: Einige hatten Angst, die Schnüffler könnten verraten, daß wir eine dieser ehrenwörtlichen Verabredungen nicht eingehalten hätten, so daß wir schließlich beschlossen haben, in Massen zum nahegelegenen Kino Buen Orden zu gehen, um Doktor Le Fanu aus der Nähe zuzusehen, wie er den Film über die Gauchos anschaut, der – mit der Ufa-Produktion *Gymnastik für Erwachsene* als Beigabe für die Mittelschicht – vorgeführt wurde. Und wenn viele gepfiffen haben, dann wahrscheinlich, weil mein Achselschweiß sie geärgert hat. Natürlich ist genau das passiert, was immer passiert: Der schreckliche Gedanke an die Kinokasse hat ausgereicht, um den meisten den Mut sinken zu lassen, während andere sich mit gewichtigen Gründen verdrückt haben: Milchzahn, weil ihm eine offizielle Bestätigung dafür fehlte, daß der Chef tatsächlich dort sein würde; Hackebeil, der immer die Disziplin untergräbt, weil ihn die Behauptung blendete (präsentiert in der attraktiven Form einer Einladung auf Pappdeckel), daß an der Ecke der Straßen Lope de Vega und Gaona an die glücklichen Anwesenden Grießbrei ausgeteilt würde; Alte Schildkröte alias Leonardo L. Loiácomo, weil ihm eine anonyme Nervensäge telefonisch anvertraut hatte, daß Pater Gallegani persönlich in einem Straßenbahnwagen, den der Kirchenvorstand zu diesem Zweck gechartert hatte, ein postkartengroßes Bild von Negro Falucho signieren würde. Ich selbst habe, um mich aus der Schlinge zu ziehen, den Umstand ausgenutzt, daß ich nach San Isidro fahren mußte, wobei ich wie ein irrer Affe auf meinem Fahrrad strampelte. Nun macht es ja einem Indio Spaß, mit dem Fahrrad Omnibusse zu überholen und Wettrennen mit Rollschuhfahrern zu veranstalten, die ihn an jeder Ampel abhängen und dafür sorgen, daß er seine ganze Wäsche durchschwitzt. Ich glänzte längst von Müdigkeit, aber ich bin nicht vom Lenker gefallen, weil mich der argentinische Hochmut aufrechthielt, mit eigenen Augen sehen zu können, wie groß das Vaterland ist, obwohl ich kaum bis Vicente López gekommen war. Ich habe dann beschlossen, mir einen schönen Tag zu machen, und bin geschickt und unauffällig, damit man mich nicht mit dem nicht vorhandenen Müllkarren in Empfang nimmt, in die beliebte Bratstube El Requeté gegangen, wo ich, statt mit einer Schüssel *mazamorra* und Brot – wie ich laut und deutlich bestellt hatte –, heimtückisch mit Erbsensuppe abgefüttert wurde, und wenn ich darob nicht gezetert habe wie ein Schwein, dann nur, um nicht die bekannten fürchterlichen Reaktionen des Kellners auszulösen. Man hat mir noch eine halbe Flasche Hospitalet aufgebrummt, und da ich sie bezahlen mußte, setzte ich meine Reise erleichtert fort, denn mein langes Unterhemd wärmt heute den Besitzer des Lokals.«

»Das Schicksal dieses *restaurateur*«, bemerkte Montenegro, »ist, genau betrachtet, pestilenzialisch. Mit der offensichtlich attraktiven Gabe eines langen Unterhemds haben Sie ihm vielmehr ein modernes Nessoshemd auferlegt, das ihm – für immer! – jene Einsamkeit sichern wird, die das unbestreitbare Privileg des Stinktiers auf unseren Feldern ist.«

»Mit dieser beulengroßen Wahrheit habe ich mich getröstet«, gab Frogman zu. »Wenn ein Indio zornig ist, denkt er natürlich nur noch an seinen Zorn, und so habe ich nicht gezögert, mir etliche Formen von Rache auszudenken; wollte ich sie Ihnen jetzt aufzählen, würden Sie sich vor Lachen die Wänste halten. Ich schwöre Ihnen, wenn es nicht die große argentinische Erfindung des Fingerabdrucks gäbe, hätte ich die Stirn, diesem miesen Basken einen anonymen Brief zu schikken, natürlich mit der festen Absicht, mich nicht mehr in dieser Bratstube sehen zu lassen, nicht einmal, wenn man mich einlädt. Dieselbe Entschiedenheit, mit der ich Vicente López den Rücken zugewandt habe, hat mich wie im Handumdrehen in San Isidro eintreffen lassen. Ohne auch nur an irgendein Bäumchen gepinkelt zu haben, damit nicht inzwischen ein Lausebengel mein Fahrrad in Besitz nimmt und meine Wehklagen überhört, habe ich flugs die Rückseite von Señora De Kruifs Landhaus erreicht.«

»Und was wollten Sie um diese Zeit im Tiefland von San Isidro, Don Irrer Affe?« fragte der Detektiv.

»Sie legen den Finger auf die Wunde, Señor Parodi; ich wollte meine Pflicht erfüllen und in die treuen Hände von Señor Kuno persönlich ein kleines Geschenkbuch legen, das ihm unser Vorsitzender schickte. Ein kleines Werk mit einem unverständlichen Titel.«

»Eine Waffenpause«, bat Montenegro, »eine Waffenpause! Der Dreisprachige eröffnet das Feuer. Das fragliche Opus ist *The Incredulity of Father Brown*, geschrieben in der hermetischsten aller angelsächsischen Sprachen.«

»Weil ich, um mich abzulenken, mit dem Mund die Geräusche eines Zuges nachgemacht habe«, fuhr Frogman fort, »bin ich angekommen, ohne es zu bemerken. Mit schweißgebadetem Gesicht und Beinen, die so weich waren, als wären sie aus Frischkäse. Ich mache tschuka-tschuka-tschuka, als ich plötzlich beinahe lang hinschlage, weil ich just in diesem Moment einen keuchenden Mann sehe, der über die Mauer klettert, als ob er Versteck spielen will. Selbst in solchen kritischen Momenten, in denen man sogar Tupac Amarú vergißt, finde ich immer noch eine Möglichkeit des Entkommens: die unaufhaltsame, stürmische Flucht querfeldein. Diesmal hat mich aber die Furcht vor dem verdienten Anschiß von Doktor Le Fanu, weil ich sein Buch nicht abgegeben hatte, zurückgehalten. Ich habe also mein Herz in beide Hände genommen und den Mann wie ein gerissener Hund gegrüßt. Dann wurde mir klar, daß der Unbekannte, der da aufgetaucht war, Señor De Kruif sein mußte, weil ihm der Mond auf den roten Bart schien.

Sehen Sie, wie listig ein Indio ist, Señor Parodi! Weil Señor De Kruif mich nicht grüßte, habe ich sofort begriffen, daß er mich erkannt hatte; es gibt nämlich Typen, die einem Bart und Schnäuzer plattschlagen, wenn man sie nicht grüßt. Bei mir ist das etwas anderes, weil die Angst bekanntlich nicht dumm ist und keine Wut erregt.

Ich habe weiter den großen Herrn gespielt und natürlich mein tschuka-tschuka für eine andere Gelegenheit aufgeschoben, damit dieses Bärtchen nicht meint, ich wäre verrückt geworden und hielte ihn für den Stationschef, und nicht seine Wut an mir ausläßt. Ich bin losgesaust, obwohl ich mich besser so ruhig verhalten hätte wie ein einbalsamiertes Kaninchen; Sie hätten mich sehen sollen, wie ich derart gegen einen plötzlich auftauchenden kleinen Berg donnere, daß ich mich anschließend vom Lehm befreien und aus dem Graben klettern muß. Wenn Sie mich gesehen hätten, hätten Sie mich für einen schwarzen Feigling gehalten.

Was einem armen Diener doch alles zugemutet wird! Es stellte sich heraus, daß der kleine Berg der Wanst von Doktor Le Fanu war, den ich, ohne um Erlaubnis zu bitten, betreten hatte, aber er hätte mir die Erlaubnis zum Betreten auch gar nicht geben können, weil er toter war als ein Beef mit Pommes frites. Er versperrte rücklings den öffentlichen Weg, mit einem Loch in der Stirn, so groß wie ein dicker Finger. Aus ihm kam das schwarze Blut, das ihm über das Gesicht rann. Ich habe mich gekrümmt wie ein Lockenwickler, bis ich sah, daß es der Chef war, herausgeputzt wie ein Zuhälter, mit weißer Weste und weißer Hose, und Schuhen Marke Fantasio; viel hat nicht gefehlt, und ich hätte, wie in dem komischen Tango, geschrien: Schlamm und schwarze Erde für die Pflanzen. Solche Latschen erinnern mich immer an das kleine Foto von Señor Llambías, auf dem er sich wie ein Magnat im Heilschlamm von Huincó präsentiert.

Ich hatte mehr Angst, als wenn ich eine Schauergeschichte lese. Aber das dauerte nicht lange, weil ich mir bald überlegt habe, daß auch Doktor De Kruif angenommen haben mußte, daß der Verbrecher noch frei in der Nähe herumläuft. Deshalb hatte er wohl auch nicht gezögert, wie eine Rakete zu verschwinden. Ich leistete mir einen panoramischen Rundblick, der aber nicht weiter kam als bis zur kleinen Gartenlaube, denn dort sah ich die Señora De Kruif mit aufgelöstem Haar die Flucht ergreifen.«

»Die Intervention des großen Pinsels läßt sich nicht länger hinausschieben«, bemerkte Montenegro. »Laßt uns die Symmetrie seines Entwurfs deutlich machen: Zwei Personen nehmen die obere Ebene ein; zwei Personen die untere. In der luftigen Höhe des Gipfels zieht sich Loló Vicuña, hoheitsvoll hervorgehoben durch einen Strahl des Mondes, *blasée*, aus dem eitlen kriminalistischen *quid pro quo* zurück. Eine Lektion in Sachen Mut für den Gatten, der in Anpassung an die Dunkelheit über den mediokren Abhang flüchtet, bewegt von wer weiß welchen berechtigten *soucis*. Fern von uns sei es, geschätzter Parodi, darauf zu beharren, daß die Basis dem Überbau entspreche. Den unteren Teil trüben zwei rudimentäre Gestalten, kaum dem unreinen Flußschlamm entstiegen: der Kadaver, von dem auch nur ein Herzklopfen zu erwarten töricht wäre, und dieses kindische alte Männlein, das uns – ein wahrhaftes Danaergeschenk! – die Kloaken von Warschau beschert haben. Unten wird das Bild abgeschlossen durch das

Veloziped des *aztèque*, oder besser gesagt, des *métèque*. Ha, ha, ha, ha!«

»Heilige Worte, Meister!« rief Marcelo N. Frogman, wobei er in die Hände klatschte. »Ich versichere Ihnen, daß ich erstarrt bin wie saure Milch. Wer hätte in mir den großen, jovialen, den selbstlosen Radfahrer wiedererkannt, der sich mit eigener Kraft durch die Nacht bewegte und den Vororten sein harmloses tschuka-tschuka zurief?

Ich gab mich völlig dem Ausstoßen von Hilfeschreien hin, natürlich *sotto voce*; ich wollte ja nicht, daß mich irgendeine freilaufende Schlafmütze oder gar der Verbrecher hört. Dann überkam mich ein Schrecken, über den ich heute, da ich in diesem Zimmerchen sitze, herzlich lachen kann, wenn ich mich daran erinnere. Munteren Schritts, im Gummimantel und mit kleinem Zylinder, schweinsledernen Handschuhen und einem halblangen Stock taucht vor mir Doktor Kuno Fingermann auf, der den Tango *A mí nunca me mordió un chancho* [Mich hat noch keine Sau gebissen] vor sich hinpfeift, ohne jeden Respekt vor dem Toten, den er in seiner verständlichen Zerstreuung vielleicht nicht einmal sieht. Noch heute mache ich ein Kreuzzeichen und bitte um eine Weihwasserdusche, wenn ich daran denke, wie dieser pausbäckige Kleiderständer wie ein hurtiges Vögelchen auf den Schauplatz dieser Gewalttat stürzt, wo doch hinter jedem Strauch ein Bandit lauern könnte, um mich fertigzumachen ... Es ist aber klar, daß ich in diesem Moment nicht auf die Umgebung achten konnte, denn ich hatte nur Augen für den Stock, auf den sich dieser Kraftprotz wie ein armer Kriegsversehrter stützte, vor dem ich, lange bevor er den kleinen Schränkchen vom Balkon geworfen hat, mehr Respekt hatte als vor dem Herrn mit der Kalesche, der immer aufpaßt, daß ich nur ja nichts umsonst kriege. Verlieren Sie nicht das Gleichgewicht, Señor Parodi, behalten Sie diesen Unsinn im Kopf: Statt der vulgären oder, wenn Sie so wollen, schlichten Worte, die die Anwesenheit dieses kalten Fleisches ihm hätte diktieren müssen, packt mich dieser Sahnetörtchenfresser an meiner Krawatte in den Farben des Klubs K. D. T. und sagt mir, während er das Gesicht so nahe an meinem hat, daß er sich auf meiner Stirn wie in einem Spiegel betrachten kann: ›Sie, Brackwasser, den man noch besser Abführwasser nennen könnte, händigen Sie mir sofort den Betrag aus, den man Ihnen gegeben hat, damit Sie mir nachspionieren. Ich habe Sie dabei *in flagranti* erwischt.‹ Ich wollte ihn von diesem häßlichen Vorschlag ablenken und begann, das Lied auf meine Fahne, die Fahne der zweiten Abteilung der Sturmpioniere, zu singen, und guter Hahn häuft Körner an, denn bei meinen ersten Tönen war er so abgelenkt, daß er meine Krawatte losgelassen und den Verblichenen erblickt hat, der sich, wie man so sagt, bereits außerhalb der Weltgeschichte befand. Sie hätten seine erschreckte Leichenbittermiene sehen sollen, und wenn Sie ihn so hätten reden hören, würden Sie sich krank lachen, genau so, als wenn ich plötzlich ein Held werden wollte. ›Armer Bruder‹, sagte er mit einer Stimme wie aus Portland-Zement, ›ausgerechnet an dem Tag zu sterben, an dem die Aktien einen halben Punkt gestiegen sind.‹ Während ihn ein trockener Schluchzer erschüttert, nutze ich die Gelegenheit, um ihm einige Male die Zunge herauszustrecken. Natürlich hinter seinem Rücken und im Schutz der Nacht, damit dieser Tränenbeutel es nicht sieht und mir nicht mit gewichtiger Hand Respekt beibringt. In allem, was meine persönliche Sicherheit angeht, bin ich so vorsichtig wie bei frischer Farbe. Aber bei fremdem Mißgeschick bin ich eher ein Soldat: Sie können mich auf dem Schanzwerk lächeln sehen, als wäre nichts passiert. Aber diesmal hat mir der Stoizismus nicht viel geholfen; noch bevor ich aufs Fahrrad klettern konnte, um mich mit fröhlichem tschuka-tschuka heimwärts zu bewegen, hatte mich Doktor Kuno Fingermann schon an einem Ohr gepackt, ohne daran zu denken, daß sich deshalb später die Fliegen auf seine Hand stürzen würden. Da sank mir das Herz in die Hose. ›Jetzt verstehe ich‹, sagte er. ›Sie waren es leid, daß er Sie wie die Fußmatte behandelt, die Sie sind; Sie haben sich einen Revolver beschafft, der jetzt im Schlamm abhanden gekommen ist, und damit haben Sie ihm – bumm, bumm, bumm – die Stirn zerfetzt.‹ Ohne mir auch nur einen Moment Aufschub zu gönnen, damit ich kurz in die Hose pinkeln konnte, hat er sich in einen Vierbeiner verwandelt, in der Hoffnung, durch irgendeinen glücklichen Zufall, als wäre er Kommissar Santiago, die Feuerwaffe zu finden. Ich habe ihm ganz ernst zugeschaut und dabei, um meinen Geist zu erfreuen, versucht, an einen noch nicht zerlesenen *Donald Duck* ganz für mich allein zu denken. Ich habe ihn aber nicht aus den Augen gelassen, weil ich gehofft habe, der Revolver, den er vielleicht findet, könnte aus Schokolade sein, und er könnte mir das Silberpapier und ein kleines Stückchen von der Schokolade abgeben. Was für einen Revolver würde dieser Vielfraß schon in der Gosse finden! Was er dann tatsächlich fand, war ein 0,93 langer Malakka-Stockdegen, den nur ein Kurzsichtiger mit demjenigen hätte verwechseln können, der dem verstorbenen Doktor Le Fanu gehört hatte. Er stellte sich als eben derselbe heraus. Diesen Stock sehen und mich damit erschrecken, war für den Juden eins. Er sagte mir, daß der Würmerfreund ihn wohl getragen hätte, um sich mit Schlägen gegen meine Dummheit zu wehren. Aber ich hätte ihm die Rechnung – bumm, bumm, bumm, bumm, bumm, bumm – mit einem einzigen Schuß ausgestellt. Du liebe Güte, wie gerissen ein Indio doch ist! Meine Antwort hat ihn zittern lassen. Mutig habe ich ihm die Wahrheit gesungen und ihn gefragt, ob er etwa glaubt, ich bin Manns genug, von vorn anzugreifen. War aber nutzlos; er hat sich weder von meinen Tränen erweichen lassen noch von den 90 Millimetern wäßriger Pantomime, die der Platzregen in diesem Moment aufführte, der mir beinahe die Schmutzkruste abgewaschen hätte, und der mich ganz naß machte.

Wie ein Veteran kletterte er auf das Fahrrad, und weil er mich noch immer am Ohr gepackt hielt, das er mir am Lenker plattdrückte, mußte ich neben ihm herlaufen, bis ich das Vergnügen hatte, von Ferne das Lämpchen des Kommissariats zu sehen. Dort haben mich die Hüter der Ordnung mit freundlichen Prügeln empfangen. Am nächsten Morgen haben sie mich zu einem kalten Mate eingeladen, und bevor sie das ganze Lokal mit einem Deodorant schrubbten, mußte ich schwören, mich dort nie wieder sehen zu lassen. Ich kriegte die Erlaubnis, als Infanterist nach Retiro zurückzukehren, weil das Fahrrad beschlagnahmt worden war, um in einer Polizeizeitschrift abgebildet zu werden. Ich konnte sie leider nicht erwerben, um meine berechtigte Neugier zu befriedigen, weil sie nämlich für fünf Centavos verkauft wird.

Ich vergesse immer, zu erwähnen, daß auf dem Kommissariat der verschnupfte Beamte ausgesucht wurde, um mir die Taschen zu durchsuchen. Danach hat er ein Bad genommen. Sie haben eine Liste des Tascheninhalts aufgestellt, und obwohl ich *grosso modo* wußte, was sie finden würden, habe ich nicht einmal piep gesagt, um listig Verwirrung zu stiften. Sie haben so viele Sachen gefunden, daß ich mich seitdem frage, ob ich ein Känguruh bin oder vielleicht ein Eichhörnchen, das hundert Prozent argentinisch ist und sich nahe bei dem Kiosk aufhält, wo Erdnüsse in Papiertütchen verkauft werden. Zuerst konnte ich sie mit dem Strohhalm überraschen, mit dem ich in den Confiterías unauffällig Erfrischungen zu mir nehme; danach mit dem stark korrigierten Entwurf einer Postkarte, die ich Milchzahn schicken wollte; danach mit meinem Indio-*brevet* der A. A. A., das ich mehr als einmal verleugnen mußte, damit nicht irgendein Ausländer frech zu mir wurde; danach mit dem trockenen Baiser, das ich bei mir trage, um nicht in Sahne zu schwimmen; danach mit ein paar Kupfermünzen, die vom vielen Gebrauch schon ganz dünn sind; danach mit einem Barometer, das aus einem Schilderhäuschen mit einem Einsiedler besteht, der immer dann herauskommt, wenn meine Hühneraugen anfangen zu schmerzen; schließlich mit dem Buch, das Señor Tonio als Geschenk an Señor Rosa Schwein Fingermann schickte, signiert von Doktor Le Fanu. Wenn ich mich jetzt vor Lachen so schüttle, daß Sie mich für den Großen Wackelpudding halten (die Lippe platzt mir beim Lachen nur deshalb nicht auf, weil ich

Butter darauf geschmiert habe), dann tue ich das, weil diese leicht erhitzbaren Trottel mir eine mittelschwere Tracht Prügel verabreicht haben, die mir fast das Skelett demontierte. Aber am Ende mußten sie doch vor der Tatsache kapitulieren, daß ich ein Rätselbuch bei mir trug, welches in einer Sprache verfaßt war, die nicht einmal Gott auch nur zur Hälfte begreift.«

V

Wenige Tage später betrat Doktor Ladislao Barreiro, alias Hengstchen Barreiro, alias Garibaldi-Statue Barreiro die Zelle 273; er trällerte den Tango-Milonga *El Papa es una fija* [der Papst ist eine ›Bank‹ im Toto]. Er erleicherte sich durch Wegwerfen einer Kippe und Ausspucken, beschlagnahmte die einzige Sitzgelegenheit und legte sämtliche Beine auf die vorschriftsmäßig gemachte Pritsche; nachdem er sich einen Fingernagel mit dem Federmesser, das wir seit jener Nacht vermissen, gereinigt hatte, wieherte er schließlich zwischen zweifachem Gähnen und seinem üblichen Schnauben:

»Heute ist Ihr Tag, Don Parodi. Hier stelle ich Ihnen Barreiro als Doktor vor: Betrachten Sie mich in der Angelegenheit R. I. P. Le Fanu als Ihren Vater. Wie Sie mich hier vor sich sehen, können Sie sich rühmen, mich aus dem Garibotto herbeizitiert zu haben, wo man der Stammkundschaft einen Kaffee serviert, der ohne Zweifel aufgewärmt und nur vor Ärger schwarz ist. Merken Sie sich folgende Zusammenfassung: Die Schnüffler bringen mich zur Verwesung, und ich fange schon an, aufzuquellen. Aber ich sage mir: Lach, Rigoletto, und der Unterzeichnete wird sich nicht auf seinen Lorbeeren ausruhen; er schnappt sich Hut und Mantel, pflanzt sich in die Linie 8 und macht eine Tour wie nicht einmal ein Espresso-Vertreter. So hat er einen Haufen Daten zusammengetragen, vor denen Sie wie ein ganzes Heim debiler Kinder stehen und nicht wissen werden, wo Sie anfangen sollen. Die mühevolle Arbeit habe ich schon geleistet; was noch übrigbleibt, kann auch ein Dummkopf erledigen; ich übergebe Ihnen die Daten, Sie ordnen das Geschirr und – schwupps! – sind die Tassen in der Reihe. Fangen wir mit dem Juden an, der einem sowieso nie aus dem Kopf geht: Unterschätzen Sie mir nicht den sogenannten Jamboneau, er ist der Löwe in jeder Runde. Er gehört nicht zu denen, die sich in der Kneipe kleinmachen, wenn so ein Schweißfuß die Tapioka ohne Kichererbsen anschleppt! Sie müßten ihn sehen, wie er sich mit Milchbrötchen, Sandwiches oder Törtchen vollstopft; dann läuft er zur Apotheke Scannapieco, wo man ihm verbietet, die Waage zu benutzen, wegen seines Fetts. Emma, die Schwester von Synagoge, die ich von einem Paßfoto her kenne, ist genauso verfressen, und sie hat Le Fanu eingesackt, der *in illo tempore* der Boß von Unter den Linden war und danach auf dem trockenen saß. Mit Hinweisen auf die Drillinge, die längst die Freude der Großeltern waren, hat die Frau ihn ohne Mühe zum Standesamt geschleppt und so irgendwelche Wanderlust, die der Trottel aber ohnehin nicht hatte, an der Wurzel abgeschnitten. Der Simpel vermacht der Fritza seinen Nachnamen, baut ihr mitten in einem schnieken Viertel ein Nest, heuert für sie eine Familie von Taubstummen an, die ihr den Marmor schrubben und die Verwandtschaft vom Hals halten sollen, beschafft ihr eine Wochentagsstelle als Platzanweiserin und tritt dann, ohne das Ergebnis abzuwarten, klammheimlich der holländischen Kierkegaard-Akademie für Taschenspielerei bei: eine Berufung, von der er zurücktreten mußte, weil er sich zu dieser unserer Republik repatriierte, in einem Viehtransportschiff. Er hat in einem Kunstlederkoffer Quartier genommen, in den er nachweislich nicht hineinpaßte. Im Viertel Alvear hat er sich dann ein wenig die Beine vertreten, einige orthopädische Masseure haben ihn wieder in Form gebracht und ihn fast zu einem Schlangenmenschen gemacht. Ausschmückungen beiseite: Was macht ein rechtschaffener Mann, wenn so ein dreister Windhund seine

Schwester, auch wenn sie eine schlitzohrige Rebekka ist, sitzenläßt und ihr nur einen dicken Bauch und die Gasrechnung hinterläßt, und das in einem Viertel, wo man, um nicht aufzufallen, wie aus der Schale gepellt herumlaufen muß? Also nimmt der Bruder in Hamburg den Dampfer, denkt sich einen phantastischen Nachnamen aus und steigt, mit Gamaschen aufgeputzt wie ein großes Tier, im Hotel Ragusa ab, wo er düster vor sich hin vegetiert, bis ihn ein gerissener Hund auf die Idee bringt, den geliebten Schwager ein bißchen zu erpressen. Nach einem Jahr platzt die Lotterie: Der Herr Schwager, alias Le Fanu, beschließt, als ein rechter Bigamist, sich mit Pampita zu verheiraten, und eröffnet so den Aktivitäten des Interessenten neue günstige Horizonte. Dem verdreht so viel Schwein den Kopf: In der Hitze des Bittgangs rutscht ihm die Hand aus, und auf häßliche Weise verfeindet er sich mit der Ausbrüterin der goldenen Eier.«

»Reißen Sie sich zusammen, junger Mann«, bemerkte der Kriminologe. »Sie verlieren sich sonst wie ein Fettauge auf der Suppe. Ich wäre Ihnen für eine Erklärung dankbar: Reden Sie da als Wahrsager, als Rätselrater, oder hat diese fabelhafte Arie irgend etwas mit dem Vorgefallenen zu tun?«

»Wie könnte sie nichts damit zu tun haben, Don Ushuaia, wenn Sie doch hier den Hinterschinken und den Verblichenen in einem unauflöslichen *clinch* haben? Ich bitte Sie, mir aufs Wort zu glauben: Der Indio Frogman – ein toller Zeuge –, der ihm über den Weg gelaufen ist, als er gerade dem *reverteris* Le Fanu an die Kehle gegangen war, hat eine Erklärung abgegeben, die ein *goal* markiert: Wenn wir die anderen Eindringlinge, die unwichtig sind, beiseite lassen, war der erste, über den er fiel, nachdem er über die kleine Leiche gestolpert war – halten Sie sich einen *pullman* bereit für die Bombenüberraschung des Tages –, Jamboneau, diese Importdelikatesse. Sie kommen mir vor wie ein Sexton Blake in Hemdsärmeln, mein Alter. Bei Ihnen beißt natürlich jeder auf Granit, der Ihnen etwa erzählen wollte, der Jude wäre ein zufällig vorbeikommender Spaziergänger gewesen. Ah, Sie Tiger, mich können Sie nicht täuschen; gleich werden Sie verkünden: Der Israelit war der Mörder, der ihn dazu brachte, alle viere von sich zu strecken. Schauen Sie, Sie mögen mich ansonsten für verrückt halten, aber vielleicht sind wir in diesem Punkt einer Meinung: Der Mörder ist Kuno Fingermann, ha, ha, ha!«

Mit seinem unaufhaltsamen Zeigefinger führte Doktor Bareiro einige Stiche gegen Parodis Unterleib.

»Salutaris, Zylindromane, salutaris!«

Dieses Epigramm Barreiros richtete sich nicht an den unbewegten Detektiv, sondern an einen korpulenten, sommersprossigen Herrn; ohne Affektiertheit trug dieser einen rauchfarbenen Zylinder, einen Kragen Marke Dogo mit festgesetzter Leihfrist, eine Krawatte aus geruchlosem Latex, Fäustlinge Marke Mole, eine Cacaseno-Zigarette in gutem Zustand, eine Overall-Hose der Konfektion Blitz, Inurbanus-Gamaschen aus tierischem Pelz und Pecus-Halbstiefel aus Filz. Dieser Finanzier war Kuno Fingermann, alias Meerschwein Fingermann, alias Alle Spanferkel.

»*Zait gezunt un shtark*, Landsleute«, sagte er mit teigiger Stimme. »Unter dem Gesichtspunkt einer Transaktion beinhaltet diese Visite ein Defizit, das ich dem Meistbietenden zur Verfügung stelle. Beim derzeitigen Pulsieren des Markts können Sie die Kosten des geringsten Nachlassens meiner Aufmerksamkeit für das Börsenpanorama in Münzmetall aufwiegen. Materiell gesehen bin ich ein geradliniger Panzer; ich nehme vorausblickend empfindliche Verluste hin, aber natürlich nur, wenn ich mich durch Wucher schadlos halten kann. Ich laufe keinen Chimären nach, Señor Parodi: Ich unterbreite Ihnen einen bereits ausgearbeiteten Plan, über den ich Ihnen nun mit meiner bekannten Freimütigkeit berichten werde. Ich habe ihn ohne Abschweifungen aufgezeichnet, und der Doktor Barreiro wird meinen guten Glauben nicht mißbrauchen, sprich, mich berauben können.«

»Wie soll ich dich berauben, wie denn«, murrte der Rechtsgelehrte. »Mehr als die Schuppen auf deinem Kopf besitzt du doch nicht.«

»Sie schätzen mich falsch ein, Doktor, wenn Sie mich in eine Polemik verwickeln wollen, die meinen bescheidenen Fähigkeiten nicht zuträglich ist. Zur Sache, zur Sache. Lassen Sie uns unsere Fähigkeiten fusionieren. Señor Parodi: Sie steuern die grauen Zellen bei, ich die wirkungsvolle Nachhut, und wir eröffnen ein zentrales, mit allen modernen Hilfsmitteln ausgestattetes Büro für vertrauliche und kriminalistische Nachforschungen. Zunächst eine Kostendämpfung: Ich durchtrenne den gordischen Knoten der Ausgaben für die Büromiete. Sie bleiben hier, auf Kosten der Regierung. Ich setze mich in Bewegung ...«

»Das wird wohl zu Fuß sein ...«, unterbrach Barreiro, »wenn es auch in diesem Falle nicht um ein Käsegeschäft geht.«

»Oder in Ihrem automobilen Gefährt, Doktor Barreiro, da Sie sich ja bereits mit neuen Ersatzteilen vom Schrottplatz versehen haben. Was allerdings Sie selbst und das Tuch angeht, in das Sie sich im Moment hüllen, sollten Sie aufpassen, daß man Sie nicht unversehens unter die Nudisten einreiht.«

Großmütig meinte Barreiro: »Versuch doch nicht, lästig zu werden, Don Warschau. Jetzt, wo du es schriftlich hast, daß du chronisch pleite bist, brauchst du nicht aufmüpfig zu werden, du Hungerleider.«

»Mein erster Beitrag zu unserem Unternehmen«, fuhr Fingermann ungerührt fort und wandte sich an Don Isidro, »ist eine förmliche Anzeige des Übeltäters. Ihnen, Parodi, gebe ich folgende vertrauliche Mitteilung weiter, die Sie bis zur Übersättigung in den betreffenden Chroniken der Zeitungen nachprüfen können. Über wen stolpere ich in der Tatnacht in der Nähe des Kadavers? Über diesen zum Pogrom reizenden Frogman, der mich als Verdächtiger zum Kommissariat begleiten mußte. Mein Alibi ist lückenlos: Ich habe mich zu Fuß über den besagten Abhang bewegt, um mir die Gratislaube von Frau Bimbo De Kruif nicht entgehen zu lassen. Sie überlegen sich in Ihrem Schädelkasten bereits, daß der Fall Frogman ein ganz anderer ist. Ich werde bestimmt nicht derjenige sein, der Ihre fixe Idee, daß Frogman der Mörder ist, bekämpft. Dieses *Maenneken Piss* war es leid, von dem Geopferten als die Fußmatte behandelt zu werden, die er ist; er packte den Revolver, den die Polizisten im Schlamm nicht finden konnten, und zerfetzte ihm damit die Stirn: bumm, bumm, bumm.«

»Judomane, ich finde dich sehr schlau«, kommentierte Barreiro mit Wärme. »Komm her, laß mich dir auf die Schulter klopfen, damit das Fett nach unten sackt.«

In diesem Moment verstopfte ein dritter Edelmann die Zelle: Marcelo N. Frogman, alias Tibetische Zwiebel.

»Verflixt, Señor Parodi, verflixt«, sagte er mit äußerst sanfter Stimme. »Schimpfen Sie nicht mit mir, weil ich trotz der Hitze, die mich noch ranziger macht, gekommen bin. Ihr Diener, Doktor Barreiro; der Ihre, Doktor Kuno; wenn ich Ihnen nicht die Hand gebe, dann nur, wie alle wissen, um Sie nicht zu beschmutzen, aber indem ich Distanz halte, bitte ich um Ihren Segen, werte Gönner. Einen Moment, bis ich mich niedergehockt habe; noch einen Moment, bis mir das Fracksausen wegen des Eindringens in Ihr Strafdomizil vergangen ist, Señor Parodi, und wegen der Anwesenheit dieser beiden Mentoren, die mit einem Rat wie mit einer Kopfnuß helfen. Ich sage immer, daß es besser ist, am Anfang verprügelt zu werden, als auf der Sünderbank zu sitzen und auf den ersten Schlag zu warten.«

»Wenn du eine Abreibung haben willst, brauchst du nicht lange zu bitten«, sagte Barreiro. »Schließlich nennt man mich nicht umsonst Pestalozzi.«

»Verschwenden Sie an mich nicht soviel Kriegslust, Doktor«, sagte der Indianist. »Wenn Sie sich das Vergnügen machen wollen, mir die Schokolade abzukratzen, warum wollen Sie dann nicht auch dem Doktor Bonfanti die Nase nach innen schlagen?«

»Da ich jetzt schon in eine Fabel geraten bin, in der ich mit Tieren zu sprechen habe«, meinte Parodi, »wüßte ich doch gern, ob auch Sie, Don Heiliger Boden, gekommen sind, um mir zu erzählen, wer den Verblichenen ins Jenseits befördert hat.«

»Ich bin so zufrieden, daß ich sprachlos bin«, applaudierte Frogman. »Genau deshalb bin ich im Schweiß meiner Füße hierhergezuckelt. Neulich bin ich mit einer Salami ins Bett gegangen und habe mich, auf der Matratze, derart eingewickelt, daß nicht mal mehr mein Schnauzer zu sehen war. Da hatte ich dann einen Traum; der war sehr komisch. Ich habe nämlich in Großbuchstaben, wie sie selbst ein Kurzsichtiger lesen kann, das ganze Verbrechen ablaufen sehen, und als ich wach wurde, habe ich gezittert wie ein großes Stück Gelatine. Klar, daß ein rechtmäßiger Charrúa, wie Ihr Diener einer ist, sich nicht die Birne zerbricht, indem er Träume und Werwölfe studiert. Seit einiger Zeit, ohne mir auch nur einen Verschnaufer zu gönnen, überwache ich nun schon die Bewegungen dieser Spanier. Auf Knien flehe ich Sie an, Señor Parodi, die bittere Pille zu schlucken, die Sie fassungslos machen wird wie ein entbeintes Hähnchen, wenn ich Ihnen sage, daß es einen Verräter im Stamm gab. Wie immer hat sich eins aus dem anderen ergeben. Wie Sie wissen, feiert der Kollege Fahrrad den 9. Mai wie ein Irrer, weil dieser Tag sein Geburtstag ist. Wir überraschen ihn jedesmal mit einem Geschenk. Wir ziehen Stöckchen, um den Mutigen zu bestimmen, der zwischen zwei und vier zur Kasse gehen soll, um vom Schatzmeister das Geld zu bekommen, das der Konditor verlangt. Diesmal hat es mich getroffen! Mein Zeuge ist der Schatzmeister selbst, der hier anwesende Doktor Kuno Fingermann, der nicht zulassen würde, daß ich lüge, wenn ich Ihnen sage, daß er mich hochkant rausgeworfen hat mit der Bemerkung, wir hätten nicht genug Kleingeld, um unsere Propagandaschriften zu verschicken, und erst recht nicht, um uns alle mit Süßigkeiten vollzustopfen. Ich stelle Ihnen jetzt die Frage: Wer hat wohl dieses Mal Geld unterschlagen? Sogar ein Gringosäugling weiß es: Mario Bonfanti. Natürlich können Sie mich jetzt wie einen Briefkasten mit der einfachen Antwort zum Schweigen bringen, daß Bonfanti der Vorkämpfer des Eingeborenentums ist, wie es auch geschrieben steht auf diesem zerknitterten Ausschnitt aus unserer Wochenschrift *El Malón*, die ihren Kopf nicht länger erhebt. Der Himbeerzwerg würde sagen: ›Wer sich nicht entblödet, knechtisch zu grunzen, die heftige Förderung und liebevolle Pflege der überaus neuen indo-kastilischen Sprache sei das Trachten krampfhaft Neuerungssüchtiger, der zeigt damit deutlich, daß er ein trüber Vorgestriger ist, wenn nicht gar eine verdorrte Trauergestalt.‹

Sie können jetzt versuchen, mich in eine Zwickmühle zu bringen, indem Sie sagen, Bonfanti steckt in einer derart sauberen Unterwäsche, daß er einem schneeweißen Lämmchen gleicht, und daß er es nicht nötig hat, zu unterschlagen, aber aus dieser Klemme werde ich mich wie durch ein Wunder befreien. Bevor ich in der Ferne verdufte, sage ich Ihnen nämlich mit allem Respekt: Es reichte immer, wenn meine Wenigkeit sich in einem Meer von Tränen ertränkte oder der Kehle ein männliches Schluchzen entlockte, um von dem Feinsprecher ein bißchen Geld für Käse oder gar für Brotbröckchen für die Zugvögel zu kriegen. Besorgt um meinen Magen, habe ich das immer ausgenutzt, wenn ich einen kleinen Imbiß zu mir nehmen wollte. Nicht ohne Grund hat man mir immer wieder gesagt, daß jemand, der einen Schlüssel ins Schloß stößt, das hundertprozentige Risiko eingeht, mir damit eine kostenlose Staroperation zu verpassen, oder mir gar das Auge auszustechen, das gerade sehr wachsam auf seinem Posten ist. Ich will nicht leugnen, daß ich mich vor Freude kaum halten kann, wenn ich Geld auch nur von ferne schnüffle, oder Käse; außerdem hat mich aber die Illusion bei der Stange gehalten, daß ich jeden demaskieren könnte, der mit fremdem Geld großzügig umgeht. Kommen Sie mir jetzt nicht mit dem Märchen von dem Mann, der sich abgeschwitzt hat, ehrlich oder unehrlich einen Centavo zu verdienen, um ihn dann an den erstbesten Gauner zu verschwenden. Für mich hat ihn der erwischt, der jetzt auf dem Friedhof Recoleta schläft. Der Franquist hat ihn umgelegt, damit er nicht den Bullen Bescheid stößt.«

Die Tür der schmalen Zelle öffnete sich. Auf den ersten Blick glaubten die darin Zusammengedrängten, der neue Eindringling sei ein kühner Anthropomorpher; Minuten später korrigierte die angebrachte Ohnmacht von Marcelo N. Frogman alias Meine-Liebe-Arme-Nase diesen kleinen Irrtum. Doktor Mario Bonfanti – der, laut seiner eigenen geistvollen Feststellung »die ungestüme Visiermütze des Chauffeurs mit dem talarartigen Staubmantel des überreifen Bücherverschlingers, wenn nicht gar des unvergeßlichen Reisenden vermählte« – zwängte sich in das enge Gemach, abgesehen von seiner linken Schulter, dem rechten Arm und der Hand, die seine Sparbüchse aus Terrakotta umklammerte. Es war dies eine buntbemalte Büste von Don Federico de Onís; mit ihr hatte sich jener Protagonist der Kakophonie und des Chaos, der auf seiner Stirn stolz den Namen Jorge Carrera Andrade trägt, seine ersten Künstlersporen verdient.

»Ein guter Tag sei mit uns allen; ich bin bis zum Hals in Jauche gefallen«, sagte Bonfanti gemessen. »Sie werden wilder schnauben denn ein Kampfstier, Mester Parodi, wenn Sie sehen, daß ich mich, ohne Hopp oder Hott zu sagen, mit Haut und Haar hierherbegeben habe. Ich deklamiere und proklamiere, daß es nicht der Skrupel eines Schmeichlers ist, der mich hier wider meinen Willen ins *totum revolutum* dieser Kemenate klemmt. Eine honorige Pflicht spornt mich an: das cäsarische Mandat der Ehrenhaftigkeit. Ich spreche nicht aufs Geratewohl, wenn ich Ihnen sage, daß ich, um Dritte vor den rüden Übergriffen übler Nachrede zu schützen, nicht gezögert habe, das Bündel meiner professoralen Gelehrsamkeit zu schnüren. Wie sagte unser José Enrique Rodó doch so treffend: Sich erneuern ist Leben. Vor einigen Tagen (um genauer zu sein, genau an dem Tag, an dem jener ärgerliche Le Fanu all seine Rechnungen gleichzeitig beglich) wollte ich mein Hirn entmumifizieren, mich von Spinnweben und Altertümlichkeiten befreien, mich von all diesen Klamotten ab- und zur Ruhe setzen und die erste einer Reihe von kapriziösen Plaudereien loslassen, die mit ihrem schmeichelnden

Lack die Vorsicht des Gewieften zunichte machen und ihn, ohne daß er sich erbräche, die herbe Pille einer heilsamen Lehre schlucken lassen. An jenem Abend hatte ich kaum begonnen, mich eines Schlummers zu erlaben, hingegossen in einen der schweren Sessel des Select Buen Orden, die nicht einmal Prokrustes persönlich mit seinen Betten überträfe, als mich von diesen Höhen ein Ferngespräch hinabzerrte, so daß meine unzeitige Absicht im Handumdrehen zerstob. Nicht einmal Samaniegos beherzte Feder wäre machtvoll genug, meinen Jubel zu beschreiben. Was in mein Ohr telefonierte, war die unverwechselbare Stimme von Francisco Vighi Fernández, der namens des Reinigungspersonals des Athenäums Samaniego mir mitteilte, daß mit einer Stimme Mehrheit der Vorschlag angenommen worden sei, ich solle noch selbigen Abends eine belehrende Vorlesung über die sprichwörtliche Bedeutung des Werkes von Balmes halten. Man wollte also meiner Redekunst die vollbesetzte Aula dieses Hauses der Studien erschließen, welches, ohne das drangvolle Gewimmel der Stadt auch nur eines Blickes zu würdigen, seine Fassade über die letzten Ausläufer des künftigen Bosque del Sur luftig erhebt. Ein anderer als ich hätte sich angesichts der drängenden Kürze der Zeit bald in aufgewühltem Schluchzen ergangen. Doch nicht so der für derlei Streit geeichte Philologe, der sich längst seinen Zettelkasten gefügig gemacht hat, und der im Handumdrehen die Seiten der betreffenden Scharteken von J. Maspons y Camarasa auszunutzen weiß. Leichtfertige, sprunghafte Geister – De Gubernatis persönlich, verallgemeinernd gesprochen – pflegen sich krank zu lachen angesichts des schlichten Briefkopfs, Etiketts, Siegels, Aufklebers oder Absenders dieser peripheren Athenäen. Man muß jedoch anerkennen, daß diese Leute gelegentlich beweisen, daß sie mehr wissen als manche anderen und nicht groß darüber reden, weil sich das nicht gehört, und daß sie sich, wenn sie einen besonders vortrefflichen Redner suchen, nicht beirren lassen und ihre Angel nach mir auswerfen. Noch ehe der Küchendrache auf meinen Schreibtisch den Teller gewürzter

Kutteln in scharfer Soße pflanzen konnte, dem sehr schnell die bekannte Schüssel mit Kutteln Leoneser Art – mit Salz, Zwiebeln und Petersilie – folgte, hatte ich in einer Prosa, die nahrhafter war als der dritte Gang – Kutteln auf Madrider Art – einige achtzig Seiten mit Belehrungen und Mitteilungen seminarischen Witzes gefüllt. Ich las sie noch einmal durch, reicherte sie mit spanischen Scherzen an, um die Stirn eines etwaigen Aristarch oder Zoilos zu entrunzeln, goß einige Liter Fischsuppe in mich hinein, die ich, bereits teilweise angekleidet, durch Tassen dampfender Vanilleschokolade milderte, und brach auf, gewürgt von vielerlei Halstüchern, in einer überfüllten Trambahn, die in den von der Sommerhitze aufgeweichten Straßen Wurzeln schlug.

Kaum hatten wir den rückwärtigen Teil der Gebäude des ›Amts Für Die Besteuerung Des Ertrags Der Veräußerung Ausgewählter Nebenprodukte Aus Häuslichen Rückständen‹ hinter uns gelassen, als sich zu der Bevölkerung von Müllmännern, die Sitzplätze, Plattform und Gänge verstopften, ein hartnäckiges Gewirr von Geflügel- und Eieraufkäufern addierte, die, reichlich versehen mit großen Käfigen, aus denen das Gegacker zum Himmel emporstieg, keine Ritze im Konvoi übrigließen, die sie nicht mit Mais, mit Federn oder mit Guano verstopften. Selbstverständlich weckte dieses vielerlei Federvieh meinen Heißhunger, und Ungemach ergriff mich, weil ich mir meine Taschen nicht mit Ziegen-, Esel- oder Maultierkäse gefüllt hatte. Da mein Geist in solch trügerischen Bildern schwelgte, lief mir das Wasser im Munde zusammen, und so ist es nicht verwunderlich, daß ich mich in irriger Vorfreude aus dem Straßenbahnwagen hinauszwängte, glücklicherweise in geringer Entfernung von einer Gaststätte, die mir mit dem italianisierenden Hinweise ›Pizzeria‹ zu besserer Laune verhalf, und allwo ich mir mit Hilfe einiger Münzen einen Vorrat an Mozzarella und Pizza anlegte, Italianismen, die der gewiefte Philologe freimütig verwendet, selbst wenn er das *Diccionario de la Lengua* unter dem Arm trägt. In einer solchen oder einer ähnlichen Offizin lichtete ich wenig später die Anker, nachdem ich eineinhalb Töpfchen gezuckerten Chissotti zu mir genommen hatte, samt der dazugehörigen Beigabe von Kuchen, Plätzchen und Zuckergebäck. Zwischen dem einen und dem anderen Mundvoll (dieser Speisen) hatte ich, Gott sei gelobt, die Vorsicht, einigen Taugenichtsen die genaue Wegstrecke zu entlocken, die mich zum Athenäum bringen würde. Die Befragten, weder kurz angebunden noch träge, antworteten mir unter Absonderung von mancherlei Fürzen, daß sie des Weges gänzlich unkundig seien. Sie bringen den unter ihnen weilenden Gelehrten *sui generis* eine so geringe Wertschätzung entgegen, daß man diese weit über ihre Köpfe erhöhen sollte. Wie dürftig ist ihr Lexikon, wie karg ihre Sprache! Um die Dinge zu erhellen, setzte ich ihnen auseinander, wie übel es sei, daß sie des Athenäums nicht wüßten, wo ich alsbald einen Vortrag über den Philosophen aus Vich, den deliziösen Autor von *Celibato clerical* halten würde. Doch bevor ihre ehrfürchtige Erstarrung sie verließ, verließ ich das Lokal und stürzte mich wieder in die schweißichten Dunkelheiten.«

»Wenn du nicht abgehauen wärst«, sagte Doktor Barreiro, »dann hätten dich die versoffenen Trottel noch geschnappt.«

Der Philologe erwiderte: »Hockt der Böse dumm im Dreck, lauf ich unauffällig weg. Hurtigen Schrittes überwand ich die viereinhalb Meilen, die Scheunen, Schlamm und schroffe Schlünde zu schieben suchten zwischen den hohen Priester und die beflissene Versammlung Lerneifriger, welche ihn im Athenäum mit so viel Lust und Gelüst erwarteten, daß sie kaum ungeduldiger hätten zappeln können, wenn Briján höchstselbst gekommen wäre, sie zu erbauen. Hochmütig und kühn rollte ich durch einen Abwassergraben, der mich tiefer dünkte denn selbst die Höhle von Montesinos, seligen Angedenkens. Ebensowenig vernachlässigte mich der Sommer, der mit vollen Backen derbe und schwärzliche Sendungen des Nordwinds über mir ausleerte, belebt von Moskitos und Fliegen. Aber: Von Minute zu Minute macht Gott Fortschritte, der Gute, und so legte ich, stürzend und mich erhebend, wieder einen guten Teil des Wegs zurück, nicht ohne daß Stacheldraht mich stichelte, Sümpfe mich hielten, Brennnesseln mich beschleunigten, Köter mich zerzausten, und nicht ohne daß mir vollkommene Einsamkeit ihr Ketzerantlitz zuwandte. Löwenmütig war es, bekenne ich, nicht abzulassen, bis das Ziel erreicht war: eben die Straße, eben die Hausnummer, die der Spaßvogel am Telefon mir angegeben hatte, wenn man von Straßen und Nummern überhaupt sprechen kann in dieser entlegenen Wüste, in der es keine andere Nummer als die Unendlichkeit, noch eine andere Straße als die Welt gibt. Alsbald begriff ich, daß dieses Athenäum mit seinen Sitzreihen, seinen Vighi Fernández' und seiner Aula nicht mehr war als die fromme Erfindung jener, die danach schmachteten, mir zu lauschen, und die diese Kette von Trugbildern geschmiedet hatten, um mich, ob ich wollte oder nicht, in diese wertvolle Arbeit zu zwängen.«

»Ein Scherz, eine *plaisanterie* von gutem Geschmack!« murmelte ein Herr mit perlgrauen Gamaschen und seidigem Schnurrbart, welcher mit einer Geschicklichkeit, die der eines Schlangenmenschen nur wenig nachstand, der illustren Gesellschaft seine interessante Persönlichkeit zugesellt hatte. Tatsächlich hörte Montenegro nun schon neun Minuten mit sichtlicher Geduld zu, eingehüllt in eine bläuliche Havannawolke.

»Ich ahnte es und verging fast vor Lachen«, erwiderte Bonfanti. »Ich begriff, daß sie mich übers Ohr gehauen hatten. Kleinmütig fürchtete ich, daß, sollte ich die *via crucis* wieder zurückfliehen, die Hitze mir das Fleisch zerschmölze. Aber mein guter Stern beschied, daß solches sich nicht ereignen sollte, denn eine Sommerwolke machte die Ebene zum Meer, aus meinem hochgemuten Hut ein äußerst dümmliches Papiermützchen, aus meinen Halstüchern ein Gewirr von Strikken, aus meinem Skelett einen nassen Lappen, aus meinem Schuh einen Fuß, aus meinem Fuß Bläschen. So, *in gurgite vasto*, küßte die Morgenröte, als sie schließlich meine Stirn liebkoste, ein Amphibium.«

»Er war wohl nasser als ein Pudel«, meinte Frogman, der für einen Moment seiner Ohnmacht untreu wurde. »Es kostet uns nichts, das Telefon zu ergreifen und seine Mama zu belästigen. Sie wird sich bestimmt noch an die Abreibung erinnern, die sie ihm verpaßt hat, als er nach Hause kam und aussah wie Suppe.«

Doktor Barreiro stimmte zu: »Richtig, du Stinker. Will etwa jemand, daß dieser Sprachsäufer noch weiter schwätzt?«

»Ich bin mit gewissen Vorbehalten dafür«, säuselte Montenegro. »Es handelt sich offenbar um einen Fall von ... psychologischer Unmöglichkeit.«

»Aber bitte, behindern Sie mich nicht«, protestierte Bonfanti, mit sympathischer Entrüstung. »Ich nehme an, daß die albernen Betreiber eines solch unwahrscheinlichen Athenäums nicht an meinen Brüsten gesäugt zu werden ersehnten; eher zwickte sie die Lust, Unruhe zu stiften, einen Schelmenstreich zu begehen, gute Einfälle, gute Ideen, gute Ausfälle zu haben *et cetera*, Schlauberger, Schlaumeier zu sein.«

Doktor Barreiro stellte fest: »Wenn der Spanier sich noch so ein Zungenmarathon leistet, zieh ich Leine.«

»In der Tat«, stimmte Montenegro zu. »In Anerkennung des Willens der Mehrheit übernehme ich hiermit das Amt des Zeremonienmeisters und erteile, vielleicht nur für eine flüchtige Minute, dem *maître de maison* das Wort, der, wie zu prognostizieren ich nicht zögere, den elfenbeinernen Turm verlassen wird, welcher früher oder später alle großen Schweiger beherbergt.«

»Je früher Sie in diesen Turm gehen, um so besser«, meinte Don Isidro, »aber da Sie schon im Moment nicht zu reden aufhören, nutzen Sie doch bitte die Gelegenheit, um Ihre Bewegungen in der betreffenden Nacht zu erläutern.«

»Dieser Ihr Weckruf hallt wie ein Tonikum in den Ohren desjenigen wider, der Veteran mehr als nur eines Erzählabends ist«, gab Montenegro zu. »Nachdem ich dem trügerischen Prunk der Rhetorik meine unwiderrufliche Absage erteilt habe, leite ich zu einer wissenschaftlichen Darlegung über, deren einziger Stolz die herbe Schönheit der Wahrheit ist, lieblich gestaltet, *noblesse oblige*, durch allerlei arabeske Zierden.«

Frogman unterbrach *sotto voce*: »Von mir aus können Sie Wälder abholzen und auf jedes einzelne Stöckchen kommen.«

»Es ist unnütz«, fuhr Montenegro fort, »den Geist mit der *baliverne* zu trüben, daß ein unheilverkündender Vogel einige Minuten vor der Tat den Tod des Freundes angekündigt hätte. Anstelle eines solchen hypothetischen Vogelviehs (vor türkisem Himmel, düster und weitgespannt die Flügel, wie ein Krummsäbel der Schnabel, grausam die Klauen) klopfte Chestertons gesichtsloser Briefträger an meine Tür, diesmal Überbringer eines diskreten Umschlags, groß wie ein Windhund und blau wie der vergängliche Rauchkringel. Natürlich genügte der Briefkopf – ein Wappen mit vierundsiebzig Feldern, mit *chevron* und Einfassung – nicht, um die Neugier des unermüdlichen Bibliophagen zu befriedigen. Ich würdigte dieses hieroglyphische *suranné* kaum eines Blickes, sondern zog es vor, mich mit dem Text auseinanderzusetzen, der gelegentlich viel anregender und mitteilsamer sein kann als der ganze Schwindel auf dem Umschlag. Tatsächlich stellte ich nach nur einem einzigen Gähnen fest, daß mein Korrespondent dieses Teufelsweib, diese elektrisierende *baronne* Puffendorf-Duvernois war, die mich, da sie ohne Zweifel nicht wußte, daß ich das unwiderrufliche Vorhaben hegte, diese Nacht dem Vaterland zu widmen (in Form einer *Argentinischen Wochenschau*, die auf Zelluloid kühn eine mehr oder minder gaucheske Vorführung verlängern sollte), einlud, ein apokryphes Exemplar der vorletzten Fibel von Paul Éluard zu begutachten. In einer verständlichen Anwandlung von Freimütigkeit hatte die Dame nicht vergessen, in ihrem Schreiben zwei Umstände zu erwähnen, die auch den Interessiertesten hätten zögern lassen können: die weite Entfernung ihres Landhauses – El Mirador, Sie würden mir ja keine Lüge verzeihen, befindet sich in Merlo – und die Tatsache, daß sie mir nichts als einen Becher Tokajer des Jahrgangs 1891 anbieten könnte, da das Dienstpersonal *en masse* desertiert war, zu wer weiß welchem Unsinn der einheimischen Kinematographie. Ich erfühle euer aller Unruhe; die Hörner des Dilemmas zeichnen sich bereits ab. Buch oder Film? Ein Betrachter im Schatten sein oder ein Rhadamantes auf dem Parnaß? So unglaublich es Ihnen erscheinen mag, ich verschloß mich den Freuden des Geistes; der kleine Junge, der den Cowboys, Charlie und dem Schokoladenstand auch unter dem schneeweißesten Schnurrbart treu bleibt, trug an diesem Abend den Sieg davon. Die Stunde der Offenbarung hatte geschlagen: Ich begab mich, *homo sum*, zum Kinematographen.«

Don Isidro schien interessiert. Mit seiner üblichen Sanftheit schlug er vor: »Hinaus, hier gibt es Läuse. Wenn Sie nicht im Nu dieses Lokal geräumt haben, werde ich Don Frogman damit beauftragen, die Versammlung mit Fürzen aufzulösen.«

Auf diese Aufforderung hin erhob sich Frogman, nahm Haltung an und salutierte wild gestikulierend.

»Verfügen Sie über diesen Freischützen«, rief er unter eigenem Hurrageschrei aus.

Ein einmütiger wilder Aufbruch riß ihn um. Ohne anzuhalten, rief Bonfanti über seine Schulter hinweg: »Meinen Glückwunsch, Don Isidro, herzlichsten Glückwunsch! Dieser Schachzug läßt klar erkennen, daß Euer Gnaden das zwanzigste Kapitel des ersten Teils des *Quijote* auswendig beherrschen!«

Ungestüm in seiner Flucht, war Montenegro im Begriff, wider die doppelte Wamme von Doktor Kuno Fingermann alias Was-fliegt-denn-Da zu prallen, als ihn ein Ordnungsruf Don Isidros vor einer neuartigen Beinschere bewahrte, die Hengstchen Barreiro alias Tierische Ziehkraft für ihn vorbereitet hatte.

»Kommen Sie mir nicht abhanden, Don Montenegro; sobald wir diese Gauner los sind, können wir uns unter Männern unterhalten.«

Von der Menge der Besucher blieben nur Montenegro und Frogman alias W.C. Herren. Letzterer schnitt weiterhin Grimassen; Parodi befahl ihm zu verschwinden; diese Aufforderung wurde von Montenegros langem Zigarettenhalter mehrfach unterstützt.

»Jetzt, wo die Läuse fort sind«, bemerkte der Inhaftierte, »vergessen Sie die Fabel, die Sie uns aufgetischt haben; erzählen Sie mir lieber, was sich in jener Nacht wirklich ereignet hat.«

Montenegro, begeistert, entzündete eine Extracorto de Pernambuco und nahm unverzüglich die Grundhaltung eines Redners der zweiten Rhetorikklasse bei José Gallostra und Frau ein. Seine treffende und markige Rede wurde durch die ruhige Intervention seines Zuhörers mit der Wurzel ausgerissen. Dieser sagte: »Hören Sie, der Brief der ausländischen Señora war doch eine eindeutige Aufforderung zur Tat. Ich habe, ehrlich gesagt, Schwierigkeiten, mir vorzustellen, Sie hätten dieses Angebot abgelehnt, wo Sie doch immer herumlaufen, als wenn Sie ausgehungert wären, vor allem, wenn ich mich daran erinnere, daß Sie seit der Nacht, in der Harrap Sie in der Latrine bewacht hat, immer eine große Schwäche für die Dame gehabt haben.«

»Meine Unterstützung steht zu Ihrer Verfügung«, versprach Montenegro. »Tatsächlich hat ein Mann von Welt Ähnlichkeit mit einer Drehbühne. Eine Sache ist die *devanture*, das auffällige Schaufenster, das wir für den vorübergehenden Zugvogel dekorieren; eine andere der Beichtstuhl, den wir dem Freund zur Verfügung halten. Ich komme jetzt zur wahren Chronik dieser Nacht. Wie Ihr *flair* vielleicht errät, leitete die eifrige Erforschung der Gefühle, die letztlich die Triebfeder meines Handelns ist, meine Schritte zum Bahnhof von Once; *inter nos*, lediglich ein Trampolin, das mich ohne Umschweife in das nahe gelegene Merlo schleudern sollte. Ich kam dort kurz vor zwölf an. Die grausame und glühende Hitze, der ich geschickt mit Strohhut und Leinenanzug begegnete, war mir eine Vorbotin der nunmehr unausweichlichen *nuit d'amour*.

Der Säugling mit dem Köcher schützt seine Getreuen: ein heruntergekommener *break,* den alsbald ein Joch abgehalfterter Klepper in Bewegung setzen sollte, schien mich unter den Platanen zu erwarten; all das gekrönt durch den typischen Wagenlenker, in diesem Fall einen ehrwürdigen Priester mit Soutane und Brevier. Wir überquerten den Platz, ich gestehe es, in Richtung Villa Mirador. Die ungleichmäßige Beleuchtung, die Flaggen und Girlanden, das dräuende Orchester, die Menge, die Wagen der Erdnußverkäufer, die streunenden Hunde, das festliche Holzpodium mit seiner militärischen Besatzung, all dies entging natürlich nicht der Aufmerksamkeit meines hellwachen Monokels. Eine genaue Frage reichte aus, um das Rätsel zu lösen: Der Kutscherpfarrer gestand, wider seinen Willen, daß in dieser Nacht der vorletzte von fünfzehn nächtlichen Marathonläufen stattfand. Wir wollen anerkennen, abwägender Parodi, daß es mir nicht möglich war, ein nachsichtiges Gelächter zu unterdrücken. Das Bild ist ein Symptom: Just in dem Moment, in dem die Armee den militärischen Härten abschwört, um sich selbst von Generation zu Generation die heilige Fackel einer wohlmeinenden Herrschaft weiterzureichen, verlieren einige Landbewohner die Haltung und die ... Zeit zwischen den Labyrinthen und Mäandern einer entschieden sumpfigen Topographie!

Aber schon erhob sich der Turm der Villa Mirador hinter dem Vorhang von Lorbeerbäumen, und der Wagen, der mich beförderte, hielt an; ich preßte die Lippen auf das *billet doux* der Verabredung, öffnete den Wagenschlag, murmelte ›*Venus, adsum*‹, und hüpfte behende ins Zentrum einer Pfütze bituminösen Wassers, deren erste Schimmelschicht ich mühelos durchdrang. Soll ich es wagen, Ihnen anzuvertrauen, daß dieses submarine Zwischenspiel von äußerst kurzer Dauer war? Kräftige Arme zogen mich heraus; sie gehörten dem beunruhigenden Samariter, der sich Oberst Harrap nennt. Zweifellos in Angst vor einer formidablen Reaktion des Magiers der *savate,* eskortierten Harrap und der falsche Wagenlenker (der kein anderer war als mein sprichwörtlicher

Feind, der Pater Brown*) mich zum Schlafgemach der Fee Puffendorf. Eine kühne Reitpeitsche verlängerte den Arm der Dame, aber ein offenes Fenster, das sich gänzlich dem Mond und den Fichten hingab, lenkte mich mit der ganzen Verführungskraft des *grand air* ab. Ohne mir ein einziges Abschiedswort, eine Entschuldigung, eine samtene oder blutige Ironie zu gestatten, sprang ich in die Nacht des Gartens hinaus und entfloh zwischen den Beeten. An der Spitze einer Meute von Hunden, die sich durch ihr Gebell vervielfältigten, erreichte ich die Treibhäuser, die Baumschulen, die Bienenkörbe, die Wassergräben, das lanzenförmige Gitter, und endlich die Straße. Wozu sollte ich es leugnen: In dieser Nacht begünstigte mich das Schicksal. Vom Übermaß an Kleidung, das den Fortschritt eines anderen, der weniger behende gewesen wäre als ich, behindert hätte, wurde ich nach und nach durch die treffsicheren Bisse meiner Meute befreit. Schon waren die klassischen Gitter der Villen den Fabriken Pecus gewichen, die Fabriken Pecus der Kneipe ›Die Hostie Im Vorübergehen‹, die Kneipe den schnöden Bordellen der Peripherie, die Bordelle dem Mauerwerk und dem Asphalt, und noch immer schleifte ich, ohne zu verzagen, ein lärmendes Kielwasser von Hunden hinter mir her. Ohne anzuhalten stellte ich fest, daß eine Beimischung menschlicher Modulation den tierischen Tumult meiner Nachhut bereicherte; mit wahrhaftem Ekel sah ich der Möglichkeit ins Gesicht, daß diese schrillen Schreier der Oberst und der Kutscherpfarrer sein könnten. Ich lief weiter, geblendet vom Licht; ich lief zwischen Hurras und Glückwünschen bis weit über das Ziel hinaus; ich lief, bis es den Wogen von Umarmungen, dem Anheften der Medaille und der Aushändigung des gemästeten Truthahns gelang, mich zum Stehen zu bringen. Das Schiedsgericht, dem aus eigener Gnade ein gewisser *rara avis* der unvergeßlichen Soirées von Juan P. Pees vorsaß, erklärte mich aufgrund einmü-

* Natürlich nicht der von Chesterton. (Anmerkung, mit Faust und Keil verfertigt von Gervasio Montenegro.)

tiger Abstimmung zum absoluten Sieger des Marathons, wobei es den Protest der anderen Gebissenen ebenso ignorierte wie den plötzlichen Wolkenbruch, der die Stirn des Champions streifte, Sekunden nur, bevor er ihn in seinen donnernden Mantel aus Regen hüllte.«

VI

Fragment eines Briefes von Doktor Ladislao Barreiro, datiert in Montevideo, den Don Isidro Parodi am 1. Juli 1945 erhielt:

»... Bei der Überraschung, die ich für Sie habe, wird man Ihnen das nötige Bett in der Krankenabteilung nicht abschlagen. Zerbrechen Sie sich ruhig den Kopf, aber wie Sie sehen, löse ich hiermit mein Ehrenwort ein, ohne daß die Umstände mich dazu zwingen. Lassen Sie sich nicht von der Geschichte, die ich Ihnen hier schicke, umwerfen: Was ich Ihnen im folgenden vorlege, ist ein astreines Geständnis.

Der Unterzeichnete schickt Ihnen diese Fetzen von seiner Stammtheke, mit Blick ... auf einen *ouro verde do Brasil*, der den Markt ohne Zichorie verlassen hat.

Seit wir unsere Gedanken ausgetauscht haben, habe ich mich an dieses Ufer zurückgezogen. Ich habe Ihre Anweisungen wie ein Uhrwerk ausgeführt; ich wußte, daß Sie nicht singen würden. Als Sie mich in den Seilen hatten, habe ich Ihnen ganz offen meinen Anteil an dem beklagenswerten Vorfall geschildert; jetzt schreibe ich Ihnen alles schwarz auf weiß, damit nicht irgendeinem unschuldigen Unglücksraben alles aufgebrummt wird.

Wie Sie im Tiefflug richtig aufgeschnappt haben, drehte sich alles um die kitschige Geschichte von dem in einer Laube ermordeten Engländer, die ich dem armen Abgekratzten eingeblasen habe.

Erster Akt. Der Vorhang erhebt sich über einer verkommenen Bibliothek. Ich habe sie geleitet, und alles, was ich zu tun hatte, war das Geld für die Bücher zu kassieren. Es tritt der Störenfried auf – nämlich Le Fanu – und schafft mit Verleumdungen im Ministerium eine mir ausgesprochen feindliche Atmosphäre. Was ist das traurige Ergebnis, das bei diesem Verrat an einem Unbekannten herauskommt? Ich sage es dem, der es hören mag: Am Ende war ich ein Stück Scheiße.

Sie wissen, wenn es darum geht, sich an eine Beleidigung zu erinnern, kann ich über Gedächtnisschulung nur lachen. Wenn ich hinter einem her bin, der mich nicht leiden kann, renne ich im Mantel schneller als Paavo Nurmi. Auch wenn Sie das vielleicht nicht verstehen, schwöre ich Ihnen doch beim Kirchenschatz von San Juan, daß ich damals geschworen habe, die Füße nicht mehr hochzulegen, bis ich meine Rechnung mit Le Fanu beglichen habe.

Aber meine Wenigkeit hat die Ruhe bewahrt. Ich hatte alles besser unter Kontrolle als ein guter Schiedsrichter. Mir waren von so viel Herumsitzen und Warten schon fast Blätter gewachsen, als ich das große Los in Form eines Juden mit pickligem Bauch zog, der mit einer reklamierten Guanolieferung aus Hamburg kam. Ohne den leisesten Druck von meiner Seite entpuppte sich der Moses als Caballero und erzählte mir zu meiner Freude, daß Le Fanu, der für seine Hochzeit mit Pampita schon eine Verabredung mit dem Bischof hatte, in seiner wilden Jugend in Berlin geheiratet hatte und der Mann der Frau Schwester dieses Moses war, einer schlitzohrigen Hebräerin, die Emma Fingermann-Le Fanu heißt. Als Gegenleistung für diese Mitteilung habe ich ihm den selbstlosen Vorschlag eingetrichtert, den Mormonisierenden zu erpressen, nicht ohne die mephistophelische List, daß der Jude auf diese Weise ein paar Pesos von ihm verdienen könnte.

Von dem moralischen Sieg, den die Anpumperei des Juden für mich bedeutete, konnte ich bald zu den wichtigen Dingen übergehen. Le Fanu, der ein lebendes Beispiel für hartnäkkige Neugier war, entdeckte, daß Fingermann, der damals Schatzmeister der A. A. A. war, sich kräftig aus der Kasse bedient hatte.

Glauben Sie nicht, daß die Nachricht mir den Puls beschleunigt hat; ich habe das *morituri te salutant* schneller herbeigeführt, indem ich ihm in sein Arschgesicht geschworen habe, daß ich dem Schatzmeister die größte Abreibung des Jahrhunderts verpassen würde. Ich habe die erste sich bietende Gelegenheit ausgenutzt, nämlich den ›Tag des Unteroffiziers‹, und mich nach Acassuso begeben, zum legalen Wohnsitz, wo der Jude *senza caperuzza* übernachtete. Ich habe ihm ein klinisch sauberes Bild mit so attraktiven Umrissen gezeigt, daß er sprachlos war. Ich habe ihm eingehämmert, daß für mich die Unterschlagung ein Geheimnis war, ein toter Hund. Unmittelbar danach brachte ich ihm die große Wahrheit näher, daß Schweigen Gold ist, und daß er, um mir den Mund zu verschließen, sich *ipso facto* in ein Stück aus meinem beweglichen Gut verwandeln müßte, das monatlich einen Ertrag in der Höhe des Bruttogehalts eines Obersten im Verwaltungsdienst abwarf. Der Koscherfresser hatte keine andere Möglichkeit, als brav zu gehorchen und mir jeden Monat das Kleingeld weiterzugeben, das der Bigamist ihm als Schweigegeld vermachte. Also verfiel der unersättliche Parasit auf die gesunde Gewohnheit, alle einunddreißig, wenn nicht alle dreißig Tage zu bezahlen. Ihn hielt die Illusion bei der Stange, daß ich Le Fanu nichts von der Unterschlagung erzählen würde, von der Le Fanu selbst mir erzählt hatte.

Aber diese schönen Zeiten waren schnell gegessen und vorbei. Le Fanu, der schlimmer als ein langnasiger Hund ist, wenn es darum geht, seinen Kolben irgendwo hineinzustecken, wo er unerwünscht ist, hörte auf ich weiß nicht welche miserablen Verleumdungen und beschuldigte mich von Angesicht zu Angesicht, daß ich den Juden erpresse. Damit er zu dem Thema schweigt, habe ich beschlossen, ihn wie ein Engländer mit dem Betrag der Erpressung zu kaufen, was die Herausbildung eines geschlossenen Kreislaufs ermöglichte, denn das, was Le Fanu dem Juden bezahlte, bezahlte der Jude dem Unterzeichneten, und der Unterzeichnete zahlte es an Le Fanu.

Wie immer sollte der Faktor Synagoge dieses empfindsame

Gleichgewicht stören. Der verfressene Fingermann preßte aus Le Fanu einen vielfach höheren als den bisherigen Betrag heraus. Damit keiner sagen kann, daß ein *criollo* sich überbieten läßt, mußte auch ich meinen Tarif erhöhen; das war der geeignete Moment, um den Kreislauf zu beenden.

Ich beschloß, mein altes Anliegen auszuführen und Le Fanu den Lehm von unten betrachten zu lassen. Als ich beim Friseur die Geschichte von dem Verbrechen in der Laube las, dachte ich an Lolós Laube und stellte mir vor, daß ich an diesem Ort auch Le Fanu mit einem Stich erledigen könnte. Aber zu jener Zeit ging Loló nicht mit ihm; sie ging mit dem Juden. Aus diesem vorläufigen Hindernis, das einen anderen, weniger Gerissenen als mich aufs Kreuz gelegt hätte, ging der Superplan hervor: Tonio mit Hilfe der Geschichte vom Degen und von der Laube ein unfehlbares Verfahren vorzuschlagen, um Bube zu töten, der der Störfaktor war, der ihn daran hinderte, den großen Gesellschaftscoup zu landen und sich mit Pampita zu verheiraten. Der Verbrecher nahm den Vorschlag sofort auf; er entwarf *pro domo sua* ein Alibisystem, von dem ich letzten Endes profitierte; er verabredete sich in einem Kino mit der Bande seiner Anhänger; danach bestellte er jeden von ihnen mit anonymen Briefen zu einem der vier Kardinalpunkte, wohl wissend, daß sie dermaßen hoffnungslos in die Klemme geraten müßten, daß sie es schließlich vorziehen würden, das Alibi mit dem Kino zu unterstützen, um nicht selbst im Hemd dazustehen. Zum größten Teil liefen die Dinge ab wie geschmiert. Tonio stolperte wie ein Trottel über den Abhang, in der finsteren Absicht, den armen Semiten zu liquidieren, und zwar mit dem Stockdegen, um *allo spiedo* das *corpus delicti* zu präparieren; aber die Vorsehung wollte nicht, daß er sich mit dieser Missetat befleckte. Hinter einem Baum habe ich mit dem 45er auf ihn gezielt, der ihm die Schläfe perforiert hat. Was das Buch mit der Geschichte von der Laube angeht, das Le Fanu *via* Frogman dem vermeintlichen Opfer schickte, so erlaube ich mir, nicht mit Ihnen übereinzustimmen. Er hat es nicht losgeschickt, weil er gerissen ist, und damit die Kriminaler das Buch direkt vor der Nase haben und entsprechend übersehen; andersherum wird ein Schuh draus; es war eine Vorsichtsmaßnahme von diesem krummen Hund: Wer soll denn wohl glauben, daß der Verbrecher der Polizei die Lösung schickt, mit Hilfe eines patentierten Stinktiers?

Sie werden nicht leugnen können, daß das Ergebnis eine Bluttat weit außerhalb des gewöhnlichen Rahmens war, denn die Vorsichtsmaßnahmen und die Alibis und die Tricks gingen alle zu Lasten des Opfers.«

Pujato-La California-Quequén-Pujato, 1943-1945

Anhang

Editorische Notiz

Seis problemas para don Isidro Parodi erschien 1942 unter dem gemeinsamen Pseudonym H. Bustos Domecq im Editorial Sur, Buenos Aires, dort auch eine zweite Auflage 1964; die deutsche Übersetzung von Liselott Reger wurde 1969 als *Sechs Aufgaben für Don Isidro Parodi* veröffentlicht (S. Fischer). *Dos fantasías memorables*, ebenfalls von H. Bustos Domecq, erschien 1946 in kleiner Auflage als Privatdruck in Buenos Aires (Druckort wahrscheinlich Montevideo); der Verlag Oportet & Haereses ist eine Erfindung von Bioy und Borges (s. u.). Eine Neuauflage mit Anmerkungen und dokumentarischem Anhang wurde 1971 bei Edicom, Buenos Aires, veröffentlicht. *Un modelo para la muerte* erschien unter dem Pseudonym B. Suárez Lynch ebenfalls 1946 privat in Buenos Aires, ebenfalls bei Oportet & Haereses; Neuauflage 1970 bei Edicom, Buenos Aires. Mit leichten Revisionen (die z. T. schon auf die zitierten Neuauflagen zurückgehen mögen) wurden alle drei Bücher 1979 in die einbändige Gesamtausgabe Jorge Luis Borges, *Obras completas en colaboración* (Emecé, Buenos Aires) aufgenommen. Die Texte der Gesamtausgabe bildeten die Grundlage für Band I der *Gemeinsamen Werke* von J. L. Borges und A. Bioy Casares (Hanser, 1983); die länger vorliegende Übersetzung von *Sechs Aufgaben ...* wurde dort revidiert, die beiden anderen Bücher erstmals übersetzt. Für diese Neuausgabe im Rahmen der 20bändigen Fischer-Edition wurden die Übersetzungen abermals gründlich durchgesehen.

Seis problemas para don Isidro Parodi war das erste durchgehend sprachparodistische Werk der argentinischen Literatur. In den aufgeblähten Reden der Personen verbirgt sich jedoch so viel Satire auf die damaligen argentinischen Verhältnisse, daß das Buch unter Perón nicht wieder aufgelegt werden durfte; *Dos fantasías memorables* und *Un modelo para la muerte* wurden gar nicht öffentlich verlegt. Vor allem in dem Kriminalroman *Un modelo para la muerte* sind die vielfältigen satirischen und parodistischen Verfahren so verfeinert, daß – wie Emir Rodríguez Monegal in seiner Borges-Biographie (*Jorge Luis Borges, A Literary Biography*, New York 1978) feststellt – selbst Leser in Buenos Aires kaum noch bis zum eigentlichen *plot* des Romans vorzudringen vermochten.

Wie schon in *Seis problemas ...* sind alle Personen gute argentinische

Patrioten. Marcelo N. Frogman ist häßlich, schwabblig und übelriechend, außerdem feige und Vorkämpfer des Indiotums, also Nationalist; allerdings haßt er die einzigen erwähnten Indios, deren Sprache er nicht versteht, obwohl er Förderer des »Indokastilischen« ist. Isidro Parodi, von dem angedeutet wird, daß er erst als Erwachsener nach Argentinien kam, ist natürlich ebenfalls ein echter *criollo* und verabscheut vor allem die Italiener, die sich sogar in dem Gefängnis breitmachen, in dem er einsitzt. Mario Bonfanti, gebürtiger Italiener, pflegt das Kastilische in einer sehr antiken Form; der Patriot Montenegro verwendet unausgesetzt französische und englische Sprachbrocken (oft falsch) und schafft es, im Vorwort zu *Seis Problemas*, in einem Satz zugleich die ausländische Banderole der meisten Kriminalromane zu schmähen und die Empfehlungen des Londoner *Crime Club* als maßgeblich anzuerkennen. Der Indianist Frogman, der Finanzier Fingermann und Nebenfiguren wie Pasman und Tokman sind als echte *criollos* selbstverständlich Antisemiten. Der Sprecher Mascarenhas und sein Zuhörer Lumbeira in *Dos fantasías memorables* schließlich stammen aus Brasilien.

In Borges' Essay ›Der argentinische Schriftsteller und die Tradition‹ (in *Kabbala und Tango*) heißt es: »Der argentinische Kult der Lokalfarbe ist ein europäischer Kult jüngeren Datums, den gerade die Nationalisten als Fremdgut zurückweisen müßten.« Die aus wenigen Restindios und Einwanderern aus aller Welt bestehende argentinische Bevölkerung sollte, diesem Satz konsequent folgend, auch den Nationalismus als nicht nationalen Ursprungs ablehnen. Dieser Gedanke, der in den hier vorliegenden Texten grundlegend ist, verläßt das freundliche Spiel, dem er anzugehören scheint, jedoch sofort, wenn man den politischen Hintergrund Argentiniens in den 30ern und 40ern betrachtet.

Der letzte einigermaßen regulär gewählte Präsident, Yrigoyen, wurde 1930 vom Militär abgesetzt; bei späteren Präsidentschaftswahlen wurde die Opposition – die die meisten Provinzwahlen dieser Jahre gewann – entweder durch Wahlbetrug ausgeschaltet, oder sie boykottierte die Wahlen aus vielerlei Gründen. Seit dem 4. 6. 1943 waren nur noch Generäle an der Macht; seit November 1943 gehörte Juan Domingo Perón zuerst als Arbeits- und Wohlfahrtsminister, später als Kriegsminister und Vizepräsident den Militärregierungen an. 1946 wurde er erstmals, 1951 erneut zum Präsidenten gewählt und übte sein Amt mit diktatorischen Vollmachten aus. Trotz offizieller

Neutralität im Zweiten Weltkrieg gab es große Sympathien für die Achsenmächte; schon die Revolution von 1930 war teilweise von Mussolini und Primo de Rivera inspiriert. Wenn H. Bustos Domecq und B. Suárez Lynch Ereignisse mit »Am ›Tag des Unteroffiziers‹« datieren oder den Putschisten vom 4. Juni (1943) einen Marsch auf dem Kamm blasen, bekennen sie sich damit vorgeblich zu einer der Grundströmungen jener Jahre, dem von Borges so heftig bekämpften Nationalismus (vgl. hierzu auch ›Anmerkung zum 23. August 1944‹ in *Inquisitionen*) im Einwandererland Argentinien. Die jüdischen Antisemiten Frogman und Fingermann, die argentinischen Italiener Bonfanti und Parodi sind letztlich Figuren von bitterem Ernst; sie gehören zu jenen, die die Militärherrschaft und die Perón-Diktatur vorbereitet, begrüßt und unterstützt haben.

Noch verdrehter als die Spiele mit Abstammung und Politik sind die Sprachformen, mit denen Bioy und Borges die Figuren ausstatten. Frogman, dessen Name einen anglisierten Juden andeutet, spricht hauptsächlich *Cocoliche*, eine hispano-italische Mischsprache, durchsetzt mit Brocken aus dem *Lunfardo*, einer Art Rotwelsch von Buenos Aires; Montenegro ergeht sich in einer modischen In-Sprache, einer gehobenen pseudointellektuellen Form des Geschwätzes; Bonfanti pflegt ein von antiquiert zu antikisierend überdrehtes Immigrantenspanisch mit verquasten Zitaten und lateinischer Syntax; Fingermann mißbraucht in fast jedem Satz finanzwirtschaftliche Termini ...

Die meisten Personen sind miese Versager. Montenegro gebärdet sich als kühner Fechter und scharfsinniger Gentleman, ist jedoch dumm und feige und lebt von den Erträgen des Bordells der »Prinzessin« *Puff*endorf – das in der Nähe der Schlachthöfe liegt und entsprechend feine Stammkundschaft hat, wie den unangenehmen Schränkchen Pérez; der Finanzier Fingermann ist permanent pleite; der Gelehrte Bonfanti ist zu Recht völlig unbekannt; der widerliche, stinkende, ewig geldlose Frogman als einziger schätzt sich richtig ein: schmutzig und feige. Zu erwähnen ist ferner, daß die Sprachformen die Sprecher abstempeln; Bonfanti z. B. hat sich verschlechtert, als er vom Italienischen zum Ultrakastilischen überging, denn spanische Immigranten stellten, wie Borges in ›Autobiographischer Essay‹ (in *Borges lesen*) berichtet, den untersten Bodensatz dar.

Faßt man dies zusammen, so ist festzuhalten, daß in *Un modelo para la muerte* die Personen in parodistischer Überspitzung einen dem Leser in Buenos Aires 1945/46 vermutlich unangenehmen Bevölkerungsquerschnitt darstellen, daß sie als ausnahmslos »miese« Figuren viele populäre Positionen des beginnenden Peronismus vertreten, und daß sie dies in einer Weise tun, durch die sie selbst und mit ihnen die Mehrheit der damaligen argentinischen Öffentlichkeit diskreditiert werden. Verschiedene Kommentatoren haben *Un modelo para la muerte* als antiperonistische Kriminalsatire bezeichnet, und es ist sicher nicht verwunderlich, daß der charmante und ausgefallene *plot* hinter dem hauptsächlichen Beiwerk ein wenig zurücktritt.

Eine Vielzahl von Anspielungen und Verdrehungen mußte an der Sprachgrenze zurückbleiben. Hierzu gehören die vertauschten Silben des *vesre* (von »revés«, rückwärts, verdreht) wie »feca con chele«, für »café con leche«, Milchkaffee, oder »tegobi« für »bigote«, Schnurrbart. Auch ein Tango, in dem der Sänger die treulose Geliebte zeiht, sie habe ihm einen Dorn (»espina«) ins Herz gejagt, wobei Frogman »espina« in der *Lunfardo*-Bedeutung als Krawattennadel auffaßt, entzieht sich der Übersetzung.

Einige Anspielungen mußten eingeebnet werden; so schreibt H. Bustos Domecq in ›Nach Art eines Prologs‹ über Stiefel Marke Simón. Hierbei handelte es sich um Produkte eines Herstellers von Einlagen u. ä.; »orthopädische Stiefel« (und ähnliche Verfahren an anderer Stelle) erschien mir hier sinnvoller als lange Anmerkungen zu jedem Einzelfall.

Trotz der Hilfe vor dem Zweiten Weltkrieg in Buenos Aires geborener Argentinier, freundlicher Mitarbeiter der Bonner Botschaft der Argentinischen Republik und der weitläufigen Botschaftsbibliothek war es unmöglich, jede einzelne sprachliche und inhaltliche Anspielung auf Werbesprüche, Lokalpolitiker, bedeutende Ereignisse anno 1943 in Vororten etc. zu klären. (Es mag die Problematik verdeutlichen, daß zwar die Einzelwerke von J. L. Borges und A. Bioy Casares seit Jahren in fast allen Kultursprachen vorliegen, *Un modelo para la muerte* jedoch, soweit ich weiß, bisher nur ins Italienische und aus *Dos fantasías memorables* lediglich ›Der Zeuge‹ ins Französische übersetzt wurden; auch der Originaltext ist in anderen spanischsprachigen Ländern erst seit 1979 erhältlich.)

Neben (Sprach-)Parodie und Satire bieten die Texte handwerklichen Ernst, äußerste Seriosität des Schreibens. Alle Gestalten sind im besten Sinn das, was Stevenson als *verbal puppets* bezeichnete: Sie sind ohne Interventionen des Autors bzw. der hinter dem pseudonymen Autor stehenden Verfasser allein durch ihre Sprechweise dar- und bloßgestellt. Der mexikanische Gelehrte und Autor Alfonso Reyes pries schon 1943 die Kälte der *Seis problemas*, den vollkommenen Verzicht auf Wertungen oder Sentimentalität. Wie Flaubert dekretierte, hat der Autor in seinem Buch nichts verloren; Bioy + Borges mischen sich nicht in die Geschäfte von Bustos Domecq, der wiederum Montenegro, Frogman, Savastano und die anderen reden läßt, ohne sich einzuschalten. Personales Erzählen in dieser extremen Form stellt einen bemerkenswerten schriftstellerischen Gewaltakt dar.

Es macht jedoch die Übersetzung nahezu unmöglich; so sind die deutschen Versionen eher Paraphrasen auf niedrigerer Ebene. *Cocoliche, Lunfardo* etc. haben im Deutschen weder für das Wortmaterial noch für soziale Bedeutung und Rezeption Entsprechungen. Möglicherweise ließe sich mit Hilfe kölnischer Türken oder münchnerischer Kroaten eine Art Entsprechung etwa für Marcelo Frogmans Sprache finden; die deutsche Version wäre dann jedoch außerhalb der jeweiligen Kreise noch unverständlicher als die Originale. Da Unverständlichkeit nicht das dringlichste Anliegen einer Übersetzung sein kann, klingt Frogman auf Deutsch ziemlich normal; im Original ist er die schlimmste Sprach-Figur und bisweilen nur mit Hilfe von Handbüchern zu enträtseln. Im Original sind die Reden aber auch außerhalb von Buenos Aires längst nicht so unzugänglich, wie sie zunächst wirken mögen; bei den meisten Einsprengseln, gleich ob italienischen, französischen, altspanischen oder lateinischen Ursprungs, handelt es sich immerhin um Bröckchen aus romanischen Nachbarsprachen, mit Anklängen an »normales« Spanisch und sind somit zumindest ungefähr zu ahnen, wenn auch nicht voll zu verstehen. Ob ein solches Verfahren (das auch noch berücksichtigen müßte, daß z. B. Montenegros Gallizismen oft haarscharf danebengehen oder simple spanisch-französische Tautologien produzieren) etwa mit Deutsch, Niederländisch, Dänisch und Jiddisch möglich wäre, ist zu bezweifeln; es liefe aber auf eine Neudichtung hinaus, da die Personen entsprechend verändert werden müßten. Sie sind ohnehin auf Deutsch weder so präzise noch so glaubhaft wie im Original, vor allem wegen des andersartigen Gefälles zwischen »Schreibe« und »Spreche«. Daß Montenegros blasiertes Geschwätz größtenteils im Imperfekt stattfindet, ist möglich und paßt zum Charakter; im »normalen« deutschen Dialog dagegen gibt es (außer bei Hilfsverben o. ä.) seit langem praktisch kein Imperfekt mehr. Gestalten wie Savastano oder Frogman, komplett eingedeutscht, müßten fast durchgehend im Präsens reden und in unvollständigen, abgebrochenen Satzperioden – was keinesfalls zu dem passen würde, was sie in den Texten zu sagen haben. An spanischen Tresen kann man immer noch Quasi-Analphabeten lange Monologe im Tonfall des Schelmenromans absondern hören; auch in anderen westlichen Sprachen ist die Sprechgrammatik nicht so verfallen wie bei uns. Aber bei Betrachtung dessen, was die Charaktere äußern und womit sie sich beschäftigen, wäre eine derartige Einebnung unmöglich; so bleibt der unbehagliche Hauch des Irrealen. Etwas anders sieht es bei den berichtenden Teilen in *Zwei denkwürdige Phantasien* aus; hier zitiert der Sprecher Mascarenhas Geschichten anderer, die diese schon mehrmals erzählt und in eine wiederholbare Form gebracht haben, bei der dann auch Imperfekt in der Rede wieder denkbar wird.

In einem Gespräch mit Napoléon Murat (*Cahiers de l'Herne,* 1964) sagte Borges: »Wir haben ein wenig für uns selbst geschrieben, und weil das in einer von Witzen bestimmten Atmosphäre geschah, wurden die Geschichten so verwickelt und so barock, daß sie nur noch sehr schwierig zu verstehen waren. Am Anfang haben wir Witze gemacht, und dann Witze zu Witzen, das war wie in der Algebra: Witze zum Quadrat, Witze hoch drei … Deshalb haben wir mit dem Schreiben aufgehört, weil uns klar wurde, daß es für uns schwierig oder sogar unmöglich war, anders zu schreiben, und daß diese Art des Schreibens reichlich mühsam war, jedenfalls für den Leser.«

Als Beispiel für diese Algebra der Witze können die Pseudonyme, der erfundene Verlag und einige Implikationen stehen. Privates, Halböffentliches und Gelehrtes gehen hier ineinander über, unauflöslich wie die Dreifaltigkeit im Keller von Alejandro Meinong. Bustos Domecq und Suárez Lynch sind zunächst einmal Urgroßväter – Bustos und Suárez sind Vorfahren von Borges, Domecq und Lynch Ahnen von Bioy. Domecq ist auch der Name einer großen Bodega im spanischen Jerez de la Frontera, die neben Brandies wie *Fundador* vor allem Jerez-Wein (Sherry) herstellt. Gerüchten zufolge haben Borges und Bioy während ihrer Kollaboration gelegentlich munter gezecht – Borges, heißt es, habe Portwein getrunken, Bioy Sherry. Ein Port-Hersteller, Exporteur oder Importeur (in Buenos Aires?) namens Bustos ließ sich nicht feststellen, darf aber möglicherweise angenommen werden. Port ist *Oporto*, Sherry ist *Jerez*; wenn man die Reihen Borges –

Bustos–Oporto und Bioy–Domecq–Jerez annimmt, gerät man von den letzteren Begriffen einigermaßen mühelos zum Namen des erfundenen Verlags Oportet & Haereses. Die frei als »Gebührlich & Ketzer« o.ä. zu übersetzenden Herren Verleger stammen aus einem Paulus-Brief; 1 Korinther 11:19 lautet in der Vulgata: *»Nam oportet et haereses esse, ut et qui probati sunt, manifesti fiant in vobis.«* Dieser paulinische Verlag entstand, um *Zwei denkwürdige Phantasien* in Umlauf zu bringen; beide Geschichten handeln von Offenbarungen, beiden sind Bibelzitate bzw. -verweise vorangestellt. In ›Das Zeichen‹ erfahren wir, daß einer der Verleger tatsächlich Paul(us) heißt: Don Pablo Oportet; und daß er, was Wunder, vor allem Pornographie vertreibt. (Nicht unberücksichtigt soll hier der Besitzer des Dreifaltigkeits-Kellers aus ›Der Zeuge‹ bleiben; laut Schischkoff, *Philosophisches Wörterbuch*, entwickelte der Philosoph Alexius Meinong »eine Gegenstandtstheorie, d.h. eine Lehre vom Gegenständlichen, ohne Rücksicht auf seine jeweilige Seinsweise, jedoch unter besonderer Berücksichtigung seiner vier qualitativ gesonderten Hauptklassen. Entsprechend den vier Erlebnis-Hauptklassen: Vorstellen, Denken, Fühlen, Begehren unterscheidet M. vier Gegenstandsklassen: Objekte, Objektive, Dignitative und Desiderative. Zu den Dignitativen gehören das Wahre, Gute und Schöne, zu den Desiderativen die ›Gegenstände‹ des Sollens und des Zweckes ...« Daß Alejandro Meinong den keiner dieser Klassen angehörenden »Gegenstand« Dreifaltigkeit beherbergt, dessen Anblick Wahnsinn und Tod eines kleinen Mädchens auslöst, ist zumindest eine feine Pointe.)

Die genannten Reihen von Borges zu Oportet und von Bioy zu Haereses sind ohne Kenntnis von Biographien, Alkohol und Bibel nicht nachzuvollziehen; im Deutschen ist die akustische Assoziation von Portwein zu Oportet, von Sherry zu Haereses nicht möglich. Vollends hoffnungslos wird alles, wenn man Übersetzungen verfertigt oder konsultiert. Die alles bergende Paulus-Stelle ließe sich frei wiedergeben etwa so, daß es auch Ketzereien geben müsse, damit die Wahrheit durch den Kontrast besonders klar werde. »Es muß auch Ketzereien geben« ist natürlich ein guter Name für einen Verlag, der Pornographie und scheußliche Offenbarungen veröffentlicht. Bei Luther lautet die Stelle, wenig hilfreich: »Denn es müssen Parteien unter euch sein, auf daß die, so rechtschaffen sind, offenbar unter euch werden«, in der Einheitsübersetzung: »Denn es muß Parteiungen geben unter euch; nur so wird sichtbar, wer unter euch treu und zuverlässig ist.« Die deutsche Bibelfassung führt ebensowenig zu Oportet & Haereses wie die deutschen Entsprechungen von Oporto und Jerez.

Dieses Beispiel, dazu dubiose Charaktere, verwickelte Handlungsfäden, Soziolekte, Labyrinthe aus Witzen, Anspielungen und Verhöhnungen, mag deutlich machen, wieso Adolfo Bioy Casares sagte, er halte die Werke von Bustos Domecq und Suárez Lynch für unübersetzbar.

Bei alledem scheint es nahezu irrelevant, von den Inhalten zu sprechen. Für *Un modelo para la muerte* kann man möglicherweise das zitierte Verdikt von E. R. Monegal stehenlassen (s. o.); ob es Texte gibt, die mit der Virtuosität und Perfidie der *Denkwürdigen Phantasien* vergleichbar sind, ist zumindest für den überschaubaren Komplex der mit Offenbarungen befaßten Werke zweifelhaft. Ohne jeden Zweifel ist Borges und Bioy Casares jedoch mit den *Sechs Aufgaben* etwas gelungen, was so weder Poe noch Chesterton, noch ihre zahlreichen Nachfolger zustande gebracht haben: eine Reihe perfekter Kriminalgeschichten, mit vorschriftsmäßig verwickelten *plots*, verblüffend klarer Lösung, überraschenden Varianten zu *topoi* des Genres und einer überwältigenden Fülle von (miesen) Charakteren, Gemeinheiten, handwerklichen Tricks, bösem Witz und sprachlicher Finesse.

Anmerkungen

Sechs Aufgaben für Don Isidro Parodi

H. Bustos Domecq
das argentinische Chicago: die Industriestadt Rosario.

Jorge Manrique (ca. 1440-1479): bedeutender spanischer Lyriker; seine zitierte *Elegía* gilt als erstes neuzeitliches Werk der spanischen Dichtung.

Labruna: eine der zahlreichen Militär-»Interventionen« zwischen 1930 und 1946.

Vorbemerkung
De guerre lasse: eines der zahllosen, oft falschen französischen Einsprengsel bei Montenegro – »des Krieges müde/überdrüssig« müßte bei einem männlichen Sprecher »... *las*« lauten.

roman policier: Kriminalroman.

Lecoq etc.: Die aufgeführten Detektive und ihre Erfinder sind: Sherlock Holmes – Sir Arthur Conan Doyle (der »phosphoreszierende Hund« ist *Der Hund der Baskervilles*); M. Lecoq – Émile Gaboriau; der *gentleman-cambrioleur* Arsène Lupin – Maurice Leblanc; Auguste Dupin – Edgar Allan Poe; Fürst Zaleski – M. P. Shiel; Max Carrados – Ernest Bramah.

auch ich weilte in Böotien: »Tölpel«-Variante zu »et in Arcadia ego«; Böotien galt dem alten Athen als Hort aller Tumbheit – jedem sein eigenes Ostfriesland.

Porteño: Bewohner von Buenos Aires (Adjektiv zu *puerto*, Hafen).

brûler les étapes: die Vorstudien/Zwischenstufen etc. verbrennen bzw. fortlassen.

Baronesse Orczy: verfaßte die *Scarlet-Pimpernel*-Romane.

penchant: Neigung, Hang, Vorliebe.

The Purloined Letter: »Der stibitzte Brief«.

Lynn Brock: Pseudonym von Alister McAllister, der eine Reihe übertrieben komplizierter Romane um den Detektiv Colonel Gore schrieb.

Carter Dickson bzw. John Dickson Carr: Verfasser zahlreicher Romane um Gideon Fell.

parole de gentilhomme: Ehrenwort, »Wort des Edelmannes«.

criollo: im Land geborener Spanischsprachiger.

capitis diminutio: lat., eigentlich Köpfung (»Minderung des Kopfes«, »Verminderung um den Kopf«); Montenegro hätte es gern etwas kleiner.

»Del Campo«, »Hernández«, *Martín Fierro:* Nachdem Montenegro fiktive Detektive als real hingenommen hatte, mußte er wahrscheinlich reale Autoren als fiktiv in Anführungszeichen setzen; zu diesen und Argentiniens Nationalepos *Martín Fierro* vgl. u.a. ›Die Gaucho-Dichtung‹ in *Kabbala und Tango.*

voyageurs...: Anspielung auf *Voyage autour de ma chambre (Reise um mein Zimmer)* von Xavier de Maistre (erschienen 1795).

trouvaille: »glücklicher Fund«; ein typischer Montenegro, da ja ein Glücksfund keine Großtat sein kann.

Castillo: 1938 Vizepräsident, ab 1941 amtierender Präsident, 1943 durch Putsch abgesetzt.

Die zwölf Tierkreiszeichen

Widmung: José S. Alvarez (1858-1903), arg. Journalist, Autor, Kriminalist, zeichnete sich u.a. durch präzise Wiedergabe von Dialekten bzw. Soziolekten aus.

Bande Heilige Tatze, nächste Wahlen: Zu den vielfältigen Verbindungen zwischen Politik und Untergrund, Einsatz von Gangs als »Wahlhelfer« bzw. »Wahlfälscher« etc. vgl. ›Evaristo Carriego‹ in *Kabbala und Tango.*

keine Sterbensahnung vom Fußball: Auch der Sprecher, u.a. Sportjournalist, hat sie nicht – der Club Chacarita heißt nicht Juniors, die Millonarios spielen in Bogotá, nicht in Buenos Aires; es kann sich allerdings um ein internationales Match zwischen den Millonarios und entweder Chacarita oder Boca Juniors gehandelt haben.

25. Mai: Argentiniens Nationalfeiertag; am 25. Mai 1810 wurde einseitig die Unabhängigkeit von Spanien verkündet.

Derwid/Widder, Ersti/Stier: Parodi fordert Molinari auf, die Zeichen »umgekehrt« zu sagen; Molinari verdreht daraufhin nicht die Reihenfolge, sondern die Silben – vgl. *vesre/revés* in der Editorischen Notiz.

Die Nächte Goliadkins

Widmung: vgl. hierzu die Evangelien.

Laissez faire, laissez passer: »Lassen Sie (die anderen) antun, lassen Sie (die Dinge) geschehen.«

accueil: »Empfang«, »Aufnahme«.

Río Tercero: in der Provinz Córdoba.

Bref: »kurz«; *ab initio:* »von Anfang an«.

savoir faire: etwa »wissen, wie man etwas zu tun hat«, Geschmack, Geschicklichkeit, Weltläufigkeit.

capo lavoro: (ital.) etwa »Meisterwerk«, »Hauptwerk«.

Calchaquí: Indiovolk.

cherchez la femme: »Suchen Sie die Frau« (die hinter allem steckt).

basée: (so im Original) möglicherweise »blasée«, blasiert, oder abgeleitet von *baser,* begründen, auf etwas fußen, in der Bedeutung bodenständig, derb o. ä.

ce pauvre monsieur G.: »dieser arme Monsieur ...«

Sarmiento: der »Prophet«, dem »die platte Tugend der Voraussicht« fehlte, ist Domingo Faustino Sarmiento (1811 - 1888), Präsident von 1868 bis 1874, der sich als Politiker wie als Autor um die »Zivilisierung« Argentiniens bemühte.

triolets: achtzeilige Gedichte, in denen sich jeweils der 1. Vers nach dem 3. und 6. wiederholt.

José Marti: Kubanischer Dichter und Freiheitsheld (1853 - 1895).

apanage: hier »Ausrüstung« o. ä.

mésaventure: »Mißhelligkeit, Mißgeschick, unliebsames Erlebnis«.

Anatole France: franz. Autor (1844 - 1924), 1896 Mitglied der Académie Française, 1921 Nobelpreis.

Julio Dantas: port. Autor und Politiker (1876 - 1962).

Noblesse oblige: »Adel verpflichtet«.

Mon ami Pierrot: Montenegro meint das Liebeslied *Au clair de la lune.*

Krieg um Kuba: 1898 erklärten die USA Spanien den Krieg, »befreiten« und besetzten (vorübergehend) Kuba.

Payró, Sastre: arg. Autoren des frühen 20. Jh.

non-pareil: »Ohnegleichen«.

morgue: dünkelhafte Zurückhaltung.

Etablissement in Avellaneda: Bordell in einer schäbigen Gegend.

d'ailleurs: »nebenbei«, »übrigens«, »natürlich«.

navré: »zerschmettert, zerknirscht« o. ä.

A tout seigneur tout honneur: etwa »dem vollkommenen Herren die vollkommene Ehre«.

Akrostichen von García Lorca: Bei einem Akrostichon ergeben die

Anfangsbuchstaben der einzelnen Verszeilen ein Wort oder einen Namen; möglicherweise verwechselt Montenegro aber auch Akrostichon und Anagramm.

truco: Kartenspiel; vgl. ›Evaristo Carriego‹, a.a.O.

Nick-Carter-Illustrierte: Montenegros präzise Bildung verweist Chestertons Father Brown in die Nick-Carter-Comics.

Der Gott der Stiere

bonne à tout faire: »Mädchen für alles«.

surannée: »veraltet, überaltert«.

embonpoint: Wanst.

hors concours: außer Konkurrenz.

besogne: (lästige) Arbeit.

surmenage: Übergewicht, »Überbürdung«.

villégiature: Sommerfrische, Aufenthalt auf dem Dorf.

confrères: Zunftbrüder o.ä.

chiripá: Art Lendentuch, von Gauchos über der Hose getragen, vorn und hinten am Gürtel befestigt; *facón:* großes Gauchomesser.

Sonne ... in Kretas Gewölbegängen: Die unterirdische Lichtquelle erweist Anglada als ebenso gebildet wie Montenegro.

via crucis: lat. »Kreuzweg«.

la soirée avec M. Teste: Eine volkstümliche Übersetzung von Paul Valérys absichtlich elitärem Werk wäre interessant.

puérile: kindisch.

gaffe: Tritt ins Fettnäpfchen, Ungeschicklichkeit.

living: Wohnzimmer.

Giono, *Accompagné de la flûte:* Jean Gionos Gedichtband, erschienen 1924, darf natürlich in keiner argentinischen Gefängnisbibliothek fehlen.

Die Vorsorge Sangiácomos

suite: etwa »logische Beharrlichkeit des Geistes«.

cachet: Gepräge, Stempel.

Norma Shearer, Madeleine Ozeray: Schauspielerinnen.

joie de vivre: Lebensfreude.

parvenus: Emporkömmlinge.

faible: Schwäche.

Der Tod, der dem Briefträger gleich ...: Anspielung auf James Cains Roman *The Postman always Rings twice*; anders als Bioy und Borges wissen offenbar Bustos Domecq und Anglada nicht, daß der zweimal klingelnde Briefträger eine Redewendung ist mit der Bedeutung »Man soll den Tag nicht vor dem Abend loben«.

Juan Lomuto: arg. Tänzer und Choreograph.

Soledades, Góngora: Eine Übertragung von Góngoras Sprachwülsten ins Gaucho-Spanische wäre ähnlich amüsant wie die o. g. Valéry-Übersetzung.

déraciné: entwurzelt.

Puma, Peru, Azteken: Auch diese Verwechslung von Azteken und Inkas stammt weder von Bioy und Borges noch vom Übersetzer, sondern von Bustos Domecq bzw. Sangiácomo.

Belisario Roldán: arg. Redner, berühmt in den 20er Jahren.

Kerosin, Meerschaum: Wie Pfeifenraucher versichern, wird der Kenner niemals eine moderne Meerschaumpfeife, sondern nur eine ältere »abgelagerte« rauchen und Tabak auf keinen Fall mit einem Benzinfeuerzeug entzünden, das den Benzingeschmack an den Tabak weitergibt.

iberisches Gelispel: das gelispelte (wie hartes englisches *th*) spanische *z* bzw. *c* (vor *e* und *i*) wird in Südamerika als simples *s* gesprochen; der Italo-*criollo* Bonfanti ist allzu kastilisiert.

Pemán, Martínez Sierra: Gesellschaftsliteraten der Zeit.

un mauvais quart d'heure: eine schlimme Viertelstunde.

motu proprio: aus eigenem Antrieb.

Rodó, Blanco, Valera etc.: Der kulturphilosophische Essay *Ariel* (1900) des Uruguayers José Enrique Rodó (1871 - 1917) verfocht die Überlegenheit des von den romanischen Nationen einschließlich der südamerikanischen repräsentierten griechisch-lateinischen Bildungserbes gegenüber dem (Kaliban gleichgesetzten) Utilitarismus etwa der USA; die zum Vergleich herangezogenen Autoren des 19. und frühen 20. Jh. lassen Rodó als einen Geist erscheinen, der etwa die vornehmsten Eigenschaften von Keller, Fontane, Storm, Thomas Mann und Karl Kraus überträfe.

Hic jacet: »hier ruht« bzw. »hier liegt«; als Motto eines schäbigen Bordells nicht ohne Reiz.

vieux jeu: »altes Spiel«, veraltet.

cela va sans dire: das versteht sich von selbst.

Après vous ...: Nach Ihnen, die Herren Engländer, bzw. Den Briten den Vortritt.

enchères: Versteigerungen.

fouille: Ausgrabung bzw. deren Ergebnis.

raccourci: knappe Zusammenfassung.

fausse maigre: Die analog zur »falschen Blondine« gebildete, schwer vorstellbare »falsche Magere«.

Paul Groussac: arg. Autor französischer Abstammung; vgl. hierzu u. a. ›Paul Groussac‹ in *Kabbala und Tango.*

Parlons d'autre chose: Reden wir von etwas anderem.

Ernesto Poncio: Tangoautor.

Bartolomé Mitre (1821 - 1906): arg. Politiker, Militär und Autor, floh unter der Rosas-Diktatur 1836 nach Montevideo, diente in den Armeen Uruguays und Boliviens, befehligte 1852 in der Schlacht bei Monte Caseros, in der Rosas besiegt wurde, die Artillerie. 1852 gründete Mitre die Zeitung ›La Nación‹, 1862 - 68 war er Präsident der Republik, dann bis zu seinem Tod Mitglied des Senats. Mitre verfaßte geschichtliche Werke, Essays und Gedichte.

ententes cordiales: im Singular, als »herzliches Einvernehmen«, die britisch-französische Allianz vor dem Ersten Weltkrieg; hier etwa »Herzensverbindungen«.

Das Opfer des Tadeo Limardo

Compadrito: dim. zu *compadre*, »Gevatter«; der typisierte kleine Gauner von Buenos Aires.

Lacroze: Damals die zentrale Straßenbahnlinie zwischen Zentrum und Nordwesten von Buenos Aires, bzw. einer der entsprechenden Waggons.

Wildhalm: Wie viele andere Spitz-, Kampf- oder Kosenamen ist auch dieser nicht sinnvoll übersetzbar; *bravo* ist wild, tapfer, *paja* zunächst Stroh, Strohhalm, aber in der Umgangssprache auch Masturbation, *pajarón* ist Trottel, Dummkopf etc. Jede Bedeutung zwischen »wilder Strohhalm« (bei Glücksspielen, analog zu *wild card*) und »wüster Wichser« ist ebenso denkbar wie etwa ein unzugänglicher privater Witz von Bioy und Borges.

Rekonstruktion des Falles durch Rojas: damals populärer Comic-Zeichner und Karikaturist.

Patoruzú: Kinder-Comic, Variante zu »Donald Duck« (*pato* = Erpel).

Entia non sunt ...: »Die Seienden/Wesen sind nicht über die Notwendigkeit hinaus (= unnütz) zu vervielfachen«. Der Philosoph William Occam (Wilhelm von Occam bzw. Ockham; ca. 1290 - 1350) gilt als Erneuerer des an Aristoteles orientierten Nominalismus. Vorländer: »Es gibt keine allgemeine Wesenheit an sich, z. B. keinen Menschen ›an sich‹; das wäre eine unnütze ›Vervielfachung des Seienden‹ ...« Nur die Einzeldinge sind das Wirkliche.

Die langwierige Suche des Tai An

Widmung: Der engl. Autor Ernest Bramah (Ernest Bramah Smith, 1868-1942) schrieb nicht nur die von Gervasio Montenegro erwähnten Geschichten um den blinden Detektiv Max Carrados; weit populärer waren zeitweilig seine Erzählungen über die Abenteuer und Äußerungen des fiktiven Chinesen Kai Lung, in denen die Plots unter den umwegigen Chinoiserien der Dialoge und Beschreibungen ersticken bzw. Vorwände für ironische Chinoiserien liefern, etwa profunde Philosopheme wie: »Sollte jemand bei der Heimkehr aus der Stadt entdecken, daß sein Haus in Flammen steht, so möge er gründlich das Wechselgeld prüfen, das er vom Sänftenträger erhalten hat, ehe es zu spät ist; denn das Unheil reist niemals allein« (»The Charitable Quen-ki-tong« in *The Wallet of Kai Lung*).

Samerang/Samarang: Hafenstadt auf Java.

Canotier: flacher Strohhut.

De la mesure ...: Vor allem Maß (Verlaine, *»De la musique avant toute chose ...«*)

compte rendu: Rechenschaft(sbericht).

masure: altes Gemäuer.

célibataire: Junggeselle, Zölibatär.

poules de luxe: wörtl. »Luxushennen«, Luxusdirnen, Salonschnepfen.

Quarante chevaux: 40 PS starker Wagen.

cambrure: Beuge, Rundung.

Leinwand von Paquin, Linien von Schiaparelli: Montenegros fabelhafte Bildung auf Abwegen – ein Maler Pascin, ein Couturier Paquin, ein Couturier Sciaparelli, dazu die Linien des ital. Astronomen Schiaparelli, auch bekannt als die Kanäle auf dem Mars.

Tag der Rasse: in Spanien *Día de la hispanidad*, in Südamerika *Día de la raza*, der 12. Oktober (zur Erinnerung an die Entdeckung Amerikas – 12. 10. 1492 – durch Kolumbus).

jemenfoutiste: einer, dem die Dinge gleichgültig sind; zu *je m'en fous*, etwa »da scheiß ich drauf«.

inter nos: unter uns.

Le cœur a des raisons: Das Herz hat (seine) Gründe.

confrère: Gevatter, Zunftbruder.
cliquetis: das Klirren von Waffen.

Zwei denkwürdige Phantasien

Der Zeuge

Isaias VI, 5: »Da sprach ich: Weh mir, ich vergehe! denn ich bin unreiner Lippen und wohne unter einem Volk von unreinen Lippen; denn ich habe den König, den Herrn Zebaoth, gesehen mit meinen Augen.«

Cucuphatus: Der kleine Heilige mit Kapuze und Laterne, der auf vielen alten Christophorus-Bildern zu sehen ist.

Das Zeichen

Genesis IX, 13: »Meinen Bogen habe ich gesetzt in die Wolken; der soll das Zeichen sein des Bundes zwischen mir und der Erde.«

Primo Carnera: ital. Boxer der 30er Jahre.

Tout comprendre ...: Alles verstehen heißt alles verzeihen.

Oportet & Haereses: Der fiktive Verlag, in dem Bioy und Borges die *Phantasien* als Privatdruck erscheinen ließen; vgl. Editorische Notiz.

Ein Modell für den Tod

Nach Art eines Prologs

Doktor Tony Agita: »Dieser wahrhaft bedeutende Literat« (zu übersetzen etwa mit »Hektik-Tünnes«) dürfte der reale Antonio Aita sein, damals Sekretär des arg. PEN-Club.

Ramón Castillo: vgl. Anm. zu ›Vorbemerkung‹ (Sechs Aufgaben ...)

Riganti: arg. Autorennfahrer.

Alfredo Duhau (1869-1938): Theaterautor.

Statut von Negro Falucho: Um sich die Unterstützung der Gewerkschaften zu sichern, setzte Perón in seiner Zeit als Minister mehrere Arbeits- und Gewerkschaftsstatute durch; der Neger Falucho war ein nahezu mythischer Held der Unabhängigkeitskriege und wurde von Militärregierungen und Perón oft als nationale Symbolfigur beschworen. Aufnahme ehrenhalber in die Karnevalstruppe »Los Morenos (die Schwarzen) de Balvanera« wäre vermutlich damals nach Meinung der Autoren die beste Verwendung für Juan Domingo Perón gewesen.

4. Juni: Die Jungs, denen Bustos Domecq hier einen Marsch auf dem Kamm bläst, sind die Putschisten (darunter Perón), die am 4. Juni 1943 die Regierung Castillo stürzten.

povo irmao: port. »Brudervolk«.

Kapitel I

Coliqueo, Pincén, Catriel, Calfucurá: Berühmte Indiohäuptlinge in Argentiniens Indiokriegen um 1870.

El Malón: malón ist ein Indiotrupp bzw. ein Indioüberfall; vgl. u.a. ›Die Nacht der Gaben‹ in *Spiegel und Maske.*

gilastrún etc.: Lunfardo; *gil* ist Dummkopf, Trottel, die Ableitungen und Umstellungen sind Verstärkungen von *gil*; *drocuas* ist die *vesre*-Form von *cuadros; otario* Narr, Dummkopf; *leproso* Geschmeiß; *amarrete* Geizkragen, Zechpreller; *colo* ist die Verdrehung *(vesre)* von span. *loco*, verrückt, *colibrillo* hierzu Verstärkung.

percanta etc.: Textfetzen aus dem Tango *Mi noche triste* von Pascual Contursi; *percanta* Frau, Konkubine; *amuraste* zu *amurar*, sitzenlassen; *catrera* Bett, Pritsche; *bulín* Wohnung; es geht im Text um eine Frau, die den Sänger im Stich gelassen hat, und nun fühlt er sich, als ob man ihm Dornen ins Herz jagte – allerdings faßt Frogman die normalspanischen *espinas* nicht als Dornen auf, sondern (Lunfardo) als Krawattennadeln, und auch das Allerweltswort *en* (in, auf, an, bei) nimmt sich in einer Lunfardo-Wortliste seltsam aus.

No diga etiqueta ...: Sag nicht Etikett, ich heiße Marbete – Werbespruch wie »Nenn nie Chiquita nur Banane«.

Mich neben dem Weg aufzustellen ...: Ironische Paraphrase aus dem Nationalepos *Martín Fierro*, wo sich ein Tapferer neben dem Weg aufstellt, um feindlicher Übermacht zu trotzen, wogegen Frogman abhauen will.

Charrúa: Indiostamm, früher am La Plata.

Micifuz: arg. Kosename für einen Kater.

condoléance: Kondolenz, Beileid.

redoutable: furchterregend.

briquet: Feuerzeug.
cellule: Zelle.
besogne: Arbeit.
bête noire: etwas, das einem zutiefst zuwider ist.
claxon: Hupe.
haute: zu ergänzen *volée*, die besseren Kreise.
mot cruel: »grausames Wort«, Boshaftigkeit.
habitué: Stammgast.
fumoir: Rauchsalon.
imbroglio: Verwirrung, Verwickelung.

Kapitel II

Ordem e progresso ...: »Ordnung aus Fortschritt, meine Damen. Hören Sie auf, schrecklich zu sein, und werden Sie charmant.«

soupirant: »der Seufzende«, ein Verliebter, Schmachtender.

Juan Ramón Jiménez: span. Autor (1881 - 1958), 1956 mit dem Nobelpreis ausgezeichnet.

clericó: Mischgetränk, ähnlich Sangría.

que vous m'en direz ...: soll hier wohl bedeuten: »Erzählen Sie mir doch nichts!«

Frogman-Wenn-Er-Losgelassen: im Original *Rotas Cadenas*, zersprengte Ketten, Zitat aus der arg. Nationalhymne.

Eifer *de paraître à la page:* auf der Höhe der Zeit scheinen wollen.

ballons d'essai: Versuchsballons.

aplomb: Gestus, Nachdruck, Selbstbewußtsein.

grognard: »Brummbär«, alter Haudegen, besonders Angehöriger von Napoleons Alter Garde.

sui generis: eigener Art.

mariage de raison: Vernunftehe.

broussailles: Gestrüpp, Dickicht.

ad hominem: an/gegen/über den Menschen.

décidément: ganz entschieden.

friand: Leckermaul.

enfantillages: Kindereien.

Kapitel III

à outrance: äußerst, über die Maßen, hier: »Pazifismus bis aufs Messer«.

parsemée: übersät

Das Orakel des Hundes: 3. Erzählung in Chestertons Band *The Incredulity of Father Brown*, deutsch erstmals vollständig als *Father Browns Ungläubigkeit* (Haffmans, 1991), das Modell für diesen Mord nach Vorlage.

badinage: Scherz; *potin:* Gewäsch.

Kapitel IV

mazamorra: Maisbrei.

Tupac Amarú: Inkaherrscher bzw. nach diesem benannter Rebell im 18. Jh.

soucis: Sorgen, Ängste.

métèque: Metöke, »Gastarbeiter«, »Fremdling«.

Kapitel V

reverteris: unklar; evtl. Wiederkehrer, Wiedergänger.

Sexton Blake: Groschenheft-Detektiv der Jahrhundertwende.

Federico de Onís: span. Autor; Carrera Andrade: ecuad. Autor und Diplomat;» Rodó: vgl. Anm. zu ›Die Vorsorge Sangiácomos‹.

Aristarchos, Zoilos: antike Kritiker, berüchtigt wegen ihrer Häme und Schärfe.

Diccionario de la lengua: Wörterbuch der spanischen Akademie.

in gurgite vasto: in einem ungeheuren Strudel.

baliverne: kindische Posse.

Chestertons gesichtsloser Briefträger: ›The Invisible Man‹ in *The Innocence of Father Brown* (deutsch *Father Browns Einfalt*, Haffmans, 1991); vgl. hierzu auch ›Die Kriminalgeschichte‹ in *Die letzte Reise des Odysseus*.

chevron: Sparren im Wappen.

Paul Éluard: frz. Dichter (1895-1952).

Rhadamantes, Rhadamanthys: Bruder des Minos, in der giech. Mythologie gerechter Richter in der Unterwelt, *nicht* auf dem Parnaß.

homo sum: ich bin ein Mensch, hier: »da ich ja nur ein Mensch bin«.

Don Quijote I, Kap. 20: Hierin hören Quijote und Sancho nachts furchtbare Geräusche (das Stampfen einer Walkmühle); Sancho bindet Rosinantes Beine aneinander und erzählt dem edlen Hidalgo abstruse Geschichten, damit dieser nicht heldenmütig in die Dunkelheit reite. Bonfanti scheint die von Parodi vorgenommene Vertreibung der anderen aus der Zelle für ein zitierendes Umkehrverfahren zu halten.

devanture: Front, Vorderseite, Schaufenster.

nuit d'amour: Liebesnacht.

break: offener Wagen mit einer Querbank vorn und zwei Längsbänken hinten.

billet doux: Liebesbrief.

Venus, adsum: Venus, ich bin hier.

savate: Beinstoßen, Kickboxen.

rara avis: seltener Vogel, auch schräger Vogel.

Kapitel VI

senza caperuzza: ohne Kapuze, ohne Gebetskäppchen.

pro domo sua: für das eigene Haus, zu seinen Gunsten.

allo spiedo: etwa »per Bratspieß«.

Inhalt

H. Bustos Domecq
Sechs Aufgaben für Don Isidro Parodi

H. Bustos Domecq (Biographische Skizze)* 11
Vorbemerkung von Gervasio Montenegro* 13
Die zwölf Tierkreiszeichen° 20
Die Nächte Goliadkins° 39
Der Gott der Stiere° 58
Die Vorsorge Sangiácomos° 78
Das Opfer des Tadeo Limardo° 112
Die langwierige Suche des Tai An° 141

H. Bustos Domecq
Zwei denkwürdige Phantasien*

Der Zeuge 167
Das Zeichen 179

B. Suárez Lynch
Ein Modell für den Tod*

Nach Art eines Prologs 195
Dramatis Personae 199
Kapitel I 203
Kapitel II 215
Kapitel III 228
Kapitel IV 232
Kapitel V 241
Kapitel VI 260

Anhang

Editorische Notiz 267
Anmerkungen 275

Übersetzt von °Liselott Reger und Gisbert Haefs bzw. *Gisbert Haefs.